日治時期台灣小說選讀

許俊雅 編

目錄

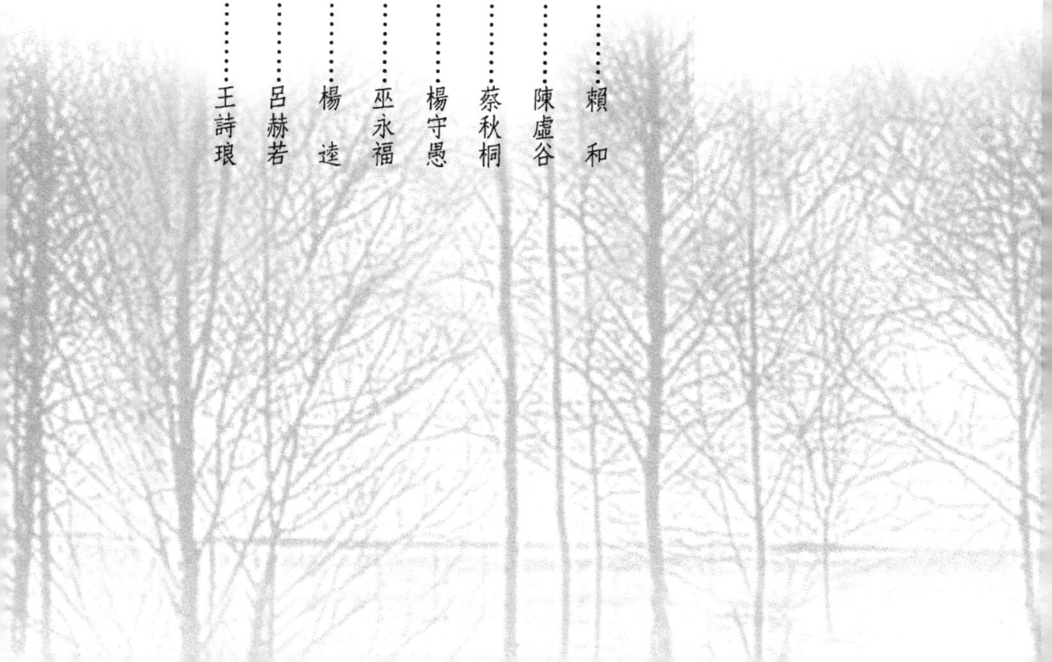

附錄

序

文學是文化的菁華，它起源於生活，紮根於土地，表現了人們的思想與感情的風貌。透過文學的閱讀，可以讓文學融入生活，厚實本土文化的根基，激發生死與共的認同情懷。

處於二十世紀末，心境就如歲暮多所感懷，或者說不免要年終盤點，結算總帳。這一百年，我們所處的時代、社會，較諸過去數百年，似乎遠比我們所想像的複雜而難懂。當然在這錯綜紛擾之際，文學也顯現其多變生動之姿。我個人多希望能記錄保存這些有意義有價值的文學作品，挖掘那些被忽略、被冷漠，卻值得我們深思之作，進而與作家進行一場喜怒哀樂的心靈對話。尤其在這黃鐘毀棄、瓦釜雷鳴的文學環境裡，讓優美真摯的文學作品再現，讓消遣刺激的商品化作品汗顏，應是當前臺灣富裕社會重大的課題，唯有如此，臺灣人的精神生活方能充實美化，民眾文化生活的品味方能提高。緣此，個人先有是書之編選，希望未來臺灣散文選讀、臺灣新詩選讀、戰後臺灣小說選讀能陸續一一面世。

這樣的選編工作，其實也考慮了：近年來國內各大專院校雖陸續開設臺灣文學課程，而坊間也不乏現當代文學之選本，但臺灣文學之教材仍不多見的現實困境。也許本書之編選，除可作為臺灣文學課程之教材外，對喜好臺灣文學之讀者，亦可提供輔助參考。

本書選錄標準，以日據時期臺灣新文學作品為主，中日文之作，兼容並列，所選作品，力求能夠代表作家風格，並呈現臺灣文學發展的脈絡，讀者從中可以窺見當時的文化心態、文學氣氛，看取作家或隱或顯的心靈世界，以及民族命運、認同衝突在他們心靈中的投射和騷動。書前附導讀，說明臺灣新文學發展之過程。每篇作品之前，附有作家小傳，對其生平事蹟、作品風貌，略加簡述，末附集評，擇要彙錄當代研究者評論，分人隸屬，俾使讀者對於每篇作品，能有多方的體悟與認識。

回首過去，再環顧身邊浩瀚的典籍，那有些已經發黃的白紙黑字仍然閃爍光芒，益覺臺灣文學之領域既深且廣，可謂琳瑯滿目，美不勝收。惜三年多來，個人泰半時間投入國高中國文教材之編撰，以致雖坐擁書城，閱讀速度卻始終趕不上出版速度，遑論從中採玉網珠，抉幽發微？因此一再延誤陳老師滿銘之託付。此書得以付梓，皆蒙陳老師、李冀燕小姐之督促關照，以及鍾肇政、張良澤、李永熾諸先生之幫忙，謹在此致上深深謝忱。

許俊雅

一九九八年十月八日於蘆洲

導讀

從一八九五年馬關割臺到一九一五年西來庵事件為止，臺灣武裝抗日方告一段落。到了二〇年代，臺灣在社會內部的變化與世界思潮外在的激盪下，面臨了一轉型期。世界民族自決運動的潮流，震撼了包括臺灣在內的弱小國家與民族，一九一七年俄國十月革命、一九一八年威爾遜戰後提出「民族自決」原則，以及芬蘭的勞動革命；一九一九年愛爾蘭獨立、朝鮮三一獨立，以及中國五四運動等，這些政治、文化情勢的劇變，都深深刺激了從臺灣赴東京留學的學生，他們因而積極倡導個人解放和社會改造的觀念，並試圖在臺灣擴大其影響，以蔚成風氣。其時要求全面新文化解放的呼聲更是甚囂塵上，反封建、反傳統、反陋俗、反殖民的文化意識，形成一股極為強勁的力量。可說臺灣的社會運動起先即是以文化變革之姿出現於歷史舞臺。這些文化運動基本上涵蓋了兩個層面：一是具有政治意義的反殖民運動，另一是具有社會意義的批評舊制度運動，亦即包含了「抗日」和「啟蒙」兩個重點。

為了有效地推行這種新思想，以造成時代風潮，要求知識普及於一般民眾，成為最重要的課題。為達成此目標，組織文化團體，創辦文化刊物，以一種平淺易曉，足以快速地讓民眾獲得新知的白話文字來傳播新思想，是較為可行的方式。一九二〇年七月《臺灣青年》的創刊，揭示了臺灣文化及文壇一個嶄新的未來走向。

一、臺灣新文學運動的展開

㈠臺灣新文學奠基期（一九二〇～一九三一年）

1、文學理論的介紹與白話文的提倡

《臺灣青年》創刊號發行時，曾刊載了陳炘〈文學與職務〉一文，該文可謂臺灣新文學運動首篇陳述理論之作，陳氏強調自覺的文學「當以傳播文明思想，警醒愚蒙，鼓吹人道之感情，促社會之革新為己任」。此實有對舊文學檢討之意，陳氏復更進一步以「近來民國新學，獎勵白話文」為證。提出文字艱澀的舊有文學，猶如置財寶於深山，於世無益，唯有取用平凡文字，不受法式文句拘束，能自由發揮作者所抱之思想情懷，人人能領略其思想、感情之有效文學，方是善盡文學之職務。他認為當時中國所提倡的新學、白話文，也同樣是以促進社會革新為職務。

陳炘認為要達成改造社會的任務，應該以平易的文字來撰文，不應拘泥於文字辭句，而妨礙

了思想感情的發抒與傳達。作者有感於中國推行言文一致的白話文在傳播文明思想上的功效，雖然明知臺灣語言有些白話音無法盡用漢字來表現，其在書寫上有所困難，但仍然期許在臺灣能推行一種「言文一致」的文體。因為陳炘沒有進一步說明，所以不能斷言他所謂的「言文一致」是指那一種言語文字的一致。總括來說，在這個主張以西洋近代文明來革新臺灣社會的階段，陳炘期望文學能善盡其傳播功能，改造社會之使命。基於這個立場，文學在形式上應力求簡明平易，俾便讀者了解其所要表達的思想感情；在內容上，則強調應當以傳播文明思想，鼓吹人道感情，促進社會革新為關懷重心，以提振臺灣人的文化。

這篇具有宣示性的「為社會而文學」之主張，包含了新文學的重要性，自覺文學實踐之道，言文一致的白話文，和對舊文學的批判。其後甘文芳在《臺灣青年》三卷三號發表〈實社會と文學〉，抨擊吟花弄月的舊文學。並討論第一次世界大戰後的文學方向，應當借鏡於中國文學革命以來之新文學。凡此似乎可聞到中國文學革命之新氣息，已濡染於當時某些留日的知識分子，而臺灣本土則尚未得此訊息。一九二二年一月陳端明在《臺灣青年》三卷六號發表〈日用文鼓吹論〉一文（該期被禁，又重刊於四卷一號），揭開臺灣白話文運動之序幕。文中強調日用文應以簡便為主，指摘襲用文言文之弊並大力提倡白話文，並特別提及白話文的優點。

然而陳氏該文並未引起讀者的注意。廖漢臣曾推究其緣由凡二：一為《臺灣青年》雖自創刊之始即並用中文、日文，然實以日文為主，其讀者亦以通曉日文者較多，中文讀者則較少。二為該刊於日本發行，所印冊數不多，不易引起臺灣讀者的注意。

一九二二年四月臺灣文化協會《會報》第三號改為《臺灣文化叢書》第一號，刊行林子瑾〈文化之意義〉一文，最後一節專論「文化與文藝之關係」，強調「鄙見於臺灣文藝界，當有一番革新，以改從來古文體為白話文體，或用羅馬白話字代之，使一般人容易讀之，又對於詩之一藝大為推進，則臺灣文化受此之助，其向上之勢，當一瀉千里也。」值得注意的是該文不僅提到白話文體，也提到羅馬白話字。同年四月《臺灣青年》改組為臺灣文化協會之機關雜誌，更名為《臺灣》，刊布林南陽（即林攀龍）〈近代文學の主潮〉一文，介紹西方浪漫主義、自然主義與新浪漫主義以後的各種文學思潮。受到中國新文學運動刺激的黃呈聰、黃朝琴二人，於一九二三年分別發表了〈論普及白話文的使命〉和〈漢文改革論〉。由於這兩篇論文，中國五四白話文運動的成效，遂得以正式介紹到臺灣。

陳端明、黃呈聰、黃朝琴、林子瑾諸氏所主張者，僅限於語言文字之改革，尚未涉及文學問題，陳炘雖已提出言文一致說和對舊文學的批判，但卻未能如後來的張我軍得到眾人的注意。因此有關臺灣新舊文學論爭及中國白話文、臺灣話文用字等問題，仍待張我軍一系列文章方受眾人留意、討論。

2、文學革命——新舊文學論爭

一九二四年四月留學中國北京的張我軍寫了〈致臺灣青年的一封信〉，語重心長地說：「諸

青年時代的張我軍

君怎的不讀些有用的書來實際應用於社會，而每日只知道做些似是而非的詩，來做詩韻合解的奴隸，或講什麼八股文章代替先人保存臭味。……想出出風頭，竟然自稱詩翁、詩伯，鬧個不休。」很顯然的，張氏身處中國新文學的餘波盪漾中，對臺灣新文學的發展是抱著期待的。同年十月，張氏回到闊別近四年的臺灣故土，於《臺灣民報》擔任編輯，回臺後不久即發表了〈糟糕的臺灣文學界〉，對當時遍布全臺各地的舊詩社、舊詩人毫不留情的加以抨擊，終於引起以連雅堂為首的舊詩人之反擊，也揭開了臺灣「新舊文學論戰」的序幕。此後，張我軍陸續發表了一系列探討新舊文學優劣的文章，也藉民報積極地引介中國新文學運動的作家、作品，並詳加解說胡適的「八不主義」和陳獨秀的「三大主義」等文學革命理論，試圖以五四模式建構臺灣新文學。最後在語言形式上，提出文學寫作應以中國白話文為工具，而有音無字的臺灣方言應依中國國語加以改造，並將臺灣文學定位為中國文學的一支流。張我軍的努力，在當時對白話文學的確立，對臺灣新文學的播種、催生多少有其功勞，雖然他對臺灣的現實局勢未必能充分掌握，立論也有可議之處。

3、中外文學的引介

張我軍回臺灣的一、二年（一九二四年十月～一九二六年六月）在《臺灣民報》學藝欄上經常選刊中國新文學作家的作品，俾讓讀者增加對新文學作品的認識。

當時引介中國五四文學革命的成果及西方近代文藝思潮，較重要者，如許乃昌（秀湖）一九二三年七月發表的〈中國新文學運動的過去、現在和將來〉（第二卷第三號）、一九二四年六月蘇維霖的〈二十年來的中國古文學及文學革命的略述〉等，及張我軍編輯其間選刊之蔡孝乾的〈中國新文學概觀〉（第三卷一二至一七號）、〈文藝上的諸主義〉（第七七號）、劉夢葦的〈中國詩底昨今明〉（第一〇一、一〇二號）等。並轉載了魯迅的〈鴨的喜劇〉、〈故鄉〉、〈狂人日記〉、〈阿Q正傳〉、淦女士的〈隔絕〉、冰心的〈超人〉等新文學作品，及都德、莫泊桑、愛羅先珂等世界名作。

新舊文學論爭之餘，新文學陣營之成員，不再浪費時間於爭辯之中，而集中精力從事建設工作，由於本土作家作品稀少，《臺灣民報》其時不得不轉載中國大陸新文學作品。作家有淦女士（馮沅君）、魯迅、郭沫若、張資平、胡也頻、潘漢年、許欽文、王魯彥、劉大杰、蔣光慈（又名蔣光赤）、凌叔華、冰心、章衣萍、陳學昭諸氏。自一九二五年至一九三〇年這六年間民報所轉載之中國小說除一九二六年較少外，其篇數則從九—十—十二—十四，逐年遞增。同時臺灣小說創作在一九二六年發表賴和的〈鬥鬧熱〉和楊雲萍的〈光臨〉，開始出現有價值之作品，本土作品亦漸增加，雖然創作數量皆不及轉載作品之數量（一九二六年例外），但自一九三〇年後幾已雙方相當，甚而一九三一年二月十四日轉載劉大杰〈櫻花海岸〉一作之後，民報學藝欄部分，幾乎觸目皆為本土作家的創作。其時民報介紹新文藝作品包含了英、美、法、日、俄等國著名作家的創作，可說臺灣新文學一登場，就具有世界文學的眼光。

爾後張我軍復返中國大陸，賴和於是年（一九二六年）下半年起應聘主持《臺灣民報》學藝欄，擔任編輯選稿的工作。由於他的努力投入，「臺灣新文學運動，就由於這一學藝欄的創設而展開。從此，各地同好者，都崛然而起了。」楊守愚在〈小說與懶雲〉一文中曾說明了當時新文學作品之貧弱與賴和振興新文學，不惜體力改稿的苦心。楊守愚又曾就賴和提攜愛護文學青年之苦心，說：

> 只要是為了臺灣的新文學得以發展，為了作品的品質得以逐步提高，他是任何付出都不推辭的。懶雲氏的這一份熱情和努力，曾給予當時文學界很深的感銘，並且逐漸激發了文學青年的創作慾望。也正因為這樣，後起的新秀，終於如雨後的春筍般地湧現了出來。

臺灣本土文壇就這樣以賴和為中心而建立了起來，楊守愚、陳虛谷、廖毓文、朱點人、林克夫、朱石峰、楊逵、病夫、夢華、老塵客、繪聲、玄影……等人紛紛投入新文學的創作，發表在民報上的小說不下百篇，就中較重要的作品，除賴和本身一系列創作外，尚有涵虛的〈鄭秀才的客廳〉，鄭登山的〈恭喜？〉，陳虛谷的〈他發財了〉、〈無處申冤〉、〈榮歸〉、〈放炮〉，太平洋的〈夜聲〉，楊守愚的〈獵兔〉、〈生命的價值〉、〈凶年不免於死亡〉、〈醉〉、〈誰害了她〉、〈十字街頭〉、〈冬夜〉、〈顛倒死〉，蔡秋桐的〈保正伯〉、〈放屎百姓〉、〈奪錦標〉、〈新興的悲哀〉，夢華的〈鬥〉、〈荊棘的路上〉，孤峰的〈流氓〉，林努進的〈牛車夫〉，林克夫的〈阿枝的故事〉，朱點人的〈一個失戀者的日記〉、〈島都〉，鐵濤的〈阿凸舍〉，郭秋生的〈死麼？〉、〈鬼〉、〈跳加冠〉等。

4、特色

此一階段文學特色除以上所舉之外，尚有：小說評論悉賴報刊發表，尚未有獨立之文藝雜誌為其發表機關。此外寫評論、小說者，大都是社會運動家。尤其本期之最後階段，除民族主義外，無政府主義、共產主義等社會主義流派皆傳入臺灣，不僅影響臺灣社會運動團體之思想，亦影響文學創作的理念。如一九三〇年由王萬得主倡的綜合雜誌《伍人報》，以思想啟蒙為主旨，雖非純粹文學雜誌，然其內容包括文藝創作與評論。這份雜誌不久就因成員思想路線相左而分裂，民族主義者黃白成枝另與謝春木發行《洪水》，無政府主義者林斐芳則另創《明日》。《伍人報》在發行十五期後併入楊克培、謝雪紅主編的左翼文藝雜誌《臺灣戰線》。由此可知臺灣當時社會運動者，不論左派右派，都視文學為推展運動的利器。當時新文學工作者為這些雜誌寫稿者亦所在多有。《伍人報》的作者有當時相當活躍的作家朱點人、王詩琅、廖毓文等，賴和則名列《臺灣戰線》同仁。這一時期活躍的新文學作家大半都意識到新文學負有改造社會之使命，故莫不竭思盡略，為諸社會、政治運動效命，這種文學創作態度及精神，對下一階段之新文學影響極為深遠。

㈡臺灣新文學發展期（一九三一～一九三七年）

三〇年代是一個重要的分界點，自一九二一年以還，大部分的作者都參與了臺灣文化協會，他們視文學創作為社會啟蒙與抵抗殖民的利器，其參與政治、社會活動遠比文學創作積極。但自一九三一年，臺灣民眾黨橫遭日本統治者解散，而其領袖蔣渭水又於是年病逝，此雙重打擊，對當時臺灣知識、政治界而言，不可謂不重大。不久，殖民當局全面搜捕臺共，臺灣左翼分子在這一年半幾乎一一落網，受臺共領導的農民組合亦銷聲匿迹，左傾之後的新臺灣文化協會也一蹶不振，因此知識分子改弦易轍，傾向於文學結社、創作，新文學運動成為替代社會運動吸納知識分子的苑囿，因而文學團體漸起，雜誌刊物、文學創作較諸二〇年代更為豐富，以本土特性建立的臺灣文學論點亦逐步發展起來。

1、臺灣新文學本土論的興起

臺灣新文學濫觴之際，創作的理論、語言形式，多少受中國五四新文學的影響，此中亦不乏藉文學文化、維繫民族血脈於不墜之用心。然而日本殖民政府素持斬割中臺關係之政策，臺灣與中國相聯繫之行動，動輒遭到阻撓。一九三〇年代以還，臺灣由於與中國隔閡，日甚一日，於是新文學本土論乃順勢勃興，寖假而成臺灣新文學之大國。當時臺灣知識分子，莫不竭智盡慮，焦心苦思，盼望藉外來嶄新之文化，振興臺灣的社會、民眾，因此他們幾無暇省思臺灣傳統文化，甚者且以鹵莽滅裂的心態，視為「封建」、「落伍」，而排擯蔑棄，使臺灣本土文化未能凸顯出來。此一現象自中日九一八事變發生，日本當局滌蕩臺灣政治社會反抗運動後，方促使臺灣知識分子再度省思新文學運動初期不遑深究的問題。

臺灣新文學運動從以「中國白話文創作中國文學」到「以臺灣話文創作鄉土文學」、「建立臺灣自己的文學」之轉變過程，社會主義思想的影響及社運的失敗有著密切關係。本節即擬以此試論臺灣新文學本土論興起的背景。

(1)社會主義運動的影響

日據時期臺灣社會運動崛起的部分原因，在於日本當局貪婪無厭，戕剝臺灣資源，暴斂臺灣人血汗之結晶：一九二三年的農民集體請願事件與一九二五年的二林蔗農事件即由此而起。若干臺灣知識分子有見於此，乃倡導社會主義，以為思想基石，以聯合被剝削的農民與殖民統治者相抗。此一行動，頗中人心，而臺灣人士景從響應者不乏其人。試以臺灣文化協會成員的思想言之，社會主義濡染臺灣知識分子始，文化協會的成員，有的秉持民族思想，有的崇奉社會主義，兩派並流，尚能相安於協會之中，及至社會主義日益發展，漸成燎原之勢，民族路線與階級路線終因立場不同，乃如冰炭，正式決裂。一九二七年連溫卿等左翼分子取得臺灣文化協會領導權，而階級運動取代前期的民族運動，寖成反抗殖民的主流。其所以如此，實因主民族運動者，其成員大抵皆為所謂「資產階級」、「地主」，其奮鬥的目標為設立臺灣議會，求政治自主：而崇仰社會主義以抗日者，則力倡以「階級革命的手段解放臺灣的無產階級」，推翻日本統治，反對資產階級的剝削。一九二八年，經濟恐慌瀰漫全球，日本本土亦難倖免，為改善國內經濟的惡化，日本殖民者變本加厲，臺灣受到倍蓰的剝削，而臺灣政治、社會運動遂日趨左傾。

社會主義運動者所關注的是臺灣各階層利益之衝突，他們認為殖民地臺灣內部的階級矛盾遠勝於日本異族的統治，因此關注焦點乃在於社會內部的階級問題，其對抗的對象乃是日本殖民資本主義與臺灣土著資產階級、地主，而不再完全是日本這一異族的統治。雖然他們反對日本資本主義的同時，亦帶有民族主義之意味，但對中、臺文化之水乳難分、前途之息息相關等問題，則並非其關注之焦點。以此意識形態創作文學，那麼臺灣本土自是主體，內部的資產剝削、地主貪淫等問題遂為描寫重心。雖然如此，他們所持之心態，猶屬「一島改良主義」。等到臺灣共產黨成立之後，奉行日本共產黨所擬之「臺灣民族」政治綱領，而左翼分子受此影響，其所操持之意識，除「鄉土情懷」、「現實意識」之外，復增添了「臺灣民族主義」與「臺灣政治獨立」二者。此等獨立建國之「臺灣民族」觀適與臺灣文學本土論聲氣互通，桴鼓相應。

臺灣文學本土論之形成，其政治、社會層面之因素凡四：

一、臺灣文化協會揭櫫「普及大眾之文化」之大纛，主張文學文化當使知識不豐，識字不多的民眾共知共與；於是某些知識分子遂嘗試以文字傳譯臺灣之閩南語，撰文論述，發展臺灣鄉土文學。而「普及大眾」乃當時全球普羅文學之重要課題，二者之主要關懷若合符節。

二、日據時期臺灣人士所發展之政治運動、社會運動屢遭日本當局尼阻壓迫；新文學運動則尚為日本當局所接受，於是作家紛紛獻身新文學創作，假文學活動以行抗日之舉。而濡染社會主義、共產主義之臺灣知識分子亦置身其間，寓關心臺灣社會問題之思於文學活動，而漸漸發展出臺灣文學本土論。

三、至於臺灣地區通行之閩南語與中國白話文時相齟齬，使臺灣新文學運動早期所推行的白話文尤不易為臺灣人士所認同。

四、重以日本語文挾其政權，迫使臺灣人不得不漸染薰習，不得不藉日文書籍以知世事，而日本文學亦無形之間影響臺灣人士，使臺灣新文學運動與中國文學相去日遠，而於政治、社會運動追求獨立自主之餘，更引發於中國、日本之外，建立獨立自主本土文學之動機。

(2)鄉土文學論爭與臺灣話文

從臺灣文學的內在發展來看，作為新文化運動一環的臺灣新文學運動，其推動的原始動機是為臺灣而文學，所以隨著中國白話文在臺灣社會推行不利，中國白話文受到臺語、日語的浸蝕並無優勢可言，文學工作者對臺灣本土特殊性的自覺也隨之提高，發展出鄉土文學論戰及臺灣話文論爭，乃是勢之所趨。

由於古文是屬於封建舊知識分子的發表工具，白話文和日文屬於新一代知識分子的表達思想工具，難免都有貴族化的傾向，未能打進廣大民眾裡，而且愈來愈脫離民眾現實生活至遠，所以一九二七年六月，鄭坤五在《臺灣藝苑》上登載白話小說，以「臺灣國風」為題，連載民間的情歌。並在若干小品，強調用臺灣話寫作。他首先提出「鄉土文學」的口號，但缺乏一套完整的理論，當時未曾引起一般人注意。

黃石輝從鄭坤五「臺灣國風」得到靈感，於一九三〇年八月在《伍人報》上發表〈怎樣不提倡鄉土文學〉，黃氏所謂的「鄉土文學」就是用臺灣話描寫臺灣事物的文學，而「鄉土文學」的提倡就是為了大眾化。黃氏首先表示：「你是臺灣人，你頭戴臺灣天，腳踏臺灣地，眼睛所看見的是臺灣的狀況，耳孔所聽見的是臺灣的消息，時間所經歷的亦是臺灣的經驗，嘴裡所說的亦是臺灣的語言，所以你的那枝如椽的健筆，生花的彩筆，亦應該去寫臺灣的文學了。」在文學題材上主張本土化。然後在文學內容上主張大眾化，他說：「你是要寫會感動激發廣大群眾的文藝嗎？你是要廣大群眾的心理發生和你同樣的感覺嗎？不要呢？那就沒有話說了。如果要的，那末，不管你是支配階級的代辯者，還是勞苦群眾的領導者，你總須以勞苦群眾為對象去做文藝，便應該起來提倡鄉土文學，應該起來建設鄉土文學。」

然而群眾並非有高深學問，非得極為平易、易懂的東西不可。因而以文言文寫的就不行。還有，在大陸通行的白話文雖然比文言文還好，但對以臺灣話為母語的大眾來說，不懂的地方仍很多，有時文字雖懂卻無法念出聲。再者，白話文寫的新文學是「完全以有學識的人們為對象，其中要找出真正大眾化的作品，其實反不及舊小說」，「其實我們的新文學亦都是貴族式的呀！」「退一步說吧，現行的新文學，在中國可以說是大眾的，在臺灣便不能說是的了」，它成為和大眾無緣的，是新文學趣味者的專有品，因此首先要創作臺灣群眾能讀的文學才是第一個問題。所以在語言形式上必須採用臺灣話，他說：「用臺灣話做文，用臺灣話做詩，用臺灣話做小說，用臺灣話做歌謠，描寫臺灣的事物。」

黃氏這篇文章在連載中，雖然因雜誌被禁刊，成為未完成的著作，但是對於民眾周遭的問題，以一種易於了解的方式提出，則已引起各界的注意。因此，鄉土文學之論被推向臺灣話文之趨勢，黃石輝扮演了重要的角色，可視為鄉土話文運動的肇始。但限於《伍人報》極少的發行量，文中以臺灣話創作臺灣文學頗具爭議的論點，雖引發一些爭議，但並未擴大。直到一年後，大家對黃石輝於去年發表的〈怎樣不提倡鄉土文學〉一文表示高度的關心，很多人寫信去追問詳情，或登門造訪與他當面討論。後來黃氏與郭秋生在《臺灣新聞》分別發表〈再談鄉土文學〉、〈建設「臺灣話文」一提案〉。

黃石輝和郭秋生的主張，是紮根於臺灣殖民地社會的特殊環境和時代社會需要而萌芽的。黃石輝曾經寫過：「臺灣政治上的關係，不能用中國普通話來支配！在民族上不能用日本的普通話（國語）來支配」，為適應臺灣的現實社會情況，建設獨得的文化起見，所以不得不提倡鄉土文學。郭秋生也曾寫道：「我極愛中國的白話文」，每天生活在白話文裡，「但是我不能滿足白話文」，時代不許他心滿意足的使用白話文。由此看來，他們兩人之所以提倡鄉土文學，實臺灣特殊環境使然。後來郭氏又將黃文以臺灣話創作文學的觀點加以擴充，並正式標舉「臺灣話文」，引起以臺灣話文創作鄉土文學，是否可行及正反兩方大規模的論戰。也因而模糊了鄉土文學與臺灣話文論爭之差異，造成後人將兩者等同看待之言說。鄉土文學論爭誠如日本學者松永正義所言，其中涵括了種種複雜的方向，它除了「本土化」外，卻缺乏明晰的集結軸。

鄉土文學原是描述本鄉本土的文學，其後發展的結果：推向臺灣話文之書寫，此與黃石輝、郭秋生的倡導有密切關係。但我們仍應釐清；此中論戰雙方，支持鄉土文學者，未必贊成臺灣話文之使用，如林克夫即贊成鄉土文學需用中國白話文來描寫，反對用臺灣話文來創作，賴明弘則站在無產階級的立場反對臺灣話文，認為使用臺灣話文之描寫將會妨礙臺灣的普羅階級走向世界無產階級的大同團結。而《南音》之「臺灣話文討論欄」使眾人以為是「鄉土先生的娛樂機關」，因此三番兩次為文澄清（甚至為此限制臺灣話文討論欄以及嘗試欄之頁數），其與鄉土文學之意義不同，絕非左傾之刊物。由此可知「鄉土文學」與「臺灣話文」的義涵是不同的。《南音》後來在葉榮鐘主導下提倡「第三文學」，即有企圖超越貴族文學和普羅文學之意味，並以立足臺灣全集團特性的文學，來對應臺灣話文之提倡。葉氏其實是贊成描述臺灣特殊山川、文化之文學，但因「鄉土文學」一詞易引起無產階級之嫌疑，尤其當初提倡者黃石輝即被目之為「普羅文學之巨星」，因此相對於大眾化命題、階級立場鮮明的「鄉土文學」而言，第三文學論可說是純以本土特性建立的臺灣本土文學論。

自一九三〇年八月黃石輝挑起「鄉土文學論爭」，一九三一年七、八月間郭秋生挑起「臺灣話文論爭」之後，臺灣左翼文學便昂然登場。當左翼政治運動遭到總督府當局的全面鎮壓，被迫轉入地下活動時，左翼文學適時而具體的反映了臺灣人民抵抗的心聲。一九三四年五月「臺灣文藝聯盟」成立，集結了全島進步的作家，表面標榜為文藝運動，實則是具有政治性的文學結社，其會誌《臺灣文藝》後因內外在條件的轉變，逐漸偏重文藝性，堅持社會主義思想並注重文藝之政治功能的楊逵，結合日本左翼作家，於一九三五年底另創辦《臺灣新文學》，直至一九三七年六、七月合刊號為止，共發行十五期，左翼文學的抵抗性，可說仍是臺灣文學的主流。

2、特色

此一年代的臺灣新文學特色，綜言之，因一九三一年以還，左傾社會運動與激進之民族主義運動遭全面壓制，新文學運動遂成為替代社會運動吸納知識分子之苑囿，當時文學團體雲興霞蔚，雜誌刊物如雨後春筍（如南音、先發部隊、第一線、臺灣文藝、臺灣新文學等），活躍之作家及發表之作品，數量較前一期為尤豐，而其水準亦大幅提昇。當時文學精神仍極富批判舊社會習俗、追求進步自主之意味，顧其文學作品已非二〇年代充滿抗議情緒之作可比。自表現形式觀之，小說雖然以短篇為主，但若干作者已開始熟練運用中篇小說之形式，且試圖向長篇小說之領域探索，如陳垂映、林輝焜、賴慶諸氏皆嘗試為長篇。這應和民報自一九三二年改為日刊有關，其發表方式顯然更能適應中、長篇之連載（周刊則時隔較久，因此泰半不得不採短打方式。）當然這和小說藝術手法漸成熟亦有關係。

王詩琅認為「臺灣文藝聯盟」成立，以及《臺灣文藝》和《臺灣新文學》二雜誌發行之短短三年間，不但把臺灣新文學從過去從屬於政治的地位擺脫，還急速地把它推進，建立一個堅強的陣地，使它能夠採取文學獨自的立場，從事文藝工作」，說明此階段的新文學運動成員的社會角

《台灣文藝》書影

《台灣新文學》書影

色雖仍繼承了前期知識分子關懷臺灣民眾，追求自主平等的理想，但已不再如社會運動時期一般，挺身躍入社會現實與殖民者短兵相接，從事文學運動者已認清文學發展正途，著力於文化之建設，不復如二〇年代淪為社會運動之附庸矣。

臺灣新文學運動雖以提倡白話文創作肇其端，然而日文教育日益強勢，中土文訊復不能順達臺灣，部分文學工作者丁茲盤錯紛擾際會，遂力主發揚臺灣傳統文化，於是倡導臺灣話文、整理民間文學，寖成本期文學之重要理念。

此外，自一九三三年起以日文創作之作品漸增，迄於一九三六、三七年之際漢文作品日益罕見。一九三四年起，臺灣作家的作品開始進軍日本中央文壇，楊逵、呂赫若、張文環、龍瑛宗諸氏悉嘗獲日本雜誌之文學獎，足見其日文文學造詣已普受肯定。

因鄉土文學在內容上要充分表現臺灣的色彩，所以在形式上面臨了必須以臺灣大多數人的言語來表現的問題，提倡「文藝大眾化」，就不能不強調臺灣本土的經驗。民間文學此一廣為民眾熟悉的題材，因之受到重視。從新文學啟蒙運動時期，視本土傳統文化為封建落伍的批判，到三〇年代要求整理民間文學，寫出臺灣本土風習、歷史特色之作，說明了臺灣作家認清臺灣文學應以臺灣現實為本位的立場。

㈢臺灣新文學的戰時文學期（一九三七～一九四五年）

1、戰時體制與皇民化運動

溯自日本烽侵，蘆溝雲黯以還，臺灣總督小林躋造為配合戰時體制，維持臺灣治安，並進而加以利用臺灣的人力，乃提出三句口號：「皇民化」、「工業化」、「南進基地化」。

在「皇民化」政策下，臺灣總督府加強推動諸多事項：如「國語運動」（講日語）—普設「國語講習所」，強迫臺灣老人以暮夜之時學習日語，嚴禁報章雜誌之漢文欄，查禁漢文書房，削減臺灣寺廟，嚴禁臺灣傳統戲劇之演出，只准許少數劇團改演皇民劇，以做為政令宣導工具。戲劇節目並概用日語。禁以臺語廣播，頒定「國語家庭」、獎勵改日姓，要求臺人「改善正廳，奉齋大麻」，以代傳統先祖之祀；推行「寺廟神昇天」運動，焚毀各廟宇所奉祀之神像，年節習俗以日本習慣行之。一九四一年四月十九日設「皇民奉公會」（同年十二月太平洋戰爭爆發），翌年復頒「陸軍特別志願兵」制，徵調臺籍青年赴大陸、南洋各地充當軍伕。一九四三年「日本文學報國會臺灣支部」成立，翌年實施「徵兵制度」，驅使年滿二十歲的臺灣子弟，赴各戰區為炮灰。「皇民化」之內容無所不包，要之，改造臺灣人而為「真正的日本人」以為「天皇」效死。

2、戰時的文學社群

⑴臺灣文藝家協會與《文藝臺灣》

一九三九年八月，任職於《臺灣日日新報》學藝部的西川滿，集合了濱田隼雄、北原政吉、池田敏雄、中山侑等人，籌組「臺灣詩人協會」，同年十二月機關刊物《華麗島》正式發行後，旋又改組為「臺灣文藝家協會」，其成立宗旨為「促進臺灣地區文藝之向上發展，以及會員間的互助與親睦。」，次年並發刊會誌《文藝臺灣》，由西川滿任主編兼發行人。

七七事變之後，臺灣總督府即設思想統制機關「臨時情報委員會」（後改為情報部），對文藝活動採嚴禁政策，然對「臺灣文藝家協會」之成立卻表支持與協助。該會網羅在臺的中、日詩人與作家凡六十三人。此為繼「臺灣文藝聯盟」之後，又一成員遍全臺之文藝組織，然而該組織大抵以日人為中心。會員亦以日人居多。其實際編務及發行事宜率由西川滿負責，前六期（雙月刊）刊載了小說、新詩、評論、民俗風土等文章，可謂綜合文藝雜誌。一九四一年二月，「臺灣文藝家協會」為配合戰時體制（日本帝國主義的侵略）而改組，《文藝臺灣》改由「文藝臺灣社」發行。「文藝臺灣社」亦由日臺作家組成，編輯委員有赤松孝彥、池田敏雄、川平朝申、北原政吉、黃得時、高橋比呂美、中村哲、長崎浩、中山侑、西川滿、濱田隼雄、龍瑛宗等人。此時同為「文藝臺灣社」同人的張文環、中山侑因不滿《文藝臺灣》的編輯方針，乃有另組雜誌之心。西川滿以同人另創雜誌將造成內部分裂，而極力勸阻，然而一九四一年五月，張文環、王井泉、黃得時、中山侑等人，仍組織啟文社，且創刊《臺灣文學》季刊。在二次大戰末期被迫合併以前，此二文學組織一向分庭抗禮，互不相下。曹介逸曾說：「《臺灣文學》與《文藝臺灣》是戰時中臺灣文藝界之雙壁，儼然為思想上相對立的二大陣營」。

一九四一年九月，《文藝臺灣》第二卷第六號上，刊出「戰爭詩特輯」，並刊載周金波〈志願兵〉及川合三良〈出生〉二篇以志願兵制度為題材的作品，而外地文學理論家島田謹二亦發表「取材於領臺之役的戰爭文學」，此為該誌首次響應時局所作之實際行動，同年十一月《文藝臺灣》於〈後記〉記載又謂：「本誌作為代表臺灣之唯一月刊綜合文藝雜誌，隨著時局進展，越感使命重大。本社編輯同人願意盡一切能力，戮力於本職」，此為該雜誌開戰前夕所刊言論。《文藝臺灣》創刊初期乃主藝術至上主義之編輯方針，太平洋戰爭爆發之翌年二月其政治宣傳之色彩日趨濃厚，所刊諸詩如〈大東亞戰爭〉及皇民奉公會「島民劇」皆配合時局之作。其元月新年號（三卷四號）卷頭上，刊出〈國民文學〉之宣言，即謂其理想乃是「實現現實的國家之理想，而為國民生活的指標」其積極協戰態度明顯可見。

一九四三年十一月，「臺灣文學決戰會議」中，西川滿提議「將文藝雜誌納入戰鬥配置」，而獻上《文藝臺灣》，《臺灣文學》遭魚池之殃，不得不做同樣表態，而終於做出兩者各再出一期後同時廢刊的決定。一九四四年五月，由「臺灣文學奉公會」會聚雙方成員，發行《臺灣文藝》，從此，民間所辦之文學雜誌乃不復存在。

《文藝臺灣》至停刊為止，凡梓行三十八期，為日據時期壽命最長之刊物，刊載之作品以日人之作為多，其中臺灣人之作如龍瑛宗重要之小說〈村姑逝矣〉、〈白色的山脈〉、〈不為人知的子的誕生〉、〈狂慕者的信〉、〈鄉愁〉等。

幸福〉、葉石濤〈林君寄來的信〉、〈春怨〉，及陳火泉〈道〉、周金波〈水癌〉、〈志願兵〉、〈尺

(2)啟文社與《臺灣文學》

《文藝臺灣》一卷一期，帝大外文教師島田謹二為文介紹「外地文學研究現狀」，將「外地文學」觀引進臺灣。所謂「外地文學」，英文為 Colonial Literature，法文為 Lit'erature Coloniale，實為「殖民地文學」。島田以法國殖民地文學研究為例，定義外地文學「捕捉外地特異風物、描寫外地生活者之特殊心理」的文學。其所謂「外地文學」，其實是殖民國與殖民地接觸，產生「風土、人、社會」之差異，從而產生異於內殖民地所撰，而歌頌擴張中的帝國，謳歌新領地的文學，若依此觀點推論，則殖民地文學乃從屬於殖民母國的文學，提供與殖民母國文化不同的異國趣味，為殖民國添加新風格。《文藝臺灣》自我定位為日本南方文化的建設者，以「外地文學」爭取日本之讀者，並獲得日本中央文壇的重視為其主要目標，此亦成為影響臺灣文學發展方向的主要因素。

由於外地文學引發的寫實主義與浪漫主義之爭，及臺灣文學定位問題（日本文學或臺灣文學），在民族立場及政治立場上的差異性等造成張文環等人於一九四一年五月脫離《文藝臺灣》另組啟文社，刊行《臺灣文學》。同人成員以臺灣作家為主，有黃得時、王井泉、張文環、陳逸松、林博秋、簡國賢、呂泉生，有少數日籍旅臺作家如中山侑、中村哲、澀谷精一、坂口䙥子等

人。其實際編務由張文環負責。《臺灣文學》成立之後，重新凝聚了常在《臺灣文藝》、《臺灣新文學》發表作品的臺籍作家，如楊逵、呂赫若（二人未加入臺灣文藝家協會）、巫永福、吳新榮等。《臺灣文學》以臺灣文化運動之傳承者自命，其內容除小說與新詩外，復有文學評論及有關臺灣當時美術、音樂、戲劇活動之介紹、評論，其與戲劇之關係尤為密切。此外該雜誌亦譯介漢文作品。

相對於《文藝臺灣》的日本觀點，《臺灣文學》則為臺灣人意識的刊物。因此《臺灣文學》之籌備屢蒙臺灣文藝界人士鼎力支持，二次大戰期間高壓政治氣氛及狂熱皇民化運動之中，《臺灣文學》成為代表臺灣人觀點、拒絕受戰爭影響的難能可貴之言論廣場，不少畫家、音樂家及作家皆經常置身其間。

一九四三年四月，「日本文學報國會」事業部長川貞雄來臺，在其斡旋下臺灣成立了「社團法人日本文學報國會臺灣支部」，「臺灣文藝家協會」自動解散，並成立皇民奉公會所管轄的「臺灣文學奉公會」。此後臺灣的文藝活動遂被編進為戰爭服務的統制機構，文學創作必須符合政治要求，文學工作者喪失創作自由而在命令之下謳歌戰爭。《臺灣文學》為保元氣，乃不得不稍事妥協，在編後語中呼喊戰時的愛國調子，廣告插頁刊出「大東亞戰爭勝利」的口號，最後為免廢刊，還刊出歌頌戰爭之詩作。儘管委曲猶難求全，《臺灣文學》仍遭查禁一期，理由為：無裨戰局。最後，《臺灣文學》終在強大的壓力下不得不宣告廢刊。

該刊壽命雖僅十一期，然而佳作如林，為臺灣文壇別開生面。張文環〈藝旦之家〉、〈論語與雞〉、〈夜猿〉、〈閹雞〉，呂赫若〈財子壽〉、〈風水〉、〈月夜〉、〈合家平安〉，楊逵〈無醫村〉，巫永福〈慾〉，王昶雄〈奔流〉等，皆一時之選。由於此時思想箝制日益嚴厲，在作品裡，正面反抗日本殖民統治已成不可能，於是，作家著力描寫臺灣人之現實生活，民族固有之風俗習慣，以與皇民化運動消滅民族色彩之企圖相抗衡。當臺灣新文學之父賴和因病去世時，同人等曾編輯「賴和先生悼念特輯」，以發揚臺灣新文學的抗議精神。日治時期臺灣新文學之所以能在橫逆紛乘的惡劣環境中異軍突起，生面別開，《臺灣文學》實有砥柱中流，獨擎大廈之功。

(3)臺灣文學奉公會與皇民文學

一九三七年臺灣總督府禁以漢文出刊雜誌，並控制臺人抗日之行動與思想，抗日文學尤其不容出現。從七七事變到一九四一年前半為止，臺灣文壇為外地文學所主宰，臺灣作家的作品不免有逃避現實的作品。從太平洋戰爭爆發以後，臺灣總督府對文藝作家的要求越來越明顯。日本當局以文學為政治宣傳之工具，鼓勵作家創作歌頌戰爭之作，要求作家假文學作品鼓勵臺灣人效忠日本政府，執行聖戰，歌頌日本武士精神，學習變成日本人。

昭和十五年（一九四〇年）日本成立「大政翼贊會」，日本文壇亦確立戰時體制。「臺灣文藝家協會」亦由總督府情報部副部長、文教局長、文書課長等擔任顧問。實具「透過文藝活動，協助文化新體制的建設」之雛形。一九四一年二月「臺灣文藝家協會」改組，會長為臺北帝大教授矢野峰人（象徵派詩人），矢野曾以「文藝報國的使命」為題演講，可見當時該會之局部改組已有政治上某種壓力存在。同年皇民奉公會成立以推動皇民化運動。一九四三年三月，復成立「統制會社」，將影劇亦納入政治管制，社長由當時臺灣日日新報社社長擔任。而《文藝臺灣》及其《臺灣文藝家協會》亦力喊皇民文學、大東亞共榮圈、奉公報國等口號。同年首度「大東亞文學者大會」於東京舉行，臺灣文藝家協會派西川滿、濱田隼雄、龍瑛宗、張文環四人與會，該會目的表面上雖為「在大東亞戰爭下，擔負文化建設底共同任務的共榮圈各地的文學者會聚一堂，互相溝通抱負，互相打開胸襟傾訴」，實則為日本軍部之統戰工具，要求亞洲各國知識分子認同「大東亞共榮圈」的妄想，以為其侵略戰爭張目。龍、張等人返臺後，臺灣文藝家協會於同年十二月於臺北公會堂（即今臺北中山堂）、高雄、臺南、嘉義、臺中、彰化、新竹等各地舉辦「大東亞文藝講演會」。一九四二年二月十一日「皇民奉會」新設「第一回臺灣文藝賞」，獎勵項目有文學、音樂、戲劇三類，文學類分由參加「大東亞文學會議」之三名代表得獎，其作品與作者分別為：〈南方移民村〉與作者濱田隼雄；〈赤嵌記〉與作者西川滿，〈夜猿〉與作者張文環。

一九四三年三月，日本軍閥樹敵日多，戰雲益濃，為設「日本文學報國會臺灣支部」，且於該支部規程第三條妄言：「支部為謀所屬會員之親睦，透過臺灣文學奉公會，以實現本會定款第三條所定本會之目的，努力宣揚皇國文化。」日本當局復解散「臺灣文藝家協會」，另設「文學奉公會」，以隸「皇民奉公會」。此二會支部長以上幹部悉同，企圖嚴密控制臺灣文壇，並建立臺灣之皇民文學。此外，「第二回大東亞文學者會議」代表名單長崎浩、齊藤勇、楊雲萍、周金波，即由「日本文學報國臺灣支部」擬定。

一九四三年由「臺灣文學奉公會」主辦，臺灣總督府情報課、皇民奉公會中央本部、日本文學報國臺灣支部後援，舉行「臺灣決戰文學會議」，在臺北公會堂舉行。討論主題為：「確立本島決戰態勢，文學者的戰爭協助」，出席的臺日作家約六十人。「文學奉公會」會長山本真平說：

> 今日的文學已不能像過去那樣，僅在表達文學家個人的感情，其創造活動須呼應國家至上的命令。……臺灣必須依照強韌且純粹無雜的日本精神去創造新的皇民文學，以文學之力來鼓舞激勵向軍人之道邁進的本島青年，並以文學為武器，提高大東亞戰爭必勝的信念，這是於君肩上責無旁貸的任務。

故知「臺灣決戰文學會議」意在支使文壇人士作日本軍閥侵略之應聲蟲，以鼓舞民心士氣。該會且通過西川滿「獻上文藝雜誌以納入戰鬥配置」之建議。於是，《臺灣文學》被迫與《文藝臺灣》僅於形式上邀張文環任編輯委員，此後該刊物遂極力迎合日人，從事「皇民文學奉公」活動鼓吹皇民文學。

一九四四年六月，「臺灣總督府情報課」要求作家撰寫戰時報導文學，於是臺日作家分別被安排到臺中州謝慶農場、臺南州斗六國民道場、高雄海兵團、石底煤礦、金瓜石礦山等處參觀，並以其見聞，撰寫小說，編成《臺灣決戰小說集》乾坤兩卷，以利日本當局宣傳。

3、特色

蓬勃的臺灣新文學運動至一九三七年《臺灣新文學》雜誌的廢刊而告一段落。七七事變爆發，日本侵略的野心，日甚一日，臺灣新文學社團所遭打擊亦日益沉重，文學運動遂躓踣難以推展。「反抗」日本帝國主義的臺灣文學，在所謂「戰時體制」下，誠已無法順利開展，重以禁用中文，使文學陷於幾近窒息的狀態。

在「臺灣文藝家協會」的主導下，臺灣的文學活動於一九四〇年後掀起另一高潮。該會並非基於臺灣新文學之脈絡而成立，其文學理念、民族情感與前此之文學團體異趣，因此下啟日後啟文社獨自創刊《臺灣文學》，以試圖上接一九三七年以前臺灣新文學的精神。然而處於無法進行任何反抗的時代，臺灣新文學工作者描寫臺灣人的日常生活，或皇民化風潮下臺灣知識分子的悲哀，猶隱見對皇民化的抗議。這時期幾乎皆為日文作者，而以白話文寫作的作家已痛失發表的園地。

由於日本統治者對臺民思想箝制日緊、壓迫愈甚，皇民化運動對臺灣文化風俗之破壞，臺灣新文學遂產生與以前不同，且明顯之轉變，當異族一再摧毀臺灣傳統之風俗與文化時，小說內容不再出豪語，要反傳統，要解放傳統對個人的束縛，由於此時思想箝制日益嚴厲，在作品裡，正面反抗日本殖民統治已成不可能，於是，作家著力描寫臺灣人之現實生活，民族固有之風俗習慣，生動描述市井人物、風土習俗，強調傳統的道德理念，注重孝道的發揚等。張文環所編的《臺灣文學》第三卷第四號且因所刊作品皆是描寫風俗民情、地方掌故，對當時戰爭毫無「鼓勵」作用而遭禁。足見風俗民情的運用在他的小說裡自有一定的作用。

此外，戰爭體制下的殖民地「皇民文學」有其複雜性，「皇民文學」的述作者，不見得就是心悅誠服的皇民作家，他們骨子裡可能埋藏著抗議的心思，以其立場的不堅定而來評斷某一作家皆有其局限，今日有不少作品必須進入作品核心，深入發掘其奧蘊，方能有一合理之了解與評價。此一工作須賴更多文學評論者從作品正文之判讀，依正文中證據之發掘，自諸多角度以審議之，方能有一正確的文學定位。當然，退一步言，若作者是衷心嚮往大和文化，就思想解放而言，處於那樣的年代，吾人亦應有更開闊的心胸來看待這些作品，皇民與否基本上這是時代錯亂所致，作家如毫無與政治掛勾之企圖，又何罪之有？此一階段之文學除作品理念與前二期相異外，其文學團體亦呈耐人尋思之現象，亦即《臺灣文學》雖重新團結新文學運動之成員，但卻無法令年輕一代傾心參與，反而有若干文學理念相近的日本人士積極參與活動。這在前期確是罕見，此一現象反應出臺灣知識社群與日本籍人士之部分混合。此時出現的臺灣新進作家多半非《臺灣文學》成員，而《文藝臺灣》則刊載臺灣青年周金波、陳火泉、葉石濤之作。他們都是受日本教育，未曾接觸啟蒙運動的新生代，其意識形態與《臺灣文學》的作家迥異。當時葉氏鼓吹浪漫主義，周氏以殖民者之意識形態寫出〈水癌〉、〈志願兵〉，陳氏亦寫了〈道〉、〈張先生〉。這種與新世代的隔閡，以致缺乏新血的情形，加上時局緊張，不能毫無忌諱大聲疾呼臺灣新文學運動的情況下，臺灣新文學勢必難以像前期蓬勃發展，不得不步向沒落之途。

總的來說，二〇年代發展起來的臺灣新文學，是探討日據時期臺灣歷史文化、政治社會運動不可少的資料。它反映了臺灣民眾在日本統治下的血淚和掙扎，具有反帝國侵略，反封建的文學精神，結合了政治參與和人文關懷的文化性格，強烈追求民族自決與思想自由，它不僅是日治下臺灣民眾的文化鬥爭和思想啟蒙運動，同時也與國際間弱小（少）民族的反抗文學思潮，以及歐美作家以追求人性解放及社會解放的進步文學思潮遙相呼應，從其文學脈動，自可窺出臺灣現代化的縮影，從其作品的刻畫、句勒，我們可以真切掌握到臺灣本土人物的思想意識、現實生活、浪漫情愛及苦悶軟弱，挫折而自覺等等，以至於「皇民化」的種種問題，這些都有助於我們認識上一代生活的舞臺，並多了解他們走過的崎嶇不平的道途，由於他們的創作不輟，使得臺灣的文學扮演了極重要的角色。這些文學作品在今日來說，可說是彌足而珍貴。

二、日治時期臺灣主要新文學刊物表

刊物名稱	出刊日期	停刊日期	刊行地	創辦者	刊物型態	備註
臺灣青年	一九二〇、七、十六	一九二二、二、十五	東京	蔡培火	中日文月刊	出刊十八期，查禁四期。
臺灣	一九二二、四、十	一九二四、五、十	東京	林呈祿	中日文月刊	出刊十九期，查禁二期。係由《臺灣青年》易名。
臺灣民報	一九二三、四、十五	一九四四、三、廿七	東京、後移臺北	林呈祿	白話文→中日文半月刊→旬刊→週刊→日刊	初為中文半月刊，一九二三、十、十五改中日文旬刊。一九二五、七、五改週刊。一九二七、八、一遷臺發行。一九三〇、三、廿九易名《臺灣新民報》。一九三二、四、十五改為日刊。一九四一、二、十一易名《興南新聞》。

人人	一九二五、三、十一	一九二五、十二、卅一	臺北	楊雲萍	中文不定期	出刊兩期。
伍人報	一九三〇、六、廿一	一九三〇、十二	臺北	王萬得		出刊十五期後，易名為《工農先鋒》。
臺灣戰線	一九三〇、八	一九三〇、十二	臺北	楊克培		出刊四期皆被禁。
洪水	一九三〇、八		臺北	黃白成枝		出刊十期。
明日	一九三〇、八、七		臺北	林斐芳	中文	出刊六期，查禁三期。
現代生活	一九三〇、十、十五		彰化	許乃昌	中文	出刊一期。
赤道	一九三〇、十、卅一	一九三一、一、十七	臺南	林秋梧	中日文旬刊	出刊六期，查禁二期。
新臺灣戰線	一九三〇、十二		臺北			由《伍人報》與《臺灣戰線》合併。
臺灣文學	一九三一、九	一九三二、六、廿五	臺北	臺灣文藝作家協會、別所孝二	中日文	出刊六期，查禁二期。
南音	一九三二、一、一	一九三二、十一、八	臺北後移臺中	黃春成（前期）張星建（後期）	中文半月刊	出刊十二期，查禁一期。
福爾摩沙	一九三三、七、十五	一九三四、六、十五	東京	臺灣藝術研究會、蘇維熊	日文不定期	出刊三期。
先發部隊 第一線	一九三四、七、十五	一九三五、一、六	臺北	臺灣文藝協會 廖漢臣	白話文→中日文	第二期易名《第一線》，各出刊一期。

臺灣文藝	一九三四、十一、五	一九三六、八、廿八	臺中	臺灣文藝聯盟 張星建	中日文月刊	出刊十五期。
臺灣新文學	一九三五、十二、廿八	一九三七、六、十五	臺中	楊逵	中日文月刊	出刊十四期，查禁一期，另新文學月報兩期。
風月報	一九三五、五、九	一九四一、六、十五	臺北	簡荷生	中文半月刊	出刊一三三期。
南方	一九四一、七、一	一九四五、一	臺北	簡荷生	中文半月刊	風月報自一三三期起易名南方。
華麗島	一九三九、十二、一		臺北	臺灣詩人協會 西川滿	日文	出刊一期。
文藝臺灣	一九四〇、一、一	一九四四、一、一	臺北	臺灣文藝家協會、西川滿	日文 雙月刊→月刊	出刊卅八期，初為雙月刊，一九四一年二月改組，由文藝臺灣社刊行，同年五月（二卷二號）起改為月刊。
臺灣文學	一九四一、五、廿七	一九四三、十二、廿五	臺北	啟文社 張文環	日文季刊	出刊十期，查禁一期。
臺灣文藝	一九四四、五、一	一九四五、一、五	臺北	臺灣文學奉公會、長崎浩	日文月刊	出刊八期。

三、日治時代臺灣小說及相關評論閱讀書目舉隅

(一)小說文本

張我軍詩文集　張光直編　純文學出版社　一九七五年八月
日據下臺灣新文學　李南衡主編　明潭出版社　一九七九年三月
光復前臺灣文學全集　鍾肇政、葉石濤主編　遠景出版事業公司　一九七九年七月
陳虛谷選集　陳逸雄編　自立晚報出版　一九八五年十月
陋巷清士——王詩琅選集　張炎憲、翁佳音編　弘文館出版　一九八六年十一月
臺灣作家全集——短篇小說卷・日據時代　張恆豪主編　前衛出版社　一九九一年一月
日據時代臺灣小說選　施淑編　前衛出版社　一九九二年十二月
楊守愚作品選集　施懿琳編　彰化縣立文化中心出版　一九九五年六月
呂赫若小說全集　呂赫若著、林至潔譯　聯合文學出版　一九九五年七月
巫永福全集　沈萌華主編　傳神福音文化事業有限公司　一九九六年五月
臺灣文學集　葉石濤編譯　春暉出版社　一九九六年八月

翁鬧作品選集　許俊雅、陳藻香編譯　彰化縣立文化中心出版　一九九七年八月
陳虛谷作品集　陳逸雄編　彰化縣立文化中心　一九九七年十二月
楊逵全集　彭小妍、清水一郎主編　中研院文哲所籌備處　一九九八～二〇〇一年
賴和手稿集　林瑞明編　賴和文教基金會、臺灣省文獻委員會出版　二〇〇〇年五月
賴和全集　林瑞明編　前衛出版社　二〇〇〇年六月
張文環全集　陳萬益主編　臺中縣立文化局　二〇〇二年五月
王昶雄全集　許俊雅主編　臺北縣立文化局　二〇〇二年十月

(二)相關評論

日據時代臺灣新文學作家小傳　黃武忠　時報文化出版　一九八〇年八月
臺灣文學史綱　葉石濤　文學界出版社　一九八七年二月
臺灣文學與時代精神——賴和研究論集　林瑞明　允晨文化實業股份有限公司　一九九三年八月
賴和研究資料彙編（上、下）　賴和紀念館編　彰化縣立文化中心編印　一九九四年六月
復活的群像——臺灣卅年代作家列傳　林衡哲、張恆豪編著　前衛出版社　一九九四年六月
臺灣文學研究在日本　黃英哲編、涂翠花譯　前衛出版社　一九九四年十二月
日據時期臺灣小說研究　許俊雅　文史哲出版社　一九九五年二月

于無聲處驚聽雷——臺灣文學論集　陳萬益　臺南市立文化中心印行　一九九六年五月
臺灣文學的本土觀察　林瑞明　允晨文化實業股份有限公司　一九九六年七月
臺灣文學的歷史考察　林瑞明　允晨文化實業股份有限公司　一九九六年七月
臺灣小說名著新探　林政華　文化哲出版社　一九九七年一月
從文學讀臺灣　下村作次郎著、邱振瑞譯　前衛出版社　一九九七年二月
兩岸文學論集　施淑　新地文學出版社　一九九七年六月
臺灣文學入門　葉石濤　春暉出版社　一九九七年六月
臺灣新文學運動四十年　彭瑞金　春暉出版社　一九九七年八月
呂赫若作品研究　陳映真等著　聯合文學出版　一九九七年十一月
臺灣的日本語文學　垂水千惠著、涂翠花譯　前衛出版社　一九九八年二月
臺灣文學步道　彭瑞金　高雄縣立文化中心編印　一九九八年八月
左翼臺灣——殖民地文學運動史論　陳芳明　麥田出版社　一九九八年十月
巫永福全集（續集）：文學會議卷　沈萌華主編　傳神福音文化事業有限公司　一九九九年六月
殖民地經驗與臺灣文學——第一屆臺杏臺灣文學學術研討會論文集　江自得主編　遠流出版事業股份有限公司　二〇〇〇年二月
臺中縣作家與作品論文集　路寒袖主編　臺中縣立文化中心出版　二〇〇〇年十二月

賴和全集㈥：評論卷　林瑞明編　前衛出版社　二〇〇一年十二月

日本語文學與臺灣——去邊緣化的軌跡　李郁蕙　前衛出版社　二〇〇二年七月

一桿「稱仔」

❖賴和 作

作者登場

賴和（一八九四～一九四三），原名賴河，筆名懶雲、甫三、走街先、灰、安都生等。彰化人，幼年習漢文，並接受漢文教育。臺北醫學校畢業，返鄉懸壺濟世，地方父老尊稱為「和仔先」。行醫之餘，積極從事抗日文化運動，不僅加入「臺灣文化協會」，赴各地演講，啓蒙民衆；又主編《臺灣民報》「學藝欄」，培植新文學作家，王詩琅說賴和「是培育了臺灣新文學的父親和母親」，楊逵說他「是臺灣關心大衆生活的文學的元老」，有人稱他是「臺灣的魯迅」、「臺灣新文學之父」。也有人稱他是臺灣新文學的開拓者或先驅者。賴和在臺灣新文學史上特別受到推崇與肯定，實由於他激發了臺灣新文學的精神，擴大了臺灣新文學的規模，樹立了臺灣作家的典範，提攜了不少年輕的文學工作者。

其個人創作兼納新舊文學，新詩〈覺悟下的犧牲——寄二林事件戰友〉、〈南國哀歌〉，散文〈無題〉、〈前進〉，小說〈一桿「稱仔」〉等，都是膾炙人口之作。他不僅開拓反殖民、反帝國主義、反

賴和　像

傳統陋習的文學內容，具有強烈批判日本殖民統治的不公不義的抗議精神，更開創了臺灣話文的文學語言形式。一九二六年賴和發表新舊文學比較的文章，提出他對文學語言形式的看法，他認為：「一、新文學運動的目標是在『舌頭與筆尖』的合一。二、舊文學是讀書人的，不屑與民眾為伍；新文學則是以民眾為對象，是大眾文學」他所主張的正是言文一致的臺灣話文文學，他希望以臺灣話文的形式建設言文一致的大眾化文學，以更直接、更有效的方式將社會運動的主張、思想傳播到廣大社會群眾的心中。

賴和曾兩度入獄，一九二三年因治警事件入獄，一九四一年又因故再度入獄，後因病重出獄，不久以心臟病逝世。作品有《賴和先生全集》（明潭出版社）、《賴和集》（前衛出版社）、《賴和小說集》（洪範書店）。二〇〇二年六月，林瑞明主編的《賴和全集》最為完整。

本文開始

鎮南威麗村裡，住的人家，大都是勤儉、耐苦、平和、順從的農民。村中除了包辦官業的幾家勢豪，從事公職的幾家下級官吏，其餘都是窮苦的佔多數。

村中，秦得參的一家，尤其是窮困的慘痛，當他生下的時候，他父親早就死了。他在世，雖曾贌得幾畝田地耕作，他死了後，只剩下可憐的妻兒。若能得到業主的恩恤，田地繼續贌給他們，雇用工人替他們種作，猶可得稍少利頭，以維持生計。但是富家人，誰肯讓他們的利益，給人家享。若然就不能成其富戶了。所以業主多得幾斗租穀，就轉贌給別人。他父親在世，汗血換來的錢，亦被他帶到地下去。他母子倆的生路，怕要絕望了。

鄰右看她母子倆的孤苦，多為之傷心，有些上了年紀的人，就替他們設法，因為餓死已經不是小事了。結局因鄰人的做媒，他母親就招贅一個夫婿進來，本來做後父的人，很少能體恤前夫的兒子。他後父，把他母親亦只視作一種機器，所以得參，不僅不能得到幸福，又多挨些打罵，他母親因此和後夫就不十分和睦。

幸他母親，耐勞苦，會打算，自己織草鞋、畜雞鴨、養豬，辛辛苦苦，始能度那近於似人的生活。好容易，到得參九歲的那一年，他母親就遣他，去替人家看牛，做長工。這時候，他後父已不大顧到家內，雖然他們母子倆，自己的勞力，經已可免凍餒的威脅。

得參十六歲的時候，他母親教他辭去了長工，回家裡來，想贌幾畝田耕作，可是這時候，贌田就不容易了。因為製糖會社，糖的利益大，雖農民們受到會社刻虧、剝奪，不願意種蔗，會社就加「租聲」向業主爭贌，業主們若自己有利益，那管到農民的痛苦，田地就多被會社贌去了。有幾家說是有良心的業主，肯贌給農民，亦要同會社一樣的「租聲」，得參就贌不到田地。若做會社會勞工呢，有同牛馬一樣，他母親又不肯，只在家裡，等著做些散工。因他的力氣大，做事勤敏，就每天有人喚他工作，比較他做長工的時候，勞力輕省，得錢又多。又得他母親的刻儉，漸積下些錢來。光陰似矢，容易地又過了三年。到得參十八歲的時候，她母親唯一未了的心事，就是為得參娶妻。經她艱難勤苦積下的錢，已夠娶妻之用，就在村中，娶了一個種田的女兒。幸得過門以後，和得參還協力，到田裡工作，不讓一個男人，又值年成好，他一家生計，暫不覺得困難。

得參的母親，在他二十一歲那一年，得了一個男孩子，以後臉上已見時現著笑容，可是亦已衰老了。她心裡的欣慰，使她責任心亦漸放下，因為做母親的義務，經已克盡了。但二十年來的笑容，使她有限的肉體，再不能支持。亦因責任觀念已弛，精神失了緊張，病魔遂乘虛侵入，病臥幾天，她面上現著十分滿足、快樂的樣子歸到天國去了。這時得參的後父，和他只存了名義上的關係，況他母親已死，就各不相干了。

可憐的得參，他的幸福，已和他慈愛的母親，一併失去。

翌年，他又生下一女孩子。家裡頭因失去了母親，須他妻子自己照管，並且有了兒子的拖累，不能和他出外工作，進款就減少一半，所以得參自己不能不加倍工作，這樣辛苦著，過有四年，他的身體，就因過勞，伏下病根，在早季收穫的時候，他患著瘧疾，病了四五天，才診過一次西醫，花去兩塊多錢，雖則輕快些，腳手尚覺乏力，在這煩忙的時候，而又是勤勉的得參，就不敢閒著在家裡，亦即耐苦到田裡去。到晚上回家，就覺得有點不好過，睡到夜半，寒熱再發起來，翌天也不能離床，這回他不敢再請西醫診治了。他心裡想，三天的工作，還不夠吃一服藥，那得那麼些錢花？但亦不能放他病著，就煎些不用錢的青草，或不多花錢的漢藥服食。雖未全部無效，總隔兩三天，發一回寒熱，經過有好幾個月，才不再發作。但腹已很脹滿。有人說，他是吃過多的青草致來的，有人說，那就叫脾腫，是吃過西藥所致。在得參總不介意，只礙不能工作，是他最煩惱的所在。

當得參病的時候，他妻子不能不出門去工作，只有讓孩子們在家裡啼哭，和得參呻吟聲相和著，一天或兩餐或一餐，雖不至餓死，一家人多陷入營養不良，尤其是孩子們，猶幸他妻子不再生育……

一直到年末。得參自己，才能做些輕的工作，看看「尾衙」到了，尚找不到相應的工作，若一至新春，萬事停辦了，更沒有做工的機會，所以須積蓄些新春半個月的食糧，得參的心裡，因此就分外煩惱而恐惶了。

末了，聽說鎮上生菜的販路很好。他就想做這項生意，無奈缺少本錢，又因心地坦白，不敢向人家告借，沒有法子，只得教他妻到外家走一遭。

一個小農民的妻子，那有闊的外家，得不到多大幫助，本是應該情理中的事，總難得她嫂子，待她還好，把她唯一的裝飾品——一根金花——借給她，教她去當舖裡，押幾塊錢。暫作資本，這法子，在她當得帶了幾分危險，其外又別無法子，只得從權了。

一天早上，得參買一擔生菜回來，想吃過早飯，就到鎮上去，這時候，他妻子才覺到缺少一桿「稱仔」。「怎麼好？」得參想，「要買一桿，可是官廳的專利品，不是便宜的東西，那兒來得錢？」他妻子趕快到隔鄰去借一桿回來，幸鄰家的好意，把一桿尚覺新新的借來。因為巡警們，專在搜索小民的細故，來做他們的成績，犯罪的事件，發見得多，他們的高昇就快。所以無中生有的事故，含冤莫訴的人們，向來是不勝枚舉。什麼通行取締、道路規則、飲食物規則、行旅法規、度量衡規紀，舉凡日常生活中的一舉一動，通在法的干涉、取締範圍中。——他妻子為慮萬一，就把新的「稱仔」借來。

這一天的生意，總算不壞，到市散，亦賺到一塊多錢。他就先糴些米，預備新春的糧食。過了幾天糧食足了，他就想，「今年家運太壞，明年家裡，總要換一換氣象才好，第一廳上奉祀的觀音畫像，要買新的，同時門聯亦要換，不可缺的金銀紙，香燭，亦要買。」再過幾天，生意屢好，他又想炊一灶年糕，就把糖米買回來。他的妻子就忍不住，勸他說：「剩下的錢積積下，待贖取那金花，不是更要緊嗎？」得參回答說：「是，我亦不是把這事忘卻，不過今天才廿五，那筆錢不怕賺不來，就賺不來，本錢亦還在。當舖裡遲早，總要一個月的利息。」

一晚市散，要回家的時候，他又想到孩子們。新年不能有件新衣裳給他們，做父親的義務，有點不克盡的缺憾，雖不能使孩子們享到幸福，亦須給他們一點喜歡。他就剪了幾尺花布回去。把幾日來的利益，一總花掉。

這一天近午，一下級巡警，巡視到他擔前，目光注視到他擔上的生菜，他就殷勤地問：

「大人，要什麼不要？」

「汝的貨色比較新鮮。」巡警說。

「是，城市的人，總比鄉下人享用，不是上等東西，是不合脾胃。」

得參接著又說：

「花菜賣多少錢？」巡警問。

「大人要的，不用問價，肯要我的東西，就算運氣好。」參說。他就擇幾莖好的，用稻草貫著，恭敬地獻給他。

「不，稱稱看！」巡警幾番推辭著說，誠實的參，亦就掛上「稱仔」稱一稱說：

「大人，真客氣啦！才一斤十四兩。」本來，經過稱稱過，就算買賣，就是有錢的交關，不是白要，亦不能說是贈與。

「不錯罷?」巡警說。

「不錯,本有兩斤足,因是大人要的……」參說。這句話是平常買賣的口吻,不是贈送的表示。

「稱仔不好罷,兩斤就兩斤,何須打扣?」巡警變色地說。

「不,還新新呢!」參泰然點頭回答。

「拿過來!」巡警赫怒了。

「稱花還很明瞭。」參從容地捧過去說。巡警接在手裡,約略考察一下說:

「不堪用了,拿到警署去!」

「什麼緣故?修理不可嗎?」參說。

「不去嗎?」巡警怒叱著。「不去?畜生!」撲的一聲,巡警把「稱仔」打斷擲棄,隨抽出胸前的小帳子,把參的名姓、住處,記下。氣憤憤地,回警署去。

參突遭這意外的羞辱,空抱著滿腹的憤恨,在擔邊失神地站著。等巡警去遠了,才有幾個閒人,近他身邊來。一個較有年紀的說:「該死的東西,到市上來,只這規紀亦就不懂?要做什麼生意?汝說幾斤幾兩,難道他的錢汝敢拿嗎?」

「難道我們的東西,該白送給他的嗎?」參不平地回答。

「唉!汝不曉得他的厲害,汝還未嘗到他,青草膏的滋味。」那有年紀的嘲笑地說。

「什麼？做官的就可任意凌辱人民嗎？」參說。

「硬漢！」有人說。眾人議論一回，批評一回，亦就散去。

得參回到家裡，夜飯前吃不下，只悶悶地一句話不說。經他妻子殷勤的探問，才把白天所遭的事告訴她。

「寬心罷！」妻子說，「這幾天的所得，買一桿新的還給人家，剩下的猶足贖取那金花回來。休息罷，明天亦不用出去，新春要的物件，大概準備下，但是，今年運氣太壞，怕運裡帶有官符，經這一回事，明年快就出運，亦不一定。」

參休息過一天，看看沒有什麼動靜，況明天就是除夕日，只剩得一天的生意，他就安坐下來，絕早挑上菜擔，到鎮上去。此時，天色還未大亮，在曉景朦朧中，市上人聲，早就沸騰，使人愈感到「年華垂盡，人生頃刻」的悵惘。

到天亮後，各擔各色貨，多要完了，有的人，已收起擔頭，要回去圍爐，過那團圓的除夕，償一償終年的勞苦，享受著家庭的快樂。當這時參又遇到那巡警。

「畜生，昨天跑到那兒去？」巡警說。

「什麼？怎得隨便罵人？」參回說。

「畜生，到衙門去！」巡警說。

「去就去吧，什麼畜生？」參說。

巡警瞪他一眼便帶他上衙門去。

「汝秦得參嗎？」法官在座上問。

「是，小人，是。」參跪在地上回答說。

「汝曾犯過罪嗎？」法官。

「小人生來將三十歲了，曾未記過一次法。」參。

「以前不管他，這回違犯著度量衡規則。」法官。

「唉！冤枉啊！」參。

「什麼？沒有這樣事嗎？」法官。

「這事是冤枉的啊！」參。

「但是，巡警的報告，總沒有錯啊！」法官。

「實在冤枉啊！」參。

「既然違犯了，總不能輕恕，只科罰汝三塊錢，就算是格外恩典。」官。

「可是，沒有錢。」參。

「沒有錢，就坐監三天，有沒有？」官。

「沒有錢！」參說，在他心裡的打算：新春的閒時節，監禁三天，是不關係什麼，但是三塊錢的用處大，所以他就甘心去受監禁。

參的妻子，本想洗完了衣裳，才到當舖裡去，贖取那根金花。還未曾出門，已聽到這凶消息，她想：在這時候，有誰可央托，有誰能為她奔走？愈想愈沒有法子，愈覺傷心，只有哭的一法，可以少（稍）舒心裡的痛苦，所以，只守在家裡哭。後經鄰右的勸慰，教導帶著金花的價錢，到衙門去，想探探消息。

鄉下人，一見巡警的面，就怕到五分，況是進衙門裡去，又是不見世面的婦人，心裡的驚恐，就可想而知了。她剛跨進郡衙的門限，被一巡警的「要做什麼」的一聲呼喝，已嚇得倒退到門外去，幸有一十四來歲的小使，出來查問，她就哀求他，替伊探查，難得那孩子，童心還在，不會倚勢欺人，誠懇地，替伊設法，教她拿出三塊錢，代繳進去。

「才監禁下，什麼就釋出來？」參心裡，正在懷疑地自問。出來到衙前，看著她妻子。

「為什麼到這兒來？」參對著妻子問。

「聽……說被拉進去……」她微咽著聲回答。

「不犯到什麼事，不至殺頭怕什麼。」參怏怏地說。

他們來到街上，市已經散了，處處聽到「辭年」的爆竹聲。

「金花取回未？」參問她妻子。

「還未曾出門，就聽到這消息，我趕緊到衙門去，在那兒繳去三塊，現在還不夠。」妻子回答他說。

「唔！」參恍然地出發出這一聲就拿出早上賺到三塊錢，給他妻子說：

「我挑擔子回去，當舖怕要關閉了，快一些去，取出就回來罷。」

「圍過爐」，孩子們因明早要絕早起來「開正」各已睡下，在做他們幸福的夢。參尚在室內踱來踱去。經過妻子幾次的催促，他總沒有聽見似的，心裡只在想，總覺有一種，不明瞭的悲哀，只不住漏出幾聲的嘆息，「人不像個人，畜生，誰願意做。這是什麼世間？活著倒不若死了快樂。」他喃喃地獨語著，忽又回憶到母親死時，快樂的容貌。他已懷抱著最後的覺悟。

元旦，參的家裡，忽譁然發生一陣叫喊、哀嗚、啼哭。隨後，又聽著說：「什麼都沒有嗎？」「只『銀紙』備辦在，別的什麼都沒有。」

同時，市上亦盛傳著，一個夜巡的警吏，被殺在道上。

這一幕悲劇，看過好久，每欲描寫出來，但一經回憶，總被悲哀填滿了腦袋，不能著筆。近日看到法朗士的克拉格比，才覺這樣事，不一定在未開的國裡，凡強權行使的地上，總會發生，遂不顧文字的陋劣，就寫出給文家批判。

本篇作於一九二五年十二月四日夜

原載於《臺灣民報》九十二號，九十三號、一九二六年二月四日、二十一日

集評

一、小說以「稱仔」為主題，這個作者在標題上特別加上引號的稱仔，除了象徵秦得參所代表的善良正直百姓，在那觀念上代表公正，而事實上只是統治者專利品稱子之上，個人尊嚴和價值可以隨時被摧殘和否定的事實，同時更深刻地揭露了隱藏在法制、平等、人權等思想口號中的欺罔性，這一點透過因它而存在的殖民帝國主義的壓迫掠奪行為，表現得尤其赤裸、尖銳。（施淑《中國現代短篇小說選析》，長安出版社）

二、「稱仔」所象徵的乃是公正合理世界的追求，被殖民者所熱烈企求的公理與真正無私的法治，然而當「稱仔」被巡警大人一怒打斷擲棄時，即意味著公正合理世界的不可能。相同的情形也發生在〈豐作〉裡。……「稱仔」「磅仔」所象徵的公正合理既已蕩然無存，則法之所以為法亦只是執法者剝削凌虐的工具罷了。（許俊雅《日據時期臺灣小說研究》，文史哲出版社）

三、《克拉格比》是法朗士一九〇一年的作品《恐怖事件》(L'Affaire Crainquebille)，比較正確的音譯是《克蘭克比爾》，賴和不懂法文，想必是透過日文譯本讀了這部作品。法朗士在《恐怖事件》中，透過了一個小販的不公平遭遇，表明了他仇視資本主義秩序，最終導致他擁護社會主義。賴和一生，也有這樣的心路歷程，尤其是文化協會分裂後，他繼續參與新文協的左翼社會運動，直到新文協遭到壓制，這都可以證明他傾向社會主義。（林瑞明〈世界主義下的臺灣新文

學〉，《種子落地》，賴和文教基金會出版）

四、被打折的「稱仔」最粗淺的象徵，是老百姓在酷烈的暴政剝削下，失去了謀生的工具。另一方面，也可象徵法律原本應有的公正被統治者所毀。再者，「稱仔」可以象徵人間的平等。在日人自視高高在上，動輒罵臺人是畜生的行為中，當然全無平等可言。最後，「稱仔」原本的標準、平直，正象徵得參的善良、正直；而最終的被打斷，可以是象徵得參寧折不屈的骨氣。……〈一桿「稱仔」〉的結尾……為自側面聽得參家中傳出的慌亂。這種方法頗類電影中的「空鏡頭」，畫面上並無人物的動作，卻由畫面外的聲音負責交代情節、渲染情緒。「看不到」，反而更具想像空間，增加了感染力。（徐士賢〈從賴和到呂赫若——〈一桿「稱仔」〉與〈牛車〉之比較〉，臺灣的文學與歷史學術會議論文）

五、賴和的抗爭意識使秦得參覺悟到自己的命運，這無疑是賴和自己反殖民思想的作用，但他讓秦得參思索的問題未嘗不是全部臺灣人都應該思考的問題，正是在這裡賴和顯現了啟蒙者的姿態。……小說的結局，賴和以暗示的手法，讓被殖民的臺灣人看「覺悟」後的代價與尊嚴……。在現今可見的手稿中可以發現，「殺警」一節與之後的「作者自述」根本不是賴和一開始就有的設計。但小說結尾處的一段話其實是頗有深意的，……似乎賴和並不由社會的開化與否來評斷正義的必然存在，反而意識到「強權」才是造成不公的主因，在殖民地則「強權」無疑是指涉著日本帝國主義者。賴和小說中關於「殺警」的暗示，在另一篇沒有發表，但是置於同一本筆記本中，因而可能是同一時期作品的小說〈新時代青年的一面〉就坦然無隱了。透過法官與新時代青年的對話，被責以用「暴力」刺殺巡警的青年，說出了要用「鮮血」來「淘洗」巡警的話：「我認定他的罪惡，不管他的位置，在他所留下的罪惡。比到在高位的還更重大，用我一滴滴的血，洗去多麼大的罪惡，不是很光榮嗎？」更重要的是，新時代青年在最後說出了秦得參覺悟但說不出的一段話，青年要求在判辭中寫說自己是受到「××力」的屈服，而不是受到「法」的制裁，因為「法」的後面還有一種「力」的支配。……我想特別指出的是，賴和從法朗士那裡看到，所謂「國家」、「法律」、「警察」已形成一種鞏固統治秩序的三角關係，法律是國家制訂來維持社會秩序的，警察為國家執行法律，國家的權威則具現在警察的權力之上，為了統治秩序的確立，警察的權威也被「上綱」到無可懷疑的地步，這就是近代資產階級統治的特點。……賴和想必由法朗士那裡看到近代資本主義社會裡司法體系的虛罔性，它只能是維護統治者權威的工具，而犧牲的正是所謂升斗小民需要的「正義」、「平等」。循著這種認知再回過頭來看〈一桿「稱仔」〉的思想表現，我們就不難理解那被「括號」起來的「稱仔」已表明賴和對「法」的不義性與虛罔性的批判。（陳建忠《書寫臺灣‧臺灣書寫：賴和的文學與思想研究》，清華大學中文系博士論文，二〇〇一年一月）

【相關評述引得】

一、林瑞明，《臺灣文學與時代精神——賴和研究論集》，允晨文化，一九九三年八月

二、呂興忠，〈賴和〈富戶人的歷史〉初探〉，《文學臺灣》第十一期，一九九四年七月五日

三、陳昭瑛，〈一根金花：論賴和的〈一桿「稱仔」〉〉，《中國現代文學理論季刊》第九期，一九九八年三月

四、廖淑芳，〈理想主義的荊棘之路——賴和左翼思想兼探〉，《第四屆府城文學獎得獎作品專集》，臺南：臺南市立文化中心，一九九八年六月

五、陳芳明，〈賴和與臺灣左翼文學系譜〉，「賴和及其同時代的作家：日據時期臺灣文學國際學術會議」論文，後收於《左翼臺灣——殖民地文學運動史論》，臺北：麥田出版公司，一九九八年十月

六、陳建忠，〈啟蒙知識份子的歷史道路——從「知識份子」的形象塑造論魯迅與賴和的思想特質〉，一九九九年一月三十日，後收於《孤獨的帝國——第二屆全國大專學生文學獎得獎作品專集》，臺北：行政院文化建設委員會，一九九九年五月

七、游勝冠，〈啊！時代的進步和人們的幸福原來是兩回事——賴和面對殖民現代化的態度初探〉，一九九八年十二月二十日，後收於《殖民地經驗與臺灣文學——第一屆臺杏臺灣文學

學術研討會論文集》，臺北：遠流出版公司，二〇〇〇年二月

八、張恆豪，〈覺悟者——〈一桿「稱仔」〉與〈克拉格比〉〉，《殖民地經驗與臺灣文學——第一屆臺杏臺灣文學學術研討會論文集》，遠流出版社，二〇〇〇年二月

九、賴松輝，〈賴和〈一桿『稱仔』〉的書寫模式〉，第十六屆全國學術及職業教育研討會論文，二〇〇一年四月

榮歸

◆陳虛谷 作

作者登場

陳虛谷（一八九六～一九六五），號一村，彰化和美塗厝厝人。出身佃農，後過繼為地主之子，幼習漢文，稍長赴日留學。「臺灣文化協會」成員，明治大學政治經濟科畢業，返臺投身文化運動，參與文協在全島舉辦的文化演講，啓迪民智，鼓動新潮。並撰文抨擊舊詩人阿諛媚俗，一九二六年，他在《臺灣民報》發表〈駁北報的無腔笛〉，對舊詩人與上山滿之進總督作詩動機提出批評，痛責此輩詩人盲目歌功頌德，深違詩教旨趣，名之為「狐媚的詩人」，並積極參與新文學運動。次年發表第一首新詩〈秋曉〉，一年後，發表了第一篇短篇小說〈他發財了〉。

自《臺灣民報》遷回臺灣發行，屢有新作，該報改為日刊

陳虛谷 像

前排右起：莊垂勝、陳紹馨、葉榮鐘。後排右起：楊木、陳虛谷、賴和。小孩為陳虛谷三男陳逸雄及末子純真。

後，與賴和等人受聘為學藝部客員。七七事變後中文書寫遭到禁止，風聲鶴唳之際，於一九三九年，與賴和、楊木、陳英方、楊樹德、吳蘅秋、楊石華、楊添財、楊守愚九人同創「應社」，以明其志。陳虛谷四篇小說中，〈榮歸〉（一九三〇）凸顯日治時期某些臺人趨炎附勢、挾洋自重之劣根性與奴隸性。〈他發財了〉（一九二六）、〈無處申冤〉（一九二六）、〈放炮〉（一九三〇）等三篇作品，指控日警濫施特權，歛財詐色，凌壓臺民之暴行。並以悲憫之情懷、細膩之筆墨，將哀哀農民純樸堅韌之性格，作真實動人之刻畫。故陳虛谷絕無僅有之四篇小說，深蘊寫實諷喻之精神，並不因數量不多而減其價值。陳虛谷亦嘗自論其作：

> 我後日若能於生活史上留個小小的記念的價值，便是詩。我平生最得意的有二事：一是演說，

二是詩。我七、八年前曾寫過四篇小說，就中一篇已受一個臺灣青年（指李獻璋）編入臺灣小說集（《臺灣小說選》，被禁止出版，未問世），我平生喜讀理論的書物，小說不多讀，寫小說自非得意，不足言也。有一篇可以留在臺灣的文學史上，真望外也，不敢自以為功，見誚、見誚。

陳虛谷畢生以詩人自期，其新舊詩特重性靈抒懷及田園雅趣，風格恬淡自然，個人言志仍不忘對殖民強權反諷。〈縱貫道路〉云：「土地沒收還不足，荷鋤更作無錢士。」〈村居雜詠〉云：「兩三燈火來還去，知是村人照水蛙。」〈春穫〉云：「可憐筋骨方勞瘁，門外催租已有人。」李漁叔氏評其詩曰：「其卷首有聞內田撤職，及警吏諸作，切齒異族苛政，見少年勁健之風。以全編論之，大抵語摯情真，不以雕鏤為能，自然清逸，因詩見志，要不必盡以詩法繩之，而無背於風雅之本義。」一九八五年，為紀念陳虛谷逝世二十週年，其哲嗣陳逸雄編成《陳虛谷選集》一書，收錄陳虛谷新舊作品，讀者可藉此書觀其文學與思想。一九九七年十二月復編成《陳虛谷作品集（上、下冊）》，為目前最完備之集子。另網路「陳虛谷網集」收錄相關寫真、書、信、手稿、評論。

本文開始

一

「電報！電報！」一個配達夫在外面連聲叫著，王秀才在夢中驚醒了。揉著眼睛急忙的跑出來。他接過電報，笑向配達夫道：

「就請教你吧。」他慌張的用那又長又黑的指甲，剔開封緘，以和藹謙恭的態度遞給配達夫。配達夫接過手便開聲讀：

「コウソキウグイ」（高文及第）

他接連讀了幾遍，覺得這些句子，都是平生未曾讀過的，他欹著頭想。

「唉！這可就奇了。什麼コウブ，又什麼ソキウダ，這簡直不成話呢。唉！這真是初學剃頭，便碰著鬍鬚的啦！」

「那裡打來的？」秀才眼巴巴望著他問。

「這麼？是由東京寄來的。」說著又自欹頭念下去。

「哦！說不定是我的兒子再福嗎？」

「是呀！正是！正是再福，這裏寫的是サイフク。」配達夫恍然的高聲念了出來。

「死囝仔栽！又是來討錢了。半月前纔寄去五拾元，是怎樣開呢？有講要多少嗎？」

「不是！不是！不是要錢，看的比較容易知道。這講的是……」只見他雙唇開合，不知在念什麼。末了，他又很聚精會神地想著。歪著頭，閉著目，然而這中秘密終是領會不出。秀才等得不耐煩了。

「怎麼了？懂不懂？」

他經這一問，汗流氣急的連說：

「不懂！不懂！」

「嗳喲！你不是也念過日本書的嗎？」

「我……我是卒業公學校的。」

秀才微露著輕蔑的冷笑。配達夫搔耳抓腮的自覺得不好意思，開步走了。他在途中，還不斷地連聲念著「コウブ」「ソキウダ」。

秀才長嘆了一聲，索性把電報擲在棹上。他恨自己滿腹詩書，無力解決這個當下急切的問題。他不能無咒咀朝代的變遷，詩書的不值錢了。他並看不起了受新教育的青年。以為這班人只會裝腔作勢，講幾句時髦的話，其實胸中全無半點文墨。他想到自己的兒子留學東京，足有七八年之久，金錢也花費了無數，還未學成一工半藝，倒不如叫他回來經營一個小生意，較容易建家立業呢。黃金的世界，有錢可使鬼，讀書人除做官發財以外，學問畢竟也是空談無補的。他對於兒子的教育，發生了一種大的疑問了。

他正坐在椅子上發脾氣，胡思亂想的中間，猛見他的大兒子跑得呼呼氣喘，眉開眼笑的道：

「我剛才接到小弟的電報，說他已及第了高文了。」

秀才忙從椅子跳起來道：

「及第了嗎？哈哈！賢哉賢哉！」他險些就顛仆到椅上去。

「那末，這一通電報就是來報喜的了。」

他忙腳忙手的從棹上提給他。他的大兒子剛接在手便嚷：

「正是啦！和我這一通是一樣的。」

「快叫你母親來！快快！」

不一會，裡面傳出一派的笑聲。那聲浪很尖銳的，從遠而近。只聽說：

「謝天謝地呀！神明公媽有聖呀！」

「我昨夜夢見他回來，分明是坐著四垂的轎，前有大鑼哨角，後有許多跟人，最後又有一頂四人抬的紅轎。人家盡喊是阿罩霧的小姐，好像是奉旨完婚的。我歡喜得真要搥腳頓蹄。」說了，大家又哈哈笑了一陣。秀才娘興高采烈地問：

「到底高文是何官銜？」

「就是高等文官，可以做郡守和知事。」大的兒子答。

「這比得起清朝的秀才嗎？」

「不止咯！差不多是舉人、進士咧！」

「當真嗎？比你阿舍還要威風的嗎？」她以驚異不相信的表情問。

「哎唷！你還在夢中嗎？你以為這是小可嗎？這要算是本地方第一有名譽的事情，通臺灣也寥寥無幾呢。」秀才以驕傲輕蔑的態度道。

「原來就是這麼一個高貴的東西嗎？在我們的地方還有誰？」

「除起小弟更沒有別的了。這是日本全國的秀才爭頭角的，非十二分有本領的誰敢去討沒趣。」大兒子更趾高氣揚的答。

秀才：「這，一年有多少錢可賺呢？」

大兒子：「初任官至少有二千以上，後日升至三千五千也不大難，要是內地人有背景可靠，一萬八千也是這等的資格。」

「呀！到底還不及清朝時代好呀！功名一進了，做官發財，三妻四妾。」秀才漏出了不滿的嘆氣。秀才娘只是很慈愛和藹地嘴笑目笑。

秀才：「呵！此子初出世的時候，我就差人去觀音亭給他相一個命。命底是正官正財，今日果真應驗了。新式人都笑我們舊頭腦迷信，然而確是鑿鑿有據的，萬事都是天註定，千斤力不值四兩命。哈哈！」

秀才娘也極力證明秀才的話無半點說謊，她還要補足一句道：

「此子依相命先生說，確是天頂的一粒星咧。」她特別放輕聲調，好像是怕漏天機似的。

秀才沉默了一會，猛有一起重大的事情在他的腦裡旋繞著。他恍然大悟似的，一揮手向他大兒子道：

「你快寫信催促他回來，富貴不歸故鄉，如衣錦夜行。說我是千萬致意的，並囑他要先通知期日，這裡好作準備。」

說完，他無精打采地打了一個欠伸。秀才娘見他流著目油，早曉得是煙癮發了，連忙的催促他去吸煙。秀才伸筋挽頷的，又呵了一次氣，覺得手足癱軟，渾身發抖，於是很狼狽的奔跑而入。

二

在一間薄暗的小室裡，橫架著一張仙牀，牀中鋪著一塊長方形的木盤，上方排著兩個角盒，一個水罐。下方排著一個堆滿了煙灰的碟子，碟子旁又放下一條烏色的巾。盤中安置著一盞的燈，燈上所罩的玻璃蓋，被煙滓沾染得很污黑了，使燈火倍顯得昏暗，在這小室中映成了一片陰森的氣象。牀的左傍坐著秀才娘，右傍橫倒著王秀才，只聽得秀才娘道：

「前日媒人來報一條親事，父親是當保正，傢伙有四五萬，粧奩按有四五千，女子也生得還漂亮。單有一件可嫌的就是公學卒業生。再福年紀也大了，趁這番回來，就給他定了這門親事，豈不是喜上加喜嗎？」

秀才只搖頭表示反對。他一言不發的正在要命的吞煙，他一隻手扶住煙吹，一頭移向燈上，一頭栽在口中，兩頰一凸一凹地抽著。只見兩道的煙，斷續地由鼻中透出。他抽完了一卜，就把煙吹抽出，將煙吹頭的蓋掀開，裡面堆著一簇煙灰，他另一集手拿起一條又長又尖細的煙擀仔挑了幾下，煙灰紛紛的落完了。他又把蓋閤好起來，再略一下力拴一拴，隨手向水罐拖出一支濕漉漉的禿的毛筆，向煙吹頭抹一抹，放下筆又拿起煙擀仔向一個三寸來高一寸來闊的角盒子連挑了幾下，挑起一團漆黑滑膩的阿片在燈火上燒著。煙縷縷地騰起了，一種不可形容的麻醉人的香氣，洋溢到全室中了。秀才時時展開鼻孔連連吸著這股香氣，又時把那燒著的阿片移向鼻孔去嗅一嗅，把先前酸痛的筋骨，嘈雜欲嘔的胸懷都消失了。他被這股香氣沁透了心脾了。他依舊很活潑地在弄著。阿片熱了，沸騰了，膨脹了，幾幾乎將要墜下的時候，他很敏捷地把煙擀仔擱在一旁，阿片冷了，凝固了，他向煙吹頭打了幾滾，把阿片弄成一個尖峰，照準那小穴裡攢進去，還用兩個指頭按了幾下，拔去煙擀仔，又把煙吹送到口中大吞一場了，這樣的連吞了三四下，秀才精神似乎十分爽快了。他一眼瞟著秀才娘道：

「再福的親事，你以後要細心一點，他現在的身分和前不同了。他已有做郡守的資格，在我們的地方是獨一無二的。（他示人以大拇指）我們一家的軒冕，自不必說，便是這地方，出有這人才，誰不引為光榮呢？所以這頭親事，我覺得愈不隨便下手了。保正？我們現在看他在眼中嗎？你想郡守的跟前，保正簡直不是奴才嗎？莫說保正，便是街庄長，一見了郡守，那一個不是五體投地呢？那配與我們結親？結親是要門當戶對的，我想這選擇範圍，非擴大到全臺灣不行，非財勢兼備的聲名赫赫的家風不可了。從前是我們去求別人家，現在要人家來求我們。」說罷意氣旺盛地又抽起他的阿片。秀才娘的粉臉也笑成了無數的皺痕，於是這個薄暗的小室中，全被煙籠罩著，唯有秀才抽煙的聲音，一陣陣瀟瀟地響著。

三

二等車裡，坐著一位廿五六歲的少年，他身上穿著一件很時式的洋服，結著一條色彩艷麗的領帶，他手常拉著頭帶，眼常注視著磨得很光亮的黃皮靴，一隻手又常插入褲袋裡，拿出一條白巾拂著落在褲子上的煙煤，又有好幾次走到洗面室，對著鏡梳理他那光滑油膩的頭髮，撫摸他稍微斜歪的領帶，最後還要仔細端詳他的全身是否齊整，容貌是否莊重威嚴，由這些舉動，特別引起人們一種的興趣注意著他，似乎了解他是個高等文官的新及第者。他有時斜靠著車窗，眺望著路上的風光，他看見山是多麼蒼翠好玩，水又多麼活潑可愛，好像江山也知道他是衣錦還鄉，特為他表示著歡迎的意思的。

「啊！山水人物，如我才對得起故鄉這麼偉大的大自然。」

他玩賞了一番，讚嘆了一番，他有時偷眼看見座中的日本人，視線都一齊集在他的身上，他愈覺驕傲得意，他想對他們說，我是高文的合格者，是臺灣的代表人物，是日本國的秀才，斷不是依你們想的尋常一樣的土人，劣等民族。

他又幻想這一番回來，父母親是多麼歡躍，親朋是多麼欣羨，青春美麗的少女是多麼渴仰，那一班頑固而又傲慢的父老是多麼禮貌拘拘，他現出得意的微笑。

車已經停止運轉了。汽笛嗚嗚的響聲，驛夫報地頭的喊聲，旅客爭相上下的叫囂聲，鬧成了一片亂雜的喧嚷，啊！這就是故鄉！長久別了的親愛的故鄉！他見車窗外擁擠著一堆人，歡呼雀躍，對著他表示歡迎。他殷勤地敘禮後，前遮後擁的入了改札口，一陣陣大炮炮仔乒乓的響聲，大鼓吹磷磷啣啣的喧聲，引導他前進。鼓手吹手，也似乎曉得這是本地方數十年來唯一軒冕的事，若吹擂得好，少不得還有花紅可賞，所以他們加倍抖擻精神，大吹大擂起來來。滿城人都被驚動了，爭先恐後的大家都喧呼著高等文官還鄉了！新科進士遊街呀！真體面！真少年！好兒子不用多呀！這幾句是沿路觀眾的稱讚，再福在人力車上也聽得很清楚的。他一面威風凜凜，一面忸怩不自在，然而他的自負心自尊心，終於制勝他的羞恥心。

四

大庭外架起一棚大綠門，插滿了小紅旗，上面掛著一方匾，寫的是：「衣錦榮歸」四大字。兩旁交叉著兩旒的旭日旗，在微風中招展著。庭的四面，圍繞著紅藍白三樣的帳幙，頂面遮蓋著五彩色的天幕，密綴著萬國旗，真正五花十色。進得門去，首先映入眼簾的，便是一座戲臺，戲正在準備開演，離戲臺有三丈多遠的前方，設置一位演壇，壇上排著一隻圓桌，桌上鋪著一條絨巾，又有一個滿插著鮮花的花瓶。

對面一片廣場，排滿著庭席，席上舖著白巾，倍顯得清潔齊整。

賓客陸續地到了。秀才也親自出來接待，他受過來賓稱讚他好命，他老是笑瞇瞇的點頭，連說勞駕勞駕。有好一會，賓客齊到了，時鐘正指著三時半，比預定的時刻，已經遲了一時。

賓客都各自坐各人所愛的席去，只有正中上方的一席，有幾個本地的老紳宿儒，互相推讓了一番，加以主人的殷勤，方始坐定。宴是開了，舉杯的，把湯匙的，吃瓜子的，有說有笑，真正喜氣盈門。忽聽得拍掌聲四起，秀才在演臺上，雙手震顫地展開一張紙，低聲的微帶喘氣的讀道：

「今天為豚兒及第高文的披露宴，蒙列位不棄，光臨敝廬，無任感佩。我帝國自領臺以來已經三十餘星霜，聖德覃敷，政績頗著，尤於教育一事，竭其精誠，此皆歷代為政者，上下一致，善體聖旨，愛民之所致也。臺灣人才之輩出如雨後春筍，良有以也。豚兒再福，者番得荷寵命，及第高文，不獨我王氏一族之幸，抑亦全島三百萬忠良之民，所當感泣也。……」

「願我子孫，竭其愚誠，勉為帝國善良之民，以冀報恩於萬一……。」

秀才聲音愈加輕微，以後就聽不清楚了。只見他一張嘴，上下開闔著，不久就下臺去了。接著就是再福上來，他恭恭敬敬地行了一個大禮，座客掌聲更拍得起勁，似在告訴他們是對這高等文官表示著熱烈的歡迎的歡迎讚美。再福笑容可掬的又彎下腰去，會場始歸寂靜起來。真是少年高才呀！這一句的讚詞，突然又把靜肅的界限打破，再福以莊重的態度，悠揚的聲調，說了好一會，初起眾人是傾耳靜聽的，再福也說得高興有熱，及至後來，一部分的人似乎是討厭了，交頭接耳的，大說大笑起來，把全會場頓呈了倦怠的氣氛。

老人：「他日本話說得很流利呀！可惜我們聽不懂，太殺興！」

第二老人：「日本話定然是比臺灣話好講，不然今天的宴客，全是臺灣人，他何苦講日本話？」

保正：「他是到過日本很久的，恐怕是把臺灣話忘掉了。」

老人：「笑話！真正豈有此理？不過是做官人講講官話吧。」

青年：「方今是日本世界，講日本話就是尊嚴的表示，是一種的示威呢。」

保正：「凡事總要馬馬夫夫，太過認真，官就做不成，錢就無處賺，勢力也使不行了，是不是？」

大家點頭連說不錯不錯，獨這青年依舊是冷笑不服，他還疑心到保正這一段話，似乎是在諷刺著他，又似乎是替自己辯護，他方要再說下去的時候，猛聽得不甚熱烈的，斷續的，起了幾個拍掌聲，再福也敘完了禮，滿座的賓客，盡量的痛飲了一番，直至宴終，方始散了。戲臺上正演著一齣狀元遊街，臺上的假狀元，似乎還要比臺下的真高等文官威風十倍，累得滿座的來賓，都笑得死來活去。

火球般紅的夕陽，將要沉下去，把西方的天邊，烘成了一片紅艷如錦的雲霞，好像是朝著王家表祝意。

原載於《臺灣新民報》三二二、三二三號，一九三〇年七月十六日、二十六日

集評

一、〈榮歸〉則藝術成就較高。這回作者不再「現身」，而像是置身幕後冷眼旁觀的「導演」。全篇有烘托，有距離，有象徵，更有餘蘊，作品情景交融（儘管夕陽西沉的象徵過於俗套），而意在言外，在平鋪直敘的佈局結構裡，一層層逼近題旨（怎樣的一種「榮歸」？），也一步步呈露反諷（夕陽像在朝王家祝意？）。末了透過乍似無足輕重的陪襯角色——鄉老、保正，

冷諷了主人翁投機勢利的心態，唯其輕淡，反而有說不出的「刺耳」，尤其配合落日殘霞的景致，更襯托出作者蒼茫的時代觀照，和深沉的人性嘲諷。簡單幾筆，不著痕迹，而墨色已濃，意境無限。（張恆豪〈澗水嗚咽暗夜流——陳虛谷及其新文學創作〉，《陳虛谷選集》，鴻蒙文學出版公司）

二、〈榮歸〉是日據時代臺灣文學家陳虛谷極少數幾篇小說中最為重要的一篇。〈榮歸〉的重要性，不僅僅因為它在結構和藝術形式上的圓熟，還在於它的題材和思想，具體表現了殖民地體制下新舊土著知識分子另一種被害，即向著殖民者體制改造而買辦化的過程。……王秀才和王再福的演說，成為陳虛谷「榮歸」的重大的焦點，犀利、深入、生動地糾彈和批判了當時殖民地臺灣舊式地主階級知識分子和買辦的新式知識分子，成為日據時代臺灣小說中一個重要的典型，留給我們極深的啟示。（陳映真〈再起臺灣文學的藥石——讀陳虛谷〈榮歸〉，出處同前）

三、陳虛谷的小說〈榮歸〉，具體反映了臺灣新舊士紳投機勢利的性格，撻伐了某些臺灣人見風轉舵，挾異族以自重的奴化性及劣根性。（許俊雅《日據時期臺灣小說研究》，文史哲出版社）

【相關評述引得】

一、康原，〈從遺言談起——詩人陳虛谷先生〉，《自立晚報》，一九九三年一月十四日

二、呂興昌，〈論陳虛谷的新舊體詩〉，《第二屆磺溪文藝營論文選集》，一九九三年

三、施懿琳，《從《應社詩薈》看日據中晚期彰化詩人的時代關懷》，《第二屆磺溪文藝營論文選集》，一九九三年

四、鍾肇政，〈如此江山付與人〉，《中國時報》，一九九三年一月十七日

五、林亨泰，〈近代化胎動的顫聲〉，《中國時報》，一九九三年一月十七日

六、陳千武，〈陳虛谷的詩〉，《民眾日報》，一九九三年一月十七日

興兄

❖蔡秋桐 作

作者登場

蔡秋桐（一九〇〇～一九八四），筆名愁洞、匡人也、秋洞等，雲林元長鄉五塊村人。曾參加「臺灣文藝聯盟」，創辦《曉鐘》雜誌。因任保正一職，並兼製糖會社原料委員，故深諳殖民統治下農民之辛酸，凡此生活體驗，皆為小說之素材。

其重要小說有：〈保正伯〉、〈放屎百姓〉、〈奪錦標〉、〈新興的悲哀〉、〈興兄〉、〈理想鄉〉、〈媒婆〉、〈四兩仔土〉等，其中〈放屎百姓〉下半部於《臺灣新民報》刊行時，為日本新聞檢查人員腰斬，不准刊登。他的作品多從生活中取材，運用諷刺手法寫成。觀其〈奪錦標〉一篇，表面上歌頌「日本大人」愛民如子，骨子裡攻擊統治者的剝削壓榨。〈新興的悲

蔡秋桐 像

哀〉亦是表面讚頌日本當局德政，暗地裡咒罵「日本大人」的喪盡天良，收刮紅包，大飽私囊。〈理想鄉〉表面上表揚老狗母仔中村大人，實則諷刺其勞師動眾以致雞犬不寧。他時以「反話正說」之藝術手法，加強作品之嘲諷力量。其語言復具特色，善以豐富之方言語彙，描繪臺灣之風俗民情，讀來親切有趣。而在詼諧輕鬆的形式下，實暗藏嚴肅之主題，揭露了殖民政策之荒謬與欺瞞，是位善用臺灣話文創作的重要作家。戰後加入「褒忠吟社」、「元長詩學研究社」，亦雅擅漢詩。作品見《楊雲萍・張我軍・蔡秋桐合集》（前衛出版社）。

本文開始

太陽將西墜了，鳥兒雙雙對對尋歸它倆的故巢去了，彼此田間的農夫們也在準備著歸途了。因是在嚴冬時節，天氣還是寒冷，在走路的人們，無不是狗狗走走趕著，風又是強得很！路又是無遮無截，更使走路的人們加速度了。

受著前回的風害，那一遍甘蔗雖有些春心，還是枝枝都攏枯槁似的橫倒在那甘蔗園中呢。天是一刻一刻暗來了，萬物漸漸寂靜起來了，坐在風遮下的那個興兄，一面卜煙一面看那田裡的水，似乎不知天之將暗了，這時田間，只有田頭園角的風遮，伴著興兄而外，已不見隻影了。

興兄的田，非取圳水，是乃鑿井取水灌溉，對於一滴的水宛然是像金錢惜重！節季又是到了，彼此田間也已著手播秧了。那末，興兄的田，水遲遲而不能滿，就是再鑿一個呢？又恐不得如意！興兄為著這區田水不足，真是忘餐廢寢！興兄是一個善唱曲的，這幾日來，曲也不能唱了，月琴也不能彈了，為著這區田水不足將生起病了，他有一區田，能夠養成一位大名鼎鼎的後生，就是他也特別對這田作致意得很！

興兄今年已是五十多歲了，他的強壯，還是不遜壯年，他生下五男二女，皆已長成了，除起大名鼎鼎的風兒而外，皆是在家和興兄業農。興兄的大兒子，不知由何時而學得鑿井之術，又是學得上手，凡所鑿的井，水量多又兼耐久，人人稱他「打井司阜」，打井司阜，就是他底別名啦。

嘉南大圳未成功以前，還是在甘蔗黃金時代，當地一遍皆是植甘蔗，那時的甘蔗價很好，卻也萬萬比不上粟價之高呢！興兄知道地上的泉水，足以播稻，他就命令鑿井起來了——斯時鑿井僅以給食用——一連三四個，水已滿滿田上了，興兄著手播稻了，那時候的粟價太貴，興兄為著他底兒子能鑿井，比較他人早點兒播稻，致之比較他人加得著多大利益，興兄年年富裕起來了。

衣食足，然後知禮義。興兄本是個貧農，他底長子並無送伊上學堂去！雖其次男太兒有受過舊式的書房教育，讀那子曰焉哉乎者，現在已不是他之舞臺了。那風兒行三，他可有點福氣吧！及至要入學那年，書房教育已經廢止而改新教育了，風兒也生得眉清目秀，一表人材呵！當然是很好讀書。近年來的興兄，因為家裡有些餘裕，又看風兒好學，如果園區的五谷有順續，就是送他中學大學去也可以了。

風兒公學校畢業了，也準備著入學試驗了，在這教育閉鎖的孤島，雖是優秀的風兒也考不能夠中！後來承友人之勸：在臺灣不能入學不如上京去好……決定上京了。

風兒上京去了，抱著男兒立志出鄉關，學若無成死不還的風兒上京求學去了。

景氣是如流水般地，有時流來，有時會流去。大戰後的好景氣，反日壞一日了，粟價也致之崩落了，蔗價也大跌落了，竟然釀成個有貨賣無錢的狀態了，農村的疲弊直趨至極點了。興兄也因為逢著這殺人的不景氣，又兼每月風兒的學資，日前的積蓄已不知走那裡去了，不！風兒的學資終難維持了，若是長此以往，不但風兒的學資難持，就是興兄一家的生活費也無從支理了，這時興兄的心兒如石磨般地將碎了。「豈知道天不從人願，早知景氣這麼反動，悔我當初勿送他唸書去就好啦！」今日也有風兒要錢的信到，明日也有風兒的信，一連三五信真使興兄難以為情，電報又到了，這樣叫興兄怎麼辦呢！就是將那區田來賣掉吧？那末將來要如何是好？唉！又是電報到來了，興兄的親友好頭也為他接濟多回，奈因大破難縫，景氣又是一日深刻一日了，如果景氣不能恢復，終是不得不叫風兒退學了，興兄正在進退維谷之中，突然救星出現了，如果將田畑賣掉，不如將田畑為擔保，對勸業銀行借錢好啦！今年這區擔保，明年那區擔保，現時興兄所有的田畑攏是帶勸業銀行的債了。

光陰如閃電般地過去，風兒卒業了，風兒學成要回鄉來了，現在的風兒是不比昔時的風兒了。他因為在京多年，已經結識一位大和娘娘了，探知風兒要回鄉，她也願意和他渡臺了，風兒這回的歸鄉，恰好像清朝時代的「狀元遊街拋繡球」，風兒這麼豔福，誰也欣羨！就是興兄能夠得著一位大和姑娘來做媳婦，也是前世有燒好香點好灼！立志出鄉修學很少的當地，能夠像風兒這也可為後來立志的一個好標本吧！

得著這個好消息，興兄的暢快的程度，怎能夠以筆墨形容呢！就是全庄的庄民也引以為榮，要大大歡迎祝賀了。

風兒的歸期只是明天吧了。興兄一則以喜一則以懼，如是咱人，他是老經驗了，但是這回卻是娶大和姑娘，她們的風俗又是全然不知，興兄又很守古例，像那個「子婿燈」是不可缺的，那末興兄最致意的「子婿燈」要怎樣辦呢？沒有掐燈怎得稱是娶親，沒有掐那「子婿燈」，怎得知道我們的威風呢！

隔日，萬般的準備已就緒了，赴會的親戚朋友，接踵而至了，遠遠有聽著爆竹聲響了，於庭前戲遊的小孩子們嚷起來了：「新娘到了，新娘到了。」果然自動車來到興兄門口了，哼？未請出轎，新娘已經下車了，興兄最致意者就是那個「戶杒」——戶杒講是乾官，新娘初入門不可踏著戶杒，若失誤踏著戶杒，乾官不利——有請出轎無請出轎，這是乾家應做的，興兄自新娘到位，他就命令一個有斟酌的人顧在戶杒邊了，那末新娘卻不對大廳來，而和風兒對房間直入了。

興兄得著這個消息有些不快了，那末他也如常接客！

式要開了，來賀的人客也已到齊了，新郎新婦入席了，場內鼓掌如雷歡迎了，新郎新婦穿著「紋附的和服」，並立リルリル向著眾人道謝了，風兒因為離鄉多年，鄉語也忘記了，就是在來的生活也不慣了，自己的祖家是住不得了，興兄傾家蕩產望風兒學成回來，顯祖榮宗，豈知道連那舊前庭「兄弟翰林」的燈號也不得掐！真世風不古了，人倫墜地了。

式後新夫新婦攜手就出門去了，興兄自風兒榮歸，反日日不快，精神有些異狀起來了，娶媳婦未曾奉侍他一頓，不！連她底顏容還記不清呵！近來的興兄真不如常了，有時自早晨出門，及午常不知回，有時至夜深還不回來呵！終日只是守在皷井田，行來行去！這幾日來的興兄，竟然變相了，自日未出，他就到田裡來了，終日只是坐在那風遮下打盹吧了！

砰砰爆爆……興兄聽著「砰砰爆爆……」辭年的炮聲忐忑醒來，舉頭一看，天已暗了。「唉！年到，哈哈，險些兒忘記！我底風兒必定回來了，今夜的團圓，一家團圓，圓，哈哈……」興兄扒起來，三步行二步走，興兄一直走到門腳口了，看看門聯也換新了，紅錢也糊了咯！興兄跑到厝內，看不見他底風兒的形影，詫異地講：「是是是了！暗邦車返來？」

炮放了幾多落了，堂下也已經燒金了，鄰右張三的孩子也返來了，李四的孫兒也自昨天就回來了，一家團團圓喜形於色，歡喜著今晚的圍桌了，暗車過去了，四鄰炮聲又響起來了，興兄懊惱了，詛咒了，啊！真大不孝！哼！汝也不該新得這麼款！年頭到年尾，勿論是誰也該回來一家團圓，怎麼連這年到日，汝也不願回來嗎？好！等待過年呢！恁爸即來去問問汝，如果真不承認爸爸也吧！興兄氣噴噴地和他底大子細孫，饗那年到之宴了。

初五是隔開了，嫁出去的孩子也返來行春了，興兄的家族可大得很，子孫男女一共二十多人，他又是一家之主，大媳婦二媳婦款待他是無微不至！親像面桶水啦，漱口水啦，這是不免講，興兄是個業骨的人，那末他是公公祖祖了，興兄看大媳婦二媳婦在款待他，就連想到他底大和媳婦了，自從大和媳婦入門，興兄未曾受她奉一個盆水、一個漱口水，興奮奮地出門一直去了，興兄起了問罪之師了。

風兒就職古都，興兒出門向古都而來了，興兒自從媽祖停止進香，已是很久很久不到古都了，路徑也認不清了。下車出了車站，興兒舉目一看，事事都不如前了，興兒詫異地自問：「豈不是古都嗎？」興兒終不得不顧車尋風兒去了，風兒在古都是足有名聲，人力車夫無人不知道的，興兒端坐在人力車上玩賞古都風光，而任車夫去走了，一彎一曲飛也似地直跑，興兒在車上所過的闊大街路，興兒生了疑心，或是走錯路。否則怎有這樣馬路？興兒正欲喝住，車已是到了大名鼎鼎的風兒官邸了。

時在下午一點零鐘吧！風兒是還未退廳，大和媳婦也不在家，門又關得緊，無奈他何，就是遊遊去呢，恐道徑認不清，興兒只是龜在官邸而候風兒退廳了，足足等了二點零鐘，煙卜了成盒，興兒打盹起來了，不！不知道精白幾多臼米。

戶月開門的聲，興兒忐忑醒來了。噯喲！待久都就會有，興兒來到門口探頭問說：「風兒可有回來麼？」興兒正要進去，在那瞬間，大和媳婦反大聲喝說：「馬鹿！」竟然將門關起來了。興兒大失所望，心想要返去，然而未見風兒一面是不願！想想她必定是𣍐認得，再叫聲說：「我是汝底爸爸，快開門！」興兒一聲叫，一手打開那門來。那末她豈懂得他東西，在內面還是罵不絕口：「清國奴——馬鹿——」興兒無奈他何，徘徊於門口了。日將暗了，小學生放暇出來了，三三五五講著半國語半臺灣，興兒知道是臺灣囝，興兒託那小學生為他通譯了，大和姑娘開門了，興兒看見門開，不管三七二十一，起腳就跳入去了，大和姑娘正在內面料理著暗飯，一鼎米還洗未好，卻被興兄躂一下，散散一灶腳內了，興兄也被水滑倒落了，一時小學生將那灶腳團團圍住了，足足有二三十人，大和姑娘看見也好氣也好笑，出來趕開那小學生時，正好風兒由衕門搖搖擺擺回來，風兒踏入門，興兄還未起來，風兒認是他底爸爸，緊緊雙手牽他起來了，大和姑娘這時也和她丈夫扶爸爸了，興兄轉怒為喜笑說：「哈哈，我底好媳婦！」二人リルリル不知講什麼，她拿了一雙下駄，汲了一盆水，置在興兄面前，她底幼麵麵的手扶興兄底粗鄙鄙的腳洗了。興兄笑哎哎任她去洗了，上床了，興兄那能慣坐疊呢！他仍然並於壁邊，拿起他的隨身寶大砲煙吹而就卜了，父子談談些世事，問問家計，不一刻她底大和媳婦暗飯已安排好勢了，風兒也就席了，請興兄就位了，看他大和媳婦坐而不退，興兄假意卜煙不敢坐位，任他風兒催請，興兄那知是她們的風俗如此！終勉強就位了，風兒知道伊底爸爸慣飲玫瑰露，那幼麵麵的手拿著玫瑰露酒瓶請興兄飲酒了，興兄斟一口知是他最所好的玫瑰露，一飲而乾了，興兄平時是以碗為酒杯，今夜那小小酒杯，一杯只有他一口罷了！今晚上又是大和媳婦跪在面前酌酒，興兄心滿意足飲到乒乒醉醉醉乒乒，興兄大醉了，打盹起來了，終坐顧不得了，砰！倒落去了，有禮無體的大和姑娘，看她底爸爸這麼情狀緊緊牽他去睏了，將近半暝時候興兄酒退醒來，他所倒的非蓆，卻是個重重疊疊軟�的被上，興兄如此的睏法是初回，就是他妄想所不及吧！不！反使興兄之不自如了，酒退醒來的興兄反睏不合眼，一冥翻來覆去，怪那夜之太長，不待天亮他就起來卜煙候明了。

天光日，正好是星期日，風兒不免到衙門辦公去，頂要案內他底爸爸遊遊古都，看看風物，早飯畢後，風兒先出門去買了一個中折帽，一雙烏布鞋回來了。

興兒是個老實人，他雖要到古都來，況兼要到大名鼎鼎他底風兒處，仍然是包頭布、赤足、拿長煙吹，如此誰相信伊能夠居著那麼子兒！興兒雖戴不慣中折帽，履不慣烏布鞋，那末為著風兒好意，雖不自然，勉強照風兒之所欲而為了，文官服的風兒底爸爸，那是衣冠不齊能夠傷者風兒體面，素不履鞋的興兒，欲顧全他底風兒體面要履鞋了，興兒隨著風兒之後出門去了，興兒一步行一步斟酌著所履的鞋所戴的帽，二人出了官舍穿過一座高樓，舉頭一手，一遍都是大廈高樓，馬路光閃閃，一步入店內，如臨仙洞，什麼貨都有，在那間店內，足足行了好半天，還看不盡，這時興兒腳也酸了，不！不知道挞了好幾泡了，及至最高層樓上，是忍無可忍，時也將午了，勉強行到食堂來，興兒看見無數的美女來來去去，疑做是個菜店，細聲問說：「風兒！可不是菜店嗎？」風兒只是搖頭和那美女リルリル講起話來了，興兒椅坐未定，鞋就脫下來了，看看腳骨的泡，拿鞋起來嗅嗅看了，茶來了，酒到了，不一刻菜也來了！興兒看見酒矸，嗅著酒味，腳也不知痛了，興兒酌了一杯嘓嘓吞下去了，知非玫瑰露大失所望，除非玫瑰露，伊是飲不慣！雖講什麼白鹿、若翠，興兒也不好了！伊不飲了，那末沒有酒，就是怎麼山珍海味也無用了，風兒知道伊底爸爸飲不慣，就要離開那百貨店，行到昇降機口，正好要降下去，就緊緊拖伊底爸爸入去了，不知道是太懶所致，還是如何，興兒一時暈去了，風兒大驚失色，一時那百貨店內亂紛紛起來，因是一時著驚，幸不至大事，定神醒來了，那時候要雇車給他乘，他不要，風兒也無心案內了，出了百貨店，要回去了，這時興兄鞋也不履了，一手拿著布鞋，一手拿著煙吹，也因是量後吧，興兄行路有些不自然了，又是在那銀座，馬路往來的人們足多，興兄在越角又被那交通取締巡查扭住了，興兄又犯著左側通行了，這時興兄感覺都會怎麼如此艱難過日呢！他愈想討厭起來了，興兄是一時想膾得一時緊離開這討厭的古都，回到他自己的田裡來了，這殺人的都會有什麼可留戀？興兄要回去了，他底風兒和他底好媳婦留之不得了，興兄入門拿起長袍披在肩上，就要出門了，行到玄關又被他底大和媳婦扭住了，興兄懊惱了，大聲喝說：「不可延遷啦，這款所在有什麼可留戀！我田也未播呢！我底心是苦膾展羽飛回去！」但是長袍已被她拿去了，興兄一時忍不住地：「姦恁……這就是真正好意換一個怒氣啦！」風兒為她辯護說：「爸爸！她是講你的長袍破破的難看，太不體裁，她要為你包個好勢啦。」父子先出門口，她也隨後而至了，三人來到車站時，北上的車也到了，興兄上車，她說聲：「サヨーナラ、マタイラッシャイ。」興兄那會理得她呢！知，知……車發時，興兄大聲喝說：「唉！沒記得去媽祖婆燒金了。」

本篇原載《臺灣文藝》第二卷第四號，一九三五年四月出版

集評

一、他在一九三五年完成的〈興兄〉，是值得討論的短篇小說，故事中的興兄是一位善良的

農民，卻竭盡財力資助兒子赴日留學；即使向銀行借貸，也在所不惜。但是，兒子學成回國後，竟攜回一位日籍媳婦，並定居於城市。新舊兩代的生活方式與文化認同終於產生了歧異，與兄內心的失落，幾乎可想而知。這種牽涉到國族認同分裂的議題，蔡秋桐可能是第一位在小說中處理的。之後，才有朱點人的〈脫穎〉，又有龍瑛宗的〈植有木瓜樹的小鎮〉。（陳芳明〈寫實文學與批判精神的抬頭〉，《聯合文學》第十六卷第六期，二〇〇〇年四月）

二、殖民社會中，殖民者的獨裁作風逼迫被殖民者不得不逃向邊緣，以求得自保。現代性的施行，為人民帶來了不同於往日的生活；但也揭開了人民悲哀生活的序幕。「貧窮」與「去了勢」的民族性格是他們一貫的生活方式，也是他們窮其一生，所夢想逃離的生存空間。蔡秋桐在短短的〈興兄〉一文中一下子呈現了這些殖民統治下的悲哀，使人有一種「麻雀雖小，五臟俱全」之感。雖然他是「保正」，又是「蔗糖會社」的一員；但是他書寫的殖民現況卻間接地批判了殖民者的暴行。他筆桿下的小老百姓與小生活，揭露出真實的歷史面貌。（張燕萍〈好以小網捕大魚的漁夫——蔡秋桐與〈興兄〉〉，《聯合文學》第十五卷第十二期，一九九九年十月）

【相關評述引得】

一、徐玉書，〈臺灣新文學社創設及《新文學》第一、二、三期作品的批評〉一卷四號，《臺灣新文學》，一九三六年五月

二、黃武忠，〈北港地帶的代表人物——蔡秋桐〉，《日據時代臺灣新文學作家小傳》，時報文化出版事業公司，一九八〇年八月十日

三、張恆豪，〈蔡秋桐作品解說〉，《光復前臺灣文學全集卷二——一群失業的人》，遠景出版社，一九九七年七月

四、謝松山，〈蔡秋桐的文學生涯〉、〈古道照顏色——訪蔡秋桐先生故居〉，《民眾日報》二十七版，一九九七年七月二十五日

五、謝松山，〈談文化協會運動的演變附論蔡秋桐作品〉，《語文教育通訊》十七期，一九九九年一月，頁三十三～三十九

瑞生

❖楊守愚 作

作者登場

楊守愚（一九〇五～一九五九），彰化人。本名楊松茂，另有筆名村老、洋、翔、Y生、靜香軒主人、瘦鶴等。父為前清秀才，漢學根柢深厚，守愚幼承庭訓，復經名師郭克明指導，所以中文極佳。一九二七年與王詩琅、蔡孝乾等人，因無政府主義組織「臺灣黑色青年聯盟」事件，遭到檢舉。一九三四年與張深切、賴明弘等籌組「臺灣文藝聯盟」，並加入成為會員。與賴和相交至深，深受啓迪，時有

1942年9月25日（陰曆中秋節後一日），應社三周年紀念，此為賴和最後一張照片。前排左起陳英方（渭雄）、楊樹德（笑儂）、賴和（懶雲）、陳滿盈（虛谷）、楊木（雪峰）、後排左起楊子庚（石華）、吳衡秋（蘅秋）、石錫勳（石勳）、楊添財（雲鵬）、楊松茂（守愚）

一九三〇年書塾結業式紀念，守愚與學生合影

小說、新詩問世，是日據時代中文作家創作最豐富者。作品題材廣泛，觸及其時政治、經濟、法律、習俗各層面，透過犀利的寫實技巧，或刻畫日警的殘暴掠奪；或訴說封建社會下女性的悲哀；或呈顯知識分子的掙扎和困境，莫不反映了當時臺灣社會的各種風貌，完整記錄了歷史的面影。

一九三七年，總督府廢止中文，守愚轉向舊詩之創作，與賴和、陳虛谷等人同組「應社」。戰後，曾任《臺灣文化》撰稿人，後執教於彰化高工。有關守愚的作品，目前可見者有《光復前臺灣文學全集》第二卷《一群失業的人》（遠景出版社）、《楊守愚集》（前衛出版社）、《楊守愚作品選集》、《楊守愚日記》、《楊守愚作品選集（補遺）》（以上三種皆彰化縣立文化中心出版）、《楊守愚詩集》（師大書苑出版）。

本文開始

時間是已過八點鐘了，電燈也都照耀得格外光亮，雖然沒有臺北市街的繁華，但，行人還是來往不斷，男的女的，一陣陣，有的像是飯後無事，特意跑出來散一回兒步的，安閒地談笑著，有的又像是為買東西來的，嘩然雜踏，有時，幾聲店裡頭的夥計們的招呼，倒也有幾分熱鬧。

「到那裡去？」瑞生挾在這一大堆人叢中，分明是別具一副心腸，面色顯有幾分憔悴，兩隻手總是緊叉在胸前，行起路來，就像不勝困倦的樣子，無目的地蹣跚著，兩隻眼睛又是兇兇的要迸出火花，正如找不到食物的野獸一樣可怕，一望而知為饑餓得發慌的窮人了。

他傍徨於這一條市街，單算今天，已經是第七次了，為找尋職業，他自從早晨起來，就趕忙出門，一直到了現在，朋友也找過幾家了。但，總是搖著頭，真是一點辦法也沒有，有些個，還不是同他自己一樣閒著麼，有的，更是一睬不睬地，一點幫忙的誠意也沒有，餓！這真有點使他傷心忿怒了。

「到那裡去呢？」他再想起今晚的宿底問題，惘然了，本來就只有借宿於友S處，但，還好意思再去打擾人麼？他不也在苦於房子的逼仄，一家人五個，僅有低濕狹小的一廳一房，是的，前天不是為了自己的借宿，以致他的妻和兩個孩子，都偷偷地睡到板凳上去嗎？不，況且現在他的父親又在害病，那還好意思再去擾人麼？真是教他為難了：「那麼！今晚不就在街上跑一整夜麼？唉！天呀……」

天氣是這樣地晴朗，沒有片雲的天空，星星在微微閃爍，涼而不冷的初秋季節，確是最叫人心悅神爽。雖然，瑞生卻像這樣大好的夜景與己無關的，總是鬱鬱不樂，行人車馬，在穿梭般地來往，電燈在他四週明照著，瘦長的影子在他腳下伸伸縮縮，除卻這陰森的影子，隨伴著他孤獨的一個身子之外，在他，就像這市街是冷寂到一無所有。

「燒米糕！」

「來呀！大麵，米粉。」

飢腸在轆轆地絞著，好多的食物擔子又是盡量地在向他誘惑，不買麼，肚子是空得有點發哮，買，錢呢？……唉！這更加使他難熬。兩隻眼睛總是不能自制地看著食物擔子注視著。熱的、冷的、甜的、鹹的，那一件不是很可口的呢？下意識地他放下一隻手到褲袋裡去，摸、摸。哦！那不是錢麼？摸，不錯，的確是一個五錢的鎳幣，哈！腦子怎麼倒壞到這步田地，是的，昨天才向K借來了一角，怎麼倒忘記了，汰，沒腦兒，要不然，那又何至挨餓了一天，雖然——他樂極了。

「肉絲粥呀！雜菜麵！」

「燒麵羹！便宜的，一大碗一錢！」

小販們又是高著嗓子叫起來了，這分明像一服消化劑，愈教瑞生覺得餓不可當。

「來！一碗。」站近麵羹擔子，瑞生侷促地這樣喊，因為他以為這是唯一適宜他的經濟狀態的食物了。

為避熟人的注目，他揀了靠近消費市場底圍牆的一面蹲著，一碗又是一碗，許是餓狠了，他一喫就是三大碗，看來就像是很好喫的。他想：嚇！我當時何以不曉得喫這個呢？既便宜，又好喫，是的，比一碗一角銀的雜菜麵都要有味，要不是顧慮到明天的食，他真想把五錢統喫完呢。雖不怎夠飽，然而，比較有活氣多了。站起來，伸伸懶腰，一面伸手到褲袋裡去取他僅有的全部財產，一面問：

「幾個錢？」

「三碗麼？三錢。」

瑞生像是惋惜地徐徐把錢交過去，因為贗幣充市的緣故，照例，小販接過錢，總得向板上一擲，咦！沉啞的，覺得有點兒異樣。

「唔！這個使不得呢。」旋過頭來，小販向還在揩油嘴，等找錢的瑞生說。手裡的錢，又退過來要向他兌換：「請換一個，先生！」

「什麼？」這把瑞生弄呆了。

「是一個贗貨呢。」

「奇！」瑞生也是把錢照樣一擲，果然，沉啞的，他真慌了：「不，我也是向別處找來的呢！」

「唔！請再換一個，這的確使不的。」

怎麼辦呢？袋子裡不是再找不出一個銅幣了麼？換！那裡有錢呢？不換，又怎樣能夠？這真把他弄成僵局了。況且這啞板贗貨，又不知昨天是向那一個小販找來的，就是想取換，也是枉然了。

「喂！怎麼啦？」在於瑞生沉吟著瞬間，突然，那小販好像扳起臉來了，在他，或者以為瑞生是有意圖賴：「使不的，再換一個。」

「我……對不住得很，再沒有錢了呢！」一陣燃燒，他臉都羞紅了。

「哼！沒有錢，難道你想把我的麵白吃了麼？」小販惱了，吵得有點勁兒。

「……」還有話說麼？如坐針毯，瑞生只有慘切與不安。

人是有些圍攏來了，眼光灼灼地，誰也在向他鄙夷地注視著。

「是那裡來的無賴？不是專門在使用贗貨的麼？送官去！」

「豈有此理，沒有錢吃東西，倒找個贗貨來胡混。」

人多話就多，有些個閒人，也插起嘴來。

「朋友，就再換給一個吧。」這是忠厚臉的中年勞働者向瑞生說：「僅僅三錢……」

「真的，老板！我確是一個銅幣也沒有呢。一失業就是兩三箇月，這些錢，還是昨天向一個友人借來的呢。」窮極之餘，也只能盡抒衷曲。

「哼……」人堆中，又是幾聲刻薄的冷誚。

「可是我的麵，總不會是該配給你白吃的哪。」小販憤憤地咕嚕著。

「不過，我這錢也是明明從別的小販找來的，也不是我……」

「我管不了這個。」

「算了吧，三錢麼。」還是那中年勞働者問。

「三錢！」

「歸我代還吧。」中年勞働者的錢，才算多少把小販的氣平了一點：「找錢，真是不小心點不行。」

這是叫瑞生感激呀，但，又是羞愧到再沒有站住一會的勇氣，顧不得向那中年勞働者道謝，擺脫一切鄙視的眼光，急忙地低著頭兒，他揀人稀路暗的一條小巷溜跑了。

跟著祝生會的解散，當了外務員的瑞生也失業了，一箇月十八元的薪水，要維持一家的生活，雖說很是困難，但，在物價日趨低廉的這年頭，倒還聊可度日，現在，那就窘極了。失業，本來就不是大規模的事業，況兼又是經營失敗，所以他沒有像官衙、役場、銀行、組合……的職員們那樣拿到暫時可以維持生活的退職賞與金，不，就為了解散前的糾紛，還被欠了一箇半月的薪呢？

不景氣是日見深刻，失業軍更是洪水般地愈見膨脹，嗷嗷於飢寒線下的人，全臺灣至少該有三五十萬吧，一時，又那裡找來飯碗呢？莫說斯文一點的職業沒有空缺，就是一元四天工的粗笨的勞働，也不是容易可以找到。

然而，家是不能不維持，人更是不能餓著肚子過日，自己雖然年紀輕輕的，還能忍受起苦頭，但，母親是那麼老邁而衰弱了，還有病的妻，幼小的兒子，這又怎樣設法呢？沒法子，那不是只好平白地坐視其斃嗎？唉！於心何忍呢？為了這，瑞生也就苦惱到日形瘦削了。

失業已經半箇月了，瑞生也由都市回到鄉下來了。雖有妻在編草帽，但，一只一角多工錢，濟事麼？還要把一切家事拖累到眼花手顫的老母身上，想來，更不能不教瑞生感到多大悲哀。

「×產業道路在明天就要修築了。」是前天他的一個鄰居說的，這個人是已經把工找妥了。

「好，就做工去！」在絕望中，他也只能下這樣一個決心了。

老母和妻子，雖然擔心到他不能勝任，經不起這苦頭，無用的同情，橫豎挨餓的苦痛是有甚於此。

「就試試看。」他很樂意地回絕了家人，因為他以為只有這是生之希望的光。

托那鄰居的引薦，終於說妥了，食事自備，每天工錢三角半，他快活到幾乎流出眼淚來了。

雖然是一種不曾習慣的勞働，但生之希望，卻鼓起他忘懷一切艱難的勇氣，是，他決定在明天早晨六點鐘就去上工。

是翌日的早晨，時當仲夏之末，天氣是異常地酷熱，一輪紅紅的太陽，在赫赫地照耀著，誰的額上背上都被曬得汗如淋雨。

工人雖不多，二三十個在聚做一團，倒也有些嘈雜，萬綠叢中一點紅，況有幾箇年輕的女工插足其間，更能鼓起人氣，掘土塊，搬石子，有的拿著鋤頭鏟子在做修理道路的工作。

雖然生長於鄉下，瑞生擔負粗重的勞働，這卻還是頭一次，勿論是有點不慣，其實，也有點吃力，一擔百斤左右的土石，挑著跑距離一百多步的一段路，顛顛倒倒蹣跚著，氣都有點喘不過來了，臉紅紅的，汗在不斷地滲出。

「瞧，那個斯文人……」從他白皙的膚色，從他帶都市氣的穿著，一望，誰也能夠認出他不會是一個粗人，況且見到他挑起擔子來就是那麼一顛一蹶，這使一個女工笑了。

「哈、哈、哈！」停著工作，誰也向他放出奇異的眼光。

這使瑞生的臉更羞得通紅了，他很不好意思地低著頭，因為除卻那個鄰居，他再不認識另外一個人，這搭訕，於他是只有羞慚。

「哈哈！一擔子土石都挑不上肩，還想做工。」

「是的，像這樣挑一步停一頓，不是一天還做抵不上半工麼？」

「那只好當店夥，做書記，怎麼倒也跟著咱粗人到這裡幹嗎？」

不知是同情，是嘲笑，有些個是這樣紛紛議論了。

真的，在這樣一團之中沒有一個不是膚色赭黑，臂力粗壯，就連那素被目為孱弱無用的女子，挑起擔子，都是如拾草芥地輕易矯捷，這不能不教瑞生驚服不置，更不能不教他內心懷慚。

「唉！我倒會不中用到這步田地。」心中一陣悲哀，眼眶幾乎濕透淚水哩，一失業是何等地痛苦，為了生活而操那不合於己的工作又是何等地艱辛，這一想，他惆悵了。

「瞧，那一副苦臉，怕在擔不起苦吧！」

「著實有點可憐相。」

雖然同伴們的謔弄，是與工作同樣使他難忍，但，不做工掙錢，一家人不是要餓死了麼？一轉念，教他只好忍耐著。

勉勉強強，總算把一天挨過了。

但，人是困倦了，筋疲力竭的，回到家裡，晚飯也顧不得吃，潦潦草草地洗一洗汗污，爬上牀，便鼾鼾地睡熟了。

半夜醒來，覺得週身骨節都微微在發痠痛，直像遭了一頓毒打，竟痛到連翻身都有點不自然。

「呀！」帶呻吟地，瑞生時時哼著。

「怎樣?兒呀!」是母親從隔房傳來的問話，因為老人家總是比較淺眠的。

「不，沒有什麼，媽!你老人家還沒睡麼?」為不使母親擔心，瑞生把苦痛隱蔽著。

「唉!總是家裡窮，才叫你吃了這好多苦，我也曾勸你不要如此刻苦，橫豎這樣笨重的工作，你是做不來的，呀!明天不用去了。」

「……」

但是，這辦得到麼?不去，不是要教全家的人都挨餓麼?不，況歇息了一晚，身子的疲乏也減輕了一點了，吃過早飯，勁著頭皮，挑起從間壁借來的一擔糞箕，又跑出去了。

天氣許比昨天來得酷熱，工作卻是照著昨天一樣進行著，瑞生的操作，也不會因為有了一天訓練而稍慣，就是同伴們的嘲謔，更是同樣使他難堪，但，他卻一切容忍著。

是將近歇午的幾十分前，不曉得是真的耐不住勞作，還是中了暑，瑞生的臉色，像是漸見慘白了，擔子也漸見無力挑上。

「瑞生!歇了罷!你的神色有點不對呢!」是那鄰居勸告著。

「……」頭暈眼花，瑞生像疲倦到慚於作答，勉強彎下腰，側著肩膀，仍把土石挑起。

正在這當兒，他磅地跌倒了。

「喔!怎麼……」

「快!那斯文人病倒了。」

一時把同伴們都嚇慌了，放下工作，誰也走攏來。

「提筋，快，痧呢！」女工中一個這樣喊。

「拿點清水來。」

忙忙亂亂的，大家都急於設法救治。

「哎……唷……」過了一刻，瑞生也漸次清醒，這才把大家的心放下。

「怎麼啦，好了些麼？」工友中有幾個這樣問。

「頭……」很簡單的，又是很困難的，瑞生這麼答，臉色還是很慘白，汗也在涔涔地流。

「抬你回去，好吧？」像是工頭的，也俯下身子輕聲地問。

「……」雖然沒有作答，從那放射出來的眼光中，可以明白這正是他在期望的。

結局，還是由於他的鄰居和另外兩個工友把他扶著回去，家人的悲愁，用不著說，誰也可以推想得到的吧。

這一次雖然病得不甚厲害，但一天半的工錢終於是花完了，不，還把家具抵押了幾件，再向鄰家借了三四塊錢來貼上。

直調治到一個星期，才算恢復了健康，這時道路已經是修築完工了，其實，就算還有工作，他也不敢再去嘗試。

「看看還是再跑到外面找職業去。」這一決心，瑞生又跑回從前當過外務的這個××街來了。

一到××街，又是半箇多月了。

當他初來時，原想此地係繁華的市街，貿易的商埠，什麼行，什麼店，都是林立著，總該容易找到一個位置，只要慾望不太過奢的話，莫說這裡原是他曾經活動過的地方，幫忙也比較容易得人，誰知道夢想竟成畫餅呢。

這半箇多月來，一些朋友的家，三天五天的，差不多都寄宿過了，畢竟只是個朋友，還好意思久住麼？況且大家也都是靠著勞働掙錢養家的，的確也沒有多少能力照顧他。

職業，不能說是不勤於找尋了，天天都出門去，問了一處又一處，都是搖著頭連答覆都懶於出嘴，有些個甚至瞪著眼睛，表示著有些討厭的神色，呀！這真把他弄得沒有辦法了。

「那麼，這裡一家餅店，要僱一名跑街的，願意麼？」

又是過了一兩星期，瑞生的友人S才跑來報告了這好消息。

「好的，那一家呢？」撥開陰霾見天日，瑞生的喜慰，從他的臉上也可以看出。

「××齋，聽說食宿都由老板供給，一個月要給八元錢薪呢。」

「不妨事，那可以的，幾時進店呢？」瑞生之急於找尋飯碗，可於他的口吻覺出。

「我還得問一問老板，因怕你棄嫌，我到不曾這樣真切地同他談過呢。」

「就請你老哥鼎力鼎力。」

但，不到一星期，瑞生又是被辭退了。

一天都得載兩大箱菓餅到各村下去售賣，或者是人家定購的，也得天天去運配，這雖然不怎麼輕可，但是有了自轉車跑，也就比較快點了。

不過，在這經濟恐慌，失業者日漸增加的年頭，找尋職業的，真是比肩接踵。碰巧幾日來，老板的家裡來了兩個客人，一箇女的，是已過中年了，還有一個少年，說是老板娘的什麼堂姊，姨甥，當然也是為了失業，特來遠地相托的，這真叫老板娘有點為難了。

「嗳！很湊巧的，近兩天才新僱了一個跑街的，要是你倆早點來，那就剛有缺兒了。」皺著眉頭，老板表示遺憾之意。

「但是，妹丈，你是做得到的，我們母子倆特地跑那麼遠來相托，總望……」語中帶些哽咽，那婦人真有點失望。

雖然，總不會就悵悵而回。

「難道不可以再多讓出一個缺兒麼？」夜半無人私語時，老板娘特再向丈夫提起，一併還把自己少時如何地受堂姊照顧，日本領臺當時，為避免反亂，還一次到過她那裡去逃難，又是如何地受她慇懃接待，訴說了出來，想以有恩報恩的苦衷，獲得丈夫的同情。

「我不是不肯提拔他，但，景氣是這麼壞，一天還賺不到支持店裡的花費，實在難於安插。」丈夫說來，也自有他的難處。

「那麼就索性把新僱來的那箇跑街開掉，不就得了麼？」是老板娘出的好主意。

「好意思麼？進來不到五六天，就把人又開掉，有什麼話好說呢？況且這個人看來也還勤奮。」老板終於陷於進退維谷。

「哼！不好意思！」老板娘的臉都沉了。

這更叫老板手足無措。

「怎麼倒缺少了一角銀呢？瑞生！」受了老婆的埋怨，這真叫老板不能不找出瑕疵來刁難瑞生，是核賬的晚上，扳著臉，老板問。

「是，因為天氣太熱了，我多喝了幾杯冰水花掉的。」看見老板的臉，真有點叫瑞生憤慨，但，為了領受過失業的苦味，他只好忍受著。

「難道你可以這樣擅自用錢麼？哼，進來不到十天八天就這樣……」又是一頓白眼。

「不，真渴得難忍了，不過，這錢原是由我負擔，不會缺損一箇。」

「不，這種人我怕，看看還是跑開好。」

從此大街小巷，又是有瑞生的足迹了。

「我不可以做箇小生意麼？」有一晚，當他在K家裡睡覺時，輾轉反覆，忽然想起了這個，摸摸袋裡，不是還剩有一箇多塊錢麼？就做個零食生意也夠了。

翌晨等不及天亮，叫起K，便將自己的新計劃，向他說明。

「可是可以的，不過……」一面指著朦朧的睡眼，K慢吞地說。

「什麼？我還剩有一塊多錢呢？」

「不是只有兩元薪嗎？你。」

「是的，不過我除卻飯食三頓外，總不曾花過什麼。」拿起錢來，一張一元鈔票外，還有四角多銀角與銅幣，數過，他又說：「這不就夠了麼，我想販一些糕餅糖菓之類。」

「慣麼？」K還擔心他不慣於沿街喚賣。

「唔！」這一問，瑞生也不大有把握，但，他覺得挑土石那樣笨重的勞働，還敢於嘗試了，何況這，「不慣，也沒有法子啦！」

臨時準備一箇擔子，拿那一元四角餘去買了些糕餅糖菓，居然把計劃實現了。

「硼砂……」真的，挑起擔子，剛開了口，一陣燒熱，臉紅了。

一天雖只有兩三角銀賺，但，他一身的生活，總算暫時得到安定了。

「再幾天，總得寄兩三塊回去，哦！媽不曉得在家裡怎樣擔心著，還有妻和兒子，他們不知近狀如何？」為了窮忙，一向就不曾想起的家庭，現在也想到了，母親是那麼年老了，家又是恁困窮，真教他想來萬分傷心：「大家可曾康健不？日子不知又是怎樣過著？」

這一晚他做了一個歸鄉之夢，醒來時，眼眶有些淚水，是喜是悲，作者不欲明寫出來，就留待諸君去吟味。

從瑞生做了小本生意，已經匆匆又過兩天了，這日子，他當然是很愉快地過著，雖然有點兒疲倦，和逃避警察捉挪的恐懼，但，歇一下，又是忘懷了。

這是第四天，瑞生剛挑起擔子出門，還跑不完一條街，警察便光顧了，就因為不是十字街頭，所以他有點疏忽。

「賣糖菓的，買一錢。」是從巷裡，跑來一個小孩，喊著要買。

「哦！要什麼？」放下擔子，接過錢來，微笑地向小孩問：「這個好麼？甜的、脆的、酥糖，或是這個白糖糕……」

「喂！」

覺得肩膀被重重地扳了一下，瑞生心裡一怔，轉過頭來，呀！不好了。

「郡役所去！」語帶威風，不問而知說者是誰。

「噯！大人！恩典，可憐咱窮人！」

拍拍，連那小孩子也嚇哭了。

「跑！快點！」一舉足，擔子也在翻觔斗。

無事不入三寶殿，一進去，就是罰金兩元，等到出了衙門，人不亡，而財已散矣。

從此，一直地，他就只有餓著肚子東巷跑，西街竄了。

一條狹長的小巷，看來真有幾分荒涼，一盞十灼的街燈，似明非明的，照來，反見有些陰陰鬼氣，況且又是人迹稀少的一個地方。

「呀！」一口氣從許多鄙夷的眼光中逃亡出來的瑞生，至是才鬆了重擔般地放下了心，雖然，這世間給與他冷酷的待遇的一切往事，不禁又使他油然憤怒了：「錢，這世間真是要不得了，沒有錢就得到處受人家鄙視，蹧躂，媽的，金權橫行，這還成什麼世界？唉！」

「失了業，真是可憐，挨餓挨苦沒得說，還要沒來由地到處受到人家的奚落。」踽踽地行來，一心上都被剛才發生的事苦惱著，他想：「賣麵羹的小販，為了掙錢顧血本，咆哮那是怪不得他，幹嗎連旁人也在落井陷石，作威作福，那又干他媽甚事呢？無賴，慣用贗貨。呀！天呀！那啞板我又何嘗不是從別人手裡找來的？然而他們吃飽飯偏愛管閒事，硬要把一個窮人冤枉了，那不太可惡麼？」

跳了一道溝渠，轉了一個彎，前面仍是一條暗黑的小巷，但，這裡卻連閃爍不明的小街燈也沒有，路又是年久不修，行來更有點兒躓蹶了。

「前途真是黑暗！」不知是為嫌惡那小巷，或是為自己的身世而嗟歎，瑞生仰起頭兒，激昂地，又是低聲地說出了這一句。

「家裡的人，近兩月來，不曉得又怎樣了呢？」一陣傷心，瑞生又想起家來了，這一來，真要教他暗暗流出了眼淚，他記得兩月前在家時，為了維持家裡的生活，病的妻也只好整日整夜坐在小凳上編草帽，一直地就到打瞌睡也還擦擦眼皮，振作精神忍耐著編下去，人是越見枯黃了，夜裡又要經起兒的哭吵。母親呢，那更是可憐了，眼是昏花了，雙隻手又是時時打濆顫。唉！要是富貴人家的老太太，不就早該坐享清福了麼？可是命定的窮人家，又是自己不中用，現在又失了業，累得她人家，吃不飽，還要把一切家庭瑣事都推到她身上去麻煩。不，憂愁，苦痛，更把她弄得萬分憔悴老弱了：「唉！橫豎職業是不容易找到啦，在這裡一味流浪著也不是辦法，就回鄉下去吧，至少還可以讓老母少為我擔心點，或者還可以叫她人家得些兒慰藉，是的，我要回去，我要回去。」

眼前微現光明，再進一步，又是跑上另外一條大街了。街雖然比較寬廣坦平，電燈也較小巷裡照得格外光明，瑞生的心，卻不就因此而爽適點。

這時，至少也有十點多鐘了，雖然是清爽的初秋之夜，路上還有不少行人來往著，然而已不似方纔之擁擠了。悠悠幾聲鼓樂隨風傳來，是戲院裡漏出來的餘響，這把瑞生的心思打斷了：「唉！數箇月前，我不是也曾時時進去過麼……」就像著了迷，隨著這悠揚的樂聲，不自主地，瑞生跑到戲院前面來了。

強烈的電光在照耀著，把龐大的建物，顯得愈見巍峨壯麗了，外面是冷清清的，除卻幾個小孩在等看「末場戲」，和幾擔零食外，也只有那守門的在喊著：

「來呀！三伯探英臺，很好看，現在進去，只要五個銅幣，很便宜的……」

呆呆地站著的瑞生，被這叫聲嚇醒了，又是本能地伸手到褲袋裡摸，但，這一次可教他失望，就連想一個啞板都摸不到。

裡面的歌聲，又是無端地竄進他耳朵裡來了。嘹喨的、婉轉的、嬌柔的，哦！新哭調，這不是他所最喜歡傾聽的麼？還有，那個女伶，是的，聞其聲而知其人，一定是一個艷冶的少女，靈活的秋波，醉人的淺笑……魂銷了，癡迷了，忘懷一切地，瑞生舊日的青春底心，在這聲色的刺激之下復活了。

「我要進去進去，我要找到一點陶醉，我需要這聲色的慰藉……」

忘卻家庭、自己，忘卻挨餓與無歸宿，更忘卻被鄙視、蹧躂的痛苦，這時的瑞生，人真有點變了，癡迷，在這聲色的誘惑之下，他竟成為癡迷的蝴蝶，儘想向鏡屏裡的彩畫底花朵兒繞纏，他失了神似的，然而又像很興奮，他儘管來回踱步，眼不轉睛地，又是頻向那放射著強烈的光芒的戲院注視著。

像在找尋什麼似的，忽又跑近那五尺多高的圍牆，仰起頭總是望頂上看，有時又是慌張地東張西望，就像防備人門眼光的偵探，偷偷地，有時也舉起右手摸牆頂。

「那是什麼新歌調？」絃歌急轉，裡面又是唱出別一種最新歌調，這更把瑞生的心急得忙亂了。直像一隻不羈的小鹿兒在滾滾跳跳。

「好！我要進去。」一下決心，雙手一攀，用盡力氣，縱身便欲跳上去，磅……

「那是什麼？」把旁人驚動了。

「偷……」

一哄動，人都圍攏來了。

「媽的，小偷。」拍拍，守門的氣憤了，一臉橫肉，把跌倒在地上的瑞生，揪住便打。

「哎……哎唷……」

「該打該打。」是旁人在湊熱鬧。

「沒有錢，也想玩戲院。」又是一聲嘲訕。

「媽的，我瞧到你在院口獃頭獃腦地放野眼，我就有點疑心了，哼！好厲害……」拍拍，守門的又是一排仙人掌。

「哎唷！我，哎……」見紅大吉，瑞生的鼻管流出血來了。

「那一箇？」維持安寧秩序的巡查也來了。

「這個，大人，泥棒，牆那邊跳跳，大人，歹人。」說著不成腔的半日本話，守門的報告，真不失為一箇忠實的奴僕。

「你！喂！起來，衙門去。」皮靴踢處，那能叫瑞生不急忙起來呢？

「大人！我……」戰戰兢兢。

「閉嘴。」拍拍，巡查的一下巴掌，瑞生的臉愈見發燒發紅了。

「……」在這有權威的官吏之前，瑞生真覺得自己是渺小到出乎意外。

好像這是比戲還好看的，院裡的觀眾也有好些個跑出來了。有戴金絲眼鏡穿洋服的、有穿長衫的、也有些是小市民，圍攏得人是越來越多了。

「那又何苦，沒有錢買票，就不看又怎麼樣，現在，戲瞧不到，反而被捉，不害臊麼？」

「人是太獃了，現在不是十點半了麼？，再一會就有末場戲看啦，何苦！」

「不，你們瞧，雖然腌臢點，衣服倒不怎樣舊破，你能料他是沒有錢麼？賊皮賊骨。」

這時鄙視的眼光，和譴罵的話語，都集於瑞生一身，真教他咀咒不是，剖白不是，垂頭喪氣地，只有喚自己的命苦。

「鼠賊，衙門去，走！」

雖然是沒有用繩子綑縛住，畏縮、恐怖、悽楚，瑞生馴服地應命跑了。

「哦！那不是白吃麵羹，使贋貨的無賴麼？媽的，不一會，又是跑到這裡踰牆看沒錢戲。」

當瑞生旋過身時，中有一個人認出了他。

「是麼？使用贋貨！」

「嚇，那不是在什麼地方？記得……」

「是的，三四箇月前曾在祝生會當外務。」是一箇記性好的人說。

「哦！是的，××祝生會，怎麼倒弄成這樣子呢？唉，人真難以逆料。」

「可不是麼？一箇人不想掙錢過日，倒想偷偷竊竊，這還有什麼好處？」

「掙錢過日，這樣年歲，談何容易，有職業的人，總一味說失業的人是懶漢，其實，誰願意挨餓挨苦呢？」這是一個不同調，說者亦許曾經領略過此中滋味。

一會，各自跑散去，就像不曾有過剛才的事情發生一樣，龐大的戲院，仍然照耀著強烈的電光，絃歌鼓樂，同樣在吹吹唱唱，院外同前一樣冷清，所不同者，受了特別開恩，呆站著的小孩們，也被許進去看末場戲了。

原載《臺灣新民報》四〇四～四〇六號，一九三二年二月廿七日、三月五日、十二日出版

集評

一、有關勞工問題及反映失業悲苦之作，多集中於一九三〇年代，正好如實呈現一九三〇年以來的世界經濟恐慌。……楊氏小說〈瑞生〉亦是陳述經濟不景氣中，失業悲苦的力作。（許俊雅《日據時期臺灣小說研究》，文史哲出版社）

二、經由瑞生的行動，守愚從小知識分子本身的限制（不適出賣勞力）、外在環境的惡劣（失業者競爭激烈）揭示小知識分子的碰壁。最後看霸王戲一段具有象徵意義：看戲乃屬於小資產階級以上的娛樂，失業後的瑞生想要重回戲院，意謂著想重回小資產階級的生活，然而失業以後的瑞生已不屬於此一陣營，終遭逐出小資產階級。如此，守愚形象化的具現了三〇年代小知識分子逐漸沒落於無產階級陣營的過程。（黃琪椿〈社會變遷與小說創作——楊守愚作品析論〉，《臺灣文學與社會》論文集，國立臺灣師範大學人文研究中心編印）

三、第二類以〈一群失業的人〉為代表的，經濟不景氣，工人四出流竄，仍找不到工作，社會嚴重的失業現象。〈瑞生〉則描寫失業，當小販也遭警察刁難取締的「瑞生」，百般無聊之餘，爬牆看戲尾卻被當賊法辦。描繪處處失業、百業蕭條的悲慘社會。……。

守愚寫的是一個無產階級的悲慘世界，是一個幾乎看不到光的黑暗世界，他幾乎沒有修飾地，真實地呈現這個世界，從他的作品裡，可以讀到他悲憫胸懷裡抱持的為弱勢仗義直言，打抱不平的急切心情，文學對他而言不是藝術，而是行俠人間的武器。（彭瑞金〈楊守愚——為弱勢仗義直言的小說家〉，《臺灣文學步道》，高雄縣立文化中心編印）

【相關評述引得】

一、施淑，〈在前哨——讀楊守愚小說〉，《國文天地》第七卷第五期，一九九一年六月

二、康原，〈愛的追尋——楊守愚和他的親人〉，《國文天地》第十三卷第三期，一九九七年八月

三、許俊雅，〈楊守愚的小說及其相關的幾個問題〉，《臺灣文學論——從現代到當代》，南天出版社，一九九七年十月

四、蘇慧貞，〈勇敢「決裂」的楊守愚〉，《聯合文學》第十五卷第十二期，一九九九年十月

五、施懿琳，〈論日治時期楊守愚的新舊體詩〉，《殖民地經驗與臺灣文學——第一屆臺杏臺灣文學學術研討會論文集》，遠流出版社，二〇〇〇年二月

首與體

❖巫永福 作
❖李鴛英 譯

作者登場

巫永福（一九一三～），南投埔里人。公學校畢業後，就學臺中一中。後負笈日本，於明治大學攻讀文藝科。留學期間與張文環、王白淵等共組「臺灣藝術研究會」，創辦《福爾摩沙》雜誌，並開始發表作品。一九三五年學成返臺後，進入臺灣新聞社擔任記者，並先後加入「臺灣文藝聯盟」及《臺灣文學》雜誌，迭有佳作。戰後因二二八事件一度停筆，至一九六七年加入《笠》詩刊，始重新出發。《臺

青年時代的巫永福。攝於1933年日本明治大學文藝科時

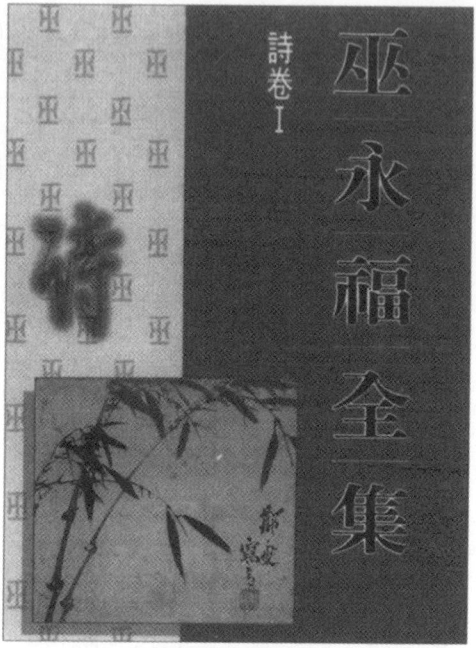

巫永福全集書影

灣文藝》創辦人吳濁流逝世後，巫氏義無反顧出任虧損累累的《臺灣文藝》發行人，後又設立「巫永福評論獎」，以獎勵臺灣藝文方面的評論。

巫氏創作主要在詩歌，小說作品，僅有戰前寫作的〈黑龍〉、〈山茶花〉、〈阿煌與父親〉、〈慾〉等七個短篇，在藝術成就上卻值得留意。在三〇年代後期的臺灣小說界中，「他對於臺灣新興市民、知識青年的精神層面和感覺領域的開發，具有突出的、新銳的性質」（施淑語）。這些日文小說，大抵呈現出少年自我耽溺的愁鬱幻想、男女戀情的糾葛，及人性的爾虞我詐和爭權奪利等弱點。戰後，他以中文寫詩、寫時事評論、回憶篇章，關懷現實政治，為歷史做見證，充分表現了其昂揚的生命力及動人的情操。作品有《巫永福全集》（傳神福音文化事業公司）。

（本文開始）

「他是個外表善良、實際邪惡的傢伙。也就是所謂『口蜜腹劍』的那種人。」S靠在我的肩上這麼說。

「那裡，那傢伙正好相反，外表看來很壞，實際上卻是個老好人哩，是屬於『口劍腹蜜』的一型。」我直截地提出異議。

「也許是吧，誰知道？」他低語，算是勉強接納了我意見。迎著強勁的朔風，兩人同時都拉高了衣領，戴緊帽子繼續前進。

「再走一會兒吧？」我們走到富士見電車站，我才開了口。他沒有回答，於是我們又邁開沉重的步子走下九段坡。

昨天學校放假，我跟S兩人結伴喝了酒。我們都不喜歡甜酒，所以酤了一瓶一升裝的辣味白鷹。隨便買了點酒菜，在我住的宿舍二樓開懷暢飲。S的酒量不大，才喝不到半瓶，就醉倒了，直挺挺地在榻榻米上躺成一個大字，於是兩人就和衣躺下睡了。前天S到我住處玩紙牌玩到深更半夜，他說：「我乾脆在你這兒過夜算了。」二人昨天起牀時已經超過十二點二十分。這一天學校開會，所以我就沒再去學校，我提議要不要去喝酒，於是兩人在二點多的時候就去酤了酒，胡亂買了些下酒的菜，回到二樓據案喝將起來。

兩人閒閒地聊著，一邊吃菜，一邊細細品啜著杯裡的酒。兩人經常有這樣相聚的時光，可是不曉得為什麼今天兩人的興致似乎都特別好，正當我們酒酣耳熱，意興正濃之際，S就醉了。

S既然醉了，不一會兒就鼾聲大作，我一個人獨酌也沒什麼意思。我想我必須把他先安頓妥當，於是先收拾酒菜殘局（不過是收到能睡覺的程度），鋪了牀讓他睡了。不知不覺間，我自己也感到迷迷糊糊的有幾分醉意，頭腦、眼皮都沉甸甸的，不一會兒也朦朧睡去。

也許是昨晚七點就睡的關係，今天早上六點就睜開了眼睛，但還未能完全驅逐迷糊、惝恍的醉意。S也在棉被裡翻來覆去，被我叫起來的時候已經八點。

二人到聯隊前漫步。來到偕行社前，我特別注意到那個獅子的頭。每天上學卻不曾稍加留意的這個獅子頭是朝著聯隊的方向張大著口，其中含著噴水口，一雙厲眼圓睜。噴水口流出微量的水，冷冷地發著寒光。我們迎著扯人欲裂的凜冽寒風繼續前行。

這平日吼聲震天、威風八面的猛獸，如今為什麼會祇剩下一顆頭顱塑在偕行社的外牆上？這顆百獸之王的首級在寒風中肅然昂挺究竟含有什麼意義？看來這真是一個很有意思的問題。獅子是治理森林王國的動物之王，自有其威嚴、權勢及懾人的氣魄，偕行社跟獅子的首級之間的確有某些調和、相似的地方。

如果要牽強附會，或者可以說獅子的首級是在護守靖國社，代表聯隊的強盛、壯大。祇是這一瞬間觸發的這個怪念頭猝然掠過腦際，最後印象祇留下獅首昂然咆哮、意興風發的英雄姿態。

原先在心裡描繪的叢林之王種種威武雄姿，竟像孩子們劇烈的爭逐、喧鬧，驟現復又消失，溶入腦海深處。

過了階行社，他依然沉默無話。我自己卻獨自馳騁在對方一無所知的獨想世界中，任由想像海闊天空地翱翔。沉緬於自由遐想，以內省的心情檢視自己變成獅子的種種模樣，並反觀昨天、今天所發生的種種事情。而他似乎也被我感染，終始三緘其口，默默地逆著風挪動腳步。

「喂，聽說今天帝國飯店的東京座開放觀賞，是演出契訶夫的《櫻園》吧？」朋友拉起衣襟遮著嘴，轉過頭來這樣問我。

「呃。」被他突如其來這麼一問，我的思緒驟然被打斷，匆忙中祇得毫無自信地這麼含混回答一聲。可是馬上感到自己的回答是何等的牽強、敷衍了事，憑著反射作用，抓住他的話尾又再補充一句：「哦，是《櫻園》。」

蛇的身體一旦被砍斷為二，就再也無法恢復原來的樣子。我也無法再回頭想我的獅子頭，兩人談著今天參觀的事一路談到駿河臺。

單憑想像跟期待，我們兩個對契訶夫不甚了解的人，祇是像談論茶餘飯後瑣事一樣，東拉西扯做一番沒有什麼自信的淺論。身為文學青年，對於能接觸到偉大作家的戲曲，自然感到十分的興奮跟欣慰，平常上學總是無精打采的，今天卻不管風大，一路談笑著到學校。

眺望著光禿的行道樹、寂寞的街頭風景。戲是在放學後一小時開演，我在三省堂面前跟二、三個同學道了別，為了消磨時間，兩人便徒步走到日比谷，一方面運動，一方面也可以節省電車費。通過帝國劇場前的濠溝，朝著錦町河岸的方向往日比谷走去。濠溝中的水迎著風輕蕩漣漪，可以看到水底的水草也隨著搖曳不止。

看到柳枝乾枯，深深感覺冬日寂寞，也愈發感受冬的嚴寒。比起那冰凝的濠溝微波，高插入灰沉沉雪空的枝枒，似乎將一份更刺骨的寒意直貫入人體內。我們兩人都不說話，因為彼此熟悉，沉默並不會讓我們感到難過。我們彼此了解對方的情意路線，能夠當即掌握對方的心意動向。所以才會各自走各的路線，有如分離的兩條線必相交一樣（絕不會是平行線），任意交叉然後分離。彼此間隨時可能遇上一致點。雙腳把溫熱、泌汗的一種微癢感覺傳遍僵冷的身體。經過濠溝，再走過電車站交叉口，來到日比谷公園警衛崗哨站的時候，我們已經忘記了寒冷，甚至內衣底下已微微汗濕，不過手指、腳趾依然凍得發疼。

進入美松並非誰的意思，而是近乎無意識的，彼此間意志交感，腳步自然挪向美松。皮膚首先感受到暖氣的溫熱。這溫暖像金屬類的熱傳導一樣，瞬間快速地傳遍身體內部。在感覺溫暖的同時，情緒也馬上安穩、平靜下來。

我知道朋友在為某一樁大事在煩惱著。我們是中學以來的朋友，在大學裡雖不同科系，但還是每天都能見面。我也知道他之所以跟我一起到日比谷，祇是為了想跟我在一起。今天一放學，他就一直跟隨在我身邊。他是個對文學非常熱衷的青年，所以經常跟我談論著有關文學的事情，他之所以會在最近讀契訶夫的作品，便是因為某一天我倆放學途中發現了一本契訶夫的全集才開始的。

就像今天，也是數天前他提到想去看帝國飯店演出的《櫻園》而有此行。我打算由學校直接去，他卻說要另外買票自己去。後來又改變主意要跟我一道走，說是為了排遣滿肚子煩惱，順便也好到東京座見識一番。我們二人在一起，心頭自然而然充滿溫馨感，獲得喜樂妙諧的慰藉。友情在我們中間發展、滋長，把彼此的心靈平撫得自在、舒貼。說起來，友情的確是人生中的一大安慰。

泥土中偶爾萌生翠綠的嫩芽，不起眼的小草時會孕育秀美的蓓蕾，垃圾堆積的牆角也時會飛來優秀的種子，在過路行人未曾留意間，逕自綻放美麗的花朵。同樣地，我們也是很自然地湊在一起，甚至我們的父母也不曾預期有這樣的遇合，他們如果知道，或者也會覺得驚訝吧？

他的確是一個氣質優雅的男孩，有勝似蜜糖的甘美性格。由於是早產兒的關係，父母對他始終照顧得無微不至，同樣地，他的心也一直繫在父母身上。又因為自小體弱多病，所以感情纖細，能敏銳反映父母的心意。長大以後身體是強壯起來了，可是心靈卻依然比一朵波斯菊的花朵或枝幹都更纖緻、更脆弱。

最近他在煩惱著的是首跟體的問題。我們到美松來，主要並不是為看女店員的美目盼兮，也不是為瀏覽琳瑯滿目的商品，溫暖的空氣才是我們共同的目的。我們還沒有上二樓、三樓，腳就已經瘦了。

我抬頭望他，見他正眉頭深鎖著，見我瞧他，便回我一個寂寞的笑容。然後就走下樓梯。

我實在想休息一下，可是他卻逕往前走。他步出美松時，我還在一樓的樓梯上。

我在想他的事情，原想去看劇展紓解胸中鬱氣的S，到底是美松店裡的什麼東西刺激了他，觸動了他的心頭鬱結？

我百般思索並沒有得到任何結論，但卻由衷地同情他的境遇。想對他講幾句安慰的話，腳下卻不急著上前追趕他，因為我知道，有時安慰反而會成為痛苦的根源。

當我走出美松，他卻已經跨越馬路，走到公園門口佇立著，與其說他在望我，不如說他是在望著美松的屋頂；哦，不，說是在眺望屋頂的上空更正確些。我也隨著他的視線往上看，灰蒼蒼的天幕除了雲雪之外什麼也沒有，那麼他究竟是在望什麼呢？

可是，我到底還是忍著不去問他為什麼。因為他經常會有這樣突如其來的動作，而且我想事情到後來總會見分曉。我追上他與他並肩而行，兩人依然保持沉默。朝內幸町的方向走。

遒勁的寒風把我們的外套都翻捲起來。我扭轉頭避風，就在我急轉身的剎那，我撞上了廁所前的洗手臺，出現眼前的是一個羊頭。

長而彎曲的一對角深深嵌入頭裡面，這顆羊首同樣張大嘴噴吐著水，溜溜地滴進盆子裡，水滿了便靜靜地溢出盆外。

這時候我又猛然想起獅子的頭。溫馴的羊跟威猛的獅子在我腦海裡構成了奇異的圖象，錯愕之中，我想到要從這奇異的對象上面尋找根據。雖說要追索解釋的出發點其實有許多途徑，但是我當時的想法卻是這樣，想在羊跟獅子這兩個對象身上找出某種解釋線索（不管解釋為何，都能讓我從中獲得自我滿足、體味牽強附會的妙趣）。

「時間還早呢。」朋友說。同樣避著風走在我旁邊。我這才捨棄那牽強附會之想——其實算不上是捨棄，更適切地說，根本就是把它撂在一旁。如果說千思百想都沒有辦法獲得具體結果、達到目的，便祇是徒然勞思傷神罷了。明知自己既無法斷然割捨本身的意念，祇有讓自己的頭腦陷入茫然空白的狀態，一直要等到能擺脫自己的意念那時候！

「啊！」我含混地回答，驚覺於自己的聲音曖昧含糊，便又抬頭看看他——因為他個子比我高——。

他的臉被帽簷及衣領遮去大半，看起來他遮掩著的臉比真實的臉更能顯示他內心的真相，我再次感到黯然——彷彿他的心念波動正在跟我進行著無言的溝通。

事實上，我知道我們近期間就要分別了，可是他卻不願意離我而去。這是首與體的相反對立狀態。因為他自己想留在東京，可是他的家卻要他的「體」，一封接一封的家書頻頻催他「返鄉」。理由是要他回家解決重大的結婚問題。所以他想留在東京。

我勸他暫時還是先回家解決了問題再說，祇要想說別離祇是暫時的，也就沒什麼困難了。

風再次把我的外套翻捲起來。我們橫越過車道，來到帝國飯店的裡門。戲是在下午一時開演。

而就在這時候，我碰到四、五個學校的同學，他不認識他們，我就跟他們道別了。

自然我也就忘了獅子頭跟羊首的事情。今天我心裡思想的重點都在他一人身上。而我的想法自然也跟他的不謀而合。我終於諒解了在美松發生的那件事情。說起來其實祇是偶然的靈光一閃，我突然想起張貼在美松三樓的那張和服布料的廣告畫來，對了，那模特兒的笑靨簡直像極了他戀人的側影。

由於還有時間，我們又在飯店旁的巷弄裡隨便走了一陣。我之所以跟他提這個，當然祇是跟他開個玩笑。不祇為了消磨時間、排遣無聊，更為了擺脫那些緊緊盤旋在腦海裡的意念。

「譬如說，一個人四小時收費二圓的話，三百個人一共是多少呢？一分鐘究竟值多少呢？每個人兩圓，乘以三百人再除以二百四十分鐘——」

「這個——」他顯得興味索然，繃著臉想了一會兒，然後才笑著回答：

「你想想看嘛，一個小時是一百五十圓，那麼一分鐘自然就是二圓五十錢囉。」

他笑問我：「為什麼會想到這麼怪異、離譜的問題？」我很高興自己能不按牌理出牌，提出這麼一個問題，竟然打動了他的心。他已經許久沒笑了，至少是許久不曾笑得這麼開心、暢意過。

「今天的戲不是一點開演嗎?通常都是演到五點散場,豈不是演出四小時之久?假設觀眾共有三百人的話,我是隨便提出來問問看。」我笑著仰起臉望他。

「這麼說來,劇場內的一分鐘報酬是蠻高的嘛。而平日我們絕不會想到什麼劇場價值、觀眾時間價值等等問題。」我的視線挪向自己的靴尖,繼續述說著我突然觸發的意念。

時間終於到了,我們進了場。

我們出劇院的時間大約是五點半左右。外頭已經籠上淡淡的一層暮色。也許是要下雪的關係,今天的天色迥異於往常,除了片片的斷雲、層雲,天光反而較平日亮些。彤雲除了顯示時候已是黃昏,並沒有使暮色更深,相反地反倒給人比白天明亮的感覺。

「我想回家,看著戲我便一直想,想著父母的事情。」才一走出劇院,朋友便開了口,可以聽出是充滿愁惱的聲音,他或許在想著父母跟自己、還有戀人的事情吧?「我想還是解決了那個問題以後再來,我希望能順從父母的心意再貫徹本身的意志。到底結婚的確是人生大事。不過,孝親跟愛情之間會不會起衝突呢?」

我早就料到他可能會回去,這麼一個軟心腸、善良的人,他絕不肯坐視讓父母替他操心或違抗父母的心意。

我默默地向電車站的方向挪移腳步。想到以後生活中的一部分就要暫時告缺一段時日,心中不覺有些落寞。除了落寞之外當然還有一些其他的成分。祇是一提到這兩個字,落寞當真就兜滿胸懷。

「搭電車回去吧？」

在錦町河岸換了車，第二次要在駿河臺再換車時，他提議：「肚子餓了，找個地方吃東西吧？」然後問我：「今晚去逛逛神保町的夜市怎麼樣？」但似乎又覺得自己的想法有些突兀，又說：「也許腿要走不動了。」

夜市已經開始。因為天剛黑，人也就逐漸多了起來。這麼冷的天氣，這些人居然還敢出門，真是精神可嘉。而那些生意人更令人同情，這麼冷的天氣還得——。

「到哪家喫好呢？」

「須田町還是茉莉？」

「這兩個地方都有飲茶嗎？」

「你還想喝酒嗎？省省吧。」

我們上了茉莉的二樓。點了鰻魚飯跟佃飯。我順手拿起桌上的鈴搖了搖，我看看鈴，再次想起獅子的頭。女店員來到旁邊，我卻忘了鰻魚和佃飯，後來還是由朋友代我點了。

「怎麼啦？」服務生離去後，他注視著我問。「沒什麼，祇是胡思亂想罷了。」我隨即回答。

「我在想一件偶然的事情。剛才看到這個鈴臺，眼前便浮現滿頭鬃毛蓬飛的獅子頭（我把鈴拿給他瞧）。也想起早上看到的獅子頭，就是階行社牆上的。在二個獅子頭中間還出現過羊首。所以我一時愣住了。」

接著飯送上來了，我們的談話因此中止。我把盤旋腦海中的意象稍加整理，這麼說，也許我的朋友會諒解吧？

有獅子頭、羊身；跟有獅身、羊首的二頭怪獸以加速度疾馳過來，猛烈地衝撞成一團。我忍不住眼睛一閉，眼前立刻出現埃及的史芬克司（人面獅身獸）。二頭怪獸還沒有決勝負，倒出現了史芬克司，不由得讓我有些張惶失措。

無意識地把湯匙送到嘴邊。

我整個腦海裡都是史芬克司。為什麼會有史芬克司呢？曾經有個國王拿史芬克司出了一道謎：有兩隻動物合而為一，在不明底細的軀幹兩端各接著獅子頭跟羊頭——這指的是人嗎？我們走出茉莉。寒風砭骨。迷離的燈火給人不真實的寂寞感覺。想到往後我們就要各奔東西、自闢新的天地，不免又念頭一動：或者再到酒館喝兩杯，算是餞別？

原載於一九三三年七月《福爾摩沙》創刊號

集評

一、巫永福的〈首與體〉描寫一個希望留在東京，繼續過著欣賞戲劇、音樂、上咖啡屋的生活的留學生，他不願回家解決結婚問題。……相同的情況發生在已經在殖民體系中，接受「內地」與「本島」，開化與野蠻的身分位階與身分認同的臺灣本地知識人身上。於是，生活在京都賀茂川的分身（incarnation）與歷史的孤島的臺灣知識人，也就在首與體的對立下，輾轉於理想與現實、自我與傳統、精神與肉體的矛盾。（施淑〈日據時代臺灣小說中頹廢意識的起源〉，《兩岸文學論集》，新地文學出版社）

二、這篇小說（〈首與體〉）的情節與佈局，不免予人一種鬆懈的感覺。不過，在探討殖民地知識分子的思想（首）與行動（體）之間的相剋、矛盾，這篇小說有其令人省思之處。〈首與體〉描寫的留學東京的臺灣青年有心繼續留在日本，但是臺灣的家裡卻來信命他回去完成結婚大事。

小說的其中一節是這樣寫的「事實上，我知道我們近期間就要分別了，可是他卻不願意離我而去。這是首與體的相反對立狀態。因為他自己想留在東京，可是他的家卻要他的『體』，一封接一封的家書頻頻催他『返鄉』。理由是要他回家解決重大的結婚問題。所以他想留在東京。」

這裡正好顯示殖民地青年文化主體的顛倒錯亂。如果從正常的角度來看，臺灣才是他的「首」，而留在東京才是他的「體」，然而小說的描寫卻剛好調換了位置，留在東京反而是「首」，返鄉卻成了「體」，巫永福的寫法，絕對不是反諷，他描述的相反對立狀態，並非是虛構，而是事實。這其實是巫永福的自況。……這篇小說，與其說在於描寫巫永福個人思考上的苦惱，倒不如說是當時臺灣殖民地作家的共同困境。（陳芳明〈史芬克司的殖民地文學——《福爾摩沙》時

期的巫永福〉，巫永福文學會議論文）

三、〈首與體〉當中關於留學生的「人」的困惑，雖不能說沒有文學上「人類命運」的命題這普遍性的意義，但值得注意的是，〈首與體〉同時也是臺灣殖民地狀況底下的作品，當留學生不免因「首」與「體」的分裂而困惑不已時，是無法不把殖民時代的歷史情境考慮進去的。因此我們此處要強調的是，〈首與體〉裡臺灣留學生置身於臺、日兩種文化之間的意識狀態，日本（以東京為代表）與臺灣彷彿成為兩個具有相反意涵的象徵性符號，而與小說中「首」與「體」的意象有著呼應關係。……身在母親「臺灣」與殖民者「日本」兩者之間的臺灣留學生，經歷的正是一段令人困惑的試煉，此一研究的開展，應是臺灣日據時代文學史及知識分子心靈史的重要課題。（陳建忠〈困惑者——巫永福小說〈首與體〉中的留學生形象〉，巫永福文學會議論文）

四、以他的小說初作——〈首與體〉來看，顯然是接受了現代主義的影響，具有不確定的、內省的、心理描寫的特色，有嘗試穿越表相的人情、人際關係，透視、追索內心的創作意圖。（彭瑞金〈巫永福——《福爾摩沙》的主幹〉，《臺灣文學步道》，高雄縣立文化中心編印）

【相關評述引得】

一、劉靜娟，〈訪文藝先進作家專輯：父母的愛——訪詩人巫永福先生〉，《中央月刊》十四卷七號，一九八二年五月

二、莊紫蓉，〈自尊自重的文學心靈——巫永福訪問記〉，《文學臺灣》二十四期，一九九七年十月
三、許惠玟，〈苦悶的象徵——試析巫永福小說〈首與體〉與〈山茶花〉〉，第十四屆中部地區中文研究所研究生論文研討會，一九九七年十一月九日
四、許惠玟，《巫永福生平及其新詩研究》，中正大學中文所碩士論文，一九九九年六月

送報伕

❖楊逵 作
❖胡風 譯

作者登場

楊逵（一九〇六～一九八五），臺南新化人。本名楊貴。幼年因目睹噍吧哖事件，民族意識萌芽極早。及長，負笈日本，深受社會主義影響。返臺後，自此展開他一生光輝悲壯的政治、社會、文藝鬥士生涯。曾創辦《臺灣新文學》。楊逵因傾全力反抗日本帝國主義，曾前後為日警逮捕入獄，達十次之多。光復後，他創辦《一陽周報》，主編《力行報》的新文藝及臺灣新文學叢刊等，活躍於戰後初期的臺

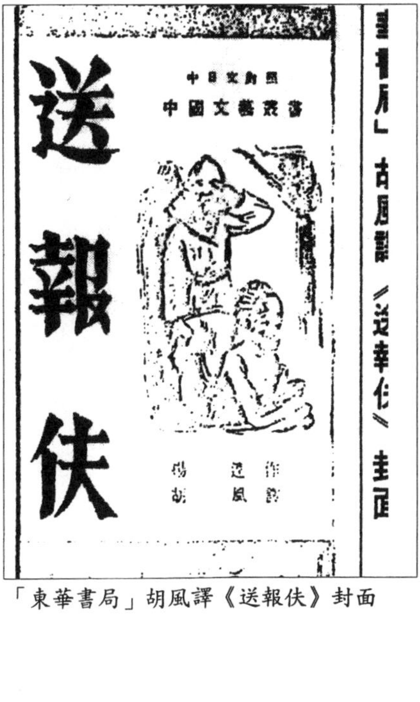

「東華書局」胡風譯《送報伕》封面

楊逵晚年的家居生活

灣文壇，一九四九年，因起草〈和平宣言〉，被監禁綠島十二年。一九六一年出獄，任楊肇嘉祕書，翌年於臺中東海大學對面購得荒地，蟄居於此。

作品以小說為主，從代表作〈送報伕〉到晚年作品，其精神始終立於弱者、被壓迫者的一邊，堅毅不畏的向苦難及罪惡挑戰，展現了一種超越民族國籍、反抗資本主義的階級意識，以及對社會運動的終極希望和遠景，為臺灣文學樹立了不屈不撓的勇者典範。一般而言，吳濁流、龍瑛宗筆下的知識分子泰半徬徨、蒼白，楊逵筆下的知識分子則大異其趣，他們大都堅決、剛毅，具有理想，這與楊逵的文學觀不無關係，他在〈臺灣文壇的近情〉一文裡說：「文學需要為人民說話，而不是去細細地描寫生活的黑暗面；文學要為人提供光明與希望。」這樣的理念也使其小說對臺灣未來遠景懷有烏托邦之理想憧憬，同時不時隱藏著弱小民族堅強的戰鬥意志。

關於楊逵的小說及評論，請參見《鵝媽媽出嫁》、《壓不扁的玫瑰》、《楊逵集》（前衛出版社）及《楊逵全集》（國家文化資產保存中心、中研院文哲所編輯策畫）。

本文開始

「呵！這可好了！……」

我想。我感到了像背著很重很重的東西，快要被壓扁了的時候，終於卸了下來似的那種輕快。

因為，我來到東京以後，一混就快一個月了，在這將近一個月的中間，我每天由絕早到深夜，到東京市底一個一個職業介紹所去，還把市內和郊外劃成幾個區域，走遍各處找尋職業，但直到現在還沒有找到一個讓我做工的地方。而且，帶來的二十圓只剩有六圓二十錢了，留給帶著三個弟妹的母親的十圓，已經過了一個月，也是快要用完了的時候。

在這樣惴惴不安的時候，而且是從報紙上看到了全國失業者三百萬的消息而吃驚的時候，偶然在××派報所底玻璃窗上看到「募集送報伕」的紙條子，我高興得差不多要跳起來了。

「這可找著了立志底機會了。」

我胸口突突地跳，跑到××派報所底門口，推開門，恭恭敬敬地打了個鞠躬。

「請問……」

是下午三點鐘。好像晚報剛剛到，滿房子裡都是「咻！咻！」的聲音，在忙亂地疊著報紙。

在短的勞動服中間，只有一個像是老闆的男子，頭髮整齊地分開，穿著上等的西裝，坐在椅子上對著桌子。他把煙捲從嘴上拿到手裡，大模大樣地和煙一起吐出了一句：

「什麼事？……」

「想……送報伕……」

我說著就指一指玻璃窗上的紙條子。

「你……想試一試麼？……」

老板底聲音是嚴厲的。我像要被壓住似地，發不出聲音來。

「是……的是。想請您收留我……」

「那麼……讀一讀這個規定，同意就馬上來。」

他指著貼在裡面壁上的用大紙寫的分條的規定。

第一條第二條第三條地讀下去的時候，我陡然瞠目地驚住了。

第三條寫著要保證金十圓。我再讀不下去了，眼睛發暈……。

過了一會回轉頭來的老闆，看我到那裡啞然的樣子，問

「怎樣？……同意麼？……」

「是……是的。同意是都同意，只是保證金還差四圓不夠……」

聽了我底話，老闆從頭到腳地仔細地望了我一會。

「看到你這付樣子，覺得可憐，不好說不行。那麼，你得要比別人加倍地認真做事！懂麼？」

「是！懂了！真是感謝得很。」

我重新把頭低到他底腳尖那裡，說了謝意。於是把另外鄭重地裝在襯衫口袋裡面，用別針別著的一張五圓票子和錢包裡面的一圓二十錢拿出來，恭恭敬敬地送到老闆底面前，再說一遍：

「真是感謝得很。」

老闆隨便地把錢塞進抽屜裡面說：

「進來等著。叫做田中的照應你，要好好地聽話！」

「是，是。」我低著頭坐下了。從心底裡歡喜著，一面想：

——不曉得叫做田中的是怎樣一個人？……要是那個穿學生裝的人才好呢！……

電燈開了，外面是漆黑的。

老闆把抽屜都上好了鎖，走了。店子裡面空空洞洞的，一個人也沒有。似乎老闆另外有房子。

不久，穿勞動服的回來了一個，回來了兩個，暫時冷清清的房子裡面又騷擾起來了。我要找那個叫做田中的，馬上找住一個人打聽了。

「田中君！」那個男子並不回答我，卻向著樓上替我喊了田中。

「什麼？……哪個喊？」

一面回答，從樓上衝下了一個男子，看來似乎不怎樣壞。也穿著學生裝。

「啊……是田中先生麼？……我是剛剛進店的，主人吩咐我要承您照應……拜託拜託。」

我恭敬地鞠一個躬，衷心地說了我底來意，那男子臉紅了，轉向一邊說：

「呵呵，彼此一樣。」

大概是沒有受過這樣恭敬的鞠躬，有點承不住罷。

「那麼……上樓去。」說著就登登地上去了。

我也跟著他上了樓。說是樓，但並不是普通的樓，站起來就要碰著屋頂。

到現在為止，我住在本所（東京區名，工人區域）底××木賃宿（大多為失業工人和流浪者的下等宿舍）裡面。有一天晚上，什麼地方底大學生來參觀，穿過了我們住的地方，一面走過一面都說，「好壞的地方！這樣窄的地方睡著這麼多的人！」

然而這個××派報所底樓上，比那還要壞十倍。

蓆子底面皮都脫光了，只有草。要睡在草上面，而且是髒得漆黑的。

也有兩三個人擠在一堆講著話，但大半都鑽在被頭裡面睡著了。看一看，是三個人蓋一牀，被從那邊牆根起，一順地擠著。

我茫然地望著房子裡面的時候，忽然聽到了哭聲，吃驚了。

一看，有一個十四五歲的少年男子在我背後的角落裡哭著，嗚嗚地響著鼻子。他旁邊的一個男子似乎在低聲地用什麼話安慰他，然而聽不見。我是剛剛來的，沒有管這樣的事的勇氣，但不安總是不安的。

——我有了職業正在高興，那個少年為什麼這時候在嗚嗚地哭呢？……

結果我自己確定了，那個少年是因為年紀小，想家想得哭了的罷。這樣我自己就安了心了。

昏昏之間，八點鐘一敲，電鈴就「令！令！令！」地響了。我又吃了一驚。

「要睡了，喂。早上要早呢……兩點到三點之間報就到的，那時候大家都得起來……」

田中這樣告訴了我。

一看，先前從那邊牆根排起的人頭，一列一列地多了起來，房子已經擠得滿滿的。田中拿出了被頭，我和他還有一個叫做佐藤的男子一起睡了。擠得緊緊的，動都不能動。

和把瓷器裝在箱子裡面一樣，一點空隙也沒有。不，說是像沙丁魚罐頭還要恰當些。

在鄉間，我是在寬地方睡慣了的。鄉間底家雖然壞，但我底癖氣總是要掃得乾乾淨淨的。因為我怕跳虱。

可是，這個派報所卻是跳虱窠，從腳上、腰上、大腿上、肚子上、胸口上一齊攻擊來了，癢得忍耐不住。本所底木賃宿也同樣是跳虱窠，但那裡不像這樣擠得緊緊的，我還能夠常常起來捉一捉。

至於這個屋頂裡面，是這樣一動都不能動的沙丁魚罐頭，我除了咬緊牙根忍耐以外，沒有別的法子。

但一想到好容易才找到了職業，這一點點……就滿不在乎了。「比別人加倍地勞動，加倍地用功罷。」想著我就興奮起來了。因為這興奮和跳虱底襲擊，九點敲了，十點敲了，都不能夠睡著。

到再沒有什麼可想的時候，我就數人底腦袋。連我在內二十九個。第二天白天數一數看，這間房子一共舖十二張蓆子。平均每張蓆子要睡兩個半人。

這樣混呀混的，小便漲起來了。碰巧我是夾在田中和佐藤之間睡著的，要起來實在難極了。想，大家都睡得爛熟的，不好掀起被頭把人家弄醒了。想輕輕地從頭那一面抽出來，但離開頭一寸遠的地方就排著對面那一排的頭。

我斜起身子，用手撐住，很謹慎地（大概花了五分鐘罷）想把身子抽出來，但依然碰到了佐藤君一下，他翻了一個身，幸而沒有把他弄醒……

這樣地，起來算是起來了，但要走到樓梯口去又是一件苦事。頭那方面，頭與頭之間相隔不過一寸，沒有插足的地方。腳比身體佔面積小，算是有一些空隙。可是，腳都在被頭裡面，哪是腳哪是空隙，卻不容易弄清楚。我仔仔細細地找，找到可以插足的地方，就走一步，好容易才這樣地走到了樓梯口。中間還踩著了一個人底腳，吃驚地跳了起來。

小便回來的時候，我又經驗了一個大的困難。要走到自己的舖位，那困難和出來的時候固然沒有兩樣，但走到自己底鋪位一看，被我剛才起來的時候碰了一下翻了一個身的佐藤君，把我底地方完全佔去了。

今天才碰在一起，不知道他底性子，不好叫醒他；只好暫時坐在那裡，一點辦法也沒有。過一會，在不弄醒他的程度之內我略略地推開他底身子，花了半點鐘好容易才擠開了一個可以放下腰的空處。我趕快在他們放頭的地方斜躺下來。把兩隻腳塞進被頭裡面，在冷的十二月夜裡累出了汗才弄回了睡覺的地方。

敲十二點鐘的時候我還睜著眼睛睡不著。

被人狠狠地搖著肩頭，張開眼睛一看，房子裡面騷亂得好像戰場一樣。

昨晚八點鐘報告睡覺的電鈴又在喧鬧地響著。響聲一止，下面的鐘就敲了兩下。我似乎沒有睡到兩個鐘頭。腦袋昏昏的，沉重。

大家都收拾好被頭登登地跑下樓去了。擦著重的眼皮，我也跟著下去了。

樓下有的人已經在開始疊報紙，有的人用溼手巾擦著臉，有的人用手指洗牙齒。沒有洗臉盆，也沒有牙粉。不用說，不會有這樣文明的東西。我並且連手巾都沒有。我用水管子的冷水沖一沖臉，再用袖子擦乾了。接著急忙地跑到疊著報紙的田中君底旁邊，從他分得了一些報紙，開始學習怎樣疊了。起初的十份有些不順手，那以後就不比別人遲好多，能夠合著大家的調子疊了。

「咻！咻！咻！咻！咻！」自己的心情也和著這個調子，非常地明朗，睡眠不夠的重的腦袋也輕快起來了。

早疊完了的人，一個走了，兩個走了出去分送去了。我和田中是第三。

外面，因為兩三天以來積到齊膝蓋那麼深的雪還沒有完全消完，所以雖然是早上三點以後，但並不怎樣暗。

冷風颯颯地刺著臉。雖然穿了一件夾衣，三件單衣，一件衛生衣（這是我全部的衣服）出來，但我卻冷得牙齒閣閣地作響。尤其苦的是，雪正在融化，雪下面都是冰水，因為一個月以來不停地繼續走路，我底足袋底子差不多滿是窟窿，這比赤腳走在冰上還要苦。還沒有走幾步我底腳就凍僵了。

然而，想到一個月中間為了找職業，走了多少冤枉路，想到帶著三個弟妹走途無路的母親，想到全國的失業者有三百萬人……這就滿不在乎了。我自己鞭策我自己，打起精神來走，腳特別用力地踏。

田中在我底前面，也特別用力地踏，用一種奇怪的步伐走著。每次從雨板塞進報紙的時候，就告訴了我那家底名字。

這樣地，我們從這一條路轉到那一條路，穿過小路和橫巷，把二百五十份左右的報紙完全分送了的時候，天空已經明亮了。

我們急急地往回家的路上走。肚子空空地隱隱作痛。昨晚上，六圓二十錢完全被老闆拿去作了保證金，晚飯都沒有吃；昨天底早上，中午——不……這幾天以來，望著漸漸少下去的錢，覺得惴惴不安，終於沒有吃過一次飽肚子。

現在一回去都有香的豆汁湯（日本人早飯時喝的一種湯）和飯在等著，馬上可以吃一個飽——想著，就好像那已經擺在眼前一樣，不禁流起口涎來了。

「這次一定能夠安心地吃個飽。——這樣一想，腳上底冷，身上底顫抖，肚子底痛，似乎都忘記了一樣，爽快極了。」

可是，田中並不把我帶回店子去，卻走進稍稍前面一點的橫巷子，站在那個角角上的飯店前面。

昏昏地，我一切都莫名奇妙了。我是自己確定了店子方面會供給伙食的。但現在田中君卻把我帶到了飯店前面。而且，我一文都沒有。……

「田中君……」我喊住了正要拿手開門的田中君，說，「田中君……我沒有錢……昨天所有的六圓二十錢，都交給主人作保證金了。……」

田中停住了手，呆呆地望了我一會兒，於是像下了決心一樣。

「那麼……進去罷。我墊給你……」拿手把門推開，催我進去。

我底勇氣不曉得消失到什麼地方去了。……

好容易以為能夠安心地吃飽肚子，卻又是這樣的結果。我悲哀了。

「但是，這樣地勞動著，請他墊了一定能夠還他的。」這樣一想才勉強打起了精神。吃了一個半飽。

「喂……夠麼？……不要緊的，吃飽呵……」

田中是比我想像的還要溫和的懂事的男子，看見我這樣大的身體，還沒有吃他底一半多就放下了筷子，這樣地鼓勵我。

但我覺得對不起他，再也吃不下去了，雖然肚子還是餓的。

「已經夠了。謝謝你。」說著我把眼睛望著旁邊。

因為，望著他就覺得抱歉，害羞得很。

似乎同事們都到這裡來吃飯。現在有幾個人在吃，也有吃完了走出去的，也有接著進來的。——許多的面孔似乎見過。

田中君付了賬以後，我跟他走出來了。他吃了十二錢，我吃了八錢。

出來以後，我想再謝謝他，走近他底身邊，但他底那種態度（一點都不傲慢，但不喜歡被別人道謝，所以顯得很不安）我就不作聲了。他也不作聲地走著。

回到店子裡走上樓一看，早的人已經回來了七八個。有的到學校去，有的在看書，有的在談話，還有兩三個人攤出被頭來鑽進去睡了。

看到別人上學校去，我恨不得很快地也能夠那樣。但一想到發工錢為止的飯錢，我就悶氣起來了。不能總是請田中君代墊的。聽說田中君也在上學，一定沒有多餘的錢，能為我墊出多少是疑問。

我這樣地煩悶地想著，靠在壁上坐著，從窗子望著大路，預備好了到學校去的田中君，把一隻五十錢的角子夾在兩個指頭中間，對我說：

「這借給你，拿著吃午飯罷，明後日再想法子。」

我不能推辭，但也沒有馬上拿出手來的勇氣。我凝視著那角子說：

「不……要緊？」

「不要緊。拿著罷。」他把那銀角子擺在我膝頭上，登登地跑下樓去了。

我趕快把那拿起來，捏得緊緊地，又把眼睛朝向了窗外。

對於田中底親切，我幾乎感激得流出淚來了。

「生活有了辦法，得好好謝一謝他。」

我這樣地想了。忽然又聽到了「嗚嗚！」的哭聲，吃驚地回過了頭來，還是昨晚上哭的那個十四五歲的少年。

他戀戀不捨似地打著包袱，依然「嗚嗚！」地縮著鼻子，走下樓梯去了。

「大概是想家罷。」我和昨晚上一樣地這樣決定了，再把臉朝向了窗外。過不一會，我看見了向大路底那一頭走去，漸漸地小了，時時回轉頭來的他底後影。

不知怎地，我悲哀起來了。

那天送晚報的時候，我又跟著田中君走。從第二天早上起，我抱著報紙分送，田中跟在我後面，錯了的時候就提醒我。

這一天非常冷。路上的水都凍了，滑得很，穿著沒有底的足袋的我，更加吃不消。手不能和昨天一樣總是放在懷裡面，凍僵了。從雨板送進報紙去都很困難。

雖然如此，我半點鐘都沒有遲地把報送完了。

「你底腦筋真好!僅僅跟著走兩趟，二百五十個地方差不多沒有錯。……」

在回家的路上，田中君這樣地誇獎了我，我自己也覺得做得很得手。被提醒的只有兩三次在交叉路口上稍稍弄不清的時候。

那一天恰好是星期日，田中沒有課。吃了早飯，他約我去推銷定戶，我們一起出去了。我們兩個成了好朋友，一面走一面說著種種的事情。我高興得到了田中君這樣的朋友。

我向他打聽了種種學校底情形以後，說：

「我也趕快進個什麼學校。……」

他說：

「好的！我們兩個互相幫助，拼命地幹下去罷。」

這樣地，每天田中君甚至節省他底飯錢，借給我開飯賬，買足袋。

「送報的地方完全記好了麼？」

第三天的早報送來了的時候，老闆這樣地問我。

「呃，完全記好了。」

這樣地回答的我，心裡非常爽快，起了一種似乎有點自傲的飄飄然心情。

「那麼，從今天起，你去推銷定戶罷。報可以暫時由田中送。但有什麼事故的時候，你還得去送的，不要忘記了！」老闆這樣地發了命令。不能和田中一起走，並不是不有些覺得寂寞，但曉得不會能夠隨自己底意思，就用了什麼都幹的決心，爽爽快快地答應了「是！」田中君早上晚上還能夠在一起的。就是送報罷，也不能夠總是兩個人一起走，所以無論叫我做什麼都好。有飯吃，能夠多少寄一點錢給媽媽，就行了。而且我想，推銷定戶，晚上是空的，並不是不能夠上學（日本有為白天做事的人辦的夜學）。

於是從那一天起，我不去送報，專門出街去推銷定戶了。早上八點鐘出門，中午在路上的飯店吃飯，晚上六點左右才回店，僅僅只推銷了六份。

第二天八份，第三天十份，那以後總是十份到七份之間。

每次推銷回來的時候，老闆總是怒目地望著我，說成績壞。進店的第十天，他比往日更猛烈地對我說：

「成績總是壞！要推銷十五份，不能推銷十五份不行的！」

十五份！想一想，比現在要多一倍。就是現在，我是沒有休息地拼命地幹。到底從什麼地方能夠多推銷一倍呢？

我著急起來了。

第二天，天還沒有亮，我就出了門，但推銷和送報不同，非會到人不可，起得這樣早卻沒有用處。和強賣一樣地，到夜深為止，順手推進一家一家的門，哀求，但依然沒有什麼好效果。而且，這樣冷的晚上，到九點左右，大概都把門上了閂，一點辦法都沒有。

這一天好容易推銷了十一份。離十五份還差四份。雖然想再多推銷一些，但無論如何做不到。

累得不堪地回到店子的時候，十點只差十分了。八點鐘睡覺的同事們，已經睡了一覺，老闆也睡了。第二天早上向老闆報告了以後，他兇兇地說：

「十一份？……不夠不夠……還要大大地努力。這不行！」

事實上，我以為這一次一定會被誇獎的，然而卻是這付兇兇的樣子，我膽怯起來了。雖然如此，我沒有說一個「不」字。到底有什麼地方比奴隸好些呢？

「是……是……」我除了屈服沒有別的法子。不用說，我又出去推銷去了。這一天慘得很。我傷心得要哭了。依然是晚上十點左右才回來，但僅僅只推銷了六份。十一份都連說「不行不行，」六份怎樣報告呢？……（後來聽到講，在這種場合同事們常常揑造出烏有讀者來暫時渡過難關。可是，揑造的烏有讀者底報錢，非自己剮荷包不可。甚至有的人把收入底一半替這種烏有讀者付了報錢。當然，老闆是沒有理由反對這種烏有讀者的。）

第二天，我惶惶恐恐地走向主人底前面，他一聽說六份就馬上臉色一變，勃然大怒了。臉漲得通紅，用右手拍著桌子。

「六份？……你到底到什麼地方玩了來的？不是連保證金都不夠很同情地把你收留下來的麼？忘記了那時候你答應比別人加倍地出力麼？走你底！你這種東西是沒有用的！馬上滾出去！」他以保證金不足為口實，咆哮起來了。

和從前一樣，想到帶著三個弟妹的母親，想到三百萬的失業者，想到走了一個月的冤枉路都沒有找到職業的情形，咬著牙根地忍住了。

「可是……從這條街到那條街，一家都沒有漏地問了五百家，不要的地方不要，定了的地方定了，在指定的區域內，差不多和捉虱一樣地找遍了。……」

我想這樣回答，這樣回答也是當然的，但我卻沒有這樣說的勇氣。而且，事實上這樣回答了就要馬上失業。所以我只好說：

「從明天起要更加出力，這次請原諒……」除了這樣哀求沒有別的法子。但是，老實說，這以上，我不曉得應該怎樣出力。第二天底成績馬上證明了。

那以後，每天推銷的數目是，三份或四份，頂多不能超過六份。這並不是我故意偷懶，實在是因為在指定的區域內，似乎可以定的都定了，每天找到的三四個人大抵是新搬家的。

「因為同情你，把你底工錢算好了，馬上拿著到別的地方去罷。本店辦事嚴格，規定是，無論什麼時候，不到一個月的不給工錢。這是特別的，對無論什麼人不要講，拿去罷，到你高興的地方去。可憐固然可憐，但像你這樣沒有用的男子，沒有辦法！」

是第二十天，老闆把我叫到他面前去，這樣教訓了以後，就把下面算好了的賬和四圓二十五錢推給我，馬上和忘記了我底存在一樣，對著桌子做起事來了。

我失神地看了一看賬：

每推銷報紙一份	五錢
推銷報紙總數	八十五份
合計	四圓二十五錢

我吃驚了，現在被趕出去，怎麼辦，……尤其是，看到四圓二十五錢的時候，我暫時啞然地

不能開口。接連二十天，從早上六點鐘轉到晚上九點左右，僅僅只有四圓二十五錢！

「既是錢都拿出來了，無論怎樣說都是白費。沒法。但是，只有四圓二十五錢，錯了罷。」這樣想就問他：

「錢數沒有錯麼？……」

老闆突然現出兇猛的面孔，逼到我鼻子跟前：

「錯了？什麼地方錯了？」

「一連二十天……」

「二十天怎樣？一年，十年，都是一樣的！不勞動的東西，會從哪裡掉下錢來！」

「我沒有休息一下。……」

「什麼？沒有休息？反對罷？應該說沒有勞動！」

「……」我不曉得應該怎樣說了。灰了心，想：

「加上保證金六圓二十錢，就有十四圓四十五錢，把這二十天從田中君借的八圓還了以後，還有二圓二十五錢。吵也沒有用處。不要說什麼了，把保證金拿了走罷。」

「沒有法子！請把保證金還給我。」我這樣一說，老闆好像把我看成了一個大糊塗蛋，嘲笑地說：

「保證金？記不記得，你讀了規定以後，說一切都同意，只是保證金不夠？忘記了麼？還是把規定忘記了？如果忘記了，再把規定讀一遍看！」

我又吃驚了：那時候只是耽心保證金不夠，後面沒有讀下去，不曉得到底是怎樣寫的……我胸口「東！東！」地跳著，讀起規定來。跳過前面三條，把第四條讀了：

那裡明明白白地寫著：

第四條、只有繼續服務四個月以上者才交還保證金。

我覺得心臟破裂了，血液和怒濤一樣地漲滿了全身。

睨視著我的老闆底臉依然帶著滑稽的微笑。

「怎麼樣？還想交回保證金麼？乖乖地走！還在這裡纏，一錢都不給！剛才看過了大概曉得，第七條還寫著服務未滿一月者不給工錢呢！」

我因為被第四條嚇住了，沒有讀下去，轉臉一看，果然，和他所說的一樣，一字不錯地寫在那裡。

的確是特別的優待。

我眼裡含著淚，歪歪倒倒地離開了那裡。玻璃窗上面，惹起我底痛恨的「募送送報伕」的紙條子，鮮明得可惡地又貼在那裡。

我離開了那裡就乘電車跑到田中底學校前面，把經過告訴他，要求他：

「借的錢先還你三圓，其餘的再想法子。請把這一圓二十五錢留給我暫時的用費……。」

田中向我聲明他連想我還他一錢的意思都沒有。

「沒有想到你都這樣地出去。你進店的那一天不曉得看到一個十四五歲的小孩子沒有，他也是和你一樣地上了鉤的，他推銷定戶完全失敗了，六天之間被騙去十圓保證金，一錢也沒有得到走了的。」

算是混蛋的東西。

「以後，我們非想個什麼對抗的法子不可！」他下了大決心似地說。

原來，我們餓苦了的失業者被那個比釣魚餌底牽引力還強的紙條子釣上了。

我對於田中底人格非常地感激，和他分手了。給毫無遮蓋地看到了這兩個極端的人，現在更加吃驚了。

一面是田中，甚至節儉自己底伙食，借給我付飯錢，買足袋，聽到我被趕出來了，連連說「不要緊！不要緊！」把要還他的錢，推還給我；一面是人面獸心的派報所老闆，從原來就因為失業困苦得沒有辦法的我這裡把錢搶去了以後，就把我趕了出來，為了肥他自己，把別人殺掉都可以。

我想到這個惡鬼一樣的派報所老闆就膽怯了起來，甚至想逃回鄉間去。然而，要花三十五圓的輪船火車費，這一大筆款子就是把腦殼賣掉了也籌不出來的，我避開人多的大街走，當在上野公園底椅子上坐下的時候，暫時癱軟了下來，心裡面是怎樣哭了的呀！

過了一會，因為想到了田中，才覺得精神硬朗了一些。想著就起了捨不得和他離開的心境。昏昏地這樣想來想去，終於想起了留在故鄉的，帶著三個弟妹的，大概已經正在被饑餓圍攻的母親，又感到了心臟和被絞一樣地難過。

同時，我好像第一次發見了故鄉也沒有什麼不同，顫抖了。那同樣的是和派報所老闆似地逼到面前，吸我們底血，剮我們底肉，想擠乾我們底骨髓，把我們打進了這樣的地獄裡面。

否則，我現在不會在這裡這樣狼狽不堪，應該是和母親弟妹一起在享受著平靜的農民生活。到父親一代為止的我們家裡，是自耕農，有五平方「反」（日本田地計數，為一平方町的十分之一）的田和五平方「反」的地。所以生活沒有感到過困難。

然而，數年前，我們村裡的××製糖公司說是要開辦農場，為了收買土地大大地活動起來了。不用說，開始誰也不肯，因為是看得和自己底性命一樣貴重的耕地。

但他們決定了要幹的事情，公司方面不會無結果地收場的。過了兩三天，警察方面發下了舉行家長會議的通知，由保甲經手，村子裡一家不漏地都送到了。後面還寫著「隨身攜帶圖章。」

我那時候十五歲，是公立學校底五年生，雖然是五六年以前的事，但因為印象太深了，當時的樣子還能夠明瞭地記得。全村子捲入了大恐慌裡面。

那時候父親當著保正，保內的老頭子老婆子在這個通知發下來之前就緊張起來了的空氣裡面，戰戰兢兢地帶著哭臉接續不斷地跑到我家裡來，用了打顫的聲音問：

「怎麼辦?……」

「怎麼得了?……」

「什麼一回事?……」

同是這個時候，我有三次發見了父親躲著流淚。

在這樣的空氣裡面，會議在發下通知的第二天下午一點開了。會場是村子中央的媽祖廟。因為有不到者從嚴處罰的預告，各家底家長都來了，有四五百人罷。相當大的廟擠得滿滿的。學校下午沒有課，我躲在角落裡看情形。因為我幾次發見了父親底哭臉甚為耽心。

鈴一響，一個大肚子光頭殼的人站在桌子上面，裝腔作勢地這樣地說：

「為了這個村子底利益，本公司現在決定了在這個村子北方一帶開設農場。說好了要收買你們底土地，前幾天連地圖都貼出來了，叫在那區域內有土地的人攜帶圖章到公司來會面，但直到現在，沒有一個人照辦。特別煩請原料委員一家一家地去訪問所有者，可是，好像都有陰謀一樣，沒有一個人肯答應。這個事實應該看作是共謀，但公司方面不願這樣解釋，所以今天把大家叫到這裡來。回頭大人和村長先生要講話，使大家都能夠了解，講過了以後請都在這紙上蓋一個印。公司預備出比普通更高的價錢……呃哼!」這一番話是由當時我們五年生底主任教員陳訓導翻譯的，他把「陰謀」、「共謀」說得特別重，大家都吃了一驚，你望望我我望望你。

其次是警部補老爺，本村底警察分所主任。他一站到桌子上，就用了凜然的眼光望了一圈。

於是大聲地吼：

「剛才山村先生也說過，公司這次的計劃，徹頭徹尾是為了本村利益。對於公司底計劃，我們要誠懇地感謝才是道理！想一想看！現在你們把土地賣給公司……而且賣得到高的價錢，於是公司在這村子裡建設模範的農場。這樣，村子就一天一天地發展下去。公司選了這個村子，我們應該當作光榮的事情……然而，聽說一部分人有『陰謀』，對於這種『非國民』，我是決不寬恕的。……」

他底翻譯是林巡查，和陳訓導一樣，把「陰謀」、「非國民」、「決不寬恕」說得特別重，大家又面面相覷了。

因為，對於懷過陰謀的余清風、林少貓等的征伐，那血腥的情形還鮮明地留在大家底記憶裡面。

最後站起來的村長，用了老年底溫和，只是柔聲地說：

「總之，我以為大家最好是依照大人底希望，高興地接受公司底好意。」說了他就喊大家底名字。都動搖起來了。

最初被喊的人們，以為自己是被看作陰謀底首領，臉上現著狼狽的樣子，打著抖走向前去。當上面叫「你可以回去！」的時候，也還是呆著不動，等再吼一聲「走！」才醒了過來，逃到外面去！

在跑回家去的路上，還是不安地想：沒有聽錯麼？會不會再被喊回去？無頭無腦地著急。像王振玉，聽說走到家為止，回頭看了一百五十次。

這樣地，有八十名左右被喊過名字，回家去了。

以後，輪到剩下的人要吃驚了。我底父親也是剩下的一個。因為不安，人中間騰起了嗡嗡的聲音。伸著頸，側著耳朵，會再喊麼？會喊我底名字麼？……這樣地期待著，大多數的人都惴惴不安了。

這時候，村長說明了「請大家拿出圖章來，這次被喊的人，拿圖章來蓋了就可以回去」以後，喊出來的名字是我底父親。

「楊明……」一聽到父親底名字，我就著急得不知所措，屏著氣息，不自覺地捏緊拳頭站了起來。——會發生什麼事呢？……

父親鎮靜地走上前去。一走到村長面前就用了破鑼一樣的聲音，斬釘截鐵地說：

「我不願意賣，所以沒有帶圖章來！」

「什麼？你不是保正麼！應該做大家底模範的保正，卻成了陰謀底首領，這才怪！」

站在旁邊的警部補，咆哮地發怒了，逼住了父親。

父親默默地站著。

「拖去！這個支那豬！」

警部補狠狠地打了父親一掌，就這樣發了命令，不曉得是什麼時候來的，從後面跳出了五六個巡查。最先兩個把父親捉著拖走了以後，其餘的就依然躲到後面去了。

看著這的村民，更加膽怯起來，大多數是，照著村長底命令把圖章一蓋就望都不向後面望一望地跑回去了。

到大家走完為止，用了和父親同樣的決心拒絕了的一共有五個，一個一個都和父親一樣被拖到警察分所去了。後來聽到說，我一看到父親被拖去了，就馬上跑回家去把情形告訴了母親。

母親聽了我底話，即刻急得人事不知了。

幸而隔壁的叔父趕來幫忙，性命算是救住了，但是，到父親回來為止的六天中間，差不多沒有止過眼淚，昏倒了三次，瘦得連人都不認得了。

第六天父親回來了，他又是另一付情形，均衡整齊的父親底臉歪起來了，一邊臉頰腫得高高的，眼睛突了出來，額上滿是疱子。衣服弄得一團糟，換衣服的時候，我看到父親底身體，大吃一驚，大聲叫起了出來：

「哦哦！爸爸身上和鹿一樣了！……」

事實是父親底身上全是鹿一樣的斑點。

那以後，父親完全變了，一句口都不開。

從前吃三碗飯，現在卻一碗都吃不下，倒牀了以後的第五十天，終於永逝了。

同時，母親也病倒了，我帶著一個一歲、一個三歲、一個四歲的三個弟妹，是怎樣地窘迫呀！

叔父叔母一有空就跑來照應，否則，恐怕我們一家都完全沒有了罷。

這樣地，父親從警察分所回來的時候被丟到桌子上的六百圓（據說時價是二千圓左右，但公司卻說六百圓是高價錢）因為父親底病、母親底病以及父親底葬式等，差不多用光了，到母親稍稍好了的時候，就只好出賣耕牛和農具餬口。

我立志到東京來的時候，耕牛、農具、家裡的庭園都賣掉了，剩下的只有七十多圓。

「好好地用功……」母親站在門口送我，哭聲地說了鼓勵的話。那情形好像就在眼前。

這慘狀不只是我一家。

和父親同樣地被拖到警察分所去了的五個人，都遇到了同樣的命運。就是不做聲地蓋了圖章的人們，失去了耕田，每月三五天到製糖公司農場去賣力，一天做十二個鐘頭，頂多不過得到四十錢，大家都非靠賣田的錢過活不可。錢完了的時候，村子裡的當局者們所說的「村子底發展」相反，現在成了「村子底離散」了。

沉在這樣回憶裡的時候，不知不覺地太陽落山了，上野底森林隱到了黑闇裡，山下面電車燦爛地亮起來了，我身上感到了寒冷，忍耐不住。我沒有吃午飯，覺得肚子空了。

我打了一個大的呵欠，伸一伸腰，就走下坡子，走進一個小巷底小飯店，吃了飯。想在乏透了的身體裡面恢復一點元氣，就決心吃了一個飽，還喝了兩杯燒酒。

以後就走向到現在為止常常住在那裡的本所底××木賃宿。

我剛剛踏進一隻腳，老闆即刻看到了我，問：

「哎呀！……不是臺灣先生麼？好久不見。這些時到哪裡去了。……」

我不好說是做了送報伕，被騙去了保證金，辛苦了一場以後被趕出來了。

「在朋友那裡過……過了些時……」

「朋友那……唔，老了一些呢！」他似乎不相信，接著笑了：

「莫非幹了無線電討擾了上面一些時麼？……哈哈哈……」

「無線電？……無線電是什麼一回事？」我不懂，反問了。

「無線電不曉得麼？……到底是鄉下人，鈍感……」

雖然老頭子這樣地開著玩笑，但看見我似乎很難為情，就改了口：

「請進罷。似乎疲乏得很，進來好好地休息休息。」

我一上去，老闆說：

「那麼，楊君幹了這一手麼？」

說著做一個把手輕輕伸進懷裡的樣子。很明顯地，似乎以為我是到警察署底拘留所裡討擾了來的。當時不懂得無線電是什麼一回事，但看這次的手勢，明明白白地以為我做了扒手。我沒有發怒的精神，但依然紅了臉，不尷不尬地否認了：

「哪裡話！哪個幹這種事！」老頭子似乎還不相信，疑疑惑惑地，但好像不願意勉強地打聽

馬上嘻嘻地轉成了笑臉。

事實上，看來我這付樣子恰像剛剛從警察署底豬籠裡跑出來的罷。

我脫下足袋，剛要上去。

「哦，忘記了。你有一封掛號信！因為弄不清你到哪裡去了，收下放在這裡……等一等……」

說著就跑進裡間去了。

我覺得奇怪，什麼地方寄掛號信給我呢？

過一會，老頭子拿著一封掛號信出來了。望到那我就吃了一驚。

母親寄來的。

「到底為了什麼事寄掛號信來呢？……」

我覺得奇怪得很。

我手抖抖地開了封。什麼，裡面現出來的不是一百二十圓的匯票麼！我更加吃驚了。我疑心

我底腦筋錯亂了。我胸口突突地跳，一個字一個字地讀著很難看清的母親底筆迹。我受了大的衝

動，好像要發狂一樣。不知不覺地在老頭子面前落了淚。

「發生了什麼事麼？……」

老頭子現著莫名其妙的臉色望著我，這樣地問了，但我卻什麼也不能回答。收到錢哭了起來，老頭子沒有看到過罷。

我走到睡覺的地方就鑽進被頭裡面，狠狠地哭了一場。……

信底大意如下：

——說東京不景氣，不能馬上找到事情的信收到了。想著你帶去的錢也許已經完了，耽心得很。沒有一個熟人，在那麼遠的地方，一個單人，又找不到事情，想著這樣窘的你，我胸口就和絞著一樣。但故鄉也是同樣的。有了農場以後，弄到了這步田地，沒有一點法子。所以，絕對不可軟弱下來，想到回家。房子賣掉了，得到一百五十圓，寄一百二十圓給你。設法趕快找到事情，好好地用功，成功了以後才回來罷。我底身體不能長久，在這樣的場合不好討擾人家，留下了三十圓。阿蘭和阿鐵終於死掉了。本不想告訴你的，但想到總會曉得，才決心說了。媽媽僅僅只有祈禱你底成功，在成功之前，無論有什麼事情也不要回來。……

這是媽媽底唯一的願望，好好地記著罷。如果成功以後回來了，把寄在叔父那裡的你唯一的弟弟引去照看照看罷。要好好地保重身體。再會。……——

好像是遺囑一樣的寫著。我著急得很。

「也許，已經死掉了罷……」這想頭鑽在我底腦袋裡面，去不掉。

「胡說！那來這種事情。」我翻一翻身，搖著頭出聲地這樣說，想把這不吉的想頭打消，但毫無效果。

這樣地，我通晚沒有睡覺一會，跳虱底襲擊也全然沒有感到。

我腦筋裡滿是母親底事情。

母親自己寫了這樣的信來，不用說是病得很厲害。看發信的日子，這信是我去做送報伕以前發的，已經過了二十天以上。想到這中間沒有收到一封信，……我更加不安起來了。

我決心要回去。回去以後，能不能再出來我沒有自信，但是，看了母親底信，我安靜不下來了。

「回去之前，把從田中君那裡借來的錢都還清罷。順便謝謝他底照顧，向他辭一辭行。」

這樣想著，我眼巴巴地等著第二天早上的頭趟電車，終於通夜沒有合眼。

*　　*　　*

從電車底窗口伸出頭去，讓早晨底冷風吹著，被睡眠不足和興奮弄得昏昏沉沉的腦袋，陡然輕鬆起來了。

「這或許是最後一次看見東京。」這樣一想，連××派報所底老闆都忘記了，覺得捨不得離開。昨晚上想著故鄉，安不下心來，但現在是，想會見的母親和弟弟底面影，被窮乏和離散的村子底慘狀遮掩了，陡然覺得不敢回去。

這樣的感情底變化，從現在要去找的不忍別離的田中君底魅力裡面受到了某一程度的影響，是確實的。

那種非常親切的，理智的，討厭客氣的素樸……這是我當作理想的人物底模型。

我下了××電車站，穿過兩個巷子，走到那個常常去的飯店子的時候，他正送完了報回來。

我在那裡會到了他。

原來他是一個沒有喜色的人，今天早上現得尤其陰鬱。

但是，他底陰鬱絲毫不會使人感到不快，反而是易於親近的東西。

他低著頭，似乎在深深地想著什麼，不做聲地靜靜地走來了。

「田中君！」

「哦！早呀！昨天住在什麼地方？……」

「住在從前住過的木賃宿裡。……」

「是麼！昨天終於忘記了打聽你去的地方……早呀！」

這個「早呀！」我覺得好像是問我，「有什麼急事麼？……」

所以我馬上開始說了。但是，說到分別就覺得寂寞，孤獨感壓迫得我難堪：

「實在是，昨天回到木賃宿去，不意家裡寄了錢來了。……」

我這樣一說出口，他就說：

「錢。……那急什麼！你什麼時候找得到職業，不是毫無把握麼？拿著好啦！」

「不然……寄來了不少。回頭一路到郵局去。而且，順便來道謝。……」

覺得說不下去，臉紅了起來。

「道謝？如果又是那一套客氣，我可不聽呢……」他迷惑似地苦笑了。

「不！和錢一起，母親還寄了信來，似乎她病得很厲害，想回去一次。……」

他馬上望著我底臉，寂寞似地問。

「叫你回去麼？」

「不……叫不要回去！……好好地用功，成功了以後再回去。……」

「那麼，也許不怎樣厲害——」

「不……似乎很厲害。而且，那以後沒有一點消息不安得很……」

「呀！有信。昨天你走了以後，來了一封。似乎是從故鄉來的。我去拿來，你在飯店子裡等一等！」說著就向派報所那邊走去了。

我馬上走進飯店子裡等著，聽說是由家裡來的信，似乎有點安心了。

但是，信裡說些什麼呢？這樣一想，巴不得田中君馬上來。

飯館底老闆娘子討厭地問：

「要吃什麼？……」

* * *

不久，田中氣喘喘地跑來了。

我底全神經都集中在他拿來的信上面。他打開門的時候我就馬上看到了那不是母親底筆蹟，感到了不安。心亂了。

不等他進來，我站起來趕快伸手把信接了過來。

署名也不是母親，是叔父底。

我底臉色陰暗了。胸口跳，手打顫。明顯地是和我想像的一樣，母親死了。半個月以前……而且是用自己底手送終的。

我所期望的唯一的兒子……

我再活下去非常痛苦，而且對你不好。因為我底身體死了一半……。

我唯一的願望是希望你成功，能夠替像我們一樣苦的村子底人們出力。

村子裡的人們底悲慘，說不盡。你去東京以後，跳到村子旁邊的池子裡淹死的有八個。像阿添叔，是帶了阿添嬸和三個小兒一道跳下去淹死的。

所以，覺得能夠拯救村子底人們的時候才回來罷。沒有自信以前，絕不要回來！要做什麼才好我不知道，努力做到能夠替村子底人們出力罷。

我怕你因為我底死馬上回來，用掉冤枉錢，所以寫信給叔父，叫暫時不要告訴你……

諸事保重。

媽媽

這是母親底遺書。母親是決斷力很強的女子。她並不是遇事嘩啦嘩啦的人，但對於自己相信的，下了決心的，卻總是斷然要做到。

哥哥當了巡查，蹧蹋村子底人們，被大家厭恨的時候，母親就斷然主張脫離親屬關係，把哥哥趕了出去，那就是一個例子。我來東京以後，她底勞苦很容易想像得到，但她卻不肯受做了巡查的她底長男我底哥哥底照顧，終於失掉了一男一女，把剩下的一個託付給叔叔自殺了。是這樣的女子。

從這一點看，可以說母親並沒有一般所說的女人底心，但我卻很懂得母親底心境。同時，我還喜歡母親底志氣，而且尊敬。

現在想起來，如果有給母親讀……的機會，也許能夠做柴特金女史那樣的工作罷，當父親因為拒絕賣田而被捉起來了的時候，她不會昏倒而採取了什麼行動的罷。

頭。

然而，剛剛看了母親底遺囑的時候，我非常地悲哀了。暫時間甚至勃勃地起了想回家的念

你的母親在×月×日黎明的時候吊死了。想馬上打電報告訴你，但在母親手裡發現了遺囑，懂得了母親底心境，就依照母親底希望，等到現在才通知你。母親在留給我的遺囑裡面說她只有期望你，你是唯一的有用的兒子。你底哥哥成了這個樣子，弟弟還小，不曉得怎樣……

她說，所以，如果馬上把她底死訊告訴你，你跑回家來，使你底前途無著，那她底死就沒有意思。

弟弟我在鄭重地養育，用不著耽心。不要違反母親底希望，好好地用功罷。絕對不要起回家的念頭。因為母親已經不是這個世界底人了……

叔父

「看不到母親了。她已經不是這個世界底人了。」這樣一想，我決定了應該斷然依照母親底希望去努力。下了決心：不能夠設法為悲慘的村子出力就不回去。

當我讀著信，非常地興奮（激動），心很亂的時候，田中在目不轉睛地望著我，看見我收起信放進口袋去，就耽心地問：

「怎麼講？」

「母親死了？」

「死了麼？」似乎感慨無量的樣子。

「你什麼時候回去？」

「打算不回去。」

「……？」

「母親死了已經半個月了……而且母親叫不要回去。」

「半個月……臺灣來的信要這麼久麼？」

「不是，母親託付叔父，叫不要馬上告訴我。」

「唔，了不起的母親！」田中感歎了。

我們這樣地一面講話一面吃飯，但是，太興奮了，飯不能下咽。我等田中吃完以後，付了帳，一路到郵局去把匯票兌來了，鑾鑾地把借的錢還了田中。把我底住所寫給他就一個人回到了本所底木賃宿。

一走進木賃宿就睡了。我實在疲乏得支持不住。在昏昏沉沉之中也想到要怎樣才能夠為村子底悲慘的人們出力，但想不出什麼妙計。

……存起錢來，分給村子底人們罷……，也這樣想了一想然而做過送報伕的現在，走了一個月的冤枉路依然是失業的現在，不用說存錢，能不能賺到自己底衣食住，我都沒有自信。

我陡然地感到了倦怠，好像兩個月以來的疲勞一齊來了，不曉得在什麼時候，我沉沉地睡著了。

因為周圍底吵鬧，好像從深海被推到淺的海邊的時候一樣，意識朦朧地醒來的時候也常常有，但張不開眼睛，馬上又沉進深睡裡面去。

「楊君！楊君！」

聽見了這樣的喊聲，我依然是在像被推到淺的海邊的時候一樣的意識狀態裡面；雖然稍稍地感到了，但馬上又要沉進深睡裡面去。

「楊君！」

這時候又喊了一聲，而且搖了我底腳，我吃了一驚，好容易才張開了眼睛。但還沒有醒。從朦朧的意識狀態回到普通的意識狀態，那情形好像是站在濃霧裡面望著它漸漸淡下去一樣。一回到意識狀態，我看到了田中坐在我底旁邊。我馬上踢開了被頭，坐起來。我茫茫然把房子望了一圈。站在門邊的笑嘻嘻的老闆，望著我底狼狽樣，說：

「你恰像中了催眠術一樣呀……你想睡了幾個鐘頭？……」

我不好意思地問：

「傍晚了麼？……」

「哪裡……剛剛過正午呢……哈哈哈……但是換了一個日子呀！」說著就笑起來了。

原來，我昨天十二點過睡下以後，現在已到下午一點左右了……。整整睡了二十五個鐘頭。我自己也吃驚了。

他似乎很緊張。

老頭子走了以後，我向著田中。

「真對不起。等了很久罷……」

對於我底抱歉，他答了「哪裡」以後，興奮地繼續說：

「有一件要緊的事情來的……昨天又有一個人和你一樣被那張紙條子釣上了。你被趕走了以後，我時時在煩惱地想，未必沒有對抗的手段麼？一點辦法沒有的時候又進來了一個，我放心不下，昨天夜裡偷偷地把他叫出來，提醒了他。但是，他聽了以後，僅僅說：

『唔，那樣麼！混蛋的東西……。』

隨和著我底話，一點也不吃驚。

我焦燥起來了，對他說：

『所以……我以為你最好去找別的事情……不然，也要吃一次大苦頭。……保證金被沒收，一個錢沒有地被趕出去……。』

但他依然毫不驚慌，伸手握住了我底手以後，問：

『謝謝！但是，看見同事的吃這樣的苦頭，你們能默不作聲麼？』

我稍稍有點不快地回答：

『不是因為不能夠默不作聲，所以現在才告訴了你麼？這以外，要怎樣幹才好，我不懂。近來我每天煩惱地想著這件事，怎樣才好我一點也不曉得。』

於是他非常高興地說：

『怎樣才好……我曉得呢。只不曉得你們肯不肯幫忙？』

於是我發誓和他協力，對他說：

『我們二十八個同事的，關於這件事大概都是贊成的。大家都把老闆恨得和蛇蝎一樣。……』

接著他告訴了我種種新鮮的話。歸結起來是這樣的：

『為了對抗那樣惡的老闆，我們最好的法子是團結。大家成為一個，同盟罷×……（忘記了是怎樣講的）同盟罷×……說是總有辦法呢。勞動者一個一個散開，就要受人蹧蹋，如果結成一氣，大家成為一條心來對付老闆，不答應的時候就採取一致行動……這樣幹，無論是怎樣壞的傢伙，也要被弄得不敢說一個不字……』這樣說呢。而且那個人想會一會你。我把你底事告訴了他以後，他說：

『唔……臺灣人也有吃了這個苦頭的麼？……無論如何想會一會。請馬上介紹！』」田中把那個人底希望也告訴了我。

說要收拾那個咬住我們，吸盡了我們底血以後就把我們趕出來的惡鬼，對於他們底這個計劃，我是多麼高興呀！而且，聽說那個男子想會我，由於特別的好奇心，我希望馬上能夠會到。向被人蹧蹋的送報伕失業者們教給了法子去對抗那個惡鬼一樣的老闆，我想，這樣的人對於因為製糖公司、兇惡的警部補、村長等陷進了悲慘境遇的故鄉底人們，也會貢獻一些意見罷。

聽田中說那個人（說是叫做佐藤）特別想會我，我非常高興了。

在故鄉的時候，我以為一切日本人都是壞人，恨著他們。但到這裡以後，覺得好像並不是一切的日本人都是壞人。木賃宿底老闆很親切，至於田中，比親兄弟還……不，想到我現在的哥哥（巡查），什麼親兄弟，不成問題。拿他來比較都覺得對田中不起。

而且，和臺灣人裡面有好人也有壞人似地，日本人也一樣。

我馬上和田中一起走出了木賃宿去會佐藤。

我們走進淺草公園，筆直地向後面走。坐在那裡底樹蔭下面的一個男子，毫不畏縮地向我們走來。

「楊君！你好……」緊緊地握住了我底手。

「你好……」我也照樣說了一句，好像被狐狸迷住了一樣。是沒有見過面的人。但回轉頭過來看一看田中底表情，我即刻曉得這就是所說的佐藤君。我馬上就和他親密無間了。

「我也在臺灣住過一些時。你喜歡日本人麼？」他單刀直入地問我。

「……」我不曉得怎樣回答才好。在臺灣會到的日本人，覺得可以喜歡的少得很。但現在，木賃宿底老闆，田中等，我都喜歡。這樣問我的佐藤君本人，由第一次印象就覺得我會喜歡他的。

我想了一想，說：

「在臺灣的時候，總以為日本人都是壞人，但田中君是非常親切的！」

「不錯，日本底勞動者大都是和田中君一樣的好人呢。日本底勞動者反對壓迫臺灣人，蹧蹋臺灣人。使臺灣人吃苦的是那些像把你底保證金搶去了以後再把你趕出來的那個老闆一樣的畜生。到臺灣去的大多是這種根性的人和這種畜生們底走狗！但是，這種畜生們，不僅是對於臺灣人，對於我們本國底窮人們也是一樣的，日本底勞動者們也一樣地吃他們底苦頭呢。……總之，在現在的世界上，有錢的人要掠奪窮人們底勞力，為了要掠奪得順手，所以壓住他們……。」

他底話一個字一個字在我腦子裡面響，我真正懂了。故鄉底村長雖然是臺灣人，但顯然地和他們勾在一起，使村子底大眾吃苦……

我把村子底種種情形告訴了他。他用了非常深刻的注意聽了以後，漲紅了臉頰，興奮地說：

「好！我們攜手罷！使你們吃苦也使我們吃苦的是同一種類的人！……」

這個會見的三天後，我因為佐藤君底介紹能夠到淺草家一家玩具工廠去做工。我很規則地利用閒空的時間……（原文刪去）

幾個月以後，我把趕出來了的那個派報所裡勃發了罷工。看到面孔紅潤的擺架子的××派報所老闆在送報伕地團結前面低下了蒼白的臉，那時候我底心跳起來了。

對那胖臉一拳，使他流出鼻涕眼淚來——這種欲望推著我，但我忍住了。使他承認了送報伕底那些要求，要比我發洩積憤更有意義。

想一想看！

鉤引失業者的「募集送報伕」的紙條子拉掉了！

寢室每個人要佔兩張蓆子，決定了每個人一牀被頭，租下了隔壁的房子做大家底宿舍，蓆子底表皮也換了！

任意製定的規則取消了！

消除跳虱的方法實行了！

推銷一份報紙工錢加到十錢了！

怎樣？還說勞動者……！

「這幾個月的用功才是對於母親底遺囑的最忠實的辦法。」

我滿懷著確信，從巨船蓬萊丸底甲板上凝視著臺灣底春天，那兒表面上雖然美麗肥滿，但只要插進一針，就會看到惡臭逼人的血膿底迸出。

本篇原刊載於東京《文學評論》，一九三四年十月出版
中譯文刊載於《山靈——朝鮮臺灣短篇集》，一九三六年四月上海文化生活出版社出版

集評

一、楊逵的創作深受賴和作品的影響；但是，楊逵的觀察與筆觸，較諸賴和還要深刻尖銳。以他的第一篇小說〈送報伕〉為例，楊逵便描寫了一位出身於農民階級的留日學生，在痛苦被削剝的過程中，產生了積極的反抗意識。楊逵的這篇小說也指出了臺灣的一個歷史方向，那就是要推翻外來的殖民政權，絕對不可依賴別人的力量，而必須靠自己的努力奮鬥才有實現的可能。（陳芳明〈放膽文章拚命酒——論楊逵作品的反殖民精神〉，《楊逵集》，前衛出版社）

二、楊逵這篇小說（《送報伕》），無疑是出於社會寫實的理念。他對於殖民統治下的臺灣苦難的癥結，除了日本統治者跟為其爪牙的臺灣人之外，還有一群無意識、唯唯聽命的大眾。因此像他父親雖是「英雄好漢」，但「孤掌難鳴」。的確，癥結就在「孤掌難鳴」之上，因為一個個孤伶伶的個體，如散沙一般的烏合之眾，就只有被個別宰割的命運，更不可能承望他們能像伊藤那樣突破困境了！（洪銘水〈「送報伕」的思想架構〉，《臺灣與世界》，一九八二年）

三、這篇小說的主題是：全世界的被壓迫者應當團結起來，反抗那些壓迫他們的人。這樣的主題是很容易處理成政治教條的。可是，當我們讀完這篇小說，不論我們對這一政治主張是否認同，我們都會被故事所感動，而不得不承認故事的「結論」有其無法否定之處。這就不能不歸功於作者高明的敘述技巧和生動的細節描寫。

從「敘述」的角度看，作者先描寫主角在東京所受報社老板的剝削，再讓他回憶起家鄉農民受糖業公司的壓迫，這種特殊的情節處理方式是有其道理的。在對報社生活詳盡而生動的描寫之後，我們對勞、資之間的對立關係、對主角與田中之間基於同受剝削而產生的相濡以沫的感情，都會有深刻的印象。在這之後，當主角回憶家鄉農田被徵收的經過，不把它解釋成民族之間的利益衝突，而把它往有產者跟無產者之間的對立去思考，就會顯得自然了。同時，主角由此而跟日本的無產者產生一種同志式的相扶相助的關係，也就不足為奇了。（呂正惠〈論楊逵的小說藝術〉，《新地文學》第三期）

四、〈送報伕〉場景則分兩地：現實的東京，想像的臺灣；時間，是一九三二年的十二月，楊君二十歲左右。事件，則為留日學生被剝削的痛苦遭遇。由於意識流的運用，巧妙的契合了臺灣製糖公司掠奪農民土地的社會經驗，使內地本島兩地的社會問題，浮現出來，並且作了根源性的思考，從而建構「投入農民運動，保護農民權益」此一肅穆的主題。

整篇小說以第一人稱的敘述觀點，具有自傳與自況的效果；類似親身經歷的自白，無形之中，拉近了讀者的心理，發揮小說的魅力。

顯然的，小說旨在敘述楊君悲慘的送報伕經驗，以及通過團結、罷工運動的洗禮後，決定束裝返鄉，投入社會運動的心路歷程。

〈送報伕〉的情節，屬於複雜中的重疊類型，透過意識流手法，將現實東京與想像臺灣的剝削經驗契合，不僅揭示問題的普遍性，也重塑人性的尊嚴。整篇小說傳釋多重的意義，表面上是敘述送報伕楊君的東京生活體驗，開啟反抗意識；深一層看，應該是對社會的認識、人性的理解與包容，特別是罷工事件，激動的當下所浮露的悲憫情懷。（林明德〈日據時代臺灣人在日本文壇——以楊逵〈送報伕〉、呂赫若〈牛車〉、龍瑛宗〈植有木瓜樹的小鎮〉為例〉，《聯合文學》第一二七期）

五、這篇小說（〈送報伕〉）凸顯了尖銳的階級對立意識，要勞動人民團結站起來對抗資本家剝削的意識，也很明確。明顯地站在階級鬥爭的運動觀點寫小說，雖然不是楊逵文學唯一的特色，卻是日治時代臺灣小說最傑出的例子。（彭瑞金〈楊逵——信仰社會主義的小說家〉，《臺灣文學步道》，高雄縣立文化中心編印）

【相關評述引得】

一、林載爵，〈臺灣文學的兩種精神——楊逵與鍾理和之比較〉，《中外文學》第二卷第七期，一九七三年十二月

二、張恆豪，〈存其真貌——談〈送報伕〉譯本及其延伸問題〉，《臺灣文藝》第一〇二期，一九八六年九月

三、河原功，〈楊逵〈送報伕〉的成立背景——從楊逵的處女作〈自由勞動者的生活剖面〉和伊

藤永之介的「總督府模範山林」「平埔蕃」考察〉，賴和及其同時代作家：日據時期臺灣文學國際學術會議論文，一九九四年十一月廿五日——廿七日

四、林瑞明，〈人間楊逵〉，《臺灣文學的本土觀察》，臺北：允晨，一九九六年七月

五、陳芳明，〈楊逵的反殖民精神〉，《左翼臺灣——殖民地文學運動史論》，臺北：麥田出版社，一九九八年十月

六、彭小妍，〈楊逵作品的版本、歷史與「國家」〉，《歷史很多漏洞——從張我軍到李昂》，臺北：中國文哲所籌備處，二〇〇〇年十二月

七、彭小妍主編，《楊逵全集——資料卷》，國立文化資產保存研究中心籌備處出版，二〇〇一年十二月

牛車

❖呂赫若 作
❖胡 風 譯

作者登場

呂赫若（一九一四～一九五一），本名石堆，臺中潭子人。一九三四年畢業於臺中師範學校，次年即以〈牛車〉嶄露日本文壇。翌年〈牛車〉又與楊逵〈送報伕〉、楊華〈薄命〉，被胡風選入《山靈——朝鮮臺灣短篇集》一書（前二篇經胡氏翻譯）。一九三九年，赴東京學習聲樂，師事聲樂家長嘮好子，演過《詩人與農夫》歌劇，一九四二年自日本返臺，加入《臺灣文學》，參與編務，此後在該雜誌發表小說，為數可觀，〈財子壽〉、〈風水〉、〈合家平安〉、〈廟庭〉、〈月夜〉皆為當時作品。一九四三年與王井泉、林博秋、張文環、呂泉生等人，籌組「厚生演劇研究會」推動臺灣新劇。同年十一月，以〈財子壽〉榮獲第一回「臺灣文學賞」，短篇小說〈風水〉

呂赫若 像

《牛車》書影

被選入《臺灣小說選》，大木書房出版，選集中另有王昶雄〈奔流〉、龍瑛宗〈不為人知的幸福〉、楊逵〈泥娃娃〉、張文環〈媳婦〉、〈迷兒〉，全為日文作品。次年，小說集《清秋》，由臺北清水書店出版，是當時台灣作家中唯一出版的個人別集。

作品具有濃厚的社會主義思想傾向，對人性的貪婪、人倫道德的崩潰、人民艱辛生活的真相、女性無奈的悲劇命運、皇民化運動下臺灣人民心靈的扭曲，表現出高度的關懷與同情。作品見證了當時的社會經濟結構和農村家庭組織病態，能精確掌握文學本質，其藝術手法以客觀冷靜著稱，文字精鍊自然，人物心理和事件處理細膩深刻。張恆豪先生評其文學，說他「特別興味於瑣細的敘述手法及客觀的形式控制，透過冷酷的筆觸，剖析農業經濟過渡到工商經濟中國人和家族的困境，特別是封建性生產制度下的農村家庭結構，以及臺灣婦女在封建桎梏下的悲劇性命運，尤為他所關懷的主題」。戰後，曾以中文發表小說四篇，惜未及發展成熟，即於「鹿窟武裝基地事件」，猝然殞落。有關他的作品可見鍾肇政、葉石濤主編的《光復前臺灣文學全集》第五卷《牛車》（遠景出版社）及張恆豪編《呂赫若集》（前衛出版社）和林至潔編譯《呂赫若小說全集》（聯合文學出版）。

本文開始

一

「小鬼，還要哭嗎？」惱了火，歪著自己也要哭的臉，木春敲了弟弟底頭，弟弟就更「呀——呀」地張起了和破了喉嚨一樣的聲音，睡到地上，胡亂地打著手腳，把油瓶弄翻了。

「這鬼兒……」木春捏緊了拳頭，彎下身子。「又要打呢！」但抬起了的手臂陡然失去了氣力。木春溫和地說：

「發昏呀，哭，哭，怎麼辦呢？媽媽就要回來啦。衣服弄髒的呀！」

因為記起了回頭在這個家裡又要演出的場面是可怕的場面。木春早已被這種事情嚇夠了。每天如此，黃昏的時候從工作回來的父親母親，馬上開始爭吵，結局就打了起來。九歲的木春躲在牀裡邊望，弟弟大聲地哭著。「木春，你是木頭嗎？」媽媽咬著牙齒喊了。「呵呵，同哥哥玩去。」木春從牀裡面悄悄溜了出來，好像把弟弟抓住一樣地牽著跑到了外面。在田岸上坐下以後，總是問弟弟：「阿城，你怕不怕？剛才哭著——」

爬上了看得見裂縫的食桌上面，木春把手伸進飯桶去，把桶底的飯粒子集攏，捏成團子，塞進弟弟的手裡。

「好了好了，不要哭，吃這。哭著，媽媽回來了就要吃大苦頭呢，阿城。」

弟弟馬上不哭了，用小嘴有味地嚼著。鼻涕和眼淚混和著飯一起流進了嘴裡。

「好吃罷？」

兄弟們吃慣了冷飯。母親早上上工的時候留下來的飯，到中午就冷了，粘著水氣。大人們走了以後，自由地守著房子，記起來了的時候就從飯桶裡抓出來吃。兄弟倆是這樣成長的。肚子漸漸脹大了，像懷了孕的女人。但病卻沒有生過。

玩了一天玩疲乏了，正在昏昏茫茫地，外面的竹門響起了嗄聲。木春吃驚地張大了眼睛。「媽媽回來了呀！」搖起身邊的弟弟，跑到門口一看，回來的卻是父親楊添丁。

木春用了像是訴說一天底等候又像是向父親討好的口氣開口了：

「爸——今天早呀。」

「啊——」楊添丁轉向小孩子這方面，回聲了。

「你媽已經回來了麼？」

一面拿草給關進了牛欄裡的黃牛吃，他把扣子解開了站著，用竹子做的小斗笠向胸口搧風。

「還沒有哩。」

「嗯！」父親輕輕地點了頭。「肚子餓麼？」過一會又問。

木春底頭點了一點。

天氣漸漸黑下來了。在流著血一樣的夕空上面，白鷺成列地飛，嘎嘎地叫著。沒有風，苦重的悶熱壓著身子，蚊子在面前成群地唱。汗不停地從額上滲了出來。

楊添丁把一束甘蔗枯葉點著了火，拋進灶裡。站起身子，舀水到鍋裡沙沙地洗起來了。

「木春，煮飯啦。你媽還不回來……」

為了使他們不哭，楊添丁向望著灶火的孩子們溫和地說了。

這時候，母親阿梅繞過後面的田回來了。

她也不向丈夫開口，靜悄悄地把斗笠和飯盒子一放下就走到廚房，把小的孩子拉了攏來，上上下下地看了以後，似罵非罵地說：「你又睡到地上了呀。衣服髒到這樣子，洗都不能洗了呢——」木春被空氣威嚇著了，縮著身子躲在灶後面。

「怎麼了？這樣晚——」楊添丁正面地望著老婆說。「糊塗的女人，不早點回，孩子不可憐麼？——」

「哼，可憐……」阿梅和搶一樣地從丈夫手裡抓過鍋來，跑到米桶邊趕快掀開蓋子看了一看。

「你既曉得這樣，小孩子頂好是不吃冷飯，我也犯不著這樣地跑到街上的工廠裡去呀！沒有用的男人說什麼?」

「什麼!你又——」離開了灶邊兩三步，然而，好像被衝著了一樣，楊添丁站住了。

「是的。無論什麼時候，無論多少遍，要說的。從早跑到晚，三十錢都賺不到的男人，不是沒有用是什麼?啊呀，米桶空了。明天的米從天上掉下來麼——」

阿梅故意把米桶底咚咚地敲著響。

「那麼，你以為我偷了懶麼?」楊添丁一看到橫蠻地頂上來的女人，馬上氣得按捺不住了。

「就是這樣，我也是在拼命呀。連一閃眼工夫的懶都沒有偷過。夜裡也沒有好好地睡，一絕早就爬起來出去，你不是也看到的麼!」

「啊啊，不要聽——出去了以後，我曉得麼?想一想誰都懂的。從前米那樣貴，過得很好，現在米便宜了，倒要著急米，沒有這樣的怪事。」

「正，正是這樣。從前，隨隨便便地一天賺得到一圓，現在是，各處跑到了也弄不到三十錢。那道理你懂麼?」

楊添丁又正向了她，很利害的咳嗽。

「懂什麼?想瞞也瞞不了我呵。賭了錢，偷了懶，再不就貼了女人……」

把視線向著別處，阿梅在灶前灶後忙忙地做著事。

「不對。吃的都弄不到，我能做那樣的事麼?是因為僱主少了呀。」

楊添丁確定地回答了。

「哼，把自己說得乾乾淨淨的。有人僱沒有人僱，全在乎你。認真地去找，一切都做得好好的，有不僱的麼？沒有用的人……」

「混蛋！」惱火了的楊添丁這樣叫著，跑攏去把女人的頭髮抓住，用力地一拖。阿梅慘叫了一聲，仰倒在地上，抓起手邊的碗向男人拋去。小的孩子大聲地哭了。

「貧窮也是命。這個混賬的女人……」

雖然是那樣無知的楊添丁，但也感到近年來自己一天一天地被推下了貧窮底坑裡。慢吞吞地打著黃牛底屁股，拖著由父親留下來的牛車在危險的狹小的保甲道上走著的時代，那時候口袋裡總是不斷錢的。就是悠悠地坐在家裡，四五天以前都爭著來預定他去運米運山芋。當保甲道變成了六間（一間等於六尺）寬的道路，交通便利了的時候，就弄成這樣子，自己出去找都找不著，完全不行了。後來弄到了連老婆都不能不把小孩子丟在家裡，到甘蔗田或波蘿罐頭工廠去，否則明天的飯就沒有著落。自己不夠認真麼？——楊添丁自己問自己。不，比以前要認真一百倍，一天都沒有偷懶過。老婆每天罵自己是懶人，沒有用，性子燥的他越想越氣，甚至想把老婆打死。但過後靜靜地想到那也是因為擔心生活，憎惡的心境就常常消失了。在生活上面，不得不頑強地和某種同自己們離開了的眼睛看不見的壓迫搏戰下去，這使他們心焦。

天一亮，昏昏地聽著空牛車前進的聲音在耳朵裡響，楊添丁跟在黃牛底旁邊走去。

夏天鄉間的早晨是清涼的。雜草上的露水還重，每走一步就染濕了腳趾，受到一陣冷感。農夫和牛底影子零星地散佈在田裡，像游泳一樣，從大路上可以望到。腳踏車和腳踏貨車從後面趕過遲緩的牛車，每一個都望一望楊添丁底臉就跑了過去。

街市也是睡早覺的。由鄉間湧來的農民們才把它搖醒了。但雖是這麼說，街中央底樓上還是陷在深深的夢底陶醉裡，只有街邊的污髒的洋鐵屋頂下的市場和破舊的板壁是擠磨著，充滿了騷鬧。人們用了剛剛起來的臉色不斷地叫著什麼，在早晨的空氣裡面跑來跑去。看來好像耽心、競爭、怒號、歡喜在那兒捲成了一個漩渦。

「噓，嘶，嘶，嘶……」

在小街的萬發精米所前面，楊添丁輕輕地摸一摸牛底鼻梁，停止了車子。把斗笠放在車上以後，無精打采地蹩進了精米所底大門。房子裡電動機呻吟著。

四五個農民在坐著談話。

「哦，早呀。」

向從清早就啃住事務桌子打著算盤的精米所主人，楊添丁開口了：

「陳老闆，今天沒有什麼……麼？」

「啊，」這個米店老闆頭也不抬，像回答又不像回答地「啊」了一聲。但就只那麼一聲，並不繼續下去，默默不響地熱心在算盤上面。楊添丁站在土間（大門進口處沒有架地板鋪蓆子的地方）上面，不動地望著。

先前就拿著煙管來敲著的，臉皮打皺的老頭子在講什麼，楊添丁現在才聽清楚了。

「米這樣便宜，我出生以來才第一次看到。好像是種田的一個本不花種出來的一樣。再加上在這的研費，無論賣多少也賺不到一個小錢！出奇的事情。」

一個聽著話的牙齒黃污的人說：

「那，老頭子，因為你是自耕農，有米賣，才那麼說。看我罷，吃的米都不夠，倒是便宜的好。」

「哼。你一個人說的罷。米價高景氣才好，無論誰都惟願價錢高的。——便宜了，夥計，那就算完了呢。」

把煙管重重地敲了一下，老頭子用力地說了。

「不錯！」把唾液吞下肚裡，農民們側起了耳朵。

「那樣麼？在我，都是一樣。左右是……」

把黃污的牙齒壓住，老頭子口角上噴著口水，大聲喊了：

「胡說八道！」

「啊，算好了。八圓五十一錢，一起在內——」

把算盤掛到壁上，米店老闆向老頭子說了。

「那，那……」老頭子睜圓了眼睛，用下巴向剛才那個農民示意：你看，怎樣。……

「陳老闆今天——怎麼樣？」

楊添丁一直萎萎縮縮地，但抓著了機會就急忙地問了。

「啊，你麼！」好像才注意到了似地，米店老闆望了一望楊添丁底臉。

「要裝出去的糙米多得很——」

「那麼，讓我……」

「但是訂了運貨汽車，不湊巧。」

陰沉地，楊添丁站著不動，呆呆地望著米店老闆底臉。

「但是陳老闆，汽車走不到的地方，請用一用我底牛車——」

迫於生活底必要，他不能夠說是的是的就輕易地走出去的。

「那固然是的。可是，添丁，你也想一想看。為了那，我有三四部腳踏貨車。又不是非僱車子不可的那種大生意。而且，用你底牛車也是不上算的。——是一向幫我運貨的你，這，我並不是沒有想過，但現在牛車不能用了。到別處去看看罷。」

米店老闆從椅子上用親切的口氣拒絕了。

臉皮打皺的老頭子同意地點點頭，輪流地望望米店老闆和楊添丁，插嘴說：

「在現在，牛車是，誰都不做這行生意了。就是山裡的人，也都有腳踏貨車，因為那比遲緩的牛車要上算呢。我小的時候牛車很多，現在不是不大看得到麼？那到底趕不上走得快的運貨汽車和腳踏貨車呀。」

「嗯，說來說去是這樣的不景氣。我也不能只是耽心別人底事啦。做生意總想賺錢，像從前那樣，用慢吞吞的牛車，就划算不來。」米店老闆苦笑地說了。

「唉唉，牛車這行買賣我也夠了——」

陡然無力的楊添丁，慌亂地把茶喝乾了。

臉皮打皺的老頭子，像突然想起了什麼似地，把煙管靠到肩上說：

「不但是牛車，從清朝時代有的東西，在這樣的日本天朝，都沒有用。看那個放尿溪的水車，從前我家底穀都是拿到那裡去做米的。但有了這樣的精米機以後，那就沒有用，既然要同樣地出這麼多的工錢，就拿到這邊來了。不只是我一家，大家都這麼辦，現在那兒不是連水車底影子都沒有了麼？日本東西實在是可怕的。」

「實在的。」

農民聽進了，呆呆地張開嘴，望住老頭子底臉。農民們以為文明的利器都是日本特有的東西。

覺得說到了自己底身上，楊添丁有些不快。但第一次聽到了這裡也有和自己相像的人，他湧起了好奇心，站住不動。

街路已完全亮了，陽光照著。公共汽車時時跑過，喧鬧地響著喇叭，載上乘客。

從店子裡面望著的那三十上下的矮男子回轉頭來，望著大家底臉說：

「這麼一說，我也記起來了，因為那混蛋汽車，不曉得吃了幾大的苦頭。農事閒的時候，和鄰居合夥抬轎子，多少賺得到一點。自從那混蛋和各處的路上不客氣地跑起來了以後，生意就倒霉了，賺來的錢不過剛好夠轎子底租錢罷了。——」

「哈，哈，哈……白費了狗氣力呀！」老頭子大聲地笑了。

「真的呀。實在是昏天黑地的事情。所以趕快歇手不做，把力氣放到田裡去。混呀混的，已經過了三年。」三十上下的男子屈著手指，感慨無量地低聲說了。

「在日本天朝裡，清朝時代的東西都不中用了。爽爽快快的把那樣的傢伙丟掉，就是種田也要有出息些。」

做那些討厭的牛車買賣，不是失敗了麼？——米店老闆說著望了一望楊添丁底臉。

「我也是，比較做這行牛車買賣，種田不曉得要好多少。但是，那……」

說些不花本的乖巧話罷了——楊添丁想著就憤憤地走出了萬發精米所。

然而，鞭著牛背把牛車一拖動，就又不得不決定目的地了。在街上，無論到哪裡去都沒有人僱——楊添丁早已知道得清清楚楚的。街上的商人是寡情的，雖然他心裡這樣懷恨，但為了生活底必要，沒有把那在臉上表現出來。到不肯僱的地方去勉強地求情，十回頂多不過有一回成功。

雖然心裡這樣算得到，但到誰也不肯僱的時候，他依然只得到街上的老地方去打轉。

吞吞嚮地穿過小街底石頭路走到田野，那裡底河岸上有波蘿罐頭工廠。楊添丁在塗著藍色的事務室前面停住。

運貨汽車普普地響著喇叭，從工廠旁邊開走了。

「喂，不要！走開，走開！」

帶著眼鏡的大模大樣的男子從事務室裡一望到他就一句話也不說的搖起手來，闢頭就這樣大聲地吼了。

因為對手是穿著西裝的男子，楊添丁呆呆地站住了。忽然被這麼一吼，他張開了嘴合不攏來。

「不要，不要呵——喂！」

沒有法子，他又走到別的製材工廠、米店等底前面去。但僱的人一個也沒有，都是客客氣氣地回絕了。……

「在街上賺錢漸漸不行呀。——只能夠在種田人裡面找生意了。」

在牛車上面被搖播著，楊添丁閉著眼睛想。

二

「哦，楊添丁，碰得巧。」

「哦，阿生哥麼，到哪裡去？」

楊添丁在車上抬起頭來，在前面十步的地方，鄉裡的王生向這邊看著。他方臉上沒有表情的走近了兩三步。

「近來忙麼？」

一走近，王生這樣說著就跳上了牛車，和楊添丁並排地坐著了。

「哪裡！完全相反。」

「嗬，這——在我看來，以為你非常好呢。第一，把這牛趕著走就可以賺錢，真是好買賣。」

「哼，有那樣好事！種田不曉得要好多少。」

鉤著頭，楊添丁沉思了。

「種田也苦呀！——可是，明天車子空麼？」王生敲著車板子問。

突然被一種可喜的預感所襲，楊添丁坐正了。

「啊，當然空的。有什麼生意照顧我麼？」——

第二天早上，楊添丁聽到第一次的雞聲就爬了起來，把燈籠點著了。漆黑的房子馬上和罩著煙一樣，有了濛濛的光亮，拿出手巾來把頭包了以後，向牀上望了一眼，阿梅和小孩們都攤開手睡著。楊添丁趕忙地說了：

「我走了啦！」

外面像塗了煤焦油似地那麼黑，他到牛欄去給了一把乾草給黃牛以後，把車子拖了出來。雖然是夏天，冷風吹得人縮頸，赤腳漸漸地濕了。車子閣嗒閣嗒地搖搖地向前走，每走一步，蠟燭底黃色火焰痙攣似地打顫，好像要熄一樣。縱橫的道路上鋪的小石頭被車輪軋著，發出了悲鳴，在黑暗裡那響得更大更悲哀。

到約定的地方一看，王生還沒有來。約定是今天早上裝上竹籮送到名谷芭蕉市。楊添丁停下車子，依然坐著不動地望著天空。

月亮也沒有，漆黑的，只有像沒有來得及逃掉的數得清楚的幾顆星，還有勁地眶著眼。從道路附近的農家，雞叫的聲音用了衝得破紙的勁兒彼此呼應地鑽進耳朵來。楊添丁想，這麼早就出來做事，恐怕只有像我這樣的人罷。別人正舒舒服服地睡得有味的時候，我卻在這裡等生意。楊添丁突然心境陰暗起來了。——就是這樣，老婆還罵我偷懶，沒有用。唉，——楊添丁歎息了。我那老婆到底是一個什麼女人。……那且不管，我這樣苦做也賺不到錢，這是什麼世界呢？菩薩瞎了眼睛麼？他忽然怨恨起不肯保佑這樣苦做的自己的菩薩來了；被悲哀的心境所襲擊。

「喂，來了麼？」

粗大的聲音突然從黑暗裡面神祕地響了。剛才的心境馬上逃散了，楊添丁大聲地回答說等了好久，站起來，高高地舉起籠燈來給看了。——

「幾點鐘了？」

是王生。把挑來的竹籮在牛車旁邊一放下就急忙地動手解繩子。還有像是家族的一個姑娘和兩個青年也挑來了。姑娘戴著斗笠，在朦朧的燈籠照不到的陰處忙忙地動著手。青年們也是鉤著頭的。

「兩點左右罷。第一次雞叫還不久——」

一面急忙地堆著竹籮，楊添丁回答，眼前得到了生意的歡喜湧到了喉頭，他勇氣百倍地拿出了力量。好容易碰到了！——在這樣快朗的心裡面，連連叫著多謝多謝，感謝對手。

「幫助窮人的依然只有窮人呀！」

想到街上的人們不但不肯僱用，反而和趕狗一樣地吼起來，楊添丁在親密的感情裡面聲音打抖，時時望一望四十上下的王生。

「說哪裡話！這點事情……」王生雖然是否定了的口氣，但好像感到了楊添丁話裡的意思，接著說：「起初我是想帶著家裡人挑去的，但路那麼遠，怎樣行。有腳踏車貨車最好，但又沒有人肯借。所以煩勞你。」

把竹籠裝上簡單的牛車，沒有花十分鐘。

對家裡人吩咐了話，打發走了以後，王生跟在牛車旁邊走起來了。

「到芭蕉市要走好久？」

出發了以後，王生擔心時間，時時問。

「大約三個多鐘頭罷。五點過可以到的。靠得住——」

楊添丁時時回轉過看一看對手底臉。

在黑暗的路上，聽到了從岔路來的閣托閣托的響聲，兩三個燈籠搖搖地走近來了。楊添丁即刻曉得那也是牛車夥計。他們大抵是在這樣的早上結隊出來的。

認清楚了彼此底樣子，對面首先開口了：「啊，你也早呀，名谷麼——」

「啊，到芭蕉市。好久沒有去呢。」

車輪聲熱鬧地響著，牛車三四臺列成了一個長串。一種愉快的過節似的感覺搖動王生底心。走在前面的一個，用了老年人底聲音低低地議論著什麼。

在黃牛身上打了一鞭，楊添丁問：

「怎麼樣？生意好麼？」

「生意好！哈哈哈……」緊接在前面的四十左右的男子笑著搖頭了。

「此刻這麼樣地在這裡趕路，想一想也懂的呀。生意好這時候不在睡覺麼！」

不錯，我也是。——楊添丁心裡感到了淒涼。

「那樣的話不要談啦。大家都是明白的。……」

四十上下的男子忙忙地走著，用大的嗄聲唱起來了。

陳三一時有主意

五娘小姐……

…………

他底歌聲衝破了黑暗，流著。有誰用鼻音跟著唱了。

楊添丁不能夠那樣做。因為生活，不能夠唱歌不能夠快樂的自己底心，現在才吃驚地發現了。覺得快朗地唱著歌的人可以羨慕。

牛車在道路中心走著。

突然四十上下的男子停止不唱，從車臺旁邊抽出棍子，向路邊走去。

被燈籠底光濛然地照著，路碑站在那裡。

「你媽的！」一聲喊，他動手打倒路碑。但只是發出拍拍的聲音，無論怎樣打路碑卻一動也不動。他狠狠地低聲喊了。

「吧，這混蛋——」

「好的——來啦！」

喊著跳了出來的男子馬上找來了一個大石頭。兩個人舉了起來，用力地撞上去。撞了兩三次，路碑就不費力地倒了。

「看你狠！」

拋到了田裡以後，兩個人大聲地笑著轉來了。

他們白天常常從路碑底旁邊經過，每次經過，反抗心就按捺不住地湧了起來。常常想找機會把那弄掉。路碑上寫著：道路中央四周不准牛車通過。因為用小石頭鋪得坦平的道路中心是汽車走的。

「我也完著稅的呀。道路是大家底東西。汽車可以走的地方我們不能走，有這樣的道理麼？」

但是，雖是這麼想，但白天覺得大人可怕，沒有由那通過的勇氣。他們曉得，如果不小心地被發現了是在道路中心走，罰錢以外，腦殼還要被打得咚咚響的。——這樣地，道路中心漸漸地變好，路旁的牛車道都通行困難起來了。黃色的地面被車輪研成了溝，現出了很大的凸凹。因此車輪挾在溝裡面，不容易前進，非常吃力。雖然這樣，卻一向沒有修理，更加成了險阻的山和谷。

「這樣的路能走麼！」

在沒有人的早上，他們不在那上面走。主人們似地不客氣地在道路中心沿著溝走去。

「想看看混蛋汽車要哭的樣子。在這種時候不能把牛車老爺怎麼樣罷。哈哈……」

先前的四十上下的男子走到楊添丁底旁邊，一個人快朗地笑了。

「真是，混蛋汽車可惡透啦。」

楊添丁同意地說了。

近年來越法被推進了不景氣底深坑，那是因為被混蛋汽車所壓迫，無論是怎樣沒有知識的他們也是知道的。他媽的，混蛋機器，是我們底強敵。——敵意由心裡湧了上來。

雜著車輪聲，歌聲又衝破了黑暗。都是想到什麼唱什麼。這裡那裡雞在啼，還時時有狗叫，感到曉光迫近了。

從路旁的甘蔗田裡跳出了一個人影子。恰好在王生底身邊。王生稍稍吃了一驚，睜大了眼。但即刻明白了那是前面的牛車伕。他脅下抱著一把甘蔗梢子。他急急地跑上前去，剝下嫩葉給牛吃的樣子在朦朧的燈籠光裡可以看到。

王生悄悄地向旁邊的楊添丁說：

「喂，那樣地把甘蔗梢子折來也不要緊麼?捉住了就不得了罷?」

「那有什麼，並不丟地上，是給黃牛吃的。而且，這時候是我們底世界。全部折完了也不會有人曉得的呀。」楊添丁拋出來一樣地說了。

這麼早出來找生活的僅僅只有我們——這想頭同時也掠過了楊添丁底腦子。

事情完了，走出名谷芭蕉市，快八點了。

晴得很好，太陽燒著街道。

「啊，好運氣，有四十錢。買得到四五天的米！」

楊添丁在心裡打算了一下。奇怪的是，睡眠不足底疲乏也沒有，只是不斷地想著賺到了錢的歡喜和錢底用途。

「老婆那傢伙，這回可不會抱怨了罷！」

對於老婆，意外地心境舒暢起來了。這一次有把握使她了解：想著就多少次地微微笑了。

街尾的污穢的平房被埋在塵沙裡面。板子和洋鐵屋頂吊了下來。雞、吐綬雞、鵝在路上跑來跑去地鬧，屙著屎。這裡汽車很少來，被叫做所謂臺灣人街，政府認這是不衛生的本島人底窠，完全不管。

在路邊栴檀樹下面趕著黃牛車走著的楊添丁陡然停住了，「啊——」地叫了出來。一瞬間，他眼裡耀著很大的驚愕。「你，現在……」

「啊……好久不見啦。好的好的。」

搖著手笑，站在他面前的漢子——也是牛車同行的老林。是因為好賭常常被關進豬窠（指警察署的拘留所）去的腳色，楊添丁聽說他因為做賊犯了案，被送進監獄去了。現在忽然在面前出現了，所以他底驚愕是不小的。

「你，不是被關進火磚城裡去了麼？」楊添丁又一次高聲地喊出來了。

「噓……」老林銳利地盯住他。用指頭按著自己底嘴，制住了對手以後，看了一看周圍就小聲地說：

「不錯，你也知道麼？進去了一些時。」

「一些時？」

「嗯，六個月呀。也不是殺人犯……」

他們兩個離開了街市，向田野方面走去。

從和鐵路並行的火磚製造工廠噴出的黑煤煙把空氣弄髒了，逼得過路的人把臉轉向旁邊。

「只有六個月？做了賊……」楊添丁偏著頭，吃驚了似地低聲說：「只有六個月！我以為要坐兩三年。」

「哈哈……好的好的，可是，你還是那麼老實呀。」

「老實？這呵……」

楊添丁做了一個吃飯的樣子給看了。接著記了起來：

「今天，你也是出來找生意麼？」

「哪裡！已經歇手了呀。賣掉了。沒有幹頭。現在這時世，做工是牛傻子，玩玩反而上算哩。」

老林望著楊添丁底臉爽直地說了。

「什麼?」楊添丁眼睛睜大了。

「是呀。做工是傻子。能夠大大賺錢的事情現在都被搶去了。我們做工是傻子呀。」

拋出來一樣地說了，老林跳上了車臺。

「但是，肚子不塞飽行麼?」

「嗯，做工也塞不飽呀，不是麼!」老林低聲地說了。「用盡了心思，流著汗賺四十錢五十錢，還不如隨隨便便地玩玩，這麼弄一手贏得十圓二十圓的上算呢。」

「弄一手?」楊添丁不知不覺地吞了一口唾液，望住了對手底嘴。

「是呀。如果輸了，就花個夜把工夫，到有錢人底府上叨光叨光，靠得住又是錢。捉到了就在那裡住個年把，那時候有飯吃，正好——」

「有飯吃?」楊添丁皺起了眉頭。

「嗯，在火磚城裡面給飯吃的咯。我是到無論怎樣也沒有辦法的時候，還故意跑去吃呢。沒有什麼可怕的，看守已經成了朋友。」

「真的?我還以為是非常可怕的地方……」

楊添丁感動了似地眶著眼。

三

頭髮亂蓬蓬地，阿梅急急地走著，哭腫了的眼睛周圍現出了紅圈子，臉頰是濕的。小的孩子驚慌地在母親底手腕裡縮小了。

「無論哪個都懂的呀。」

楊添丁眼睛充血地跟在後面走。望望父親又望望母親，木春偷偷地跟著跑。

夫婦晚上回來又為錢打了起來。因為那是很久以前繼續下來的，楊添丁終於忍耐不住爆發了。

「這樣還——你到底為什麼這樣不懂道理！」

在力氣大的男人前面，女的弱得像豆腐一樣。狠狠地被打一頓以後，阿梅也是阿梅，滿臉殺氣，抓著男人底弱點叫了起來：

「滾！家是我底。沒有用的忘八，滾！」

楊添丁是招來的丈夫。家主是阿梅。

「啊——」

農民們從田裡望著他們兩個，驚奇地喊了。

「怎麼？又來了？」

楊添丁裝作沒有聽見，低著頭，不向發出聲音的那方面看。阿梅也靜了下來。他們夫婦底吵架在村子裡是有名的，弄得什麼人都知道。對於這，楊添丁覺得難堪，想避開碰到的人。

夫婦繼續地吵著。一米突寬的保甲道在田地中間彎彎曲曲地伸著，那終點是保正底家。夫婦兩個走進了那裡面。

保正底家非常漂亮。紅的屋頂映著夕陽，從院子裡的樹葉中間望得見漆得雪白的壁。門口照著兩盞電燈。是村裡第一個大地主，做了將近十年的保正，說是官許的也不為過。

養得很好的肥狗叫著跳了出來。阿城叫了一聲，緊緊抱住母親。

保正從夫婦底嘴裡從頭到尾聽了以後，在將近六十歲的打皺的臉上浮起了微笑。

「嗯，嗯，是的是的。但是，夫婦吵架這回事，氣一平又會好的，不要耽心。回到家裡就什麼都忘記了，想一想看。」

「不。」楊添丁馬上用力地接著說下去。「這傢伙呀，不把我當作丈夫呵。無論怎樣說是因為景氣不好，她不聽，說是賭了啦，養了小老婆啦。這樣的老婆哪裡有！剛才叫我滾……」

「畜生！說得好神氣——實在是那樣，還怪人？我這樣吃苦都不知道……走你底罷！」

阿梅馬上回罵，抽噎地哭著。

「這已經懂了。添丁說的是實情。現在的時世不景氣，而且，牛車是……」

保正用了什麼都懂的聲音說著，看不起地望了一望他們夫婦。

「生活很艱難罷。所以夫婦兩個……」

在這裡，保正用勁地勸慰他們夫婦有和合協力的必要。

「說是不景氣不景氣，有做工賺不到錢的麼！米都沒有吃的，怪哪個？不顧家的忘八，畜生！」

阿梅搖著手叫了起來。

「這混蛋，又——」男的旁若無人地跳起來了。

「啊，好了好了，不錯，你說的也有理。雖說不景氣，只要認真，總不會吃苦的。這就是關鍵，或者變成富翁，或者變成叫化子。怎樣樣，添丁？」

保正用了偵探的眼色向著楊添丁。

「認真認真，我是認真過了度的。這還不算認真，我就不懂認真是什麼一回事了。啊，不懂不懂！」楊添丁呻吟起來了。

「而且，到現在叫我滾……這算是夫婦麼！」

「你才是，沒有夫婦恩情的忘八！」

保正想，怎樣才能把他們夫婦趕出去呢，這非馬上解決不可。

「那麼，這樣好了。既然賺不到錢，牛車這行買賣歇手不做，夫婦兩個都種田去好了。丈夫也不能夠賭博養小老婆，女的也看得見丈夫認真不認真。而且，種田很好過活。」

楊添丁突然眼睛亮起來了。「哦，我早就希望這樣。照我看，種田不曉得要好多少。」

但一瞬間他又無力地說了：「可是，現在我是窮得連田都種不起。做佃農要押租錢罷？」

「當然要。沒有押租錢就不能夠租田種！」保正笑了。

楊添丁歎了一口氣。接著，像想起來了一樣，向保正磕了幾個頭。

「保正伯伯，請租些田給我種好不好？押租錢請您同情……」

一聽到這保正就哼了起來，做出一個碰見了鬼似的臉色。

「不要胡說，那哪裡做得到？同情同情，世界上什麼都要錢呀。」

保正不要他們夫婦說下去。從椅子站了起來，陡然改變了口氣：

「已經可以回去了。回到家裡就沒有事！」

「我不，這樣的男人，滾罷！家是我底。」

阿梅像小孩子似地反抗了。

鬧得夠了——保正含著怒意盯住阿梅。

「那麼，等一等！保正伯伯不是你們兩個底保正伯伯。就請大人來，那時候向大人說好了。冷飯總有吃的！（意指坐拘留所）」

夫婦兩個驚慌地回到漆黑的草房子，擦著洋火點起燈，把角落的椅子拖出來一坐下，楊添丁用了平靜的聲音對倒到牀上睡下了的老婆說：

「喂，燒飯罷！」

望著父親母親底氣色，孩子們溫順地縮小了，肚子餓得利害，但不聲不響地望著。阿梅不答腔。

丈夫馬上緊張起來了，不，再不要吵罷。——對於老婆底這種態度，楊添丁氣得按捺不住，但是，生活呵，生活呵——他壓下了自己，重新妥協地向著老婆：

「我想了一想呢。在日本天朝，這種牛車買賣無論如何沒有辦法。和你也吵得不少，都是為的這。像保正伯所說的，我打算種田，那好得多……」

阿梅身子動都不動。但楊添丁還是平靜地望著，說下去：

「存點錢罷！存起來做押租錢。那時候把牛車賣掉種田。呃，從現在起多多地存點錢罷——」

他底胸口塞滿了奇妙的興奮和決心。他感到了到現在止沒有過的清朗的希望照耀了出來。

「嗯。」

阿梅開始翻了一個身，轉向了這面。楊添丁卻又陡然著慌了。

「存錢？存你底骨頭罷！」

對於嘴不好的老婆，楊添丁溫和地問：「為什麼？」

「吃飯的錢都沒有，存錢從哪裡存起？」

「那——」雖然楊添丁覺得那說的不錯，但暗示著什麼意思地說了：

「就是啦。你也想一想看。暫時地忍耐一下，用能夠賺錢的方法幹一幹。我做我底，你做你底……」

「方法？你總是說胡話。有方法賺錢，早就用不著吃苦了。說什麼騙鬼的話呵！」

阿梅轉向了裡面。

對那望了一會兒，接著楊添丁無力地站起來走到牀邊去，膽怯怯地對老婆說：

「暫時的，是的，暫時的就行了。那……也可以。只要能賺錢，我是不要緊的。」

四

像是燒紅了的鐵板罩在頭上一樣的酷熱的夏天。

「那個女人，阿梅呀。」

從什麼時候起，村子底人們對於牛車伕一家起了謠言。

「那傢伙做起好買賣來了啦。幹那哩！」

「呃？那——」

你望我我望著你，格格地笑了。

「不錯，賺錢呀。添丁曉得麼？」

「那——近來沒有看到。聽說到別的地方去了。聽總聽到了罷。」

呆呆的臉上現著憎惡的顏色。四五個人順著耳朵集在一起。

「喂，歲數幾大了？」年輕人性急地插進來問。

「不要臉！混蛋！」有人叫了。

「哦，你去麼？三十上下呀。將就一點！」

好像覺得可笑得很，大家一齊鬨笑了。

但阿梅裝做不知道的樣子由村裡走過，和別人不答腔，從來沒有現出過像那回事的臉色。在她，較之謠言，度命的「錢」更為重要。

「畜生！造謠的是那些混蛋——」

有時候，阿梅一個一個地想起在街上的鬼洞裡碰到過的村子裡的認得臉的人，氣憤了。但是，錢呀，生活呀，這念頭一抬頭，她就覺得滿不在乎，想：只要裝作沒有聽到的樣子就行了。

「媽……」

夜深阿梅一走進門，小孩就叫著抱住她，接著一直像討好似地望住她底臉。近來母親總是夜深地從街上回來，小孩們也感到了。那使小孩們寂寞、不平。

「肚子餓麼？要睡罷。」

一看到小孩們底臉，陡然眼睛發熱了。熄掉燈，母子們在漆黑的牀上睡下以後，阿梅還是開著眼睛。在黑街裡的情景，歷歷地湧上了胸頭。

雖說三十上下的女人了，這是第一次，受不住，不自然地覺得難堪。被不認識的男子野蠻地用力把身子抱住，那時候真想哭了。但抓住錢的時候又有一種得救了的輕快。到給了一些錢把在門口的主人老婆子走上回家的路，就又被後悔的念頭所襲擊了。覺得做了很壞的事情，她憤憤地起了想即刻識罵丈夫的慾望。

近來覺得一切都陰暗了。

阿梅用了悲哀的聲音向兩三天回來一次的丈夫說：

「想想法子罷。——真是討厭的事情。你男子漢那樣沒有用麼！」

臉轉向旁邊，終於落下了淚。

「錢呀，只要有錢。……媽的，錢呀。」

楊添丁搖著被太陽曬黑的臉，叫了。

「我運了山芋，依然不行。山路險，牛走不動，不過三十錢。除掉我吃的飯錢，沒有什麼多的了。」

夫婦兩個垂著頭。

「難怪，小孩們可憐。」

「到夜深，孩子兩個孤零零的呢。想想法子罷——」

「唉——」歎息一聲，像向老婆抱歉似地，楊添丁伏下了視線。

「怎麼樣，你底錢……」

老婆出賣肉體的錢是一家底命脈。

「不要瞎想，還米店底債都不夠。波蘿工廠最近要關了，怎麼辦？」

「沒有法子——」

無論怎樣依然是苦得不能擡頭，楊添丁茫然地不曉得以後應該怎樣才好。

這樣的一家受到了再也爬不起來的致命傷，是四五天以後。

青空上像吐散了的唾沫一樣的白雲飄著，熱氣不客氣地四面圍住。像張開兩手向前擁抱似地迫近了的山，肚皮上有些地方現出了紅肉，因了陽光那使人覺得刺眼。竹林、相思樹林、甘蔗田，一切沉默著，被通紅的太陽照著，生氣盎然。

樹林從山腳一直低低地傾斜下來，隔著一條碎石河的這邊，有在上面飛翔著烏秋、蝴蝶、蜻蜓等的田畝。在錯踏一腳就會跌下去的那樣斜坡上的田裡，農民剛剛種下的嫩苗，取了不動的姿勢。被田畝挾著，鋪著小石的白路伸過。

在那上面，汽車和腳踏貨車軋軋地走。

皺著眉頭的農民們，一個兩個三個，前前後後地一面走一面講。有的戴著竹斗笠，有的撐著舊式的傘，也有空著光頭，把手反圍著，不在乎地讓汗水流下。

「今天，什麼價錢？」後面的人問。

「豆餅又漲了呵。漲了十幾錢——」前面的人回答。

於是大家都不做聲，耽心地順著耳朵聽。

「肥料貴，米便宜，我們真不得了。」有人側著頭說了。

在梅檀樹下，從走著的路上望著田畝的一個人，像提起同伴們底注意似地指著田畝說：

「這裡的水田碎石多呀，水也似乎不夠！」

聽的人點頭同意，睜著眼睛想更仔細地看一看。談話從自己底經驗發展到水田，源源不絕了。

水色的公共汽車響著機器底聲音，追過他們，吐出像濃白的霧一樣的塵煙跑過了。農民們把臉轉向旁邊，避著那走。

楊添丁坐在車臺上面，略略睜開眼看了一看。黃牛什麼也不知道似地緩緩地向前走。硬的車輪時時陷進了凸凹的路裡，坐在板子上的他底頭被震得發痛，但他還是抱著膝頭坐著不動，浴著熱的陽光，悠悠地打瞌睡。

楊添丁已經想倦了。為了錢，為了生活，追逐著他的壓迫，始終是釘在他底腦子裡，使他煩惱。為了尋求生路，雖然把老婆都推到獸道裡去了，但依然不行，心想也許是前世的報應。在街上失望了以後，他就把目標轉向了靠山的鄉村，到各處招攬搬運山芋的生意，但靠山的鄉村裡也是很不容易找到錢的。並不是能夠滿足他底希望的現實。到今天走上歸途為止，有十天了，剩下的純利是現在裝在口袋裡的八十五錢。

十天八十五錢——靠這怎樣能夠活命呢？楊添丁想到老婆和孩子的時候，就被暗淡的心境所襲擊，覺得一切都不懂了，都不懂了。生活，錢，老婆，混蛋，牛車，在腦子裡反來覆去的時候，他感到了虛無，自暴自棄地坐在車臺上面打瞌睡。——

覺得的確有人走攏來了。楊添丁打開了眼睛，同時就大吃一驚。「完了！」叫著從車上跳下來的時候，已經遲了。

在他底前面，大人用了可怕的臉色望住這邊，站著。

「哼，你好舒服！」

望見大人底粗手腕一動，馬上臉上就挨到了一下。

感到似乎熱潮湧到了臉上，楊添丁抖抖地打顫了。

「不准坐在車上，不曉得麼？」大人臉上通紅地喊了。

「呃，我——」

不曉得怎樣說才好，吃吃地動著嘴，楊添丁底臉上又清脆地響了一聲。

「這牛車，是你底麼？」

大人從口袋取出小本子和鉛筆，彎下身子看一下車臺上的牌照，敏捷地寫起來了。

「大、大人，一次，饒過，求您——」

楊添丁要哭似地做出對大人作揖的樣子，牌照被寫去了以後，會受到怎樣的處罰，楊添丁是早已知道的。

「有你底，支那豬！」

收起了小本子和鉛筆，大人鄙視地望了一望做著作揖的樣子的楊添丁，狠狠地罵了一頓就騎上腳踏車走了。

「唉，運氣壞，怎麼辦呀！」

望著那，處罰的事情湧上了胸頭，楊添丁沒頭沒腦地著急了。

罰款二圓！甲長拿著奴庫派出所底通知單來，是第二天底黃昏時候。

「明天上午九點交。記著！」回去的時候甲長鄭重地吩咐了。

「明天？」楊添丁用了非常狼狽的表情回望了甲長。在生活窮困的現在，明天當然拿不出二圓來。他哼哼地呻吟起來了。著慌得不知所措。

那晚上，他向踏著夜露回來的老婆首先提出了這件事。

「喂，道理說過了。忍痛一下，湊足二圓罷！」

小心地辯解了以後，楊添丁哀求一樣地望著女人。最近對於老婆所抱的對不起的感情，使他無論什麼事都對她取了這樣的態度。

阿梅在換衣服，呆呆的臉上一瞬間飛滿了怒色。

「唉，不成！」望著那樣子的楊添丁，反射地感到了失望。

「我，不曉得，沒有錢呀！——」

阿梅過於激怒，反而用冷淡的聲音說了。她底臉色看來反而像嘲諷一樣。楊添丁從來沒有覺得像現在那麼恨她了。

「唉，不要那麼說，因為對手是大人，拖延一下又得大大地吃苦頭。喂，幫幫忙。」

努力地壓制住自己，楊添丁用了買老婆的歡心的口氣說了。

「幫幫忙幫幫忙，你未必曾經給了錢我麼？沒有錢，還說幫幫忙幫幫忙，怎麼幫法……」

阿梅認真地望著丈夫，憤激地喊了。

「沒有那回事。到現在為止，在街上做什麼的？——明天要交呀。喂，懂麼？」楊添丁焦燥地說。

「明天就要交，不要吵，拿出來罷。你未必願意我吃大人底苦頭麼？」

「不曉得。你這樣的男人管得著麼？……家裡這樣苦，還能夠在牛車上悠悠地打瞌睡呢。說是著急家，說說罷了。」

像是被推進了絕望裡面，她流著淚大聲地歎息了。丈夫說是要認真，原來是騙自己的，想到這她非常後悔了。

「為了家，忍痛地那樣出賣自己底身子，我傻呀！」

後悔的念頭高了起來，阿梅終於哭了。

懂得了老婆所說的意思，楊添丁陡然改變了態度。

「媽的！」他憤憤地叫了。「懂了。街上的男人比我更有味啦！」用了可怕的樣子向著老婆，兇兇地站了起來。「到明天止弄兩圓錢算什麼！容易的事情。再不要你幫忙了。既是這樣——」

楊添丁跑出外面，在漆黑的夜裡消失了。

太陽雖還沒有起來，天已經快亮了。

走了一整晚的兩隻腳，像棍子一樣地那麼硬。粗燥的紅皮膚，被露水打濕了。腦袋整晚響，重重的。

「媽的，看罷！」一面走，楊添丁心裡面衝動地低聲說了。這麼辦最能夠使她感到滿足。

在秤幹兩頭吊著的麻袋子，脹得和香腸一樣。裡面滿滿地裝著鵝。

時時地，從窒息似的苦痛中間發出了「嘎嘎」的嘎聲叫著，鵝在狠狠地掙扎。在森森的冷靜的空氣裡面，那叫聲突然地響得很大。每一次，楊添丁被心臟給捏了一下似的。

「這不行，得更鎮靜些。完了以後——」

他裝成英雄底樣子，叱責自己，打起勇氣來繼續地走去。

「呃喲！」

勉強裝作滿不在乎，他換一換肩，在甘蔗田中間穿過。

黑黑地浮著的山漸漸清楚了。竹、相思樹、芭蕉、甘蔗，在山腹上開始現了出來，像張著的煙幕似的雲漸漸從空中散了。

山浴上了日光，山腳下西藝街底屋頂現得白了。一瞬間，清楚地看到這裡昇起了煙。不一會，像被踢散了火柴匣子一樣的平房展開在眼前。

壓制著打顫的自己，楊添丁超然地走進了街裡。照著定好了目標，他向市場走去。

聽到了從市場來的騷擾的聲音。山裡的人，鄉裡的農民們，在叫著罵著。李子、筍、蔬菜、柴，湧到了市場底入口，成了一長串。

楊添丁左右地望著，走進市場去了。

還沒有走幾步的時候，從後面來了「喂」的叫聲。他驚慌地回頭望了。

「唉呀！」

馬上，他拋掉了擔子，跑了起來，一面跑，感到皮鞋聲和嗒嗒的聲音漸漸追近了的時候，忽然，他底衣服被抓著了。

「大，大人──」

他像臨死的時候似地叫了一聲，以後就什麼也不知道。

本篇譯自日本納烏卡社出版的月刊雜誌《文學評論》一九三五年一月號
原載於《山靈——朝鮮臺灣短篇集》，一九三六年四月上海文化生活出版社出版

集評

一、〈牛車〉在小說人物的意識中，他們對於日本統治者的措施——繳稅、不准牛車在道路中央走，及其殖民統治代理人的警察的憎恨，與其說是基於被統治的事實，不如說是把它們和機器混同起來，把它們看做那「視而不見的壓迫」的「日本東西」的整體。也就是說，在他們的心裡，日本統治者是以機器及它所代表的可怕力量的製造者、保護者的身分出現的，因為他們實際憎恨的目標，除了「大人」的有形的人身壓迫，寧可說是他們作為機器的護法者的身分，這也即小說所說的「混蛋機器，是我們的強敵」的強烈情緒。這意識上的變化是有深刻的社會和人性的意義的，一方面它反映了三〇年代日本殖民統治者繼糖業保護政策、米穀管理法案等措施後，進一步與大財團勾結，打擊農村經濟，對農民生活造成的威脅和夢魘。另一方面，它反映了在這農村經濟瓦解的過程中，破產的農人以他們那連同物質生活一道破產了的心理憎恨新財富的擁有者，從而敵對那創造新財富的機器文明。（施淑〈最後的牛車——論呂赫若的小說〉，《呂赫若

集》，前衛出版社）

二、細膩客觀地描繪了臺灣農民如何被迫一步一步地淪為赤貧以至家破人亡的過程。沒有土地的農民，他們的夢想是當一名佃農，然而想當一名佃農又是何其不易！呂氏〈牛車〉一作道出其中的辛酸血淚，駕牛車的楊添丁在經濟不景氣，牛車為文明代替之後，他四處都找不到工作，甚至企求做佃農都無法如願，因為他連一筆向地主繳納的押租金都拿不出來。在走投無路之餘，他被迫當了小偷。但由於缺乏經驗，鵝還沒偷到手就被警察發現。這種生活慘境讓我們想到高爾基（M. Gorky，一八六八～一九三六）所說，偷竊是舊時代窮苦人對社會的一種反抗。是的，在日本天年之下，臺灣農民無論如何努力工作，也敵不過殖民者、地主的剝削，他們愈做愈窮，始終處於飢餓邊緣，最後只有吶喊：倒不如游手好閒或靠偷竊度過難關。張慶堂〈年關〉中的阿成，不也都源於生活困苦不堪，才出此下策，淪為竊賊的嗎？赫若這篇〈牛車〉，同時也令人想起鍾理和〈阿煌叔〉所描繪的情景。年輕時候的阿煌叔體魄強健而善於工作，但結婚生子後，他發現他愈努力工作，日子愈是難過，終於他放棄了希望，變成了懶人。楊添丁、忘八、阿成、阿煌叔這些人的行徑，豈是他們自甘的，那是他們由希望、期待到失望幻滅所造成的，他們永遠沒有翻身的希望，最後只能以「偷」、「懶」來對這惡劣的社會以示憎惡和控訴。（許俊雅〈冷筆寫熱腸——論呂赫若的小說〉，《臺灣文學散論》，文史哲出版社）

三、這篇小說反映了處在社會變革中落伍無知的卑微人物的生活窘境與心靈困惑，無意中例證了「生存競爭，自然淘汰」的律則。結局是「家變」，在那兒，我們看到人性的墮落與道德解體，一種屈辱的世相。

整篇小說採用第三人稱敘述觀點，客觀的呈現楊添丁一家人的遭遇，充分發揮了小說美學效果。……小說的主題，相當繁複，事件釋出的意義，包括：「生存競爭，自然淘汰」的律則；卑微人物落伍的窘境；過渡時期的頑抗心理；家變——人性的墮落、道德的解體；農民——佃農回歸大地的落空……等等。……至於小說的命名，更是匠心獨運，它既為三〇年代的焦點意象，且是生存競爭自然淘汰的見證，更是傳統社會生活步調的鄉土回憶。作者對牛、車、牛車的習性之刻畫，具體而微，融匯人車，出神入化，不愧為經典之作。（林明德〈日據時代臺灣人在日本文壇——以楊逵〈送報伕〉、呂赫若〈牛車〉、龍瑛宗〈植有木瓜樹的小鎮〉為例〉，《聯合文學》第一二七期）

四、呂赫若在一九三五年發表他第一篇小說〈牛車〉時，日本資本主義大致已完成其掠奪體制的初步階段。殖民者的貪婪舌頭，深深伸進了臺灣農村。〈牛車〉的背景，便是以傳統牛車運輸業的沒落，用來對照日本現代運輸業的崛起。在新舊社會轉型的過渡時期，窮苦的農民赤裸裸的暴露於資本主義的剝削之下，終於不能不淪為經濟發展的犧牲者。（陳芳明〈殖民地與女性——以日據時期呂赫若小說為中心〉，《呂赫若作品研究》，聯合文學出版）

五、〈牛車〉中添丁受到的環境壓迫，可依邏輯次序排列如下：㈠殖民統治者結合資本家，發展現代交通工業，不管舊式業者的死活；㈡即使業者及其家人進入蔗園、工廠，願受榨取，也不足以維生；㈢日本殖民統治者與地主互為表裡，失業的業者仍租不起農田；㈣執法者又專喜苛擾下民，動輒引用各種規定，施以罰金處分，不啻雪上加霜。而添丁的反應原先也是努力再努力，甚至令妻子犧牲去賣春，苛政卻不放過他。於是他被迫沉淪為盜，結果仍是不免捉將官裡去。（徐士賢〈從賴和到呂赫若——〈一桿「稱仔」〉與〈牛車〉之比較〉，臺灣的文學與歷史學術會議論文）

六、「牛車」，其實也是一個家的隱喻。……對楊添丁而言，他一天的工作與生活幾乎都在牛車上度過了，甚至在極度勞累的情況下在牛車打瞌睡，是以牛車幾成了楊添丁的另一個家。而小說末了偷鵝被逮的一幕也可預見一個真正的家的瓦解……並且，也正因為以牛車為業的「生存空間」正受到壓迫，才導致「家」的生存空間逐漸產生危機。（王建國，《呂赫若小說研究與詮釋》，中山大學中文所碩士論文，一九九九年七月）

【相關評述引得】

一、陳文洲，〈試探呂赫若小說〈牛車〉〉，《臺灣文藝》創新九號，一九九一年二月

二、朱家慧，《兩個太陽下的臺灣作家》，成大歷史所碩士論文，一九九六年六月

三、垂水千惠，〈日本化與近代化的夾縫——呂赫若的清秋〉，《臺灣的日本語文學》，前衛出版

社，一九九八年二月

四、陳芳明，〈紅色青年呂赫若——以戰後四篇中文小說為中心〉，《左翼臺灣——殖民地文學運動史論》，麥田出版社，一九九八年十月

五、邱雅芳，〈「自願」到南方去——論呂赫若的小說〈清秋〉〉，《聯合文學》第十六卷第二期，一九九九年十二月

沒落

❖王詩琅 作

作者登場

王詩琅（一九〇八～一九八四），筆名王錦江、王剛、王一剛、一剛等。一九〇八年，生於臺北艋舺，七歲時就讀於前清秀才王采甫的私塾，十歲進入老松公學校，十六歲畢業，父冀其繼承家業，經營布莊，未允他繼續升學。然其好學求知之志則未之或挫，暇時勤讀世界名著與中國古典小說等，苦讀自修，涉獵極廣，奠定他日後扮演各種角色的基礎。

他醉心於文學、政治、經濟、社會的各種知識，而對他的思想起著最大作用的是一九二三年日本關東大地震之後，日本無政府主義領袖大杉榮夫婦被非法逮捕、殺害的事件。這一慘案打破了王詩琅對「明治維新」、「大正民主」的神話，從而驚覺到國家權力無限擴張的可怕。經由對大杉榮的同情，他開始

王詩琅　像

《陋巷清士——王詩琅選集》

接觸無政府主義的書籍。在當時，對一個熱血青年來說，參加思想團體，是一種時尚，也是一種追求理想的表現。但當時臺灣總督對無政府主義視若蛇蠍，因而王詩琅數次被捕入獄（如一九二七年因參加無政府主義組織「臺灣黑色青年聯盟」，被捕入獄。一九三一年，又因涉及「臺灣勞動互助社」事件，再度入獄。），這類事件，對王氏影響甚大，遭此挫折後，王氏乃改弦更張，從事文學創作，不再公開過問政治社會運動。不過，此一時期之思潮影響其小說極為深遠，如一九三五、三六年完成的〈夜雨〉、〈沒落〉、〈十字路〉，皆反映日據時期社會運動者的生活及痛苦。就社會運動者而言，王氏或半途而廢，然於文學創作王氏仍堅持批判之精神，反映出當時知識分子在現實政治的壓力下所呈現的無力感與抗議情懷。

一九三三年，他加入「臺灣文藝協會」，一九三五年十二月至一九三七年六月，曾代楊逵編輯《臺灣新文學》，此為王氏參加文學之具體活動。一九三七年赴上海，不久回臺灣，一九三八年再赴廣州，任職《廣東迅報》社，從事編緝工作。一九四七年回臺，任《民報》編輯，後又兼任中國國民黨臺灣省黨部幹事及《臺北文物》主編、「臺灣通訊社」編輯主任、《臺灣風物》編輯等。隨後致力於文獻編纂工作，對臺灣歷史文獻及風物，頗多纂述。一九八〇年才又於《聯合報》發表小說〈沙基路上的永別〉。王氏身居陋巷，但始終不減其關懷鄉土的熱誠，後人對他的稱許、贊語頗多：如「陋巷清士」、「臺灣新文學的活字典」、「臺灣鄉土史家」、「臺灣文獻家」、「臺灣的安徒生」等。晚年曾獲聯合報小說推薦獎、國家文藝獎、鹽分地帶臺灣新文學特別獎和臺美基金會人文獎。

王氏小說創作數量不多，但有他個人從事社運的特殊經驗為背景，如果說「文學是一個時代社會的反映」，那麼〈夜雨〉、〈沒落〉、〈青春〉、〈十字路〉、〈老婊頭〉這些作品正反映了日治下不同階層人們的苦悶、沮喪和知識分子的徬徨。這些作品大約可分為兩類：一是反映社運分子之心路歷程，此與其他作家以警察和人民的糾葛為題材者，或和楊逵筆下的知識分子迥異。另一種是反映人性百態，如〈青春〉、〈老婊頭〉。

王氏小說特點為無論處理何種題材，他都進入人物之心靈，去捕捉人類心中對一切外在事物之反應。因而對小說人物形象之表現，都是以外在境遇的逆轉，如失業的打擊、家勢的沒落、生活的困窘等，映襯人物的挫敗感、頹廢感、虛無感，並運用人物內省和情景交融之手法，來觀照人物、心境之轉換，以隱示小說主題。王氏這些小說除呈現當時重要的現象外，似亦不無夫子自道之意，毓文曾描述王氏受社運挫折之後亦曾消極頹廢，毓文說：

他去年曾在《臺灣文藝》誌上，發表一篇〈沒落〉便是描寫從實際運動後退了的他自己

> 的哀感。錦江先生自失了思想的根據，又因過渡的勉強，雙眼陷于極度的近視，一時非常悲觀，終跑上自暴自棄之路，夜夜出入於咖啡館與酒場之中。這樣，頹廢的生活，連續經過了數月，據他自身說，當他在熱中於酒色，一個月最多的時候曾消耗了三百餘塊。普通的月給生活者，一個月的月給，最多是三十塊，錦江先生把月給生活者，辛辛苦苦地經了十個月久，才掙得到一筆大錢，僅僅在一個月間的時內就開消了，讀者諸賢，爾想豪勢不豪勢呢？（毓文〈同好者的面影〉，《臺灣新文學》一卷四期）

身為社會運動者兼文學創作者，王氏之文學精神自然亦有抨擊殖民統治者與舊社會陰暗面之成分，然而王氏不出之以搖籃期創作聲嘶力竭之控訴，而運用不慍不火之溫婉筆調，使人物自省，藉內心之掙扎，使小說人物以自家之方式感知、抉擇，透過娓娓之敘述，使讀者無形中對當時天昏地暗之年代有所共鳴、有所省思。

他的主要著作可見於：張良澤編《王詩琅全集》十一卷（高雄德馨室出版，一九七九）；張炎憲、翁佳音編《陋巷清士——王詩琅選集》（臺北弘文館出版社，一九八六）；張恒豪編《王詩琅．朱點人合集》（前衛出版社：《臺灣作家全集》，一九九一）。

本文開始

耀源半寤半寢，輾轉反側在銅床上，諒也已有一點鐘以上了。

昨夜掀天揭地胡鬧過的反動，今天倦怠較常尤甚。惰氣不斷地纏在腦裡，筋骨覺得有些酸，朦朧裡要起來有些怯，要睡下又睡覺不去，只在床上翻來覆去。女婢玉仔剛才來叫過幾遍，他卻還躊躇不起來。

「耀源！快緊起來啦，欠二十分就要十二點了。」

不知道是什麼時候上樓的福星伯，在房外的廳裡喊叫。他每早上聽見他老人家叫他，心裡實在有點難過，覺得對他不住，對他慚愧。他這麼大的年紀，破曉的清早，就要爬起來督店員們灑掃、整理、買賣。自己日夜流連酒賭之間，睡到日出三竿還不起來，而且毫不幫忙，有的是奉行故事，欺瞞人眼，甚至要勞到他老人家來叫。雖是他不能洞察自己的心緒，理解自己的苦悶。但是不論如何，這樣不勞而食的頹廢，不能說是好的。先前這種感情很鮮烈地苦虐他，他也想克服這感情與頹唐，努力早起幫忙。但這樣殆無寧日在麻雀和咖啡店妓樓裡鬧到人靜夜深，那裡能夠繼續得久。於無形中就自然地拋棄這努力，漸漸習以為常，現在已是聽很慣了。任他老人家叫，也不覺得什麼苦痛。

對一切失了感激，失了追求目標的氣力的現在，老實除酒館賭場稍會興奮麻痺他的神經而外，別的都不甚會惹起他的注意。他也想這傾向是壞的，是要克服的，但緊張的內心的爭鬥，不知幾時也就自然地放鬆，終而無可奈何牠了。

「我這副老枯骨磨礫倒不什麼要緊，少年家也該替人想想看咧。家景這款的慘淡是你所知影的，天天飲賭到三更半暝，應該自己也會曉得是使得，或是使不得。」

他老人家今天似乎特別發燒，嘮嘮叨叨地說教起來，不容易訴貧道苦的父親竟然埋怨說起來。

他默默地聽：幾年前身投社會運動，連日奔忙在講演、集會、發行刊物裏。父親苦於警察方面的干涉，諫他的時候，自己是怎樣懇切地說明社會是怎樣演進，現社會是個什麼的社會，結局這社會須向那條路走，自己們的行動是怎樣的正當。父親雖是似乎明白而不明白的樣子，但終還是經不起胡鬧，極力阻擋要他不關係那些運動，耀源就憤然和他口論，主張自己的行動的正當。星推月移：現在呢？唉！自己已是像蒼茫的大海當中，任狂瀾玩弄的，失了舵的漂舟了。貫徹主張的情熱也已失掉了。雖知道是在污濁中也已沒有氣力去泅泳吧。就是鬱結滿胸的憤悶也懶說了。

他不是不曉得家裏現在的經濟狀態。第二次的出獄，和自己的嘔血般的努力，成個反比例。這站在斷崖上的家景，更如日落西山歷歷可見。自己的力量已是無可奈何牠了。自己就是恐怕這可怕的現實，纔放手跑開背面不顧。但自己的放蕩也不是全是這緣故所致的。極度的不安與動搖，充滿重壓的空氣的這時代，陰沉灰黯的四圍所交流錯雜驅使的。自己不過無意識裡要逃避這灰黯這苦悶，暗地摸索著消極的解脫？痲痺神經的頹廢罷了。

油滑精悍的福星伯的面龐近來很沒精彩；大腹便便，肥胖的體軀也像表徵他的事業之衰頹、消瘦得很。十幾年前的軒昂的意氣，已不知道跑到那裡去，很為悄然。就是有底力的音聲，說話的時候，炯炯的眼光注視對手的臉，左手挾在右腋下，右指撚著口髭：「就是這樣罵？哦！哈哈哈哈……。」的那響亮豪快的笑聲也不能聽見了。

人若沉溺在逆境，很易追慕過去的得意處，尤其是老人家尤甚。福星伯近來遇著略有熟面的人，動不動就講起少年時代怎樣辛苦努力，得意時代怎樣華奢的故事。

實在，他六十五年的生涯，是波瀾重重造成起來的奮鬥的歷史。十六歲時，別了骯髒破爛的生家，赤手空拳出了鄉關晉江。到這臺北來做雜貨行商的小生意。因資性伶俐，到日本領臺當兒，在混亂裡賺了一注財，就自營起雜貨小賣，生意卻很好漸漸隆盛起來，後就改變為大賣了。到歐洲大戰當中，各產業滋然勃興，株券一天高漲一天，他那裡願意眼巴巴看人家的財產，好像吹起樹膠的風船一樣膨脹起來。他的野心已是疼癢十分了。他也就伸手拈濡起來，起初也僥倖百發百中，一時風傳有三四十萬的家財。歐戰告歇，占漁人之利的日本資本主義海嘯般的反動景氣襲擊來了。像深秋的落葉，物價一齊紛紛跌落。他為伸過手，賺的償不夠，倒虧了許多本。整理起來剩不上五萬。以後更是事事挫折，伸東缺損，伸西也是虧本。兼之幾年來殺人般的不景氣，泉裕商行的生意更壞，現在已是風前之燭很難支撐了。老實，他的不動產抵當得幾乎殆空了。

這也不是自己一家獨特的現象：這條近淡水河的第二水門的K街，十幾年前是臺北市內有數的商行街。現在已是十分蕭條了。倒閉的倒閉，遷徙的遷徙，剩餘的大半是負了債務，拖延過日，苟延殘喘而已。

「呱呱，呱呱呱……。」

銅床邊的搖籃睡著的永春忽然哭起來。

他收住打到半途的呵欠，轉挺起高長的瘦身，緊忙抱起來，啼哭卻還不住。

「不要哭，不要哭。」

人謂放蕩子若產生孩子，會起心理的變化，就是會發生父的意識，放蕩的行為就會自然地改變。但這孩子雖已生了八個月餘，自己的放蕩不但沒有改換絲毫，連心理的變化一點都沒有。他抱起這對孩子只覺得和別的一樣的可愛罷，時也怨恨也詫異自己的無感覺。

「噢噫！秀娟，快緊來呀。」

任他哄騙還不住哭，他纔叫起妻子。

「噯！我的乖乖，不要哭。吁，阿母抱，阿母抱。」

不一會兒，碰碰地響緊步跑上樓來的秀娟，露著微笑接過永春。

他將嬰兒遞給她，瞧她一眼，一語不發步近梳床臺，攏起蓬蓬的頭髮。映照在鏡面的面容，正是表現他的頹廢和不規則的生活。很蒼白而瘦削的臉龐更顯得顴骨高隆，深陷的眼窩裡的圓眼，更顯得圓大。

「我叫玉仔泡碗牛乳好不好?」

「不要。」

他雖然明白自己這麼放蕩，她不但沒有干涉，反一味溫柔地服侍自己。只是對她的感情漸漸地離開卻無可奈何的。

以前風清人靜，皎潔的月夜，形影相隨在植物園圓山的人迹稀處，親熱地談心的愛情已是一場模糊畫了。

為要打破父母反對自己的結婚，攜手跑到臺南的戀愛逃避行的情熱也已無處可找了。

和自己的情熱退潮一樣，她昔日的諤諤地談主義、論社會、講戀愛的，像初夏的日光下，在溪上潑溂地跳躍的新鮮地鱗魚般之新女性的面俤，也已消散得無形無蹤了。現在眼前的秀娟已是個「善良」的凡庸的家庭婦人。

「外面今天很忙，來了幾位新竹宜蘭的交關客，阿娘與我又為多備辦幾碗菜忙。你也該快點出去幫些忙呢。」

他擦一擦眼皮向窗外看，碧藍的天空散佈團團的灰雲蕩漾著，屋上的煙筒吐出道道的黑煙向天空無形地消散去。今年異乎例年，雖是將近端午節，卻不覺得怎樣熱。只是將交正午的熾烈的光線，映照在店後的貧民街，煤黑的奇巖怪石般的厝頂，反射起熱烘烘的灰光，在他充血的眼球覺得眩刺吧。

靠在沙發背的耀源，啜一啜玉仔送上來的熱茶。呆呆地凝視著由口裡噴出的惹斯敏的漩渦，精神也漸漸地清晳起來了。

五月二十六日！他忽然住眼在壁上的日曆。呀！是哦，是啦，今天是過去的朋友站在法庭受法的裁判的日子。

秀娟抱永春下樓了一會，父親想也是做完了什麼下樓去了，參雜廚房裡的煎炒聲，樓下的倉庫也異了平常，開箱、點貨、出貨的音響，很為活氣地騷然。

懶氣、倦怠、空虛的敗殘者的虛無感，雖不是今天的特有。對他很罕發燒的父親剛才說的，還強烈地衝刺他的心腸。

聽說士林的那塊二百石租的田，近日中由債權者要競賣了。近年來財產的佚散實在駭人，大昨年賣去田一塊，家宅二座，昨年失去家宅二座。就是店裡的金融更是困難窘迫，父親為牠弄得沒有寧日，弄得頭暈目花。每日為繳納手形，奔走二十三十圓的小額不是什麼稀奇的。現在簡直若將家財抵起債務清算起來，怕只有剩個「空」字罷。換句話說，自己們已是完全顛落到普羅列搭利亞羣了！

他似碰著什麼不敢看的東西，不覺慄然，慌忙把煙殼擲到圓棹上的灰皿裡，跳起身打開洋服廚，拿出「愛克斯・班駱」雙手拔起來。

他的師範學校在校時代，正是一切異了思想的系統共同合作。含蕾的文化協會剛展著瓣燦爛地開花之啟蒙的黎明期，第三學年的時候，內臺人差別問題為發端，惹起的罷學風潮，他是舉烽火的先鋒隊的一人，因之他就被開除革學了。

他也毫沒有顧戀地，跑到廈門去編入中學，畢業後就進入上海大學去了。他在廈門的時候已由漠然的民族意識把握馬克思主義。到上海後，他的充滿滿腔的鬥志，時常掩瞞父母的眼睛往還上海臺灣間活躍，臺灣也漸由啟蒙的文化運動進入本格的社會運動之分化期的當兒，他們無產青年一派計畫的文化協會占領也成功了。

回臺灣中，時常出入的R家，有一年少的女學生來找R的妻子。這女學生秀娟和他，於是由相識進入戀愛，終而推開父母的反對而結婚了。

他連座在上海結成的臺灣共產黨的別働隊——臺灣學生社會科學研究會被領事館送還回來的時候，這小島上的社會運動正是百花繚亂地怒放著。一年餘的豫審後他被處了二年的懲役了。

小飽爾喬治家庭嬌養長大的他，嘗盡獄中的乾燥死灰般的苦楚，雖不說出口已是害怕十分了，決心也已磨鈍了。出獄後情勢也已一變，運動的全面已深刻地下降去，以前熱熱的鬥志漸漸地冷卻，也意識的和那些關係疏遠隔離，學起生疏的沒有關心的生意來。

滿洲事變前後，這小島上的社會運動像在颱風前的燈火一齊吹滅。改組後潛入地下的臺灣共產黨也被颱風刕起，把牠望深海中掃去。他也被捲入檢舉的渦中，但他是上海結成當兒的老黨員，又兼學生社科事件處罰過，出獄後又是完全停止活動。

在釋放前一天，他站在檢察官面前，誓約以後須和一切的運動斷絕關係，就是研究也要拋棄。那檢察官纔威嚴地藹然可親徐徐地說：

「這遭特別給你起訴猶豫，李君！你家不是個有財產的名望家嗎？那麼老的雙親又只有你一個兒子，你又別沒有衣食之憂，何苦關係那些運動呢？以後和那些關係斷絕固不消說，寧必力勉地做個忠良的臣吧。」

他心裡也決意回家後，更要儘量盡力挽回家運。他一面自思自慰；改組後的黨，自己一點也不知道。老實像自己這樣孱弱的人，只好坐在家裡讀些書做生意。那些階級的前衛，跑艱難之道，自己是沒有勇氣，也不適合的。

他趕到法院時候，手錶剛指九點半，各被告大概既入了法庭了。他穿過擠滿法庭附近的人叢，在第一訴訟庭前的樹蔭下停了步，拭拭額上汗珠打了扇，停歇一會，纔望一望周圍，忽見控室右側的簷下，被告R的母親和妻子女兒默默地望著法庭發瞪。他忙走近身傍向她們行了禮；

「阿明嬸，你也來。」

「哦！是耀源仔，你好久沒有看見了。」

「是，我很忙。」

他彎了身牽起穿桃紅洋裝的女孩子的手。

「咧！麗華你這麼長大了嗎，你認得我嗎？」抬起頭來。

「說家族可以特別傍聽，你們怎樣？」

「我們今天慢一點纔來，玉田入去著聽。」

談了一會，他就和她們別了。他纔慢踱重要所在，站著巡查警戒著的環繞法庭周圍的草繩外。

雖時常碰著被告的家族，而昔日在同一戰線的朋友卻找不出一個。他覺得時勢變得太厲害了。一昔前，波濤湧躍的當兒，偶有一些法庭事件，大家是如何興奮地大舉在法庭外聲援鼓勵呢。

太陽漸漸騰起中空，熱氣亦刻刻加緊。雖是早上，灼熱的陽光，已猶如鼎裡的滾油一樣，顯得今天的溫度非是尋常可比了，他覺得疲憊且熱，忙躲到昏暗的一般人的控室。

過去，現在經歷的混成一片不可名狀的思念，像電波般在他的腦裡閃來閃去，同時心裡頭又有一種輕蔑憐憫自己的感傷喘息著。這幾年間自己變了異同兩人了。

他又回憶起舊來的樣子，懷慕地右顧左盼幾年間沒有來的法院。這古色蒼然的訟庭，辯護士控室、通譯控室、檢察庭、留置場、迴廊、塀、樹木……還是依然如舊絲毫不改。

最初往還於檢察庭受取調時，正是自己的批判力反撥力最為旺盛強烈、勇往的精神，軒昂的意氣和這浮沉在泥沼裡的無氣力，真有雲壤之差呀！

閒步的、細語的觀眾忽而譁然，旋即緊張地靜肅，視線一齊灌注左側的腰門去。戴了像酒矸草套的笠、夯手枷、用粗繩縛著的被告的後面，跟著帶刀的白制服的看守，一對一對出來。

過去一塊兒攜手在同一陣營的被告們，悲壯地像向屠場的羊兒，慢步地一一向留置場的黑板牆消逝去了。

那由末算起第二的矮小的身材白臺灣衣黑洋服褲不是M嗎？

他忽覺得幾年前的那熱沸的血潮向腦裡奔騰來。

他是和自己一樣師範學校的罷學被開除後就到廈門去，廈門畢業後到上海大學去的。五卅慘案風潮勃發，自己和他是怎樣熱熱地雜在怒號的示威遊行的民眾中喊呢。同是上大閥的理論家的他還不斷前進著。但是自己呢？

英英烈烈從容就義，大聲疾呼痛論淋漓那有什麼稀罕。但耐久地慘憺辛苦，走充滿荊棘的苦難之道，卻不是容易的。路是明而且白。只是能夠不怕險阻崎嶇，始終不易，勇往直進的現在有幾個人？自己已是宣告自己的無能了。拋棄父母朋友妻子，還要貫徹主張，做擔負未來的階級前衛，和密網滿佈的資本主義的拚命，不是像自己的意志薄弱的做得到。所以由戰線篩落也是當然的。但是醉生夢死地過去又是不可能了。

「唔！李君，你幾時來？」

他剛出正門，忽碰著×署高等特務酒井。

「真熱呀！你為什麼到這時候纔來？」

「不是，我有點事情剛才出去，你有特別傍聽券沒有？」

「沒有，說午後不是要再開不是。」

「是，我還有點事，今天失陪了。」

他無所事事，信步行到尨大的血般赤紅的總督府的時候，這四圍盡是廣大的官衙洋樓的建築物中央，高聳雲霄地瞰視下界屹立的尖塔上空，爆爆底響由東方飛來，腹裡有鮮紅的圓白之銀色飛機三架，編了隊穿來鑽去翱翔一會，就不知向那裡消沒去。

半年來早上沒有來過的城內。殷賑繁華的這街市的景氣，尤有別的氣氛。他穿過臺灣銀行前到了臺北銀座——榮町二丁目十字街頭時，不覺詫異。亞士華爾卓上穿梭般來往的銀色燦爛的市營巴士、自動車、自轉車……都格外較前輻湊的多。各店頭和車的前部又都竪插著國旗。就是亭仔腳來往人也較常擁擠。很多人的胸前似乎掛著什麼，他注意挨過身邊一個文官服的時候，纔知道是一小布上印著朝日。

哦！是啦，我真是昏了，連海軍紀念日都忘了。

他纔恍然明白。身體有些疲乏且口內很渴了。

明治製菓喫茶店的樓上，近大道的窗前占了坐位的他，剛注文了後，突然遠遠地雜在都都地叫的嘈雜裡，嚠喨的軍艦行進曲接近來。假裝軍艦的自動車，約莫有幾十隻由公園方面驀進來。他好像沒有什麼關心的樣子，拿起送來的曹達水吸。剛才法庭的情景，又像影片般隱現在腦裡，自己的世界已和那些差得太遠了。突然先前那嘲笑侮蔑他的感情又向胸衝來。他搖搖頭，將麥稈把盃內攪一攪，纔再吸起來。他又量量囊裡的錢，想今天要那裡去賭。是，A處前天輸得太多，今天那裡復讐吧。

萬世一系皇國の
光を世界に輝かし
明治三十八年の
五月の二十七日は
海軍戰史に試しなき
…………
…………

大概是公學生罷，合唱的歌聲響得廣闊的街路兩旁的店舖震動。各手執國旗的兒童們，排列編隊絡繹不絕地由教員引導大著步颯爽地過去。

咖啡店的九點至十點是最劇忙的時間；耀源和錦東，瀛洲上這摩羅珂，正當留聲機、猜拳、醉客女招待的歌唱，呼麼喝六，店夥的叫聲混鬧成一團，奏著狂亂的交響樂。

「李的，要用什麼?」

在特別室占了坐的他們，用過當番的艷子送上來的面巾，各覺得還熱，就脫起外衣。

「先啤酒和清果來。」

各似是要休神，默默一會，頭上的煽風機不絕地夫夫叫。

「唔!今天又再來。」

「哼!思念你，捨不得你;所以今天再來找你。」

耀源嘻嘻地凝視湊近身邊來的正子打起訕來。

「你若連續來一個月，我們的頭家有摩羅珂賞。」

「摩羅珂賞?那我不要，我要別的。」

「是嘮，他是要你賞你的愛情。」

坐在靠背肱椅的瀛洲也哈哈地笑，插起嘴。

臺灣人經營的咖啡店中稱為第一高雅的摩羅珂，近代的之華奢的室內。米黃色的柔軟的光線，給他們在賭場興奮的神經漸漸鎮定了。

「錦東，昨天我的條件壞，給你便宜，來！今天要使你死無葬身之地。」

他們一氣喝完了艷子端上來的啤酒的頭一杯。耀源就伸出手說：

「放屁，烏卒仔，有多大的本領敢再來太歲爺頭上動土。要來嗎？好！四發財。」

「八仙，全開，又再全開。」

正子看耀源輸勢，她就接起他的手，他們鬧得興高彩烈。麥酒也喝過一矸又一矸，大家多已有些酒意了。

「李的，那邊有一位姓吳的要請你過去。」

他退了手正在看瀛洲和正子打得難解難分的時候，對面席的女招待來請他。

「哦！李君！好久不見，好久不見。」

「哦！我以為是誰，原來是你。」

「請坐請坐，我給你介紹，這位是李耀源君，這位是曹春榮君。」

他坐下，互相寒暄了後，各乾了杯。

「你幾時來北？」

「昨天來的。」

「一向怎樣？可還是同令尊幫忙嗎？」

「老父是三年前亡故了。生意是我同小弟繼承做，你呢？」

「我？舊態依然。」

他偷眼將這位久別的老同志石錫仁打量一下；先前對服飾極不講究，穿的是骯髒不堪的他，現在眼前的，卻是摩登瀟灑的雪白絹紬服，黑蝶形的領帶，白鞋的青年紳士。

「我今天也去法院看，你有去看過沒有。」

「沒有那些閒工夫。」

他似胸裡蟠結著什麼，糊塗地答應。

「金娥在鳳凰做女給，你會過沒有？」

「前遭來北會過了。實在這樣，大家幾年前夢裡也想不到。下獄的下獄，轉向的轉向，我們這些蒼白的沒氣力的又是……」

各是那時左翼的正統的上海大學派之代表鬥士，不期而合在這紅燈下再會。他似感慨無量地說：

「但是老石，我們落伍雖是必然的，這身也比較有些自由，但這陰沉暗淡我想是不輸在獄中的他們。」

「喂！老李，那些不是這個所在說的話，我好久的重逢，爽爽快快地痛飲吧。乾杯！」

錫仁也像怕觸著舊傷痕般皺著眉，舉起杯向耀源的磕個響。

「哼！今天痛快地飲，乾杯！」

他也忙住了口，高高舉起斟滿的杯。他招呼錫仁們和自己們合流，重新鬧了一會；

「今天為紀念錫仁、春榮兩氏，再到耀源君的愛人處打攪一遭，大家意見如何？」

「贊成！贊成！」

他們下了東瀛樓鄰，藝妲阿鸞處，已是二點鐘了。

「密斯脫李！多謝！明天我去找你。」

「好，我等候你就是了。」

他們互握了手別了。耀源們三人都已醉了。顛東撲西蹣跚地出了小巷在太平町大馬路上，叫住箱型的自動車；

「艋舺。」

車門撲一聲關住，隨即放了速力疾走。

日間那麼喧囂的這大通，這時候已靜謐得死的一樣寂無蟲聲。獨茉莉花般排著的兩旁的路燈，輝煌地照得亞士華爾卓發黑油油的光亮。咖啡店的紅綠藍的「良・薩茵」在涼冰的夜氣中露出寂寥的微笑顫抖著。

路燈，「良・薩茵」像流星般呼呼地響，向車後跑去。

他們二人都似乎睡下了。雖已酩酊醉去還清晳的耀源，覺得像浸在甜蜜的悲哀裡，洶湧著一股咆哮踴躍的血潮。

使不得！我須踺開這塊酒杯！剷解這頹廢！

彎到黑暗的末廣町的時候，不知道是那裡的雄雞，朗朗亮亮底抑揚的啼叫聲、鮮明地透進車窗來。

本篇作於一九三五年六月三十日

原載《臺灣文藝》二卷八、九月合併號

集評

一、主角耀源正是當時的知識分子的一個典型，透過他掙扎的歷程，我們可以看到日據時代，不願做奴隸的臺灣知識青年，顛仆於理想和敗北之間的身影。

以三〇年代中期臺灣新文學的藝術水平而論，這篇小說或許不是出色的作品，但它的低沉的色調和顯得零散的結構，卻如實地反映經歷迫害和打擊後，一個自覺沉淪的改革者的灰頹的、內疚的精神狀態，以及普遍存在於家庭和社會間的惶亂苦悶的情緒。除此之外，小說文字本身也替那不幸的歷史經驗做了生動的見證，它的生澀拗折，它的並非有意識設計的扭曲僵硬的感覺，特別是臺語、日語和音譯的日本外來語的混合使用，在在表現了被殖民者困頓坎坷的心路歷程，更表現出明鄭開臺以後，先後扮演體制下叛逆的流亡者，到新世界的拓荒者，以至於精神文化的被殖民者的臺灣人民，在思想意識上的複雜和衝突的性格。（施淑〈王錦江．沒落簡析〉，《中國現代短篇小說選析》，長安出版社）

二、〈沒落〉原載於《臺灣文藝》二卷八號，是極為重要的一篇作品。……作者處理這篇小說，緣由他早年親身參加社會運動，見聞深廣，所以寫來十分傳真生動。現在與回憶交替進行，個人處身社會與家庭的夾縫，前衛與落伍，均有著適切的溶接，使得這篇小說，今天讀來，依然具有十足的現代感。耀源這個角色，無疑在殖民地的掙扎過程中，是個相當代表性的人物。（林瑞明〈王詩琅作品解說〉，《光復前臺灣文學全集》卷四《薄命》，遠景出版社）

三、這篇小說（〈沒落〉）是親身參與過社會運動者的，深刻的心靈記事，卻也見證了小說家王錦江與社會運動者王詩琅，心境思想上的差異。（彭瑞金〈王詩琅——走過黑色青年的小說家〉，《臺灣文學步道》，高雄縣立文化中心編印）

四、〈沒落〉中的青年耀源背叛早年的社會主義理想，日益脫離左翼政治運動的陣營，而終於墮落於現代都市的頹廢生活之中。這是非常具有自我反省的批判性小說，那種辛辣的諷刺直透紙背。

原是批判資本主義的耀源，曾經抱負著改造社會的理想。然而，資本主義的力量卻超過任何的思想抗拒，即使是左翼青年最後也都要被收編。遭到收編的，並非只是物慾上的屈服，最根本的敗北則是文化上向殖民者稱臣。都市的繁華景象，淹沒了知識青年的理想。出現在小說中的自動車、市營巴士、咖啡館、戲院、百貨公司、舶來品，都代表著現代文化的引誘。更嚴重的是，年輕一代的小學生在街頭上合唱著日本的海軍軍歌，似乎暗示了資本主義的得勝，其實也是日本殖民文化的得勝。整個時代的演變，對於左翼政治運動都構成了諷刺。……他的小說的重要意義，在於宣告抵抗運動已經成為歷史名詞，也在於宣告強勢的資本主義文化已淹沒了島嶼。那種深刻的批判是反面的，也由於是反面的鑑照，它帶給後人的啟示就顯得極其深遠。（陳芳明〈寫實文學與批判精神的抬頭〉，《聯合文學》第十六卷第六期，二〇〇〇年四月）

【相關評述引得】

一、張炎憲、翁佳音合編，《陋巷清士——王詩琅選集》，弘文館出版社，一九八六年十一月

二、葉瓊霞，《王詩琅研究》，成大歷史所碩士論文，一九九一年六月

三、陳芳明，〈王詩琅小說與左翼政治運動〉，《左翼臺灣——殖民地文學運動史論》，麥田出版社，一九九八年十月

四、郭淑雅，〈沉沒之島——王詩琅的〈十字路〉〉，《聯合文學》第十五卷第十二期，一九九九年十月

殘雪

❖翁　鬧　作
❖李永熾　譯

作者登場

翁鬧（約一九〇八～一九四〇），號杜夫，彰化社頭人。家庭背景不詳，殆為窮苦農村子弟，嘗「自稱是養子，對於親生的雙親一無所知」。一九二九年畢業於臺中師範，與吳天賞、吳坤煌同為首屆演習科畢業生。服務五年期滿後赴日留學，與吳天賞、江燦琳「嗜好相同，意氣相投，不知不覺成為深交密友。」翁鬧在日本與「臺灣藝術研究會」會誌《福爾摩沙》的作家亦有親密往來，張文環、吳坤煌、劉捷、巫永福應都是他過從甚密的作家。《福爾摩沙》後合流為「臺灣文藝聯盟東京支部」，一九三五年二月五日，翁鬧與吳坤煌、賴明弘、張文環、楊杏庭（楊逸舟）、吳天賞……皆出席參加第一回茶話會。然而或許由於翁鬧一生浪漫多情、恃才傲物，人情世故全然不加理會，再加上平日交遊盡是日本文人，無形中與在日本的臺灣作家無從維持長久不渝的交情。迄今為止，臺籍文士對於翁鬧在日本的生活狀況所知不多，其確實的死因，亦無人知悉，據杉森藍所查之戶籍資料記載卒年為一

翁鬧速描

九四〇年十一月十一日。

葉石濤說：「天才洋溢的作家往往在現實和幻想之間得不到均衡，身不由己地走上自我毀滅的悲劇性濃厚的道路，這也是在世界文壇上屢見不鮮的事券。」翁鬧於發表中篇小說〈有港口的街市〉後，結束其窮困潦倒、懷才不遇的一生。黃得時於〈輓近臺灣文學運動史〉說：

最富於潛力的翁鬧，以本作品為最後作品而辭世，真是本島文壇的一大損失。

一九三九年翁鬧中篇小說〈有港口的街市〉發表於《臺灣新民報》新銳中篇小說特輯，隨即於一九四〇年去世，年僅三十一歲。

一九三五、一九三六年是臺灣文學豐收期，這兩年的小說作品遠較其他年代為多，翁鬧適逢其會，在一九三五年發表了四篇小說，與同時期小說創作傾向來看，他的作品帶有濃厚文學趣味，擅長心理分析，深受新感覺主義影響所形成的風格，和反殖民、反帝國主義、反封建為主的普羅文學創作相較，顯然獨樹一格，因此張恒豪先生〈幻影之人——翁鬧集序〉說：「日據時代的臺灣小說，可說到了翁鬧的手上，才有獨樹一幟的表現，才開啓了另一文學藝術的嶄新領域。」

翁鬧的文學創作，以小說為主，目前可見者，短篇有六篇，中篇〈有港口的街市〉，由於改為日文刊行之後的《臺灣新民報》迄今仍不得見，所以僅存篇目，內容不詳。除小說之外，並旁及新詩、譯詩、評論。六篇短篇小說，如依題材的不同，大致可分成兩類：一為對愛情的渴望、異性的思慕為主題的〈音樂鐘〉、〈殘雪〉、〈天亮前的戀愛故事〉；二為以臺灣農村生活、農村小人物為描繪對象的〈戇伯仔〉、〈羅漢腳〉、〈可憐的阿蕊婆〉。這兩組剛好各佔三篇。這些廿七、八歲之作，證明了他早熟而可畏的才華，以及內蘊的自我毀滅傾向。前組寫出對情戀的憧憬、真誠的追求與失落，吔吔吞吐出自我內在的深層面；後者再現臺灣庶民存在之困境，傳達出殖民社會環境與時代之氛圍。作品數量雖不多，但藝術手法前衛，拓深了三〇年代臺灣文學發展的面向，其作品可見於《翁鬧作品選集》（許俊雅、陳藻香編譯，彰化縣立文化中心出版）。

本文開始

一

那天晚上，林春生又到了常去的喫茶店「愛登」。他對坐成一排的女侍不加理睬，望見入口附近角落的廂座空著，即時停下向裡走的腳步，坐了下來，雙手交叉，伸長雙腿，傾聽目前正流行的舒伯特未完成交響樂。不久，唱片停了。他撫一下臉，張開眼睛，一個過去沒有見過，年約十八歲的新女侍，正畏畏縮縮佇立在面前。他簡短地說了一句：「給我一杯咖啡。」他想，這女孩一定是新來的。看來實在不像女侍。

「要不要加奶油？」她把咖啡放在他面前，問道。

「今天才來？」他沒有回答她的問題，卻這麼說。

「是的，今天早上才來，請多指教。」

她把椅子拉過來，拘謹地坐在他旁邊。趁她垂下眼睛的時候，林迅速地從頭到腳打量了一下。

——這樣的女孩怎麼會做起女侍來？

「可以再來嗎？我一個人。」不知何故，他頓然失去內心的平靜，起身後竟然說出自己也意想不到的話。

「歡迎，歡迎再來，明天一定要來呵。」她站起身，不加思索，立即以甜美的口氣回答。

「啊，我會再來，你的名字是——」

「喜美子。明晚十點，等您！」

這到底是怎麼一回事？走出門外，林不禁覺得滿腦子火辣辣。雪仍下個不停，晚上的新宿一片白皚皚。距深夜還有一段時間，路上已經人疏影絕，只有汽車和電車接連不斷，疾馳而過。一列電車行至站前，等了一會，又循原來路線奔馳而去。他立在站前尋思：回到原來路線到底是什麼意思？這時，突然有一輛疾奔而來的汽車，在他跟前猛然剎住，車掌從窗口向他揮揮手，他反射般動身穿越馬路，回到大久保附近的公寓。

——真可說是沒有技巧的技巧。這麼說來，她的話是無須相信的。可是——

是不是該在約定的時間去？林在房間裡踱來踱去，遲疑不決。可是一到第二天晚上十點稍前，他已走下樓梯，穿上靴子。

——如果這是她的惡作劇，那就只好自認愚蠢，已經受了好幾次騙，到最後竟然還相信女人！不過，今晚並不能說是被她釣去的。我只要置身人潮中，遠遠望著她，傾聽音樂，於願足矣。這樣，即使她忘了自己說過的話，對我毫不在意，又有什麼關係？

尋思之際，已不知不覺走到紛雜的霓虹燈市叉口，可明顯辨知「愛登」字樣的地方。

——在我心中，她確實留下了難以拂拭的影像。

林突然覺得碰到了東西。仰首一望，原來是喜美子站在眼前，手上提著皮箱。「我辭職不做了。」喜美子穿著美麗的洋裝，莞爾微笑。林莫名其妙地望著她。她又說：

「我已經離開那爿店。」

「為什麼？」林終於理會，仍然不知其故。

「到你家去！」她領先起步。

「只我一個人哪！」他彷彿被狐狸迷住，不得不這樣說。

「沒關係，我馬上就要走。」

——真的嗎？不過，仍然很意外。一個艷麗的女人，呵，不，一個艷麗的少女竟然自動要到我住的地方。這難道是真的？

「我那地方可什麼都沒有喲！」

林拼命以不願讓她到自己住處的口吻說話。

——呵，如果她現在轉身說不去，我將多麼沮喪！

這時，他突然覺得渾身血液回流，心如撞鐘，眩暈了一剎那。然而，她卻沉靜地說：

「我昨天才第一次從北海道到東京。對東京的事情一竅不通。」

——她說到東京這兩個字，語氣這麼強烈。

「真的。你很喜歡東京？」

「嗯，從很久很久以前，我就嚮往東京。但是，我爸爸總不讓我來。」

「那你是離家出走的嘍。」

聽了這句話，她突然退後一步，「啊呀，不是這樣的。你怎麼這樣想呢？」

「看來蠻像的。」

「也許吧！」不知想起了什麼，她以旁若無人的高亢聲音，愉快地笑了好一陣子。

——這女孩真純，純得像雪一般。

他突然掉進昨晚的意念中，清醒後又盯著她的側臉看。高聳的鼻子，明亮的眼睛，類似可愛動物的微薄嘴唇，引人的烏黑頭髮——多麼美麗的女孩。到現在他才發覺她身穿綠色外套。

「我幫你提皮箱。」他彷彿想起似地說，但這時已經到了公寓。

「這兩三天，我要找工作，我住在這裡行嗎？」

他把皮箱放在桌上坐下後，她沒看他，一逕兒地說。聽她這麼說，他突然意識朦朧，目眩心搖。卻清楚地回道：

「這樣的地方，你能夠忍受的話，當然可以。」

她默默不語。

這時，一種意念強烈地沁入他心中。

無論有什麼事情，我絕不能有不純之心。

但這能說是真純的心嗎？

林無法了解自己的本心，愈發狼狽不堪。

如果敢把她趕出去，那才真是為她好呢！呵，不，這是虛偽，甚至可說是偽善。

那麼，該怎麼做才算真實？

他的念頭凝聚在一點的時候，喜美子高興地說：

「我不在乎。」

什麼不在乎？他似懂非懂。他發覺自己有點優柔寡斷。

「那就好了。」他說，第一次露出笑容，「不過，這也真奇怪。」

「奇怪什麼？」

「我實在還不很明白！」

「呵，你聽我說，不過，說起來，真不好意思。我今年才從札幌的女校畢業。不錯，我是偷偷跑出來的，可是我留下了很詳細的信，爸媽雖然會擔心，我想他們一定能夠了解我的心情。——」

她不願別人誤解她，開始談起自己的事。一面說，一面低垂著眼睛，滿臉通紅。

她確是像自己最先所感覺那樣的女人，再讓她覺得為難，實在不應該，「其實，事情並不奇怪，我覺得奇怪的是，像你這樣年輕貌美的女孩竟然會在我身旁。」

喜美子沒說什麼，起身脫下外套。

「我很累，想睡了。」

林把替朋友準備的一套棉被，鋪在長方形六個塌塌米大的房間一側，不久，便聽到她的鼻息聲，他也感覺到有點兒累，鑽進了另一角的棉被。

他無緣無故渾身發熱，用手摸摸胸部，胸部不停湧起濕漉漉、怪異的液體。大概是昨晚睡眠不足的緣故。

林用力地猛搖了兩三下頭，硬把全部心思集中在下月初旬上演的戲曲上。

林參加的劇團相當著名，但他加入還未滿一年，偶爾以研究生的名義在戲裡演些小配角。可是，這次遇上今年度的壓軸大戲，他有機會在兩三場中露面。想來也沒什麼大了不得。他希望將來能以導演身分，鳩集同志組織劇團，回故鄉一展身手。他認為這次的演技，關係他未來的前途，所以不能掉以輕心。

——我的前途能像自己所預期的那樣光輝燦爛嗎？

想到這裡，他又猛搖頭，因為他越想平靜，心裡越動盪不安，這豈不是很像在主人監視下仍然突破檻欄的猛獸？一種意欲——過去未嘗經驗過的意欲——現在豈不是已經掙脫控制，自由奔馳，跋扈囂張嗎？

林是現年二十三歲的蒼白青年。要追回脫逃的猛獸，奔馳的意欲，他的體力看來似乎過於薄弱。

隔著一張塌塌米沉睡的喜美子，突然翻了身，面對著他，四五根柔髮纏在睫毛上，在棉被的一邊，隨著她呼出的氣息微微浮動；雙眸輕闔，宛如貝殼一般。

他猛然覺得，這少女實在是自己過去在心底塑造的女性完美形象。想到這裡，他慢慢落入夢鄉。

二

第二天早上，林醒來時，喜美子已經起牀，忙得團團轉，彷彿在準備早餐。

「對不起。我擅自動手。」看他張開眼睛，喜美子不好意思地說，然後把房間內準備的瓦斯轉弱。

「睡得還好嗎？我夢見你了。」他開朗地說。

「真的？能不能說給我聽？」

「好，我告訴你。」他伸伸腰，帶著幾分玩笑，繼續說下去：「一片廣闊的原野。你穿著純白的衣裳在那一邊，我一邊呼叫，一邊向你追去。哈，哈哈。」

他哄然大笑。喜美子也笑了出來。

「這是夢啊。」

「很像北歐神話。最後有沒有追上我？」

「真搞不懂，簡直像北歐神話落實到地面上一樣。不管怎麼追，你跟我的距離總是維持不變。」

「哇，夢和神話簡直一模一樣。難為你做了一場好夢！」

「不要這樣說，好嗎？」

「你確是做了一場好夢啊！」

吃完早餐，喜美子說要找事，出門去了。

——她真的這麼熱衷於工作？她到底是怎樣的人？這是十八歲少女應有的舉動？她是天真？還是無知？呵，一定有什麼非自己所能知的東西在撥弄。

林無意間想起去年的事。

去年盛夏，一入夜，納涼群舞的歌聲，就從各處廣場或空地上響起。在難以入睡的夜晚，街上的人群和著唱片的歌聲，興奮快活地狂舞，舞場四周擠滿了附近的群眾，形成人山。

幾乎每個晚上，看書看膩，人們熱鬧的哄笑聲匯在一起傳入耳際時，他就緩緩走下公寓，去看這放肆的舞蹈。人們興奮哄笑的聲音，從四丈遠的後院舞場傳到他二樓的房間，有如近在眼前。

悶熱不易消退。所以，納涼群舞會雖然預定的兩週時間已經到了，但因群眾的要求，又再延期三天。他仍然跟往常一樣，混在人群中，觀看青年男女越來越放蕩的舞蹈。突然，一個臉色蒼白，長髮垂肩的瘋少女與他並肩，傻笑地站了一會。人們似乎事先約好一般一齊退下。只有他從容地，甚至可說舒暢地繼續站在原地。這時，群眾與其說在看瘋女，不如說在看他。他覺得很不好意思，便繞到人牆後面，越過群眾頭頂繼續觀賞舞蹈。突然，他覺得脊樑骨湧起一陣寒意，不由得回首張望，背後夜色微黑。在微黑中他發現一個遠離人群的妖艷女人。乍看之下，心裡不禁一動，她美得讓人覺得不屬於這個世界。直到十點散會，他回頭看了她好幾次。每次，她都凝眸望著他。他心上已深深烙下與她凝眸交視的印象。當夜，他就這樣回去了。

第二天晚上，她仍然站在原來地方。可是，舞蹈進行到一半時，一瞥之下，她不知什麼時候已站在伸手可及之處。他暗中仔細觀察，忽然，一個圓臉稍胖的美麗女人走過來輕聲說了一些話，隨即離去。那女人的美遠不及此女，他在心中低語。這晚，他也就這樣回去了。

第三個晚上，他想，她大概不會再來，但他仍去觀看最後一次極盡狂亂的舞蹈。人比以前更多。他有意無意地尋覓著。那女人不見了，美麗的女人畢竟不會留到最後。正在絕望的時候，有人擦身而過。回眸一望。嚇了一跳。是她！她大概要回去了。這麼一想，他便尾隨而去。她沒有回頭。過一會，她開始輕聲哼唱。走進那邊黑暗的胡同，她會出聲招呼吧？他加快腳步，她停下來回轉身。越來越有趣啦！他快步走近她，就在這剎那，背後突然有四五個少年逼過來。

原來如此，他輕聲自語，隨即迅速奔向大街。他剎時恍然大悟。至少當時他是這麼想：那是騙局。呵，也許不是美人計。

——不過，那可能也是自己優柔寡斷所造成的。於今思之，真希望還有那麼一個機會。然而，世上的女人為什麼不更單純點兒？也許正因為太過單純，才使我們這些男人發生錯覺吧。要是這樣，女人才是最可憐、最值得擁抱的唯一存在呢！

一整天，他幾乎全受自己心境的擺弄，待他若有所悟，喜美子已打開門，走進來。

「啊，你臉色好蒼白哪，有什麼事嗎？」

「沒什麼，想了一下演戲的事。」

「你演戲？」

「嗯，雖說是戲，但演的全是非常差勁的戲。」

「唉呀，別這樣說嘛。有時也會有很精彩的。」

「我可沒有，」接著又說：「有，有，的確也有很精彩的戲。」

「那就好了，不過，好戲大多是悲劇，真沒意思。」

他想：確也說得是，喜美子又說了出乎意表的話：「我今晚又有工作了。是大森的王子喫茶店。這次也是連吃帶住。」

——怎麼搞的?從昨晚，她就儘說些出我意表的話。現在，我的表情一定狼狽不堪。

「簡直跟蜉蝣一樣。」話剛出口，他立刻硬吞了回去，「戲是剛開始呢?還是已結束了?」

他發覺自己已在無意間說出譏刺的話，不由得暗吃一驚。喜美子卻僅垂頭喪氣地應道：

「唉——。」

之後，她一直沒再開口，直到林要送她到外面雪地裡，她表示要自己一個人去的時候，才開口說話。

「我去了，再見。」在公寓門口告別時，她好不容易才張開緊閉的嘴：「再見。」林沒有說什麼。循著她消失的足迹望著她的背影。他突然不撐傘，就跑到雪地上。

三

喜美子雖然要他常去找她，但林始終沒有機會去看她。進入十二月，寒冷的日子接連不斷。由於戲曲的排演，尤其是生活上的窮困，他最近實在非常煩惱。他的故鄉在臺灣南部鄉下。雖然業農，卻夠得上是中產階級家庭。到東京後，最初兩年就讀於T大學法科，每月家裡送來相當可觀的生活費。可是，家裡知道他開始演戲的時候，便不再資助了。不過，他本性向來不追究已經過去的事，這並不是源於「逝者已矣」的消極人生哲學，他想由此更往前跨進一兩步。這種不可理喻的心境不時腐蝕著他的肉體，他也知道這種性格非常危險，因為往前跨上一步往往就是無底漆黑的深淵。就像行走漫長道路，猛然環觀四周，才發現已走到不認識的懸崖邊緣，再跨進一步就是意想不到的地方了，這才使他驚訝不已。他不知道自己曾試過幾次，想從那裡急速抽腿而回，但是，他總是發覺一旦有事，自己總意外地在原地左顧右盼。這大概就是所謂優柔寡斷。這樣說來，我確是一個優柔寡斷的人。優柔寡斷的人有戀愛的資格嗎？她應該擁抱在更爽直痛快的男人懷裡。瞧，她那毫無邪念睡在自己身邊的模樣：一朵開在荒涼原野上的百合花！如果觸到了那朵花，我最後一定會把它蹂躪得枝葉全無。我看見，紅燈閃亮，掛在她和我之間。如果不理這些，我是否應該驀然穿越過去，我沒有這股勇氣，不僅是我，像我這樣的男人在人生接力賽中大多是殿後的，實在不值得讚揚啊！

林想到大森去看她的那一天，下女告訴他有掛號信，同時把信交給他。看看信封背後，他突然倒抽一口氣，臉色大變。信封上背後寫著「陳玉枝」。還沒拆開信封，三年前的往事已如狂風怒濤般襲湧而來，使他搖搖欲墜。

——十九歲，中學畢業後一年的春天，由於經營米店失敗，有一家人從臺南街上遷到離他家不到四十丈遠的地方。這家的小姐曾進臺南女校，但隨著家庭的沒落，不得不在二年級的時候輟學。她（很久很久以後才知道）是抱養的孩子，父母無意犧牲自己，讓她繼續上學。剛搬到林家附近，她還穿著女校制服，後來才改變了。也許是長久住在都市裡養成的習慣，她與村裡的姑娘不同，穿著清爽的洋裝，她很快就變成全村青年暗中傾慕的對象。她的名字也出現在每個家庭的話題裡。因此林也從母親口中第一次聽到她叫陳玉枝。跟她只在村中小路上碰過兩三次，兩人就突然陷入熱戀。她，十七歲，發育良好，不管怎樣說，實在是一個不多話的女孩。當時，她常在屋前清澄的小溪邊洗衣服。一天，黃昏時分，鄰近的婦人都回去了，只有她還留在那裡，這是很少有的。林蹲在那裡跟她談笑，忍不住突然跳到小溪的踏石上，抓起她的手，強拉到自己嘴唇上。她怕被人看見，猛然把手縮回。林放開她的手跳到岸上時，看見她眸中泛著淚水。兩人都喉頭哽噎，說不出話來。

之後，一年之間，他們兩人簡直沒有好好談過一次，感情越高揚，口越沉重。謠言傳遍全村，村人暗中認為他們的關係已非尋常。

「哼，年紀輕輕，就這麼傲慢，真叫人看不慣。」

「大概快要結婚啦！」

青年們含著怒氣交談。

「喂，別難過。這叫物以類聚呀！」

玉枝的父母堅決反對他們的婚姻，想把她送到肯出巨款的人家去。

林家就是林家，當然希望娶個有門第的媳婦。為了讓兒子忘記玉枝，他的父親想出了妙法，要他到東京讀大學法科，取得高級文官資格後，再結婚也不遲。他本來生於禮儀之家，父親的想法並不為過。還年輕——他心裡想。而且，若到東京，與玉枝的愛一定會更加堅定。由於這麼想——也只有這麼想——他才肯立即離開故鄉，橫渡廣闊的海洋。

到東京後，林寫了一封信給玉枝，但沒有回音。

——玉枝也走了？

於是，那激越的感情隨著三年的漫長時間緩緩消失。

林揚棄權勢與榮耀象徵的高級文官，投身動人心靈的演劇，就不知不覺成為人生丑角的他來說，實在是理所當然的。

然而，現在手持玉枝的信，他頓時抖落了三年的歲月，三年前的往事鮮明如同昨日。

他站著拆開信封。裡面放著一張五十圓的小匯票和用熟悉字體小心書寫的信。

春生：

最近才間接得知你的近況和住址。你到東京後，他們就叫我跟臺南的一個富家子弟訂婚。我反抗。父母說，要是我再反對，就要我離開家。我離開了，現在在臺北的喫茶店做事，隨信寄上的匯票，並沒有其他含義。這是我自己儲蓄的，千萬請你收下。

玉枝

讀完信，林想，這到底是怎麼回事？第二天，他寫了回信。

玉枝：

謝謝你的信和匯票。真高興你康健如昔。我已經完全忘了你。隨著歲月的流逝，記憶已經逐漸模糊，真遺憾，我對自己該怎麼做，也沒有清楚的概念。錢我收下一半。這也沒有其他含義，因為我只想把一半還給你。祝

身體健康

林春生

從回信後第二天，戲就開演了。這次預定連續演一星期。第一天和第二天，並未客滿。從第三天起，連日大爆滿。

第五天，林從舞臺上看見喜美子也雜在成群的觀眾裡。

十點散場，觀眾湧到街上，雪已經停了，寒氣依然逼人。林雜在人群中，豎起外套領子，擋著頸項，向銀座走去。不多時，有人從背後追來，接著出聲招呼：

「林兄。」

回頭一望，想不到竟是他中學時低一班的許北山。

「好久不見了。」

林停下腳步，凝視朋友的臉。許北山繼續說下去。

「啊，是許兄？什麼時候來的？」林認出朋友的臉以後說道。兩人並肩行走。

「呵，這個夏天。爸爸無論如何要我讀醫專，所以先在補習班補習以前代數和幾何。」許北山突然提高聲音，盯著林春生看，「你知道玉枝怎麼樣了嗎？」

「嗯，微微知道一點。……有什麼事嗎？」

「你——你還這麼瀟灑！為了你，她遭遇到比死還要痛苦的事呃！」

「不知道。」

「被父母趕出去吧？」

「趕出去，還算好。被趕出去之前，你知道她受到怎樣的虐待嗎？」

「我也是聽人說的，無法詳細告訴你。你認為玉枝將來該怎麼辦，這全是你的責任哪！」

「玉枝說過沒有？」

「沒有，但誰見了都會這麼說。」

——「那玉枝已跟家裡斷絕關係嘍？」

「不但沒有斷絕關係，現在很可能已被抓回去了。她的父母怎麼會這樣就放過她？你聽了別吃驚，她的父母並不想把她嫁給富家子，好幾次想把她賣到臺北當藝妓。」

許北山好像很氣憤，聲音顫抖地說下去。兩人已走入霓虹燈一閃一閃的銀座街，在光與人的海底中潛行，林的臉色越來越蒼白。

「我很累，今晚就此告辭，改天再聽你細談。」

林實在已精疲力盡，不能不這麼說。許北山似已察覺，即時停下腳步，「好，以後再談。再見。」

「再見。」

跟許北山分別後，林穿過大廈間狹隘的胡同，走進銀座後面八巷的馬路。他本想直接走到有樂町車站，但是太累了，所以走進一家比較靜的喫茶店，想休息一下再走。入口處有各類音樂會和畫展的海報。林因為覺得很無聊，便每種海報各抽出一張，其中也有自己正在上演的戲劇海報。《群盜》、《罪與罰》用特大的活字印成斜體，還用紅字印著「大爆滿，空前佳評，再續演三天」等字樣。林雖然已經知道，但仍覺得有點受不了。靠坐在室內沙發上的時候，忽然看見喜美子正微笑地望著自己。喜美子先點點頭，林也輕輕低頭致意，喜美子跟一個半老女人在一起。兩人談了一會兒，喜美子便獨個兒走到林對面的沙發坐下。

半老女人旋即起身說：「我先走了。」抱著包巾走出去。剩下他們兩人，林高興地說：

「你來看戲了！我從舞臺上看到你了。」

「是啊，你為什麼不等我？害我找你。」

「我也在找你。不是你先走了嗎？」

「從那以後，還很好吧？」喜美子突然改變話題。

「嗯，有許多煩人的事。」

「我也覺得是這樣。」

「不過，那也不算什麼。只是我個人的問題。」說罷，林似有所覺，「呵，走吧！明天還要演——。」林像催促般先站了起來。喜美子也直起了腰。

「什麼事？」

「我，」走到外頭，喜美子轉臉說道：「我不知道要怎麼辦才好。」

「這……」喜美子吞吞吐吐地說：「我的住處終於被家裡知道了。一定是我叔叔通知他們的。叔叔在警視廳當警察。」

「真的！這就糟了。」

「我不要回去。我想一個人獨自生活。呵，對了，剛才和我在一起的那個女人，是品川小貓喫茶店的老板娘。我想近期內搬到她那裡。」

「哦，不過，我想還是回家比較好。」說完話，林覺得自己很庸俗，望了一眼喜美子憂鬱的臉，便緘默不語。

兩人行至數寄屋橋，每次走到這裡，林總是習慣性地倚在橋欄杆上望一下深淵般的河水。今晚，林卻沒有這個念頭，因為羅馬競技場似的大劇場已經關閉，卻仍然讓人窺視黑漆漆的窗口。這時，高架鐵路上，電車從左右同時開來，彷彿在鐵橋上相撞一般。

「戲演完後，請到我那裡坐坐。」

「呵，一定去。」

兩人分別坐上不同的電車。

四

戲果然贏得空前佳評而結束了。林的演技獲得承認。一天，導演告訴他，他已是正式演員。林認為從現在開始自己才真正進入學習的階段。他把一點點錢全部用來購買跟戲劇有關的研究書和劇本，而且貪得無饜地啃著這些書籍。

一月過去，二月也過去了。

在這期間，林曾去過喜美子的喫茶店一次。這喫茶店在八景坂的入口附近，距大森車站很近。

喜美子雜在其他女侍中不停地動著。他一副毫無興趣的樣子，跟往常一樣坐在角落的廂座上，悶聲不響。

當時是一月底，街道上看來一片潔白，林想利用出來的機會順便到夜晚的銀座去蹓躂蹓躂，便買了到有樂町的車票，以沉重的步伐，搖搖擺擺走上階梯。這時，喜美子也慌慌張張走上階梯。

「有什麼忘了說，是嗎？」

林走到階梯口後正止步等待喜美子。喜美子沒有回答，仍往前走，過了一會才說：

「不，我是來送你的。」

上行的電車來了，林不想上去。他一面在月臺上漫步行走，一面對喜美子說：

「我終於當上了正式演員，以後非好好用功不可。」

「真好，你好好加油！」

「謝謝，一定盡力為之。這幾年來，我有個野心，想在二十五歲時組織劇團，回臺灣做點事，能不能成功，雖然很值得懷疑，但我想試試看。」

「多美呀！一定可以如意。到時候，我也許會參加你的劇團。」

這時，電車進站停了下來，林不自主地跳上去，不過彷彿有好些話要向喜美子說，想再等一班。就在這時候，自動門咻地關上，好像有意要攔阻他一般，接著電車卡答卡答地動了起來。

電車在有樂町站停下。林卻不想下車，就直接搭到新宿。想到新宿晚上的人潮，他頓時意興闌珊，逕回大久保公寓。

一、二月比較暖和的天氣，一到三月，突然又冷起來，晚上還不時下雪。下雪後的第二天早上，天空碧藍如洗，太陽讓所有屋頂都明亮輝耀。雪溶後滴落的聲音，雪在鐵皮屋頂滑動的聲音，使林想起：春天已經悄悄來了。

一天早上，他起得很遲，探手把放在枕邊的手錶拿過來一看，已是十點十分，鳥在屋簷下吱吱叫，從窗簾的空隙可以看到陽光像白銀一般照在電線桿上。

這樣的早晨他心裡泛起故鄉的形象。一望無際的綠色田野，竹藪圈裡的家屋，村中的小路，還有清澄的小溪——。

「不行，不行。」

他突然躍起，拉開窗簾，挺胸迎接流瀉而入的光線。

賓塚正在上演《哈姆雷特》，他想去看，匆忙換裝後就出門了。

是星期日，有樂町車站非常擁擠。差點買不到票。他被引到最壞的席次上。

最先演的是《阿夏清十郎》。這齣原著和劇本都給人極強烈印象的戲曲，對他來說簡直是多餘的，因為他只想看《哈姆雷特》。

休息時間，他穿過陌生的人群，隨意行走。看見節目表上載有「文人原稿展覽會」，雖然沒有什麼興趣，但看看也無所謂，便走進展覽會場，想不到在會場中遇見了許北山。

「許兄。」他拍拍朋友的肩膀，「上次實在很抱歉。」

「啊，是林兄?想不到在這裡碰到你。」

兩人離開會場坐在休息室的沙發上。

「我還以為你到別處去了。我不知道你的住址啊。」許北山一面吐著煙，一面說。

「是的，真對不起。」

「林兄，怎麼辦?事情不好啦。」

「什麼事?」

「玉枝的事啊。朋友要我告訴你。」

「快說呀。」

「我想你大概也想像得到。這種事情!」

「跟富人結婚啦?」

「也許，但現在還不清楚。只知道她被帶回家了，果然和我預言的一樣。」

「這樣不是很好嗎?回家未必會被迫結婚吧。」

「這是你東京人的想法，像玉枝父母那樣的人可未必如此。」

——不錯，這麼說，想必是對的。林想。

這時，鈴響了。人群又慢慢被吸進大廳。

期待已久的《哈姆雷特》至此也使他覺得很無聊，還未散場，林便一個人先離開劇場，坐上電車到大森。喜美子未在「王子」，他立刻回到品川的「小貓」，那裡也見不到喜美子的芳蹤。——看來是回北海道了？他剎時浮起這個念頭。——不，像她那樣的女孩不可能這樣。一定是在東京的什麼地方徜徉，可是——他想。但這終究是永久想不完的事情。

之後又過了幾天。林反覆考慮之後，向導演請了一個月假，想回臺灣看看玉枝的情形，同時也可以見見父母，說明自己的抱負。但他最關心的還是玉枝的事。見她之後，要好好剖白自己的心意。

正在籌思搭船日期的時候，意外地接到了喜美子的信。

春生：

我終於又回到了北海道，是爸爸硬帶我回去的，不過，可能有一天我又會跑到東京來。我是一個糟糕透頂的人。你是一個正經人。但正經人總是讓可以得到的幸福輕輕溜掉。這也許就是幸福吧！北海道還深埋雪中，不過我還適應得了。請多保重。

內海喜美子

林突然想往北海道一行，男子氣地向她表明自己的心，這想必就是喜美子所謂的幸福機會吧！

但，那個玉枝——她現在可能鬱鬱地在農舍屋簷下哭泣。

他突然想起了一個奇妙的念頭：北海道和臺灣，究竟那個地方遠？他記得在地圖上北海道比較近，但他發覺在內心這兩個地方都同樣遠。住在那裡的玉枝和喜美子似乎跟自己遙遙相隔。

既然如此，我不回臺灣，也不到北海道。——他想，打開窗戶望著外頭。昨晚下的雪，可能也是今年最後一次下的殘雪，從頭上的屋頂滑落到眼前的地面，接著又慢慢疊合在一起。

原載《臺灣文藝》第二卷第八、九號合刊號，一九三五年八月一日出版

集評

一、臺灣與北海道，是林春生掙扎認同的居所，日據時期，臺灣人己身的本位取向搖曳、飄零。陳玉枝是臺灣的化身，喜美子是日本的化身，赴日求學的林春生出生於臺灣南部，然而，他猶豫著鄉土的回歸，二者似乎跟自己遙遙相隔。他排拒任何形式的取決，內心深處，悄悄地將兩處交溶、疊合在一起。（謝肇禎〈地平線上的幻影——淺談翁鬧小說的特質〉，《文學臺灣》第十八期）

二、翁鬧的〈殘雪〉裡所寫的，感到住在北海道的喜美子與臺灣的玉枝似乎都跟自己遙遙相隔，於是小說的主角竟爾成為虛無的「幻影之人」了。這些東京留學生在意識上所表現的失去歸

屬(deterritorialization)的狀態，說明的是同時代的臺灣殖民地作家在日本精英教育體系底下成長後的現實困境。他們對「本島」臺灣的觀感，其實是「內化」(internalize)了來自「內地」日本的同一套現代／野蠻、進步／守舊的觀看臺灣的視角，臺灣留學生小說中的留學精英，適足以因其與「內地」同步的「現代化」視角，而益顯臺灣知識分子在文化認同及身分認同上的轉變軌迹。（陳建忠〈困惑者──巫永福小說〈首與體〉中的留學生形象〉，《巫永福文學會議》論文）

三、都市、東京顯然只是提供一個遠離、避開傳統社會的空間，並不具身分認同的積極作用。所以，這個空間可以不是東京，不是都市，只要可以避開傳統，任何地方都可以。……也因為這是現代化過程中具有普遍性的問題，所以，面對這種困境的顯然不限臺灣人，翁鬧〈殘雪〉中那個來自北海道的喜美子，顯然也是不願被父親所象徵的封建傳統所限制，才逃到東京來，東京對臺灣人來說是，對現代化不完整的內地仍為封建傳統所拘束的日本人來說，也同樣是可以隔離傳統的自由空間，新知識分子個性得以解放、個人理想得以實踐的天堂。（游勝冠〈誰的「首」？什麼樣的「體」？──施淑〈首與體──日據時代臺灣小說中頹廢意識的起源〉一文商榷〉，出處同前）

【相關評述引得】

一、丁鳳珍，〈當愛與不愛的矛盾找上他時──翁鬧〈殘雪〉與巫永福〈山茶花〉男主角性格比

較〉，第一屆府城文學獎得獎作品，一九九五年八月

二、施淑，〈感覺世界——三〇年代臺灣另類小說〉，《兩岸文學論集》，新地出版社，一九九七年六月

三、施淑，〈日據時代臺灣小說中頹廢意識的起源〉，《兩岸文學論集》，新地出版社，一九九七年六月

四、許素蘭，〈青春的殘焰：翁鬧〈天亮前的戀愛故事〉〉，《聯合文學》第十六卷第二期，一九九九年十二月

秋信

◆朱點人 作

作者登場

朱點人（一九〇三～一九五一），本名石頭，臺北萬華人。自幼家境貧寒，雙親早逝，養成刻苦堅毅之個性。他曾參與「台灣話文與鄉土文學論戰」，支持中國白話文創作，也曾偕友籌組「臺灣文藝協會」，發行《先發部隊》雜誌。戰後與周青合辦《文學小刊》，後由於不滿時政及二二八事變之刺激，加入臺共組織，被控擔任士林熱帶醫學支部負責人，因鄰近蔣介石士林官邸，恐危及蔣之生命安全，於一九五一年一月二十日遭當局槍決。作家的早期創作，往往脫離不了自身的經驗，故自傳色彩濃厚。他的第一篇小說〈一個失戀者的日記〉刊於《伍人報》，即是一篇日記體的私小說，傾訴戀愛苦悶、抨擊舊式

台灣創作界的麒麟兒
——朱點人

婚姻，從其處女作可見他有統合纖細浪漫之感性與社會批判之理性。相同的題材在後來的小說〈無花果〉、〈紀念樹〉、〈蟬〉都流露出其個人的戀愛經驗。他的作品大約可分為兩個時期：自一九三〇年〈一個失戀者的日記〉開始至一九三四年的〈無花果〉，皆屬前期作品，其作品浪漫多情且具心理分析傾向。從一九三五年的〈蟬〉到一九三六年的〈脫穎〉屬後期作品，其作品頗寓批判諷刺，手法圓熟精鍊，如〈蟬〉藉防空演習，譴責戰爭之不義；〈秋信〉抨擊日本帝國主義對殖民地臺灣的經營，義正辭嚴；〈長壽會〉則揭露了臺灣島民牟利、揮霍的劣根性；〈島都〉描寫工人史明覺醒之餘，遂從事社會運動；〈脫穎〉諷刺島民陳三貴攀緣附勢、數典忘祖。其創作手法圓熟精鍊，馳譽文壇，有「臺灣新文學創作界的麒麟兒」之稱。作品見《王詩琅．朱點人合集》（前衛出版社）。

本文開始

斗文先生凝神靜氣，臨摹著文天祥的〈正氣歌〉，那筆鋒剛柔相濟地，很靈活的在紙上一起一落著，每當他臨摹得和拓本逼真了時，便拍著桌叫絕，於是將筆放下，總要費點時間，把自己寫的和拓本比較地看。

過了一會，移入讀書的工作，放開喉嚨，咿咿嗚嗚的朗讀〈桃花源記〉。他的年紀雖過六十，但聲音卻不減當年，明朗而有餘韻的書聲，悠揚地顫動早晨的靜寂。

這是斗文先生的日課，並且是數十年來也未嘗間斷過的。他一完了工作，嘴裡咬著竹煙吹（竹煙管），手裡提著他的孫兒自上海寄來的國事週聞，且行且看的走出稻埕來。

東方剛才發白，朝日還未露出它的臉，祇把一片淡紅，渲染在對面山頭的天空。

籬笆邊蹲著一群鴨子，看見有人，便一齊爬起來，呷呷地叫著。一隻紅面鴨子，擺著尾巴，行著不器用的掌。頸項伸縮地，走近他的腳邊亂咍著。

「小畜生！要出去嗎？」

他把籬笆門打開，那群鴨子，又是呷呷地叫，爭先走出去了，他也出了籬笆門，坐在門外的一株蒼古的茄冬樹下吸煙。

東山上的天空，由淡紅而鮮紅，罩在地面的露也漸次稀薄著，不知不覺間已消散殆盡了。才被割了穗的稻槁頭，已半就枯黃，田畔裡的草露像銀珠般的閃著光。

他慢慢地在吸煙，從他的嘴裡溜出的煙，一陣陣掠著腦後過去，他把左眼的眼角一閉，看著前頭竹圍裡的炊煙。

從那裡的竹圍裡走出三個人，各人都帶著小行李，他們彎過一區田，來到附近的竹圍時，恰好裡面也走出三個人來，兩下停了足，交過幾句話，就併在一起再拐了一個彎，沿著田畔，走向這裡來了。

「是陳秀才嗎?」為頭的出聲在問著：「七早八早就出來收空氣嗎?」

他距來人還遠，認不得是誰，及至聽著招呼，才曉得他是前竹圍的吳想。

「你們也起得早啊!」他在回話間，他們已來到切近了，他看見他們穿的是，非新正（農曆初一至初五，謂「新正」）不穿的衣褲，就直覺得他們是要上那裡去了，「唔，阿想!你們要到臺北去是不是?」

「是啦，看博覽會去的!陳秀才!你也來去看啦，和我們一同去!」

「不要去。」

「不去是真可惜的!別庄我不知，單就我們的庄裡，沒有一家無人去看的!聽說今天的團體很多，說不定臨時火車又要滿員了。陳秀才!做人無幾時，你的年紀又這樣老了，今日不看，要待何時!來去看好啦，多看一番光景，豈不好嗎?」

「不要去。」

「不去嗎?!不去待我們看了回來，再講給你聽啦，噯喲!時間不早了!我們著趕緊去搭車。」

當博覽會未開幕以前，當局者都竭力宣傳，而島內的新聞亦附和著鼓吹，就是農村各地，也都派遣鐵道部員前去勸誘，本來不怎麼有益的博覽會，一經宣傳的魔力，竟然奏了效果，引起熱狂似的人氣(好名聲)。

「去!到大臺北看博覽會去!」

凡是生長在臺北以外的人們，誰都抱著這個念頭，簡直像一生中非看他一次不可的一件痛快的事情。

「阿公仔!警察來啦!」

是初秋的傍晚，斗文先生正在書齋閱報，忽聽見他的第三孫兒走得慌慌忙忙的來報。

「怎樣不給他說我沒有工夫見客去!」

「我也有對伊講，那知伊都不聽，講他有什麼公務要見阿公仔的!阿公仔!公務是什麼?」

「好東西呀!動不動就要來打擾，今天又是什麼鳥務了!」

他很不樂的走出來，看見老巡查佐佐木笑嘻嘻的坐在廳裡等著。

「你又來了嗎!」

「陳秀才！對不住了，我也知影你忙碌，你且坐啦，我有話要對你講。」

他做了多年的巡查，老於經驗，說著臺灣話簡直和臺灣人差不多。

「有話請你快說啦！」

「今天是戶口調查，順便帶點公務來的。」

「……」

「你去留學中國的孫仔，何時要返來？」

「沒有事情，回來做什麼？」

「臺灣要開博覽會，伊敢不返來看？」

「那我不知道。」

「唔，你不知影か？」

佐佐木說到這裡，做了個停頓，把話頭轉換過來了：

「博覽會的協贊會要募集會員，普通會員一口要……五圓……」

「請慢說啦，協贊會和我不相干，怎麼說到這裡來?!」

「哈哈……陳秀才！五圓並不是叫你白了的！若做了會員，協贊會就會給你一張會員券，一個紀念章，在博覽會的期間內，任你隨意出入，還要招待你……」

「那麼你的意思是要我加入嗎？」

「著啦，要加入一口啦。老秀才！你去臺北看看好啦，看看日本的文化和你們的，不，和清朝的文化怎樣咧？」

「清朝！」他聽見清朝二字，身體好像觸著電般的，起了個寒戰，呆呆地看著天窗出神。

博覽會開幕了十多天了。本來祇弄鋤頭過日，連小可的雞母相踏都要引為話柄的田莊人，一經歷遊島都和博覽會場，好比遊月宮回來還要歡喜，大讚而特讚著，引得不得去的人，羨慕萬分。斗文先生雖然無動於衷，但每次聽著他們的稱讚，免不得總要傾耳細聽。然而可怪而又使他失望的，是從他們口裡所出的臺北市街大都不是昔日的地名了。

「這就奇了！難道臺北就變得那麼快！」

他有時會這麼疑問著，想要巡到臺北去。但是臺北已非他憧憬之鄉了！於是欲行又止，然而過了幾天，突然接著他孫兒的同窗的一封來信，那信的內容是這樣的——

斗文先生：

夏天去後，我跟著秋一同回到南國來了。回來的目的，一是歸省，一是要看博覽會的。令孫兒R君勤於學課，無心回來，但祇囑侄再三邀請先生，來北看看博覽會呢！……

侄　王北芳十月二十五日

寥寥幾行字，早把他的北行之心決定了。但他一點也不聲張，也不告知家人，又恐怕碰見相識，一個人悄悄地繞路從A驛搭上午九點鐘發的列車。

這天恰值星期日，車裡早就混雜著。斗文先生剛踏入車裡，不知怎的，一齊的視線都不約而同的集中到他的身上來了。在車裡的時裝——和服、臺灣衫、洋服的氛圍裡，突然闖進斗文先生的古裝——黑的碗帽仔、黑長衫、黑的包仔鞋，嘴裡咬著竹煙吹，尤其是倒垂在腦後的辮子……儼然鶴入雞群，覺得特別刺目。

他接著眾人的眼光，像受了侮辱，一時很難受，但旋而不以為意的斜著眼角，把眾人睨了一眼，泰然自若的坐下去。

出發的時間到了，當車長的笛聲剛在鳴動的瞬間，他急急的把兩耳掩住，塞避火車的汽笛，引得車裡一陣鬨笑。

車體徐徐地動搖著，久住慣了的鄉村，慢慢地向後退去。他頓時覺得一陣空虛，很無聊的把隨身所帶的《海外十洲記》掀開，機械地置在膝上，他的兩眼雖然落在書本上，但他的視覺卻不注到字裡去，車裡的會話，自然而然的響到他的耳朵來了。他慢慢兒抬起頭來，火車趕著速力，在甘蔗廈（甘蔗田）邊走著。

「阿柳兄！你要到那裡去？」

「到臺北去的。」

「唔，你平素是那樣勤儉，怎樣也甘到臺北去！」

「這，一半是不得已的。」

「是你自己願意去！怎說不得已！」

「我庄的警察，強強押人著去啦！」

「唔，是這樣嗎？總是阿柳兄！你也免怨悔，聽說博覽會是自有臺灣，也未曾有過的鬧熱啦，看一次，就是死也甘願！」

「看一次，就是死也甘願！」斗文先生鸚鵡般的隨他念了一句。他想，臺北如果像人們所憧憬的臺北，就不枉他北上一行了。他似乎忘記了臺北已經如何的變遷，什麼府前街、府中街、府後街……一些昔日的市街，都一一浮上他眼裡來，火車走得愈快，他愈耽於幻想。

「艋舺艋舺！」

他聽著這叫聲，才由沉思回復了自己。

「艋舺……啊！一府二鹿三艋舺的艋舺！」

他像逢著久別故人般的，胸裡在躍動著。火車經過萬華驛，再通過了二個路門時，第一會場的糖業館的雄姿，早映到車窗來了。車裡的人們聽見會場，便爭著走近窗前看，他也提著腳跟一看，啊！昔日的臺北城址，已築了博覽會場，他的胸坎像著了一下鐵鎚，無力地落到椅上去。

火車三點鐘到了臺北驛，久在車裡坐倦了的人們，蜂擁般的爭著下車去。他亦隨著人波出了改札門。在混雜的人叢裡，每一移步，腳尖都要觸著人們的足跟，他一跛一跌，好容易被人波推到左邊的一角。他抬起頭來，望一望街上，許多自動車在街心交織著，十字路上高築一座城門，他猛然看見城門上寫著「始政四十周年紀念」，驚心駭魂的他即時清醒過來。巍然立在前面的雄壯的建築物，像在對他獰笑，他搖搖頭想起「王侯茅宅皆新立，文武衣冠異昔時」的字句，胸裡有無限滄桑的感慨。

斗文先生，自少就很聰明，十九歲中秀才，一向在撫臺衙辦事。二十七歲那年，正要上省應試，不料臺灣在那一年換了主，同時他的青雲之路，也就斷絕了。他再也不想進取，卜居在K庄，買了幾畝良田，想做農夫，過著他的一生。他的家裡藏著一本臺灣的詳圖，當臺灣要開始新政治的時候，因為不諳於臺灣事情，好幾次要請他幫忙，但他不但執意不肯，而且還要謝絕一切的政客。

斗文先生在表面看來，純然是隱居生活，但他的內心卻不如是，他的熱血，常為同胞奔騰著。當社會運動方爛的時候，他雖然沒有挺身去參加實際行動，但對社會運動一分望的文化運動的貢獻，卻是不少。臺灣人會說日本話的愈多，理解漢文的愈少，他想臺灣人在謀生上，果然需要日本話，但在另一方面，卻不可不使他懂得漢文。臺灣人與漢文有存亡的關係的！他想要振興漢文，於是糾合些同志，創設詩社，提倡擊鉢吟。他們的提倡，很能刺戟社會，於是到處詩社林立，擊鉢吟便風靡了全島，當時所產生的詩人，差不多有盛唐那麼眾多。他正想藉此可以挽救衰頹的漢文，不想那班無恥的詩人，反把它當做應酬的東西，巴結權勢，甚之，連和他們不關痛癢的日本的政客死去，也要作詩去哭他。

斗文先生看見這怪現象，後悔當時不該創設了詩社。

「擊鉢吟不是詩，從凡夫俗子的口中唱出來的山歌才是詩。」

他常歎息著說。以為自己創立了詩社，真是臺灣文學界的罪人。一九××年的春，臺北唱開全島詩社聯吟的時候，他想要藉著那個機會，改革擊鉢吟的毛病。起初乘著火車，但不知是他的身體衰弱，還是沒有提防，當火車的汽笛在鳴著的刹那，嚇得昏迷過去了。

以後直到十五年後的今日，始到臺北來。

臺北驛前的路上，人波浩浩蕩蕩地向著博物館推著，斗文先生像失了舵的孤舟，正不知道划到那裡去好。臺北的地理，早奪去了他昔日的記憶，他正在茫然自失間，不知在什麼時候，被推到第二會場的入口來了。他到這時候已不暇思索了，隨著人們走入第一文化施設館去。他看看芝山巖的模型，往左邊穿過去，那門上寫的是：「第一室，關於教育的陳列」。他究竟是讀書人，對於教育特別有興趣，很細心的看著學校分布圖，但頂使他失望的是他不解日本語，所以不能充分地理解它。他恨恨地搖著頭，立在一個圖畫前，那畫上畫的是三個學生一排地立在校庭，右二個手裡執著鶴嘴鋤，左一個手裡提著算盤，作著威勢。斗文先生有些莫名其妙，但看看上面寫的字，又不懂得它的意義。他不得已挽住一個人問：

「拜託咧，上面寫的是什麼意思？」

「『產業臺灣的躍進，是始自我們』啦。」那個人解釋給他，還把他看了一下，哈哈的笑著。

「哈哈……」

「哈哈……」

和著笑聲，忽地在他背後又爆出二個笑聲，他急的回頭一看，二個日本人學生，兩腕叉在胸口，嘴裡還不知在說著什麼，對他投著卑視的眼光。他受了這麼侮辱，真正有說不出的悲哀，他想，假使自己若懂得日本話，便要和他辯論個到底。

「倭寇！東洋鬼子！」他終於不管得他們聽得懂與不懂，不禁的衝口而出了：「國運的興衰雖說有定數，清朝雖然滅亡了，但中國的民族未必……說什麼博覽會，這不過是誇示你們的……罷了……什麼『產業臺灣的躍進……』，這也不過是你們東洋鬼才能躍進，若是臺灣人的子弟，恐怕連寸進都不能呢，還說什麼教育來！」

他已無心再看了，氣憤憤的走出來，心裡還在懊悔著，他想今天簡直是白走的了！與其看看博覽會，無寧拜謁撫臺衙的好！他一想起撫臺衙，好像回復了四十年前的自己，剛才的一肚子悶氣，不知消到那裡了。

「老先生！要到那裡去，要坐車不坐？」

會場邊蹲著一個人力車夫，看見斗文先生在躊躇的樣子，便立起來招呼生意。

「不要坐啦，我是要看撫臺衙去的。」

「撫臺衙？呀！老先生！你知道它在那裡？」

「在府中街啦。」

「啊！不對不對？」

「不對？不對，那麼……？」

「老先生！看來你不是本地人，也無怪你不知，若說撫臺衙的故址，現在已經起了臺北公會堂了。」

「什麼？！公會堂……那麼它……」

「老先生！不用著急啦，我招你坐車也就有目的了。我今天終是坐在這裡也沒有一錢賺，請你給我二十錢賺，我就拖你到撫臺衙去。」

十五分之後，斗文先生在植物園裡的撫臺衙前下了人力車，車夫去後，他面著撫臺衙，坐在椰子樹下冥想著……往日那麼繁盛的它，如今怎麼會這樣冷落！啊！屋貌依然，而往事已非了！他的胸裡充滿著興廢之感，他徐徐地立起來，倚著椰子樹，從懷裡摸出前日那封信來，抽出信箋，兩眼落到信箋上去，但他的眼睛偏在箋末搜出四字印刷……蓬萊面影……來。

氣候已是晚秋，時間又將向晚了，園裡連一個行人也沒有，微風吹著敗葉，沙沙地作響，他的手裡一鬆，那張信箋就乘著風飄到地面的一葉梧桐的落葉上去。

本篇作於一九三六年一月三十一日

原載《臺灣新文學》三月號，一九三六年三月三日出版

集評

一、〈秋信〉，語言的駕馭更見熟練，主人翁陳秀才的刻畫十分成功。結尾情景交融，落葉蕭瑟，孤臣思國，真是不勝悲涼黯然。小說係描寫具有民族氣節的前清老秀才陳斗文，在參觀了日本「始政四十週年紀念」博覽會後的感慨和省思。末了，老秀才至前清的撫臺衙憑弔，有感於異族盤踞，山河破碎，其心境悲慟，不言而喻。陳秀才，在參觀了博覽會，見到日本人躊躇滿志地炫耀「產業臺灣的躍進」是日本人的功勞時，他按捺不住，乃嚴詞駁道……。日本統治者動輒大言不慚的誇耀其資本主義的政策是如何成功，有多麼輝煌的成就，其實所謂的「文化村」、「產業臺灣的躍進」，無非是以殖民地人民的血淚為代價。資本主義只是其表面，殖民主義才是它的本質，此具有獨佔性、侵掠性，以及對於被殖民者不公不義的歧視，作者都透過老秀才的口吻，予以道破，足見朱點人對殖民體制的思考入微，有其現實性的體認。（張恆豪〈麒麟兒的殘

夢——朱點人及其小說〉，《臺灣文藝》第一〇五期）

二、日據時期另有濡染舊學，修養湛深之士，守死善道，絕不俯仰隨俗，如朱點人〈秋信〉之斗文先生即其人也。斗文先生僦居窮鄉僻壤，臨池撫帖，熟誦桃花源記、正氣歌等古文，閱讀孫兒寄自上海之國事週聞，如此者數十年，故習靡改。……。斗文先生猶是小說中人物，於現實世界中，則令人想起鹿港名士洪棄生。恆葆大節，護持華族文化。斗文先生會萃同仁，籌組詩社，倡擊缽吟，扢揚風雅。未幾，詩社淪為群小干祿之資，斗文先生因此自責甚深，自貽為臺灣文學之罪人。一九三五年，斗文先生赴臺北觀日本為誇其侵臺四十年而舉辦之博覽會，脫口詈罵：「倭寇！東洋鬼子！」復於植物園，重遊曩日辦公之撫臺，撫今追昔不勝廢興桑劫之感。日據時期臺灣小說寫此風骨堅蒼、克葆儒素的舊文人，或者僅有朱氏〈秋信〉一篇，當日此類人格典型應不乏其人，唯新知識分子改革心切，對舊文人遂多以負面角色塑造之。（許俊雅《日據時期臺灣小說研究》，文史哲出版社）

三、〈秋言〉透露的一個信息是，臺灣社會在現代化過程中付出的代價是無法估算的。屬於臺灣人的歷史真實已淪為一片廢墟，換來的則是充滿了權力泛濫的殖民支配。自我的歷史經驗消亡時，文化主體的生命也跟著死滅了。這篇小說可能呈現了臺灣傳統文化的無力與悲觀。但是，朱點人也只能以負面、消極的方式干涉殖民者所艷稱的榮耀與輝煌。換句話說，臺灣人也許無法抗拒所謂殖民化與現代化的到來，但是也找不到恰當的理由來分享帝國所崇尚的光榮，朱點人筆調的黯淡，正是抗拒殖民者、歷史敘述的手勢。臺灣人的歷史急速向後退卻消逝，並不意味他們的記憶就是空白的。即使他們的文化主體遭到抽離，也並不意味從此就會接受殖民者的歷史經驗。（陳芳明〈三〇年代臺灣作家對現代性的追求與抗拒〉，《第三屆通俗文學與雅正文學全國學術研討會論文集》，中興大學中文學系主編，新文豐出版，二〇〇二年七月）

【相關評述引得】

一、陳修齊，〈殖民時代的困局——朱點人的〈脫穎〉〉，《聯合文學》第十六卷第二期，一九九九年十二月

二、陳芳明，〈現代性與殖民性的矛盾——論朱點人的小說〉，《殖民地經驗與臺灣文學——第一屆臺杏臺灣文學學術研討會論文集》，遠流出版社，二〇〇〇年二月

植有木瓜樹的小鎮

❖龍瑛宗 作
❖張良澤 譯

作者登場

龍瑛宗（一九一一～一九九九），本名劉榮宗，新竹北埔人。畢業於臺灣商工學校，任職金融界。一九三七年以處女作〈植有木瓜樹的小鎮〉，入選日本《改造》雜誌社小說徵文的「佳作推薦獎」，此後，時有小說、新詩、隨筆、文藝時評發表。一九四〇年參加「臺灣文藝家協會」，並任該會雜誌《文藝臺灣》編輯委員。一九四二年辭卸銀行工作，專任《臺灣日日新報》編輯。一九四三年出版文學評論集《孤獨的蠹魚》，是他細讀法俄文學的心得札記。戰後，一度出任臺南《中華日報》日文版主任，該版停刊後，又返金融界，服務於合作金庫。二二八事變後逐漸淡出文壇。一九七六年自合庫退休後，再度重拾彩筆，寫作極勤，有長篇小說《紅塵》及《斷

孤獨的蠹魚「龍瑛宗」

〈植有木瓜樹的小鎮〉入選《改造》春季號

雲》、《杜甫在長安》等作發表。他對創作的毅力和堅持執著，足為臺灣文學精神的表徵。

他所受的文學薰陶，兼容並包法、俄兩國寫實、自然、現代等主義之思想，與日本感覺派文學之思想。由於處於日據末期，臺灣市鎮生活由農業經濟漸轉為工商經濟的過渡期陰鬱狀態，以及皇民化運動下的咄咄逼人、世界大戰的步步逼近，他在創作取向上一開始即展現出城市民眾心靈的頹唐、生活的抑鬱。他的作品善於剖析心靈之糾結，並能融合現代主義個人之內省、質疑之思，與日本新感覺派纖細唯美之風於一爐而冶之，形成深細纖美的文風。

他除了以知識分子的角度來關懷、探討知識分子與社會庶民的內心世界外，更以婦女為主題，嘗試發掘她們的生活與內心感受。這懷疑苦悶、頹廢虛無的知識分子，不滿現實，終日陷於苦惱之中；而看似軟弱的婦女，卻以單純的信仰和堅強的生命力，在黑暗的殖民社會裡，忍受現實生活的種種折磨，堅毅的生存著。他的作品兼具藝術技巧與社會時代意識，是臺灣相當優秀的作家。作品另有《龍瑛宗集》、《夜流》等。

本文開始

午后，陳有三來到這小鎮。

雖說是九月底，但還是很熱。被製糖會社經營的五分仔車搖晃了將近兩個小時，步出小車站，便被赫赫的陽光刺得眼睛都要發痛似地暈眩。街道靜悄悄地，不見人影。

走在乾裂的馬路上，汗水熱熱地爬在臉上。

街道污穢而陰暗，亭仔腳的柱子熏得黑黑，被白蟻蛀蝕得即將傾倒。為了遮蔽強烈的日曬，每間房子都張著上面書寫粗大店號——老合成、金泰和——的布蓬。

走進巷裡，並排的房子更顯得髒兮兮地，因風雨而剝落的土角牆壁，狹窄地壓迫胸口；小路似乎因為曬不到太陽，濕濕地，孩子們隨處大小便的臭氣，與蒸發的熱氣，混合而昇起。

通過街道，馬上就看到M製糖會社。一片青青而高高的甘蔗園，動也不動；高聳著煙囪的工廠的巨體，閃閃映著白色。

來到事務所前的砂礫場時，洪天送露著白齒笑迎出來。戴著大帽盔的黝黑的臉，油光滿面。

「來了啊，打算住——」

「還沒有決定。想要拜託你，所以先來拜訪你。」

「哦？這兒要找個適當的地方，可不容易呀。暫時住我那兒怎樣？」

「那真是求之不得的呢。恐怕太打擾你了。」

「我現在獨個兒住著。無論如何就這麼辦。」

本來陳有三就是為這事而來的，沒想到一談即成，頓時鬆了一口氣，小聲道：

「那在我找到房子之前就麻煩你了。」說著，才開始吹氣拭汗。

從會社順著甘蔗田的小道走約半里路，有一條泥溝；馬口鐵皮葺的矮長屋擠在一起。推開貼有紅紙——上面寫著「福壽」二字的門，裡面隔成二間，前面是泥土間，放置著炭爐和水甕等廚房用具，屋頂被煤煙薰得黑漆漆，蜘蛛絲像樹鬚一般垂下來。

後面是寢室，高腳牀上鋪著草蓆，角落裡除了柳條行李箱與棉被之外，散著兩三本講談雜誌。板壁上用圖釘釘著出浴的裸女畫像。

「×點下班，這段時間你請慢慢準備。」

洪天送說著，便倉皇走出去。

陳有三把籃子放在牀上，脫下濕淋淋的襯衣，絞乾之後，晾在籃子上。房間裡只有一個極小的格子窗，從窗口可望見綠油油的蔗園那邊工廠像白色的城堡。但馬口鐵皮屋頂所吸收的熱量，壓縮全身似地暑熱。被曬成褐色的臉上，油汗黏黏；裎裸的身體，不斷地冒出大粒的汗珠。

他把上身投到牀上仰臥。閉上眼睛，無數的星星像火花地出現、散落。

翌日，陳有三來到潔淨的紅磚砌成的街役場（即今之鎮公所），從滿腮鬍碴兒、目光威嚴的小谷街長接過派令，上寫著：命雇，月給二十四圓也。

陪著高個兒而膚色皙白的黃助役巡迴向全體吏員拜會。回到助役座位的黃助役以矯作而透明的聲音說：

「你是從多數的志願者選拔出來的優秀青年，本次能入本街役場，頗值慶賀。希望你不辜負同仁的期望，以誠意、努力奮勵於事務。工作是先當會計助理，關於此，金崎會計將指導你一切。」以演講的口調說完之後，從容地起立，帶領到櫃臺的會計課，屈弓著背，笑容可掬地說：「金崎先生，陳君拜託您照顧了。」

金崎會計好像在臺灣住了很久，顴骨曬得赭黑而突出，蓄著小鬍子。像木偶似地無表情，僵硬的聲音說：

「嗯，是陳有三君吧。那就開始吧，你先做做點鈔的練習。」

說著就遞給陳有三一束百張的紙幣大小的牛皮紙，並教他數法。但金崎會計好像不甚熟練於會計事務，點鈔的手法不太高明。陳有三一心不亂地用堅硬的手，一張一張翻數著。這種機械的動作，持續到近中午的時候，身心已感到相當疲憊。牛皮紙被海棉的水沾得濕濕地，腕部像要折斷似地酸痺。

「陳先生，吃午飯去吧。」

真幸運，一個長得高高的男人走過來邀約。他有挺銳的鼻樑和窪陷的眼睛，但說話聲帶著妞妞地女性溫柔。

「但大家還沒離開，可以嗎？」

「午砲已響了吧，可以自由出去了。」

陳有三向金崎弓腰：「對不起，先告退。」看看裡邊，只有黃助役支著肘，壓著桌子的樣子，吭吭地發著鼻響，一邊看報。陳有三老遠地行了一禮走過。

出到外邊，正午的太陽像要燒焦腦門那般強烈照射著。街上滿溢白光。路上只看到一個從山上來的年輕女子，扁擔壓得彎彎地挑著一擔木柴走過去。穿著短黑褲仔和藍色上衣，她的茶褐色的臉上，汗水淋漓，神色像燃燒的玫瑰色，微微的困憊停留在美麗的雙頰上。

市場大約在小鎮中央，對於這貧窮的小鎮而言，市場倒是相當大而漂亮的紅磚建築物。踏進市場內，意外地發覺人潮殷盛。掛著豚肉的屋臺排成長列，腑臟及滴著血的頭骸骨陳列著，嬙媒們來往於其前，討價還價著。也有以粗垢的手，從腰包裡取出白硬幣，用心地數著。

過了豚肉店，便是掛著燻烤燒鳥、紫紅香腸的飲食店。那是令人目眩的食慾風景。

濛濛混濁的吵雜聲中，有的蹲下來買半角錢的蕎麥，拼命扒進嘴裡；有的端一杯白酒，像煮熟而朦朧的眼睛陶然自得；有的蹲在長椅上，一邊吸著鼻涕，一邊鼓腮咬著豚肉片——由於煤煙與油脂而發出黑光的食堂，人們一齊把脖子伸進濃味油膩的食慾中。

傴僂而豬脖子的怪模樣的男人一邊擦著滿是油脂的手，一邊裂嘴而笑地走出來。因為是嚼檳榔的關係，牙齒染得赤黑。

「請坐。戴先生，要吃些什麼？」

「雜菜湯、燒雞，再來上等飯，啊，拿一瓶啤酒來。」戴好像想起來：「今天早上，黃助役雖已介紹過，我就是這個名字……。」

他遞出名片，上面印著「戴秋湖」。

走過杉板粗糙的柵圍，坐下漆朱的桌邊。這是特別室。一個穿著古風的長中國服，看來像是儒學家的老先生，透過銅框的小眼鏡，瞅了一眼過來。他的衣服到處縫補又污垢。滿佈深皺紋的嘴邊，一邊嚼動著，一邊用乾瘦而有斑點的長指甲，笨拙地剝著烤鹹鯽魚。

不一會兒，冒著熱氣的飯菜端來了。戴秋湖老練地拔掉啤酒瓶蓋，滿滿地斟了一杯遞給陳有三。他自己的一杯也一飲而乾，邊擦掉嘴邊的泡沫，一邊暢談起來：

「那個會計的金崎先生，你看他那可怕的臉孔，其實是個很好的人。那個人長年在鄉下當過警察，為保持威嚴，自然就變成那種苦喪臉。有時講話好像很重，但內心倒很善良，你不必太掛意他。對啦，那個小谷街長也是幹過K郡警察課長的人。還有那個黃助役，他只是公學校畢業而已，為了幹上助役，好像奔波獵官不少。那傢伙對我們下級人員就驟變了，作威作福，對上級或對內地人，就畢恭畢敬，真是卑屈的家畜。總之，他對上級的逢迎，就是我們效法的範本。連日本話也講不好的公學校畢業生，擁有中等學校出身的部下，這似乎太滿足了他的自尊心。那傢伙，明明是虛榮家，卻又單純，唯唯諾諾追隨他，奉承他就可以了。」

戴秋湖凹陷的眼睛閃閃發亮，顴骨附近微微泛著血色。

「對啦，現在賃租在哪兒呢？」

「哈，還沒決定，暫時麻煩洪天送君。」

「哦，那我也得努力找找看。」

對於講話爽快的戴秋湖，陳有三不自禁地覺得他是親切而值得交遊的朋友。

「有空務必請你來我家玩一趟。我的地方洪天送很熟悉。」

戴秋湖為了付賬，拍拍手，傴僂的男人飛奔過來，像春貓的叫聲：「要回去了嗎？」呸！吐出一口赤黑的檳榔汁。

那天黃昏，從馬口鐵皮屋頂昇起的薄煙，裊裊地溶進暗濁的天空；蚊蟲成群，慌亂地交飛著。陳有三與洪天送沿著泥溝，走過滿是灰土的凸凹路，回到了住處。晚飯後，陳有三穿一件汗衫，洪天送則日人式地穿著寬敞的浴衣，搖著扇子。但洪天送的油光黑臉，穿上浴衣的姿態，顯出一種異樣風采。

走到街的入口處，右邊連翹的圍牆內，日人住宅舒暢地並排著，周圍長著很多木瓜樹，穩重的綠色大葉下，結著纍纍橢圓形的果實，被夕陽的微弱茜草色塗上異彩。

「這裡是社員的住宅。我要是再忍耐五年，便可從那豚欄小屋搬到這裡來住。但是其他的人就可憐了，對他們而言，這裡不過是『望樓興歎』而已，因為他們沒讀中等學校。」

洪天送昂然挺胸，搖擺著身體說著。

圍牆邊兩個穿著衣連裙的日本女人，無顧忌地聳肩而笑談著。被風吹動窗簾的側廊，一個胖敦敦的中年男子穿著內褲，兩手叉腰，凝視著遠方。

「現在住在社員住宅的本島人只有兩人，一個高農，一個工業學校畢業。」洪天送補充說明。他在這世間唯一的希望是忍耐幾年之後，升任一定的位置，住日本式房子，過日本式生活。他似乎陶醉於那種快樂與得意，瞇眼含笑著。

街道愈來愈窄，小房子雜亂並處。打赤膊的男人們好像都吃過晚飲，聚集圍坐在一起。露著栗色肋骨的年輕男子，以靈巧的手法拉著胡琴。尖銳的旋律，像錐子似地鑽進黃昏。

垂著乾癟乳房的五十來歲的老女，拍著棕梠扇子，誇大地嘟喃著：

「今年真特別熱呀。」

這時候，洪天送突然撞了一下陳有三的肘部，壓低聲音，啜嚅道：

「喂，看前面的女人！」

眉毛的濃描與艷粧而豐滿的女人，坐在椅子上而促起一隻膝蓋。從捲起的褲仔腳，可窺見白嫩的大腿股。無客氣的視線追趕過來。

「可能是賣淫的女人。」

洪天送邊回顧邊說道。

來到壁與壁之間只能通一個人的窄路，通過窄道，便有三間壁板腐朽的古老日本式房子。前後左右都被家屋包圍著，角落的小塊空地可能是垃圾場，令人反胃的惡臭陣陣撲鼻。

「喂，在家嗎？」洪天送發出宏亮的聲音。

「誰？」同時打開紙扉，伸出一個怪鳥似的頭，透過暗道，探究這邊。隔了一會兒，才認出來：「原來是洪君，還有客人呢。來，請上來！」

洪天送介紹之後，才知道這個人是他的前輩，叫蘇德芳，現服務於某役場。

蘇德芳的高突的頰骨，和收縮的小嘴邊，顯得乾燥而無血色，身體虛弱而多骨，顯示營養不良的情狀。陷落的瞳孔，奇妙地注滿悲悽的底光。那是青春的遺痕吧。

在隔壁的房間，剛給嬰兒吸過奶吧?!一個憔悴而蒼白的女人，一邊扣著上衣的鈕扣，一邊打開紙扉。

「歡迎來坐。」兩手伏地，深深垂了頭。

「是內人。」蘇德芳在旁邊說。

女人也是很瘦，下顎像削過似地尖細。即刻站起來，退回去，一會兒廚房傳來格格的聲音，大概是在泡茶。黃暈的裸電燈底下，三人盤腿圍坐著。搖著扇子。

一點也沒有風的沉澱的空氣，好像要蒸熟身體。

趕快問這附近有沒有房子要出租。

「這附近好像沒有的樣子，但我可打聽一下。」

蘇德芳扭著頭回答，接著說：

「我也是到處找尋，最後才到這地方。六疊他他米兩間，玄關二疊寬，房租每月六圓，還算便宜，但你看四周被包圍，空氣流通不好，陰氣沉沉，害得小孩子常年生病，很想搬家。這種生活真受不了。本島人沒有房租津貼，薪水又低，每月家計可真艱苦。雖可租本島人房子，但衛生設備奇差，房租也得四、五圓，為了顧全體統，結果也就在這裡落根了。但餓鬼的病，可真吃不消。……」

話語突然中斷，俯身凝視陳有三道：

「陳先生，因為你剛從學校畢業，所以告訴你，結婚不能太早呀。殷鑑不遠，我就是最好的影子。雙親無理的強迫也有關係，也是因為我沒有堅定的信念所造成的結果。只是沒有想到那破綻會來得那麼快。家母虛榮心甚強，我剛剛中學畢業就了職，便以為這個兒子功成名就了，非趕快叫他結婚不可。於是唆使好好先生的家父，令我早日完婚。我畢竟是剛從學校出來，雖然先予拒絕了，但家母便哭哭啼啼說什麼不孝子啦，說對方讀女校門當戶對啦，終於那年春天便決定了T市的女學校畢業現在的內人了。

你也知道女學校畢業的聘金，比起公學校畢業的貴得不像話；還好，內人雖是女學校畢業，比起來還算便宜一千三百圓。家裡沒有那麼多資金，借了八百左右，裝飾了華麗的外觀。但婚後第二年，家父突然去世，家裡共欠了二千圓的債。大部分投注在結婚費與我的學費，而原有的一點田地全部賣光，也還留下相當龐大的債務，這些債務就落到我的肩上來。現在可慘了。結婚那年我二十，內人十九，現在才熬到三十歲就有五個餓鬼，最小的孩子現在患肺炎，這個月又要紅字了。薪水遲遲不升，現在還是低薪得不像話。家用節節昇高，幾乎無法應付。債務不但不能還，還愈來愈多。被家庭拖垮的我，誰知道學生時代是出盡鋒頭的網球選手，且創了母校的黃金時代。帶病而瘦得像猴子的內人，你可知道從前她曾有過楚楚可憐的年輕女學生時代。想到時代在暗中轉變之速，真令人感慨無限！」

蘇德芳好像要笑似的，歪著嘴唇，痙攣著嘴角。

「寶寶的病情好轉了嗎？」等長話講完，洪天送急迫問道。

「啊，總算渡過難關了。」

紙扉用舊報紙糊，格子扉被孩子們玩得滿是洞洞；褪色的壁上，滿是塗塗寫寫的痕迹；屋裡一片雜亂。

這時隔壁的房間傳出爆裂的哭聲。

陳有三最後再拜託一次租屋的事情，便告辭了。來到街上，洪天送露出同情的臉色說：

「蘇先生的薪水還在四十圓邊緣呢。而孩子那麼多，好像老傢伙也很頭痛。我們要是也到那個地步就完了。」

這句話在陳有三的心上，烙下沉重的陰影。

「到公園去繞一圈才回去吧。」

說著，洪天送步向沒有人走的暗寂街路去。

公園裡熱帶林亭亭高聳。坐在長凳上，恰似森林的寂靜逼迫上來。長凳後面，橡膠樹茂密地造成強韌的暗閴。腳下的小路微白地彎曲，而後被吞食於黑夜中。前面草地的邊上，有一群木瓜樹，靜靜地吸著剛上升的上弦月光。地上投射淡淡的樹影。

「啊，好涼爽。我們那個馬口鐵皮的矮屋真叫人受不了。過十二點，還是那麼悶熱。」

「說實在的，我一個晚上就累垮了。」

「到能住進社員住宅為止，還要五年的忍耐。但鄰居們的沒有教養，令人吃驚。婧媒們整天大聲饒舌，餓鬼們髒得比泥鼠還髒，男人們喝了白酒就高談猥褻；跟那些人住在一起，我們都變得卑俗無味。連隔兩三間談話的聲音，也像傳聲筒似地聽得一清二楚。深夜裡鄰居睡覺翻身的聲音，也無遺漏地聽得到呢。」

洪天送的聲音漸漸沉澱下去，直到餘音消失於黑夜時，突然陰森森的寂寞淹蓋過來。溶於月光的青霞夜氣，漸漸深沉。

四周靜寂得有些恐懼感。

「走，回去吧。」說著，伸了一個腰，站起來。

他們白色的衣服被樹影浸染著，如同潛水游於樹下。

沿著公園的垣牆，慢慢走著，不意仰望夜空，月亮清爽地搖晃於高高的椰子樹葉尖。

由於洪天送的奔走，好不容易才找到住處。房子在街的東郊，屋後田園連綿，種植香蕉及落花生等作物。家屋是本島人傳統的凹型構造，賃租了側翼的一間。

當然是土角造的，可能建造未久，那穀殼與泥土混合的牆壁呈現穩重的深茶色。房間也是泥土間，濕氣很重，但本島人的家屋來說較有大窗子。房租幾經折衝的結果議定每月三圓。

伙食決定自炊。因為農家煮的飯都摻了很多地瓜，煮得稀稀爛爛，在來米少得意思意思而已；菜餚則早晚都有豆腐乳與蘿蔔乾。儘管貧寒出身如陳有三，也不得不想規避一下。自炊的話，既經濟，又可吃些想吃的東西，剛畢業的生活力充沛著。

自炊工具都準備好了，也請洪天送代買了一張臺灣竹牀。這是花四圓買來的便宜貨，稍一搖動，就發出吱吱聲音。壁上貼了白紙，屋裡一下變得明亮起來。在牆壁右上角貼了幾個大字：「精神一到，何事不成」。

還掛著一幅背著手作沉思狀的拿破崙畫像。

一切都就緒了。從現在開始就要拚命用功了，陳有三內心強有力地說著。他立志在明年之內要考上普通文官考試，十年之內考上律師考試。這看來像是血氣方剛的青少年常有的夢想，但對陳有三而言，由於下列幾點原因，當看成帶有相當可能實現的要求。

第一、從經濟觀點而來的對現狀之不滿。他可被計算的生涯，在這多夢的時代裡，是無法忍受的。

最確實的是一年昇給一圓，十年後月薪也不過三十四圓。這期間假如結婚的話，就像前輩蘇德芳那樣地成為一個被生活追趕的殘骸。

第二、陳有三以優秀的成績畢業於T市的中學校，這事使他有充分的信心：憑自己的腦筋與努力，可以開拓自己的境遇。

陳有三既已畢業，（他之所以進中學，是因為鄉下無學的父親聽說兒子的同學都志願考中學，便讓兒子也跟人家去考試，原先並無定見；中學畢業之後，就沒有更高級的學校可進。）遊蕩了四、五年，得悉這個街役場有缺員，便趕緊報名應徵，擊敗了二十幾名報考者，通過任用考試，這還不是憑努力就可解決一切嗎？陳有三滿懷美夢。

他在中學時代讀過的書，除了教科書之外，便是修養書、偉人傳、成功立志傳之類。這些書裡所描寫的人物，都是出身貧困、卑賤，經過任何的荊棘之道，才積成巨萬之富，或成為社會的木鐸，貢獻於人類福祉。這些成功的背後，只有滲血般的努力。啊，或許窮困才是值得讚美也說不定。因為貧苦是成功的契機。

然則，陳有三並沒有成為一代風雲人物或萬人之上的荒唐想法。在他看著美夢的眼中，罩翳著幾許時代的陰影。

第三、他對本島人的一種輕蔑。

吝嗇、無教養、低俗而骯髒的集團，不正是他的同胞嗎?僅為一分錢而破口大罵，怒目相對的纏足老媼們，平生一毛不拔而婚喪喜慶時借錢來大吃大鬧、多詐欺、好訴訟及狡猾的商人，這些人在中等學校畢業的所謂新知識階級的陳有三眼中，像不知長進而蔓延於陰暗生活面的卑屈的醜草。陳有三厭惡於被看成與他們同列的人。看下情則知其所以然：

有時候，陳有三被日本人叫「狸仔」（即「汝也」的臺語，含有對本島人侮蔑之意）時，便蹙緊眉頭，現出不愉快的臉色，表示不願意回答的樣子。

因此他也常穿和服，使用日語，力爭上游，認定自己是不同於同族的存在，感到一種自慰。但是如同倉庫的月租三圓正的泥土間，憑靠著竹製的臺灣牀，看著陳有三的和服姿態，真是滑稽透頂的場面。再說那也許是無法實現的想望，運氣好的話，跟日本人的姑娘戀愛進而結婚吧。不是為此而公佈了「內臺共婚法」嗎?

但要結婚的話，還是成為對方的養子較好，因為改為內地人戶籍，薪水可加六成，還有其他種種利益。不，不，把這些功利的想頭一概摒除，只要能跟那絕對順從、高度教養、如花艷麗的日本姑娘結婚，即使縮短十年、二十年壽命都無話可說。然而這份低薪的話，無論如何都成不了事。對啦，用功吧！努力吧！必能解決一切境遇。

每當陳有三快樂的空想到達極致的時候，便對自己加以現實的鞭策。於是，他仔細地計算起來：

收支		二十四圓
支出		
	伙食費	八圓
	房租	三圓
	電費及炭費	一圓五角
	寄回家	五圓
	書籍費	三圓
	雜費	三圓五角
結餘		零

但，衣服費、臨時費等則向家裡請求。另外，作了一張讀書時間表，寫上「嚴守時間」四字。

陳有三寄了一封信回家，表明了他的抱負。

父親大人鈞鑒：

不肖離開膝下，匆匆已過旬餘。家中諒必安泰無恙。不肖亦頑健至極，請勿掛念。目前任職會計助理，工作非常單調。由於洪天送兄之奔走，住宿已解決。閒雅住家，房租三圓。月薪二十四圓。經綿密開支計算結果，爾後每月匯寄五圓回家。無法再撙節多匯，敬祈察諒。

然則雖已畢業，並非閒居無為，必拮据勉勵，以期他日之大成。不肖謹慎品行，精勵公務，利用餘暇，不屈不撓，勤學向上，欲以揚家聲，而報父母鴻恩之萬一也。

敬祈垂察不肖微衷，刮目以待。

殘暑嚴熱，攝生自愛為禱。

不肖敬稟

陳有三想起滿臉塵灰與皺紋的老父。三十年來可謂縮緊脖子而儲蓄下來的血汗一千五百圓，完全投注於學費，等著兒子以優異成績完成五年間的學業，而後可以過得較安適的生活；而今，竟領如此低薪，每月寄回五圓，無助於家計，如此情況，父親非再如牛馬般勞動不可，直到手腳不能動彈為止。想到此，不禁替父親可憐萬分。

雖如此，附近鄰居大加讚美道：

「您真是找到好工作。真會賺錢。我的小犬也去都市奉仕，但薪水每月只有三圓。」

陳有三按照計畫用功讀書。常在深夜十二點或一點，還可看到他專心一意讀書的背影。

有一天晚上，同事戴秋湖來訪，邀他出來散步順便去他的家。戴秋湖對陳有三經常表現很親切的態度。陳有三完全當他是可信賴的友人。

去戴秋湖家的路上，不但漆黑且崎嶇不平，陳有三幾次差點跌倒。

他的家是屋頂翹曲的老家，牆壁滲著灰色。

陳有三被引到正廳。正面掛著觀音佛祖的畫像，兩側壁上貼著各種姿態的上海美人的彩色圖片。

中間放置一張圓桌子，上鋪滾花邊的白桌巾。正當陳有三坐下籐椅子時，從入口處走進一個老人。

「是我父親。」戴秋湖向陳有三說，而後介紹道：「爸爸，這位是新來的役場的陳有三君。」

陳有三深深垂下頭時，老人像要制止似地伸出僵硬的手，作了請坐的手勢。

「簡陋的地方，歡迎你來。」

露出多皺紋的和藹笑容。一坐下來，就在長竹根的煙管裡，塞進味道強烈的赤麟煙絲，而後噗嗤噗嗤地吸起來。

老人像南洋酋長似地，皮膚呈赤褐色而鬆弛。十二、三歲的少女端來一盤木瓜。美麗而黃暈的瓜肉上，圓圓小小的黑色種子發著濕濡的光。

「陳先生很年輕，幾歲啊？」

「二十歲。」

「哦，正是年輕力壯的有為青年呢。」

「……」

「府上在哪兒？」

然後詳細地問眷屬、老家、職業等家庭的情況。

「生了像你這樣乖順的兒子，雙親一定很滿足。薪水又高，一定有存錢吧？」

「不，每月要寄錢回家。」

這下子，老人伸出下顎，顯出訝異的臉色道：

「但是家裡也不需要你的錢吧？」

「不，家裡很窮，多少要補貼一點家用。」

「真了不起。你這樣的青年太難得了。」

老人銜著煙斗，沉思了片刻，而後忍不住地驚歎。

這時，戴秋湖從旁插嘴說：

「是呀！爸，陳先生還用功呢，隨時手不離書呀。」

「哦？那……。怎麼樣？不要光是讀書，請常常來玩。對，這次放假，跟我兒子一起去我們的橘園，怎樣？正是蜜柑成熟的時候，景致又好。」

「啊，非常謝謝。」

戴秋湖以凹陷的眼光緊盯著陳有三，一邊把膝蓋挨近，說：

「陳先生，你一個人很寂寞吧。還要燒飯、洗衣，很不方便吧？怎樣，我的遠親有位小姐，溫柔美麗，你把她討來不錯呀。」

「謝謝關懷，但因種種關係，近期內沒有那種意思。」陳有三覺得是不該有的事，內心苦笑說。

「銀珠嗎？那女孩子我也很清楚，確是好姑娘。」老人拿煙斗邊在地上敲敲，邊像自言自語。

「不，陳先生，你的生活既安定，薪水又高，結婚絕不成問題。再說，本島人十八、九歲結婚的，多的是。」

「問題就在這裡。本島人早婚的陋習，非從我本身改革不行。」

「那是很了不起的理想。但不能把所有人硬塞進那框框裡吧?姑且不管那個啦，什麼時候去看一次。非常漂亮的姑娘喲。你一定會喜歡的。」

「那還……」陳有三窘困地說不出話。

場面變得有點不對勁，老人混濁的聲音打破沉寂：

「真是新頭腦的有為青年。我們舊式的人，總以為早些娶妻生子便是盡孝道的一種哩，哈哈……」破銅鑼似地低聲笑著。

數日後，洪天送來訪，一見面就捉住他說：

「老兄，上回去戴秋湖家的時候，真的受不了。」

於是，苦笑地把那天晚上的事情一五一十地述說了，洪天送頻頻符合節拍似地聽著，好像等了很久，陳有三話剛講完，他便道出了稍令人意外的事情：

「戴秋湖君之所以對你那麼佯裝親切，是因為他別有用心。看他那帶刺的眼光就知道是精於打算的陰險人物。對你表示種種的親切，是想從你那兒得到什麼而嗅著你。但一旦知道從你那兒得不到什麼的時候，便易如反掌地對你冷淡了。你去戴家被問了很多事情，就像是對你及你家的信用調查。而勸你結婚，想推介遠親的姑娘，就表示你已失去戴家女婿的資格。因為戴君自己有兩個妹妹。大的妹妹就因為戴君的暗算陰謀，離婚回家，成了悽慘的犧牲品。大約二年前，街上富家的放蕩子死了太太時，他把妹妹的美貌當商品，也不理會她的厭惡，硬是把她嫁給豺狼色魔的放蕩子。她長得像海棠那麼美。那個浪蕩子具有瘋狂的興趣，每當街上新來一個賣春婦，必定要通情一次。而且每當醉酒回家，必然踢打太太，做盡狂暴的行為。他的太太是C市高等女學校畢業的有教養的女性，被如此狂暴的丈夫虐待，甚至被染了惡烈性病，原來嬌貴之身，無法忍受這些壓力與歎息，終於得了肺病。而且那個婆婆又是出名的潑婦，雖然擁有龐大財產，但對媳婦的病，幾乎無法令世人相信地一點也不施予治療。她終於兩年前去世了。想必悔恨地咬著牙齒而斷氣吧。戴家迷惑於對方地位與三千圓，硬把妹妹推到豺狼身上。結果當然又遭噩運，染上性病，忍受不了婆婆的虐待，咒詛著自己的命運，企圖縊死，幸虧沒死成；兩家大為緊張，放蕩子一時也抑制玩樂，可是最近又恢復原狀，終日耽溺花柳樓。終究戴家由於女兒的切切懇求，把她接回家來。她現在靜靜地養著受傷的身體，等著再婚的日子。但因為這，她的結婚條件就變得很壞了，所以戴君似乎打算把她儘可能地嫁給他鄉的人。也就是找個不太知道這件事的他鄉人，閃電式地決定。我講漏了一點，在戴家那個老爺形同隱居，家務全由戴秋湖君處理。戴君或許原想把這個孤寂的妹妹送給你也說不定，但現在已在銓選之外，恐怕是因為你坦陳了你家的貧困，微薄的薪俸還要寄錢回家。只要使出他那一流的策術，不難得售於他鄉相當的家庭吧。大妹妹不能送給你，小妹妹當然免談了。那個小的妹妹瞳孔浮腫，有點白癡，我先給你注意，你雖然落選，但一點也不足為恥。他把你的人格與潛力完全置之度外，單看你的富裕與否。假若你有相當的資產，那麼即使你是無能者或背德者，他也樂得把妹妹獻給你。還有，他頻頻向你推薦遠親的小姐，那是企圖從遠親得來的利益呢？還是只想從你那裡擠些媒人錢，真偽不明。總之，要是單純地相信了戴秋湖君的言行，一定要上當的。他做著許多來歷不明的事情，介紹結婚也是他的重要副業之一。就憑他三寸不爛之舌，媒人錢一次至少也有十二圓以上的收入。那個老爺好賭博，上次也被抓去關了幾天哩。」

西邊一帶是橘園丘陵地，在斜坡的盡頭，這個小鎮寒傖地蹲踞著。東邊是森嚴的山岳連亙著，深處便是中央山脈，有如巨獸露出灰藍色的脊樑，頂著蔚藍的天空。

試著翻閱當地的《地理指引》，以麗句概說此地沿革如下：

該地原為蕃族所佔，依據口碑所傳，雍正三年（距今二百餘年前）漢人始入犁萬丹之野，田疇逐日拓墾，移住者自四方蝟集，結茅舍，經久歲月，形成部落。其後住家驟增，以至今日之市街。

其次，產業欄裡介紹如次：

該街為郡下物質集散地，市街極為殷盛。附近土地肥沃，水利便利，多出產米、地瓜、甘蔗、蔬菜、芭蕉、鳳梨、柑橘、落花生；林產有柴薪、木炭、筍、竹林；工業生產有砂糖、酒精、鳳梨罐頭等；家畜亦盛焉。

但這是從前的面貌，現在蕭條到叫它為生病的小鎮較為恰當。為什麼呢？那是被地勢所制扼的緣故。

這街在往年，是對蕃界實施理蕃政策的要地，且為舊行政區域的廳政所在地，所以充分被利用而繁榮；但其後，理蕃事業猛快推進，要地遷至H街，適值新州制公佈，此街僅為郡的所在地，因此，蹲伏於丘陵之裾的本街，必然走向凋落之途。

著名的濁水溪支流挾著這街附近而呈泥炭色的水流。豪雨來襲，立即氾濫，流失橋樑，交通陷於中斷。直到水勢減退，竹筏可渡為止，報紙、郵件不用說，連味噌、醃蘿蔔等食品都告斷絕。

三面環山，形成南北狹長的盆地，這個高地平野的中心是鄰莊的S庄，因此本街的沒落正好促成S庄的繁榮。

S庄不僅是這個平野物質集散的中心地，也是交通的要衝。從S庄到州所在地的T市，或到縱貫沿線的小都市，交通都很方便，而且也是理蕃政策要地H街的中間站。

S庄是盛產米的輸出地，因而多富裕的地主，且社會運動家等人才輩出。要之，整個S庄富於進取的氣象；相反地，本街的人們是保守退伍的，幾個有錢老爺，也不想做事，終日沉浸於鴉片煙中。

登上山丘，越過相思樹梢，俯瞰這小鎮，可以看到木瓜、香蕉、檳榔、榕樹等濃濃綠蔭覆罩著黑色的矮屋頂。稍稍離開小鎮的右方角上，製糖工廠像白色的城廓似地，被一片的甘蔗園包圍著。愈遠愈深的碧藍天空裡，積雲靜靜地屯駐著，在可望的視界裡，盡是豐饒的綠色南國風景。

進入小鎮，驛前路是街中最好的路，只有單側建紅磚的二層樓房，這便成為花柳街。可能來自北部的年輕賣春婦們，穿著花哩花俏的豔色上海裝，或向行人送露骨的秋波，或露出黃牙齒而笑。對面有一間叫鶯亭的朝鮮樓，另有一間日本人的妓院。不知何處漂來？那兔唇且出了小疙疸的女人，或用墨筆深描眉毛的圓髻瘦小的女人站著講話的姿態，依稀可見。

市場前的馬路叫「大街」，但兩側燒焦似的黑柱子、腐朽的廂房，狹窄的亭仔腳下，豆粕與雜貨類雜亂並陳，傾斜的屋頂上處處長著雜草。封滿塵埃的雜貨店裡，商人像長了青苔的無表情的臉，終日沉坐著。滿臉縱橫皺紋的老人，在亭仔腳的地上，伸出枯枝似的腳，銜著長長的竹煙管，懶懶地打盹著。

強烈日光下的十字路口，張著蝙蝠傘，賣著落花生的榕樹般蒼黑男人，好像在那兒無聊地抱著膝蓋曲捲著。

賣著一片一分錢的鳳梨等水果攤，金蠅嗡嗡地聚著。

陳有三經常穿著浴衣，笨拙地繫著寬條布帶，毫無目的地漫步街頭，看著如同石罅中的雜草那般生命力的人們，想著自己與他們之間有某種距離，一種優越感悄悄而生。

搖搖晃晃的漫步中，看到咻地用手擱鼻涕的纏足老婦女，或者毫無條理、高亢的金屬性聲音叫喚的媠媒們，便蹙起輕蔑的眉頭。

但，在這泥沼中的人物之中，有一天晚上，有人深深地震撼了陳有三的心。十三夜的月亮高高照著黝黑的街上。陳有三讀書之後，漫步到街上來透透氣。

來到街郊，那兒有並排的棕梠，陳有三坐在樹下的石頭上，得到片刻的休憩。忽然透過靜寂傳來纖細澄清的音色，絲絲地滲進心裡，擴大漣漪。青白月光和薄靄籠罩，屋頂如覆霜似地發白。正好對面的屋子裡，有一個年輕的少女在彈著臺灣琴，穿著草色衣服的豔麗少女，在燈下低著頭，露出美麗的側臉，發亮的瞳孔，端正的鼻樑，如同紅色花蕾的嘴唇，還有密厚的黑髮，這一切似乎可聞得淡淡的香味。

少女的旁邊有一個穿黑衣服的微胖女人，大概是她的母親吧，叉著兩腿，蠕蠕咀嚼著檳榔。

陳有三感到熱熱的醉意，莫可名狀的感情癢癢地搔動身體。

她奏的曲子是中國古代的悲歌吧。那幽婉的旋律微微振盪心弦。陳有三的腳跟被遙遠而分辨不出喜悅或哀愁的感情與空想之波浪沖擊著。

「坦白跟你說，我被母親逼得非訂婚不可。大後天是正式的相親，一定要請你跟我一起去。」

洪天送的黑臉泛著微紅，難以啟齒地說著。

「哦？那真第一次聽到——」

「最近才決定的事情。對方是商人的第三夫人的獨生女，因為有陪嫁錢，家母便大為興奮。為了想嫁給中等學校畢業的人，便把白羽之箭射向我來。」

「好呀。」

「反正我們是沒辦法戀愛結婚的吧。那就不如結個賺錢的婚。畢竟有陪嫁錢的人不常有。」

「這就是有企圖的結婚觀。」

「不管是不是有企圖的結婚觀，我只是聰明地抉擇現實的路。現今，我們的風俗是買賣婚姻吧。女人依其美醜、教育程度、家世等條件而有價格之差異，但不管差到哪裡，男方總要拿出錢來買女人。但偶而也有例外。即如中等家庭只有獨生女的情形下，便多少附送些陪嫁金，找個相當學歷與生活安定的男人。假如追根究底，對方也是有企圖地以陪嫁金釣個條件好的男人，所以不管怎麼說，我們沒有真正的選擇之自由。誠然相貌的美醜，偷看個兩三回也許就可知道，但性格等問題，非得相當期間的交往是看不出來的。要之，我們的結婚，就像抽籤，幸與不幸全由籤來決定。這麼一想，與其花錢買，還不如以送聘金為名目，其實從對方撈一筆過來較為聰明哩。」

「嗯，你的說法確有一理呢。這一來，結果能享受得到利益的只限於有一定地位的人吧。」

「嘛，可以這麼說吧。那個商人擁有三個妻子，女人們爭著存私房錢，而那個第三號夫人只有一個女兒，便把私房錢通通給她。」

當天，包括陳有三，總共六人浩浩盪盪地來到女方的家。女家開商店，店裡擺著各色各樣的棉布類及人絹類，一個五十出頭的肥胖而痘痕面的男人，細瞇著眼，滿面笑容，招呼大家入座。

「恭喜頭家，今天真大好吉日，沒有比今天更高興的了。」瘦得像枯柴的媒人，高聲地恭維著。

通過店面，裡面有漂亮的正廳，明窗淨几；正面有觀音佛像，神龕上供奉著祖先的牌位，線香的煙縷縷裊裊；燭臺上鍍金字的紅蠟燭吐著小小火焰。側面的牆壁上，掛著穿清朝禮服、留長指甲、戴碗帽、蓄八字鬍、瘦得像木乃伊的鴉片鬼似的男人的肖像。畫像上滿是塵灰。紫紅的絹加了刺繡的花燈一對，垂吊於左右。

「像洪先生這麼敦厚而且前途無量的青年，可不容易找到的呢：加上美珠小姐的美貌，真是相稱的一對鴛鴦呀。這也是前世兩家的姻緣。真是可喜的日子……」

「笨拙的女兒，不知能不能合乎各位的家風，令人掛心，哈哈哈……」

「不，今天真是可喜的日子呀。」媒人不知第幾次的恭維之後，向同座的人說：「那麼，就開始吧。」

同座的人重新端正坐姿。

一會兒，正聽得鞋聲，衣服的悉索聲時，一個穿著閃爍光澤的淡桃色緞子的上衣和深藍色裙子的少女，捧著茶盤，俯首移著碎步走出來。穿著黑色衣服的老婆好像要抱住她似地領著她。少女在大家的面前恭敬地行了一禮，把茶盤端向洪天送的母親，然後依順序迴繞過去，最後來到洪天送跟前。洪天送拘謹的表情，顫著手取了一杯，少女羞澀地低頭像一朵含笑花。繞過一圈之後，少女靜靜地引退下去。

大家啜飲著茶。那是放了冰砂糖的澀澀甘味的茶。

再一次聽到鞋音、衣服的悉索聲，像前次的那樣被黑衣老婆抱住似的少女又出現了。洪天送把折疊的六張新紙幣放進喝乾的茶杯裡，而後放在少女端出的茶盤上。大家也各隨己意地把紙幣放進茶杯裡。陳有三也放進一圓紙幣，當少女轉來的時候，一邊把杯子放上去，一邊下定決心地偷看了少女一眼，濃施脂粉的臉上，無何表情，彷彿羸弱的深閨的小姐的蒼白。

「幾歲？」陳有三低聲地在洪天送耳邊問道。

「十六。」洪天送也像怕別人聽到似地小聲回答。

緊接著同座都騷擾起來。交易開始了。聘金一千二百六十圓之中，五百圓做為男方籌備傢俱的費用，其餘七百六十圓必須付給女方。而第一次支付金額二百圓正，決定現在支付，洪天送的母親從懷裡取出嶄新的鈔票，小心翼翼地排在舖著紅紙的桌子上。

這樣聘金的收授對洪天送而言，僅止於舊習形式上的蹈襲。按照預先的約束，聘金暫且收下，扣除實際的結婚費用，其餘額便與陪嫁一齊送還男方。

「這很抱歉。」少女的父親接過去，一張一張地算著說：「沒有錯。如數收下。哈哈哈……」

一入十一月，炎炎燃燒的太陽也逐日減弱照射而成黃金色，蒼穹澄清無涯。如水清澈的冷風颯颯吹來，路樹呈暗橙色搖曳著。

高原的新秋街上，幾分變黃的樹梢或增黑的屋頂，看來像靜靜地在喘一口氣似地。

一到夜裡，街上的犬吠聲或其他，都像掉進深淵似地靜寂下來。

被大熱天蒸得像鉛的頭，完全冷澈下來，陳有三的功課也大有進步，常不知不覺讀到深夜。當全身沒入讀書之中，莫可名狀的感激與歡喜的波浪一陣陣拍擊過來。

深夜，翻閱古書，感到古人、偉人與我近在咫尺之間，就像在貪睡的街上，一個人昂然而走，體內漲著熱情與驕傲。

到了十二月，天氣果然變得寒冷了。風捲起沙塵，粗暴地驅迴著街道。陰沉沉的天色，小鎮也變成灰黑色的基調，冷顫顫地。

雖年底已近。但小鎮這一點也沒有異樣。只因這兒使用陰曆。

元旦降臨了。

街上只有日本人家立著松竹，而本島人幾乎沒有人立它，且照常開店營業。

陳有三出席了街役場主辦的拜年會之後，本想回家一趟，突然中學時代的同學廖清炎來訪。廖清炎穿著淺灰色的西裝，外套一件風衣，腰帶束得緊緊的，何等瀟灑的都市青年風采。

「喂，真難找呀。」一跨進門檻，就發出爽朗的聲音。

「哦，是你嗎？真難得。請進請進。」

「最近好嗎？看你好像沒有什麼變的樣子。」

「老樣子啦。你變得都認不出來呀，好一個派頭的紳士哩。」

「這樣嗎？多謝誇獎。但儘管堂堂衣裝，其實只是月薪三十圓的窮小子呢。月薪三十圓只向你祕密告白，對一般人都吹噓五十圓。以三十圓分期付款，穿上這唯一的好衣服，只要裝出高級社員似的面孔，就會受到一般傢伙們的尊敬與較好的服務。」廖清炎一邊昂奮地滔滔而言，一邊從口袋裡掏出紅茉莉牌（臺灣專賣局製造的香煙）香煙，皺著眉頭，點了火。

「不抽煙嗎？」

「不抽。來得正好，差一點我就回家去了。歸省暫且擱下，慢慢聊吧。」

「不打擾你嗎？我也要乘下一班列車到K街去，這還有三個鐘頭，就請你陪我吧。」

「只聽說你畢業後在臺北，但不知你在哪裡服務。你說月薪三十圓，到底在哪兒服務呀？」

「就在S商事會社呀。因為我的一個親戚在那兒當過經理，憑那個關係進去的。待遇還比其他社員稍好些，工作也比較輕鬆。那你的待遇怎樣？」

「我嘛，我是二十四圓。」

「這麼說，是相當拮据啦？但其他的朋友也都差不多呢？總之，一切都幻滅了。我們不知為什麼而讀書呢。」

「要之，在學生時代，我們把社會看得太樂觀了。」

「當然是沒有認真去思考社會，但多少知道社會是複雜而多風浪的，只是沒想到那麼嚴重就是。社會就像巨岩似地滾壓過來，而我們是被壓碎得連木偶都不如的可憐者。」

「是呀。學生時代搞什麼數學啦，古文啦，拚命往艱深的地方鑽研，一旦出了社會，才驚訝於它的單調。我每天從早到晚，就是算鈔票而記進簡單的賬簿裡。」

「所以我五年間所得到的知識，乾乾淨淨地還給了學校。每天，我只記些借貸的數字，不要多餘的知識。頂多，會打算盤就好了。」

「也就是說生活裡面沒有創造性。但我們非努力賦與生活的創造性不可，我想。」

「你仍是個理想主義者。做學問——亦即苦學勉勵而創造自已的生活，然而突破了充滿苦鬥的難關之後，勝利的光明在等待著你嗎？不，仍然不過是拮据生活的另一種變形而已。這聽來好像是唱反調，其實我們所生存的時代，正是反調的現象。從前的人但憑獨學力行便可立身處世，現在還有人抱著那種古色蒼然的理論理想，這不能不說是難能可貴的人。我認識的一位朋友，於內地的H大學在學中，就通過了律師考試，畢業後，服務於法律事務所多年，以後在臺北獨立開業，但業務清淡毫無收入。因為同業者很多，經歷老練的律師不知有多少，所以競爭不過大家。要賺個房租與生活費就已焦頭爛額了，生活一點也不輕鬆。」

「你刺痛了我的要害。坦白說，我準備參加普通文官考試和律師考試。」

「你真是個可憐的光頭唐吉軻德。難怪排著這些參考書、偉人傳、出身成功談等書籍。這種鄉下的古老空氣，對你實在不好。」

「但假如我的第一目標是改善自己的境遇，即使由於時代的潮流無法實現，那麼由於勤學而獲得的知識與人格陶冶的第二目標也不能抹煞的吧。」

「哦哦，把那知識丟給狗吃吧。知識把你的生活搞得不幸。你無論如何提高知識，一旦碰到現實，那知識反成為你的幸福的桎梏吧。再說，在這鄉下準備律師考試什麼的，沒用的啦。」

「知識會陷吾人於不幸嗎？知識難道不是我們生活的開拓者？」

「知識要抱著華麗的幻影時，也許可以幾分緩和生活的痛苦。但幻影終究會破滅。當喪失了幻影的知識一旦與生活結合的時候，則只有更加深痛苦而已。舉個具體的例子，有一個愛好欣賞音樂的人，他具有相當高的音樂知識。他現在沒有職業，但擁有快樂的幻想：假如有了職業，一定要先買電唱機、貝多芬和舒伯特的作品。而後，他果然找到職業了。但找到的職業僅僅能保障生活的收入，畢竟沒有餘裕來買電唱機或音樂家的高價作品。藝術作品的唱片每張至少也要三圓左右，至於交響樂作品集的唱片，更是買不起。因此，把他所具有的音樂知識連結於現實生活的時候，他非時時感到痛苦不可。要之，你忘記了你自己所擁有的地位。

當然也有人隨著知識的提高，而使生活更豐富、喜悅、向上。但那僅限於被選擇的少數人而已。你是和巨大風車格鬥的唐吉軻德。我勸你與其做有知識而混迷的唐吉軻德。不如做無知而混迷的桑科。當唐吉軻德朝著風車飛奔過去的時候，桑科不是在旁邊聰明地觀望嗎？」

「但我認為唐吉軻德那種勸善懲惡的觀念或知識本身，絕非不好。」

「問題就在這裡。也許你所信念的勸善懲惡思想是沒有錯的，但是他把對象亦即客觀的存在看錯了。於是他的悲劇發生了，那可以說是正確的知識嗎？」

「我們還年輕。我希望把我的能量消耗於好的方面。我也知道我所站的現實地位是在泥沼中，是可以計算的悲慘生活。但我非從這裡往上爬不可。假如我的目標是黑暗而絕望的話，到底怎麼辦才好呢？」

「這，怎麼辦才好呢？我也不知道。我無法給你任何指針。我只是說我們的未來，除非有奇蹟出現，否則必然一片漆黑。」

「斷念了立身處世，放棄了知識的探求，拿掉我們青年的向陽性之後，我們到底剩下些什麼，豈不是成了行屍走肉的殘骸？」

「喂，不是我要強求你那樣。只因希望你不要持有徒勞無功的幻滅，才說了這些話。」

「那麼你怎麼過日子？」

「也不特別怎樣，只是令人欽佩的讀書一道，很遺憾，我現在沒有那種心意。連報紙也懶得去讀。因為讀了，徒增憂鬱而已。不過，你對女人這東西，知道多少？女人便是無知的美麗動物喲。玩弄女人便是我的興趣。只是非得要領不可。在薪水的許可範圍內，和女人調調情，看看電影，喝廉價的酒，多少便可蘊釀醉生夢死的氣氛。」

沉沉深夜，寒氣逼人。手腳都凍僵了。二月的風，咬響牙齒，跫音粗暴地跑過黑夜。

陳有三為了防止腳的麻痺，一邊搖著腳、一邊凝注著視線，但並非看著打開來的書，而是馳騁遐思於無止境的不定方向。在南國，一到這季節，腦袋變得冷靜，是讀書的好時期，但陳有三反而讀不進去，讀了一個鐘頭左右就會厭惡，茫然陷入空想。陳有三對讀書會感到倦怠，並不是完全是同學廖清炎講了那些話所帶來的影響。而是這個小鎮的怠惰性格漸漸地滲入陳有三的肉體。正如南國威猛的太陽與豐富的大自然侵蝕了土人的文明一樣，這寂寞而懶惰的小鎮的空氣，開始對陳有三的意志發生風化作用。在如同煮熟的盛夏裡，陳有三以一種沉浸於「法悅境」的情緒裡猛然用功；但一到氣候冷澈的時候，便稍看一點書就覺得疲倦不堪，說不出一種無精打采的感覺。

從同事、朋友口中聽到的，不是人家的謠言，便是關於金錢或女人的話。他們甘於現狀，張著血眼尋求掉落於現實中的些許享樂而滿足。陳有三雖然反對他們，但與他們接觸多了，那種反彈的力量愈來愈遲鈍，這使他有點焦慮但又不得不採取觀望的態度。當然，廖清炎所留下的話，成為黑暗的真理而纏捲著他。在這鄉下地方準備參加律師考試什麼的，的確是荒唐。那不正像踏出校門的年輕人所抱的海市蜃樓般的美夢嗎？何況在還沒有幾分成果之前，不是已在意志之中發生了縫隙嗎？

然而這是不行的。即使律師考試是青年一時衝動的計劃，但至少有可能性的普通文官考試或中學教員檢定，非取得不可。

在這鄉間一旦放棄勤學之後的生活，豈不像囚人似地過著無奈的生活？還是去找同事、朋友、口沫橫飛地談些無聊的愚癡的身邊瑣事與金錢的事以度日嗎？與其過那樣無聊而傻瓜呆的時間，不如一個人在家裡睡懶覺。還是去賣淫窟，抱那些又瘦又黃的女人嗎？只要想起那如同野狐狸的臉，心裡就要作嘔。不要逼得太緊，只為了把公務以外的閒散時間，以較好的方法來排遣的話，則除了讀書之外，並沒有較有意義的生活。這是現在唯一留下來的路。

即令積聚的知識將來帶給生活不幸的陰翳，但比起抱賣春婦的生活，不會更不幸的吧。所以，陳有三重新鞭策即將滑落鬆弛的心。

因此，陳有三唯有擁有新的知識才感覺一種矜持，才能夠俯瞰群聚於他周圍的同族們。要他放棄新知識，簡直就是令他還元於被某些人所卑視的同族。要把他撞落於沒有教養而生活水準低得如同泥沼的生活，對他而言，是無法忍受的。

然而，有一個人意外地拿了黑暗的言語投擲給他。那就是他的同事，服務二十年的林杏南，一個過了四十而皮膚變黃且浮腫的男人。三月暖和的午后，兩個人留到最後在辦公室，難得林杏南勸他說：

「馬馬虎虎把它結束，回去吧。」

陳有三乘此機會便把帳簿收拾進去，和他並肩走到街上來。大約五點左右吧。被污染的薔薇色的雲彩掛在天空，灰白色的光線漂在街上。林杏南以低沉而黏黏叨叨的聲音向陳有三說：

「你真是這個街上難得的青年，我很少看過像你這樣的青年呀。也不和同事講淫穢的話，也不喝酒抽煙，而且聽說很用功。——大家謠傳你是個不滿足於現狀，抱青雲之志的用功青年。但我從黃助役那兒聽到很奇妙的事。黃助役在幾天前向我說：聽說陳君拚命用功準備參加什麼考試，但僅以現在的場所為立足點，自然會疏忽了公務，對現在的工作不努力的話，對方也很麻煩的；總不如辭掉職務，專心準備，豈不更容易達成目的？我雖然一片苦口婆心對你講，在世間反正都無法照自己的想法去做的。假定你通過了普通文官考試，你也看到這是失業者眾多的時代，而且有資格的人還有很多找不到職業。這情況之下，你到底能否獲得更好的地位還大成問題呢。目前，同事雷德君也耗盡家產，好不容易畢業於內地的某大學，拿著中學教員的合格證，到處活動也找不到職業，賦閒了兩年，終於來到這兒拿三十圓的月薪。你也在這不景氣的時候，敲掉現在的地位而讀書的話，這未免太那個了。」

陳有三看到自己開始搖晃崩潰的感情，咒罵且悲傷自己不得不背負沒有支柱的生活之黑暗。陳有三憎惡地凝視著桌上並列的教人如何立身成功的書籍，心想那些不外是空空洞洞的傳說而已。具有焦點、多彩而振作的生活被切斷，曝露於灰色沙漠中的生活之路，竟如此延續到彼方的墓場，這使陳有三吐出焦躁的悲歎而恨恨地咬牙。

有一天，陳有三想起黃助役對著金崎會計故意說得很大聲的話：

「我認為社會的不幸，在於因為知識過剩。知識經常隨伴著不滿。因為它使對社會客觀性的認識不足的血性方剛的青少年，或反抗社會，或陷於自暴自棄。所以在公所服務的人，與其要找有知識的人，還不如找個全神貫注於職務、工作正確而字體漂亮的實用性人物。」

這句話現在還清清楚楚地迴響於他的耳邊，非變成無知的機械不可。

抽出青春與知識之後的無依無靠的生活，就像漂泊於絕望而虛無之中，感到目標與意志飛散而去，經常像脫殼似地坐在竹牀上。經濟上可算得出來的生活，二十四圓的薪水，除非有奇蹟出現，否則幾年後便由雙親的意志，跟不認識的鄉村的姑娘結婚吧。而後繼續生出相應於熱帶地方的餓鬼們。如牛馬般勞動，被家庭拖垮，變成卑屈的俗物。餓鬼們因為營養不良而枯萎，變成青色的小猴子似地。

嗚呼！我才不幹哩。

陳有三湧起一股莫名的憤怒，但並沒有持續多久，便漸漸淡薄，終於敗滅的暗淡心緒浸蝕腳跟，漸漸漲高，開始浸溺腦漿。如同蜘蛛網上掙扎的可憐蟲，一種莫名的巨大力量的宿命俘虜了他，隨著日子的增加，強烈地啃食他的肉體。

這段日子，陳有三像隻野狗，漫步到郊外很遠的地方。三月末的斜陽投射橘色的輕盈光華在原野上、森林上。森林多屬蒼鬱的常青樹，其中也混雜著落葉的裸木與紅葉樹。森林的上方，青磁色的天空連接遠方。走在路邊植有相思樹的路上，看到散落於田野間的富裕的白壁農家或低矮傾斜的貧農的土角厝，只有木瓜樹是一樣的，直立高聳，張著大八手狀的葉子，淡黃而滋潤的果實，纍纍地聚掛於幹上。這美麗色彩而豐盛的南國風景，溫暖了他的心；在空洞的生活裡，微弱的陽光透射進來。

林杏南來勸說：「一個人燒飯很麻煩，不如來跟我一起住，正好房間空了一間。」當陳有三接受了這建議之後，才徹底看出林杏南的劣根性。對於同事們批評林杏南的為了賺幾個錢的心情，陳有三感到莫可名狀的憐憫與侮辱。這個肥胖鬆弛肉體的四十歲男人，經常表露無動於衷的寂寞表情。他被同事輕蔑與疏遠。因為老朽而無能，謠傳他隨時會被殺頭（解聘），所以他除了拍上司的馬屁之外，就像啃住桌子似地，慢吞吞地工作。比他年輕甚多的黃助役，以指責學生的口氣稍一說他，便唯唯喏喏地現出恭順諂媚的樣子，如同家畜那樣可悲的畫面。陳有三經常想起自己也像他那樣慘不忍目睹的姿態，便增加了心中的暗淡。

林杏南的吝嗇是無人不知的有名，一雙破鞋，加上十年如一日的褪色而手肘磨損的藍嗶嘰服，一身古色蒼然的姿態，即使污垢的一分銅錢，他也愛得像生命那樣無限執著。

陳有三對自炊工作已感到厭倦，而林杏南說房租、餐費、洗衣費合計每月十二圓。那跟現在的費用相差無幾，且對他的好意無法拒絕，終於答應了。

陳有三搬家過去的那天晚上，他殺了雞、買了老紅酒款待。他浮腫的臉即刻變紅，呼呼地吐著艱苦的氣息。

「你好像不抽煙吧。我也是活到這把年紀從未抽過。而且酒我也不行，這樣喝得滿面通紅，實在很失禮。今後和你同在一個屋頂下，就像一家人同住，沒有比這更高興的事。」林杏南從未有過這樣熱情的言語。

陳有三也感到全身血管熱脹，悸動高鳴。

「陳君，你還年輕，不知金錢的可貴。金錢是這世間最重要的東西。有的人重視金錢勝過父母，有的人為了一點錢而陷害朋友。最近住在這條街底的一個人，為了想要朋友的五圓，竟把朋友撞落崖下，搶了五圓逃走，直到屍體腐爛才被發覺。——金錢是這般程度的可怕。決定人的幸與不幸，絕不在於知識與道德，而是金錢。在金錢之前，沒有道德，也沒有人情、憐憫與道理。一個飢餓的哲學家，為了獲得食物，恐怕也難辭當個街頭化粧廣告人；否則死嗎？留下來的妻與子怎麼辦？曾看到街上的老儒學先生，經常諤諤而論孔子之言行，但為了貧窮而詐欺他人，結果雙手被縛於後，悄然被帶走。陳君，背後有人說我老朽啦無能啦，我雖很遺憾，但也不得不承認。我的殺頭恐怕也不會太久。想起這，我幾乎要發瘋。養了七個子女，何況勞動的手只靠我一人，我想你也會同情我吧。到今日為止，只為了餵食這群狼犬，就已使盡渾身解數了。一旦失業的話，怎麼辦呢？你看吧，我這樣的身體，還能受得了肉體勞動嗎？再說要第二次進會社或役場，像我這般年齡是絕對不可能的。到時候，家人就非迷失於街頭不可了。所以，我非緊緊咬住現在的位置不可，即使延長一天也好。為此，受到嘲笑與屈辱也不介意。而且不幸的是，我所寄望的長子竟長久臥病不起，醫治也不見起色，恐怕活的日子也不多。次子於今年春天好不容易才畢業公學校，現在當了S會社的工友，多少幫助了一點家計。再想到底下的幼小狼群，要養到稍為長大為止的長久歲月，心裡就像在暗淡的地獄裡煎熬似地。尤其是長子，十四歲以優異成績畢業於公學校，馬上就到T市的某商店當學徒，晚上讀夜校，二十歲那年通過了檢定考試，但也因此而完全搞壞了身體。因為他自小身體就不很好，但腦筋很好；而且很孝順，每月從未間斷地寄錢回家。想起來，真是個可憐的孩子。」

受到黃色燈光照射的林杏南的雙頰，難得像這樣的帶著光澤，口角痙攣著，目光閃爍。

那一夜，陳有三因喝酒而無法入眠，無止境的思潮在胸中翻滾。黃色土角壁上，一隻守宮（壁虎）一動也不動地停止著。隨著夜闌人靜，漸漸聽到一陣接一陣的咳嗽聲。那是臥病的長子的咳嗽吧。

翌晨，陳有三異於平時地早起。這時候，林杏南正在照顧孩子們，看到陳有三，便笑容可掬地說：

「起得好早呀。」

「是呀，還不習慣於新環境，一早就醒過來了。」

說著，想要去刷牙，便走向廚房那邊去。正當跨進門檻的時候，他突然楞住了。灶邊站著一個薄水色上衣、黑褲仔的少女。她也好像嚇了一跳似地，身體無所措置地垂下頭，故意不加理睬。陳有三甚感意外。她一定是林杏南的女兒。陳有三自然地覺得自己變熱起來，提起勇氣偷看了一眼少女端正白皙而豐滿的側臉。也有十七八吧。陳有三心想：真是淑惠美麗的牡丹似的少女。

朝陽從小矩形的窗口溶化進來。看樣子很能吃的孩子們已坐在桌邊，陳有三呆然地盯視他們。當S會社工友的第二個兒子，向他親切地點了頭。

豆腐、花生、醬菜與味噌湯——這是在餐桌上並排的菜肴。

第二個兒子在飯裡澆些醬油，不配菜就扒光。孩子們忙著動筷子，不停地吸著鼻涕。

細雨濛濛的晚上，好久沒來的戴秋湖陪著同事雷德一齊來訪。

「好久不見。還在用功嗎？」戴秋湖陷落的眼睛掠過陰影。

「屁用功已經停止了。但打發餘暇也很費勁。」自暴自棄地回答。

「對的啦。鄉下地方是不適合接受新知識的單身漢呢。既無刺激，也沒有適當的娛樂。」雷德同感地說。

「因為陳先生一點也不和人交際，所以才寂寞啦。歡迎你隨時來玩呀。」戴秋湖親切地說：

「走吧，今夜到哪裡去玩吧，是嗎？雷君。」

「是的。這麼寂寞的夜晚，令人渾身不自在。到哪裡去解解悶吧。」

「陳先生，快準備。這麼沉悶的晚上，關在家裡也不是辦法，出去玩吧。」

「到底去哪裡呢？」

「不要管它。走吧，走吧！」

失去光明與希望的倦怠的心，終於無法抗拒這邀約。

年輕的身體無法虛度，總要企求某種刺激。

穿著高腳木屐，打轉著傘，三個人一齊出門去了。路黑暗，踩過積水處，就濺起泥水。

街路與商店全部濕淋淋地，一片黑漆漆，所有的雜音都消失了，沉寂寂的。

小雨已止。十字路口淡淡的路燈，滲透到視界裡來。

通過小巷，沿著曲折小路走，忽然來到一家好像人家的後門。戴秋湖推一下快要朽爛的門，吱咿一聲被推開了。裡面連著暗暗的走廊，右邊是廁所，沾滿斑點的燈泡下，金蠅飛繞著。可能因為雨後的關係，從廁所發出的臭氣特別強烈，令腑臟翻滾欲嘔。小庭院裡，橘樹的銹葉只有受到燈光部分，發出油光。

正好廁所的門開了，一個穿著深藍色長衫的女人，急急忙忙地飛奔出來。長衫開叉的裾角，露了一下白色肌膚的大腿。

「喲，明珠——」戴秋湖尖銳地叫了一聲。

「啊啦，請坐。雷先生也來了，還帶了一位新客呢。」

「對，對，這位是陳先生，生平還沒有接觸過女人的童貞呢，給他好好招待一下呀——」

戴秋湖說著，就跟那女人肩靠肩，酣醉也似地走在前頭。雷德也不住嗤嗤笑著跟在後頭。

兩側隔間的房屋長長並排著。明珠的房間在第三間。房間狹窄，從粗劣的木板的縫隙裡，可以窺見隔壁的房間。舖著草蓆的地板的角落裡，疊著淡花紋的棉被。架上有一個籃子，所有女人的用物都放在籃裡。明珠遞香煙給大家，並點了火。兩三個女人一擁而進來。她們向第一次來的陳有三好奇地看著，且頻頻送深情的秋波。她們穿著鮮艷色彩的單色長衫，也有穿著洋裝的。都像河童似地剪了短髮，一樣地塗著令人目眩的白粉，濃濃的口紅，還有用力地描著弓形的眉毛，露出黃色的牙牀。這些敗類女人把吱吱的嬌聲充滿房間。有人光把臉伸進房間，掃一下貪慾的視線，而後走開。雷德垂著眼角，和女人們無所不談地饒舌著。戴秋湖從剛才便一直和明珠扯個不停，完全脫離了現場。只有陳有三閒得無聊，身心拘謹得一刻也想早點從這不適且厭惡的空氣中逃遁。

「對啦，我忘了介紹黃助役的愛人。這個名叫愛珠的美人，便是黃助役的第×夫人。」

被雷德所指的女人是一個身裁小巧，穿著緊身綠色長衫，呈露婀娜肢體的女人。

「啊啦，討厭。」

那個叫愛珠的女人，含羞帶笑地睨著雷德。接著將昂熱的目光投向陳有三。

看來像是初出茅蘆的十六七歲姑娘。

「黃助役這個人，一看就知道是這方面的猛將呢。」雷德揚著輕飄的聲音。

「如何？陳君，這小姐可愛吧。黃助役寵愛的女人，今夜就讓她服侍你吧。」雷德獨個兒樂陶陶地眯著眼睛。「愛珠，大膽地給他服務好啦。那個骯髒的黃助役把他拂袖而去。」

「但，這位先生看來好正經呢。」

「嗯，生平一次也沒有觸到女人的童貞先生嘛。」

「今夜痛快地鬧一陣吧！」

戴秋湖突然舉起一手，好像宣誓地叫著，並拍手高呼。不知從哪裡「嗨！」地傳來暗肉聲，一個眼光溜溜的男人猛地進來。

「燒雞一盤，八寶菜一盤，再來福祿酒兩瓶。」

「嗨！」男人鞠了一躬。

留下明珠與愛珠兩人，其餘女人依依地離去。

料理熱騰騰地端來了。

「來！首先為陳君乾一杯！」

「好呀！」

雷德應和著，三個杯子碰了一下，發出清脆的聲音。

「一杯黃酒解千愁。」雷德吟詩似地說：「陳君，要沒有女人陪酒的話，我便失去活在這世上的一切希望。至少，她們拯救了我的絕望。」

陳有三在這場合，看不到調和的自己；感覺一方面嫌惡這醜俗，一方面推向本能的蠱惑而自我分裂的自己。一刻也想早些逃遁這場所的感情，與不知什麼力量強烈吸引著的感情，這兩種感情的交錯裡，嚴重地傷害了他的矜持。

「我是口琴演奏的名手，這街上的音樂家。可惜沒帶口琴來，那就獨唱一曲吧，諸君請洗耳恭聽！」戴秋湖巡視了在座的人，說完之後，取了一個靜氣的姿態，徐徐唱出〈十九歲的青春〉。唱完之後，自己說再唱一支，就唱了〈急馳的蓬馬車〉。

「棒！棒！」雷德拍拍掌聲，揮著酒杯叫道：「為不知巴哈和舒伯特的音樂家乾杯！」

同座漸漸沉酣，忽然雷德砰地敲響桌子說：

「諸位，今夜為不幸的音樂家戴秋湖君講幾句話。吾友遭遇極為不幸的婚姻生活，他以唱歌、喝酒與女人補償婚姻的不幸。話說數年前，他母親出殯的幾天前，不知哪裡弄來一個陌生女子，悄悄坐著紅轎被迎進來，便宣告是他的妻子，強迫結了婚。因為本島人的習慣，父母死後三年內忌諱結婚。吾友戴君是本島人，且達到適婚年齡，而父親愛子心切，也為了節約經費，便由他的父親及親長們決定，一氣呵成地處理了。接受新知識的吾友大為反對，遂到友人家裡躲藏了一個禮拜。但終非成為舊習的敗北者不可。爾後迄今從未看過吾友與他太太交談過，然而去年他的太太竟生了如玉的男兒，吾友人們大為吃驚。戴君有了希望，希望存錢幾年後買個小妾。買小妾在本島人社會並不須強迫作任何道德上的反省。蓄妾的年輕人多得很。戴君是精明的守財奴。雖然他視錢如命，但用錢如割身仍非喝酒不可，可見他對婚姻不滿的程度。」

戴秋湖把手搭在女人的肩上，不住微笑地聽著。最後他說：「說對了，說對了。」並叫著「為雷的莫須有饒舌乾杯！」

酒把理性扛起並玩弄它，把感情的外皮一層一層地脫下並露出真面目來。陳有三感覺愛珠熾熱的瞳孔像年輕的蛇，不懷好意地捲襲著他。愛珠扭著胴體，靠近他囁嚅道：

「你，以前都不來呢。為什麼不來呢？」

「啊，那……」他一時講不出話來。但突然他又想起來似地：「黃助役常來嗎？」

「常來哇，但我討厭他。」

「嘿？為什麼？」

「那個人吝嗇又好色，人家不喜歡他嘛。」

陳有三想起黃助役平時那張妄自尊大的嚴肅臉孔。一下子，某種嫌惡的感情便充滿了胸間。

菜都吃光了，兩瓶酒也空了，戴秋湖與明珠橫躺著，腳與腳交叠著，時時作耳邊細語。雷德仰臥成大字，張著嘴巴像狐狸精佯睡著。

陳有三突然發覺自己坐得無聊，而且感到愛珠的視線不斷地流入自己的體內，似乎受到喘不過氣來的壓迫。

陳有三搖著雷德的膝蓋。雷德張開無神的眼，驀地起來。「走，結賬回去吧。」

戴秋湖慌慌張張地抬頭道：

「要回去了？還早嘛。」

明珠也接著說：

「啊啦，還早得很呢。哪，慢慢再坐會兒喲。」

笑笑，停了一下，又揚起銀鈴般的高聲：

「結賬啦！」

「陳君，我馬上就來，你們先走。」

背後戴秋湖說著，陳有三與雷德便出去了。雷德為那句意味深長的話而頷首微笑。只有愛珠送到門口，含情地向陳有三細聲說：

「請你再來呀。」

雨已經完全停了。雷德走出馬路，即刻面向牆壁，沙沙地拉了一泡尿。

從狹窄的屋頂與屋頂之間，不意仰望夜空，兩三顆星星濕濕地閃爍著。

一到六月，天氣愈來愈熱，如同白銀的陽光，閃閃膨脹；蟬聲不住高鳴，滲入被綠蔭籠罩的整個閒散的小鎮。

陳有三的心為一件事情而燃燒著。那是對林杏南的女兒翠娥脈脈的思慕之情。那含著嬌羞的虔敬眼光，又像苦悶的寂寞的眼光，深情而濕濡的眼光，畏懼別人的眼光而注視著自己的翠娥，給陳有三感到無限的純淨。

陳有三描繪她為崇高的美，獨自沉溺於快樂的空想中。

這一來，生活突然變得生氣盎然，希望也復甦了，無止境的美麗聯想擴大著。

天氣好的早晨，林杏南的長子常常搬出椅子到庭前的龍眼樹下，瘦得像白蠟的身體坐在那兒休息。

銳利的眼窪與額頭，映著理智的雪白影子。

一個星期日的早上，陳有三問了他：「今天情況怎樣？」兩人便不覺地聊了起來。

「最近您好像較少看書的樣子。」

「啊，一點也沒有心情讀書。」陳有三直率地回答。

「這小鎮的空氣很可怕。好像腐爛的水果。青年們彷徨於絕望的泥沼中。」他蹙起眉頭，自言自語：「我的生命也許已迫於旦夕之間。但在我的肉體與精神將消失於永遠的虛無之瞬間為止，我要追求真實。不放棄我的追求。塞在我們眼前的黑暗的絕望時代，將如此永久下去嗎？還是如同烏托邦的和樂社會必然出現？只有不摻雜感傷與空想的嚴正的科學思索，才能帶來鮮明的答案。正當真實的知識解釋現象的時候，會把我們拉進痛苦的深淵也說不定；但任何現象都是歷史法則所顯示出來的姿態，吾人不該詛咒。幸福要沒有痛苦與努力將無法達成。我們處在這陰鬱的社會，唯有以正確的知識探究歷史的動向，切勿輕易陷入絕望與墮落，非正確的活下去不可。然而想到連買書錢都沒有的我，便感到無限寂寞與鬱悶。光是醫藥費就叫家裡吃不消。雖然我也託臺北的友人寄些舊雜誌和舊書，但僅能買一點而已，雜誌是買隔月的《××》，因為《××》雜誌不但分析日本的現象，而且也大為介紹海外的思潮。也介紹朝鮮與中國的作家，文學作品也不錯呢。我雖只作文學欣賞，但看得出中國作家們的作品在藝術水準方面稍差幾分，然而這也是因為國際戰亂影響了創作。可是佐藤春夫讀魯某的《故鄉》，卻深受感動。另外單行本方面，深受感動的是思伽斯的《家族、私有財產、國家的起源》。我完全被折服了，原來的觀念零零落落地崩潰了。忍受再大的困苦，也只希望能讀讀書。真想讀《阿Q正傳》，高爾基的作品以及莫爾根的《古代社會之研究》等書，但臺北的友人說均買不到舊書，買新書又沒有錢，這真是沒辦法。再說我的病，我的病也只要有錢就可治好呢。」

幾乎令人不覺得是病人的年輕熱情，漲於清秀的額際，以激烈的語調說著。

但這些話在陳有三聽來，不過是空空洞洞的話而已。他只沉醉於翠娥的美姿。對啦，早點去求婚。慢吞吞的話，說不定誰就捷足先登。求婚！一想到這，他就羞澀地全體燃燒起來。失去她的話，就如同再一次把他撞入絕望的黑暗深淵，僅存的一點希望也被剝奪殆盡。她就是他的求生之道與生命之光。把事情說開，去拜託較為親近的洪天送吧。

六月末的某一天，陳有三終於去拜託洪天送。拜託之後，他才為羞赧與不安而胸中滾滾，甚至覺得一刻也不敢停在林杏南和他的家人面前。

回答完全是不幸的。林杏南的傳話是：「你是一個溫和、有為的青年，一向很敬服您。但關於成家之事，很遺憾不能順從尊意。改天我將把我的苦衷直接向你陳述。」

陳有三雖然笑著，但咽喉梗塞，嘴角抽搐，不禁眼淚奪眶而出。

幾天後，林杏南叫著陳有三：「陳先生，請……」便帶他到龍眼樹下，難以啟齒似地說：「洪先生來說的事情我知道了。像你這樣的人，能把我的女兒託付給你，是最感高興的事。你的性情我很了解，女兒當然也最高興。但很遺憾的，你也知道我的家計很不如意，還要養一個病人。再加上我的職業也保不了多久，一旦我失了業，一家人便非即刻迷失街頭不可。想到這，女兒最可憐，成為一家人的犧牲，希望能把她賣高一點價錢。所幸女兒的美貌不錯，已經有鄰村的富豪家來提親，目前已經談得差不多了。你正是年富力壯的有為青年，不難娶個更好的女人，請把這件事當一場惡夢忘掉吧。再重複說一遍，我的本意是比誰都願意把女兒託付給你，但無可奈何的環境逼得無法達成你的希望，至為遺憾。這件事，有一天你一定可以了解的。」

陳有三覺得一刻也無法呆在這家裡，希望早點搬到別處去。他為了逃遁窒息的空氣，常常跑去找戴秋湖與雷德聊天。絕望、空虛與黑暗層層包圍得轉不過身來的樣子，咬緊牙關想要排除也除不掉。酒——為了喝酒，他主動去邀朋友。戴秋湖與雷德都為了陳有三的變貌而嚇得目瞪口呆。當體內的酒如火燄般擴張的時候，莫可名狀的哀怨與反抗，像蠍子似地亂翻亂滾。

「黑暗，實在黑暗。」陳有三閃著眼睛，詠歎著。

「對本島人而言，失戀是奢侈的災難呢。」雷德總是囁嚅細語。

他決定搬家的那天下午，林杏南的長子悲傷著眼神，走進他的房間來。

「就要離別了吧。我們就這樣恐怕永遠不再見面也說不定。對於你的苦衷，我什麼也不能說；只覺得淑惠而心地善良的妹妹也很可憐，但也不能過於責備父親。一切都是無可奈何的。和你離別我會感到很寂寞喲。我沒有什麼東西贈別，只是最近我隨手寫了一點感想，算是對你的餞別吧。最後還要向你說的是，個人的力量雖然微弱，但在可能的範圍內，非改善生活、正確地活下去不可。」

遞給陳有三的是一張古舊的稿紙。

臨別的最後晚上，陳有三喝得醉醺醺地，蹣跚在深夜的歸路上。醉潰的感情深處，一脈寂寞冷澈。當他來到庭前的時候，他的心砰然被擊了一下。承受十六夜月光的龍眼樹下，翠娥一個人站在那兒。酒醉一下子清醒過來，胃變硬，感到有點痛。於是突然變得大膽，無忌憚地走向前去。

「怎麼了呢？」

「……」

翠娥默默無語，低著頭。

這場合陳有三不知怎麼辦才好，只感覺呼吸異常困難。

陳有三凝然注視著她的嫩白頸部，連搭手在她肩上的勇氣都沒有。

他無法忍受某種焦燥，不禁果斷地說：

「翠娥小姐，再見。恐怕後會無期了。」

他走開了。

翠娥驚訝的抬起頭來。同時在她圓圓的瞳孔裡，眼淚如真珠似的閃耀，沾濡了端莊美麗的臉頰。

寂寞的白花，深夜歎息的花，在滾落感傷與起伏的激動中，陳有三像隻受傷的野獸，迷失於黑暗的山野中。

陳有三靠在牀邊，注視著從小窗口洩進來的月光，全身投在無限膨脹的感情中。

熱情的火炬活生生地焚燒著他的胸口——為什麼不跟她多講幾句話呢？為什麼沒觸到她就匆

匆告別呢？這一想，就更敲擊著他內心痛苦的絕壁。但是，多跟她講幾句話，又能怎樣呢？太過於行動化的話，豈不加深她的痛苦？

在這理不清的感情之中，陳有三無意伸手進褲袋裡，才想起林杏南的長子給他的原稿。取出它，張開皺紋，讀著如下文章：

一切都接近死亡。

在路上被踐踏的小蟲，咬在樹上的空蟬與落葉，走過黃昏街上的葬列，……

啊，逝者再也不回來。我的肉體，我的思想，我的一切的一切，一旦逝去再也不歸。

死——

死已經在那裡了。

青春是什麼，戀愛是什麼，那種奇怪的感覺到底何價？

而我非靜靜地橫臥在冰冷、黝黑的土地下不可。蛆蟲等著在我的橫腹、胸腔穿洞。不久，墓邊雜草叢生，群樹執拗地紮根，緊緊絡住我的臉、胸、手腳，一邊吸著養分，一邊開花。在明朗的春之天空下，可愛的花朵顫顫搖動，歡怡著行人的眼目。

那就好了。

二十三年的歲月也許很短。

我的肉體已毀滅，但我的精神卻活了五十歲、六十歲。

我以深刻的思惟與真知，獲得了事物的詮解。
現在雖是無限黑暗與悲哀，但不久美麗的社會將會來臨。
我願一邊描畫著人間充滿幸福的美姿，一邊走向冰冷的地下而長眠。

又是仲夏時節。

燃燒的太陽曝曬在這個小鎮。被濃綠遮蔽的小鎮似乎懾服於猛烈的大自然，畏縮地蹲著。

陳有三已不再寄錢回家，一味地把理性與感情沉溺於酒中。在那種生活中，湧上未曾有過的陰暗的喜樂，拋棄所有的矜持、知識、向上與內省，抓住露骨的本能，徐徐下沉的頹廢之身，恍見一片黃昏的荒野。

一個猛烈仲夏的午后——厚厚土角造的屋子裡，陰暗而潮濕，只有一扇的小窗口；高照的日光像少女雪白的肉體，堵塞了窗口。

陳有三買兩分錢的花生米，五分錢的白酒，獨自啜飲著。那時候，女主人告知他林杏南的長子之死。

「長年患了肺病，今晨終於死了。是個乖順的兒子呢。又是林杏南先生辭掉役場之後不久……。」

長長的夏天也過去了，太陽一天比一天衰弱。

南國的初秋——十一月末的一個黃昏，陳有三坐在公園的長凳上，從略帶微黃的美麗綠色的木瓜葉間，眺望著無窮深邃的青碧天空而發呆。

這豐裕的大自然不同平常地投射溫和的影子於人心中。

不久，陳有三站起來，抖抖肩膀，低頭漫步著。

剛好來到公園的入口處，一群孩子不知圍著什麼東西騷嚷著。走過時無意窺探了一下，竟是變得慘不忍目睹的林杏南。

衣服破裂，頭髮蓬亂，失神的眼睛，合著污泥的手掌，跪向天空祈禱膜拜。嘴中唸唸有詞，不知在招喚什麼。

這個戰戰兢兢的男人，終於發瘋了。

街道與群樹，在淡血色的夕暉中，投射著長長的影子。

陳有三於醉眼的白色幻像中，浮起死者的遺言；有如黑暗洞窟的心中，吹來一陣寒風，突然渾身戰慄起來。

本篇原載日本《改造》雜誌一九三七年四月號，入選該雜誌第九回小說徵文的佳作推薦

本譯文經作者龍瑛宗先生最後校訂

集評

一、〈植有木瓜樹的小鎮〉一作之前，臺灣文學中出現的小說人物，於追求幸福與理想時，雖身處黑暗的現實之中，對未來仍抱樂觀天性。而對於搗毀其理想或阻斷其幸福之殖民統治的抵抗意識亦強。然而在〈植〉一作中，理想除了矮小化、現實化之外，對其實現的可能性，作者的態度無寧是近乎悲觀的。做為小說中的人物對殖民統治非但無抵抗意識，反而對己身之被統治者命運近乎宿命式的受容。……。這篇小說所要傳達給我們另一令人心痛的景象，即是殖民地社會中被統治者大眾的精神荒廢。這種精神荒廢在小說中透過無教養、對金權的崇拜、道德觀的欠如、耽溺於酒色、發狂甚至殘廢等種種形象的描寫來顯示。……這篇作品毫無疑問的帶有現實批判的精神，而其批判精神就隱藏在這樣一幅沉痛的世紀末畫面裡。但是它也告訴我們時代已有別於賴和、楊逵等的高唱民族意識、抵抗精神的時代了。龍瑛宗筆下的知識分子對現實社會失望，對明日絕望，更失去了民族意識，這種扭曲的心態以及脆弱得不堪一擊的空虛心靈，正構成了戰爭期間黑暗的法西斯世界來臨的前夕之縮圖。（羅成純〈龍瑛宗研究〉，《龍瑛宗集》，前衛出版社）

二、龍瑛宗的小說較富於抒情性質，有一股知識分子的自憐、頹喪和哀傷。當他底對社會主義政治體制的憧憬，碰到殖民地社會苛酷的現實生活層面時，往往化為無可奈何的詠嘆。然而，在龍瑛宗的小說裡，我們可以很明顯地看出歐美現代小說手法的廣泛應用。世紀末底頹廢思想介入，使得他的作品中人物，特別是知識分子，擱負著苦難的十字架，兀自哀傷自己生為被壓迫民族一分子的命運。（葉石濤〈論張文環的《在地上爬的人》〉，《臺灣鄉土作家論集》，遠景出版社）

三、這篇小說，旨在描述理想主義者陳有三的現實考驗，二十歲的心靈在險惡、頹廢的現實冒險。頗能呼應心理學上的課題：影響人格成長的兩大因素，遺傳與環境。……。

小說的情節，屬於複雜類型，循序漸進，走向深邃：㈠小鎮報到，㈡認識環境，㈢安排生活、勉勵自己，㈣接觸同事（包括戴秋湖家世），㈤投入小鎮風光，㈥深入生活、辯證知識、信心動搖、進入林杏南的家庭，㈦愛情夢碎、生命頹廢精神荒蕪、驚見林杏南的發瘋、重新思索：「我以深刻的思惟與真知，獲得了事物的詮解。現在雖是無限黑暗與悲哀，但不久美麗的社會將會來臨。」作者安排陳有三與林杏南長子的對話，造成現實與理想的對話或辯證，不僅深化情節，也豐富了主題。這樣的情節進程，正反映了陳有三涉世漸深、心靈掙扎的複雜處境。羅成純《龍瑛宗研究》曾指出〈植有木瓜樹的小鎮〉，有三層主題，即：㈠宿命的受容，㈡被同化的心靈，㈢殖民地社會的精神荒廢。林瑞明則以為：「龍瑛宗以冷靜而詩意的筆調，描繪了三〇年代臺灣小知識分子處身黑暗殖民地社會之現實裡的哀傷、沒有出路以及絕望。」（林明德〈日據時代臺灣人在日本文壇——以楊逵〈送報伕〉、呂赫若〈牛車〉、龍瑛宗〈植有木瓜樹的小鎮〉為例

〉，《聯合文學》第一二七期）

四、由空間觀點進入，仔細檢視〈植有木瓜樹的小鎮〉的空間與身分認同的關係。殖民帝國的政治力透過小鎮的空間，無遠弗居地包圍小鎮人民，使地處邊陲的小鎮，人卑勢孤的小鎮人民籠罩一片暗靄。巨大的日本房舍，詭譎的空氣（氣候）無所不在。人像裹著屍衣行走，橫豎都是死的響動。主角陳有三擺盪在——失去身分／追求身分／終究確定沒有身分之間，一片悽惶。而這「身分被架空」、「追求新身分」到「雙重失落」的過程，正是被殖民人類的悲哀，「有三」正是無三的反諷。……。

龍瑛宗擅長用色，通篇小說以白色黑色作底，陽光月色打光。相對於「罩翳著……時代的陰影」的臺灣房舍，日本建築總是以高大、乾淨的姿態出現。M製糖會社佇立在「一片青青而高高的甘蔗園中」，不動如山，「高聳著煙囪的工廠……巨體，閃閃映著白色」。……殖民主的「身體」藉由建築物／槍桿／陽具的形式，可以隨時隨地隨意地插入被殖民者的土地或身體空間。龍瑛宗在營造製糖會社「煙囪」意象的同時，並列了一根根「甘蔗」。代表著科技以及壓榨（甘蔗）機器的日本煙囪，不但在體積／空間占領上壓倒臺灣甘蔗，更直接主導甘蔗的命運——榨出汁液，留下殘渣。因此，龍瑛宗處處以日本建築的清爽麻利對應臺灣房舍的垃圾和排泄物……不同於臺灣建築的推擠擁塞，凌亂不堪，日本人的房子表現了計畫建築優雅整齊的樣貌。（賀淑瑋〈空間與身分——論「植有木瓜樹的小鎮」的身分危機〉，《當代》第一一三期）

五、〈植有木瓜樹的小鎮〉中木瓜富饒的意象：木瓜樹在〈植〉中分別出現三次，第一次出現在日人的屋舍周圍，「結著纍纍橢圓形的果實，被夕陽的微弱茜草色塗上異彩」，此時的陳有三正一心想改造身分成為日本人，此處的夕陽若說是日本的象徵，被塗上「異彩」的木瓜正是懷有「夢（空）想」成為日本的陳有三；第二次出現是陳有三意志動搖如野狗四處晃蕩時，說「只有木瓜樹是一樣的，直立高聳，張著大八手狀的葉子。淡黃而滋潤的果實，纍纍地聚掛於幹上。這美麗而色彩豐盛的南國風景，溫暖了他的心；在空洞的生活裡，微弱的陽光透射進來」，內化了統治者思想的陳有三，「異彩的夢想」已日漸空洞，實體的「夕陽」如今只剩微弱的「陽光」；最後一次出現在陳有三完全潰敗時，他「坐在公園的長凳上，從略帶微黃的美麗綠色的木瓜葉間，眺望著無窮深邃的青碧天空」纍纍的果實雖然只剩木瓜葉，但「這豐裕的大自然不同平常地投射溫和的影子於人心中」，沒有果實的木瓜樹象徵著夢想完全落空，穿過微黃的木瓜葉看到的「青碧的天空」，雖在無窮深邃的天際，卻一直都是「孕育」這豐裕的大自然的一片天日。豐裕的大自然在龍瑛宗的小說中，一直都是從現實逃逸出來的人物投身的懷抱，他們在此得到了一點慰藉。（徐秀慧〈陰鬱的靈視者：龍瑛宗〉，《臺灣新文學》第七期）

六、從臺灣新文學發展史的角度來看，〈植有木瓜樹的小鎮〉不但是龍瑛宗躍登文壇的成名作，而且還標幟著臺灣新文學在主題表現上的重大改變。在這篇小說之前，臺灣新文學的重要主題是：批判封建社會的制度與陋習、抗議日本殖民統治的壓迫與不公，以及揭露日本統治者和臺灣地主階級對農民的剝削。〈植有木瓜樹的小鎮〉並沒有繼承這樣的傳統，而是另外提出了三個問題：臺灣小知識分子在殖民統治下社會上升管道的困難；他因此產生一種性格上的自我扭曲，藐視自己的民族與文化，仰慕統治者的「文明」與「進步」；因找不到精神上的出路，最後走上墮落、頹廢之道。〈植有木瓜樹的小鎮〉成功之處在於：它把這三個問題有機地結合在一個小知識分子身上，從而呈現了日據末期臺灣小知識分子的典型處境與典型性格。（呂正惠〈龍瑛宗小說中的小知識分子形象〉，《臺灣文學與社會》論文，國立臺灣師範大學人文教育研究中心編印）

七、一九三七年以〈植有木瓜樹的小鎮〉獲《改造》雜誌小說佳作獎，為臺灣新文學日文創作時期之重要小說家。這篇作品裡，知識分子特有的豐富的抒情、感傷韻味和詩樣的語言，不僅成為作者個人的文學特徵，也引領臺灣小說走入新的境地。評論家葉石濤說：到了龍瑛宗以後，臺灣的小說裡才出現了現代人心理的挫折、哲學的冥想，以及濃厚的人道主義。（彭瑞金〈龍瑛宗〉，收入《文學之路》，臺北市政府新聞處發行）

八、〈植有木瓜樹的小鎮〉也可以被解讀為：描繪黑暗的殖民地社會裡，受到扭曲、壓抑的殖民地臺灣青年、內心的苦悶、彷徨與幽怨，呈現另一種形式的寫實，也是另一種樣式的批判和抵抗。（彭瑞金〈龍瑛宗——活躍於戰爭時期的小說家〉，《臺灣文學步道》，高雄縣立文化中心編印）

【相關評述引得】

一、丘秀芷，〈黃昏的荒原——訪龍瑛宗先生〉，《文訊》第十八期，一九八七年四月
二、羅成純，〈龍瑛宗研究〉，《龍瑛宗集》，前衛出版社，一九九一年二月
三、林瑞明，〈不為人知的龍瑛宗——以女性角色的堅持和反抗〉，《臺灣文學的歷史考察》，允晨文化出版，一九九六年七月
四、陳建忠，〈殖民地小知識分子的惡夢與脫出——龍瑛宗小說〈黃家〉析論〉，《府城文學獎得獎作品專集》，臺南市立文化中心，一九九七年五月
五、許維育，《戰後龍瑛宗及其文學研究》，清華大學中文所碩士班，一九九八年六月
六、施淑，〈龍瑛宗文學思想初探〉，《臺靜農先生百歲冥誕學術研討會論文集》，臺大中文系編印，二〇〇一年十二月
七、李郁蕙，《日本語文學與臺灣》，前衛出版社，二〇〇二年七月

閹雞

❖張文環 作
❖鍾肇政 譯

作者登場

張文環（一九〇九～一九七八），嘉義梅山鄉人。一九二一年，就讀小梅公學校，一九二七年東渡日本，進入岡山中學。一九三一年入東洋大學文學部，在學期間與吳坤煌、王白淵、巫永福等人組織「臺灣藝術研究會」，發行刊物《福爾摩沙》雜誌。一九三八年返臺，任職於臺灣映畫株式會社，一九四一年，因見日本皇民化運動對文藝界的箝制，與王井泉、黃得時等共組啓文社，創辦《臺灣文學》，站在臺灣人立場，與日本人西川滿主編的《文藝臺灣》分庭抗禮。一九四三年以〈夜猿〉短篇小說，獲選「皇民奉公會」

《台灣文學》創刊號

《文藝台灣》創刊號

張文環〈閹雞〉演出一幕

臺灣文學賞。同年，〈閹雞〉作品由林博秋改編為臺語話劇，由厚生演劇研究會成員於臺北永樂座公演，創下臺灣話劇史上畫時代的成功。其創作豐富，作品以小說為主，有〈落蕾〉〈早凋的蓓蕾〉〉、〈父親的顏面〉、〈夜猿〉、〈藝妲之家〉、〈論語與雞〉、〈辣薤罐〉等多篇。他的小說大都集中於農村及小鎮生活的描寫，其作品雖未直接攻擊日本的殖民統治，但人道關懷流露於外，民族意識則隱藏於內。他摒棄四〇年代皇民化文學的夢囈，遠離戰爭末期蒼白逃避的唯美傾向，以堅實、關懷的筆觸，忠實地記錄生息於這島上人們的悲歡和願望。張恆豪說他的小說：「多以嘉義梅山鄉的山村為經，以臺灣人的風俗民情、生活習慣及民間故事為緯，描繪在這個偏僻、幽靜、刻苦、淳樸、自給自足的山村裡，村夫村婦及市井人物的生活態度和道德理念，進而探討人的生存意義，省察人性的愛慾善惡，揭露做人的尊嚴和責任，忠實地呈現日據社會的生活真相和社會面貌，蘊藏著家道中落、復歸大地、勤勞奮鬥、以重建家邦的思想，在皇民化氣燄喧囂之際，反映出臺灣人磐固不移的民族感情，為臺灣文學樹

1934年巫永福（右）與台灣藝術研究會張文環、蘇維熊（右二、三）與台灣文藝聯盟賴明弘（左）合影

立了保家衛國、愛鄉護土的文學傳統。」（〈人道關懷的風俗畫——張文環集序〉）

戰後初期，他曾任臺中縣第一屆縣參議員，臺灣省文獻委員會編纂等職，後轉入金融界及商界服務，迄逝世為止。一九四五年後，他曾長期停筆，直到一九七二年始恢復寫作，三年後，日文長篇小說《在地上爬的人》（一譯《滾地郎》、《生息於斯的人》）在日本出版，並入選當年「全日本優良圖書一百種」。一九七七年繼續撰寫另一長篇〈從山上望見的街燈〉，惜未及完稿，便因心臟病發逝世。作品可見於短篇小說集《張文環集》（前衛出版社）及《張文環全集》（台中縣文化局出版）。

本文開始

一

靜靜地坐在屋簷下竹椅上的丈夫阿勇，一如往常木木地把眼光楞楞地盯在正在夕陽下逐漸消失的屋脊，好像傻傻地想著什麼心事。

「今天可是村子裡拜拜的日子了呢，真不曉得這人知不知道？」月里已經不再有抱怨丈夫的心情了，可是看到他那傻呼呼地想著心事似的面孔，忍不住地讓焦灼感湧上心頭。

「阿勇仔！去廚房裡幫我洗洗碗筷好不好？」

被妻子這麼一吼，他好像微微一怔，但馬上就鬼魂般地起身，連正在淌下的口涎似乎都渾然不覺，踩著涉淺灘般的蹣跚步子走向廚房。在月里來說，當然並不是有意把丈夫當牛馬，讓他去洗碗筷什麼的，只不過是希望能夠在那茫然木然的面孔上，加上那麼微微的一絲緊張的痕迹也就夠了。但是，他的臉早已失去了描畫那種線條的力量。當月里第一次發現到這一點的時候，彷彿整個人魂飛魄散了似的，一顆心都差一點破碎了，連忙跑回娘家向父母哭訴，然而雙親只是告訴她，能做的都做了，還能怎麼樣呢？月里從雙親的口吻裡感受到冷漠的意味，祇得抱著眼前一團漆黑的感覺回到婆家。如今又過了一年歲月，絕望已變得麻木，習慣於跟一個不會給她迫害的鬼魂一起過日子。雖然如此，可是每逢村子裡有了熱鬧的節慶，月里的心便亂成一團了。這是怎麼回事呢？連她自己都莫名其妙，但覺一股勁地在慌亂著急。這一次的祭禮，好像也是被看透了這種不能平衡的心情吧，月里被邀請當遊行的弄車鼓的「車鼓旦」，竟一口答應了。拜拜兩天前下午四點，要在祭禮委員家的庫房排練，月里有點等不及，也有點害怕的感覺。因此，空蕩蕩的屋裡如何收拾，她都茫無頭緒，飯是好不容易地煮了，那些日常瑣細活兒居然使她覺得忙迫萬分。村子裡，這消息已經傳開，人人都在說長道短。這次的弄車鼓，車鼓旦是個真正的女人哩，真女人扮車鼓旦，在村子裡還是破題頭一遭啊，人人好奇地爭相走告，好奇心被煽動起來了。就因為人們說個沒完，月里禁不住地想拉倒算啦，也向負責的人說過，可是月里自己彷彿也被煽動著，讓出到民眾面前跳舞的魅力給吸引住一般，沒辦法打從心底拒絕這項差使。

「伊娘的，是誰洩漏了？」

負責人原來是想在祕密裡準備好，給村子裡的歷史豎立紀錄的遊行場面，直到當天晚上才突如其來地亮出來讓人大吃一驚的，想來八成是關係人之一等不及了，向人透露出去的。然而，月里倒也不至於大驚小怪。這些日子以來，來到村子裡的叫做「男女班」的歌仔戲，豈不是堂堂正正地在舞臺上上演，讓人們陶醉嗎？而且村子裡還有些男女青年離家出走，跟著那些戲子們跑了！月里好羨慕那仙女般的古典裝扮的女人身姿。她覺得這一生在死以前，希望至少也穿一次那種衣裳。

說到大正十三年，那正是「臺灣歌劇」的全盛時代。歌仔戲從亂彈到九角仔，不管北管也好或者南管也好，都不再說戲的名稱，而一律稱為男女班來了。受了客家歌劇對一般的戲劇的影響，戲裡的女角，非由女人扮演，便被認為是不成話說。即使是亂彈，演到夜裡十一點，到了末尾時，便成了歌仔戲的曲調，使村子裡的人們大為高興。歌仔戲為什麼能夠這樣地抓住民眾的心呢？一方面，這也是由於它與向來的戲劇不同，不再用文言體的科白，而是用易懂的臺灣語來說的。月里就是因此受到影響，膽子壯起來了，同時另有一點是過去她依照村子裡的習俗，不能過分打扮的。她有個有病的丈夫，所以被迫過著與寡婦一樣的生活。長久以來的鬱悒，使她渴望看到化妝過的自己，也渴望讓別人看到。

「我難道不能被一個男子愛，並且也愛他嗎？」

有時，她會突然地被自己這樣的獨語驚醒過來。我不是有老公的女人嗎？想來，她是在這樣的心情下答應了邀請的。然而，村人們背地裡說這位背德女人是發情的母狗，肆加抨擊。他們還是同情阿勇，將攻擊的箭頭射向不守婦道的妻子。這一點，乍看似乎是殘忍的，不過卻也是村子裡的道德規律所使然。但是，如果我們可以代替月里來說話，那麼我們便應該說：如果有這種愛管閒事的道德規律，那為什麼民眾的眼光不肯投向使這對男女落入這個地步的事件呢？這也就是這個故事所以被編造出來的原因吧。大正十三年——說來已是古老的往事了，但人的慾望不會那麼容易地就依循著時代的社會道德而改變的，因此這件事恐怕還不能算是那麼古老的吧。

這且不提，不管村子裡的人們怎麼說，月里的那個遊行隊伍的委員還是不管三七二十一地次第進行他的準備。終於到了拜拜的晚上，SS莊的廟前廣場上松把與鑼鼓陣沸騰起來，從月里家不遠處的排練場地聽來，猶如滔滔巨流，轟然而響。弄車鼓隊和即將匯流進這音響溪流的人群也出動到庭院上了，松把點上了火，竹片響板和起了絃仔的聲音，觀眾在庭院裡圍成圓陣。

那女人就是月里嗎……人們摒著氣息，踮起腳尖，伸長脖子，從前面的人的肩頭上看過去，彷彿每個細微的充滿魅力的步子都非要看個一清二楚似的。預演就在群眾面前展開了。月里那仙女般的面孔，在扇子背後時隱時現，舞出女人的嬌羞，那模樣簡直美得夠使人銷魂了！她大膽地舞起來。男人撲向她，她閃避，一面閃避又一面送秋波。松把光搖曳，每個觀眾都被鈎魂攝魄了一般，看得如癡如醉。男的舞者也上勁了，甚至使觀者都忍不住地微感嫉意起來。觀眾們只因從來也沒有在露天下看到過男女相思相悅的舞，所以個個都好像著了魔似的。就在這熱舞的當兒，一個男子恰如一塊黑影，從人群中離開，走向月里，大吼著「混蛋，妳這婊子」，一連揮動巨掌，猛虎般地摑了月里的臉頰。人們突地怔住了。月里踉蹌著舞步，楚楚可憐地用雙手摀住面孔，人們這才轟的一聲鬧起來。

「是月里的阿兄來啦！」

有人這麼喊。人們亂成一團了。拉絃仔的插進雙手掩臉的月里與阿兄之中。松把給弄熄，月里被帶走了。雖然沒有釀成亂鬥，但那個阿兄模樣的人好像有意追究邀妹妹來跳舞的人。不過群眾把這人擱下，聚到廟前來了。廟前擠滿著鑼鼓陣、松把、藝閣，喧嘩聲震耳欲聾。這裡，不再有人記掛著月里的悲劇。只有一部分目睹過事件經過的人們，腦子裡烙印著美妙的場面，耳畔響著響板與絃仔的餘韻，以空洞的眼睛看守著遊行。

第二天，村人們又傳告著在月里家發生的兄妹間的口角。

「如果你真願意關心我，那就不要只在拜拜的時候來，應該每月來一次才是。還有，阿爸阿母也請過來。不然的話，你就不必當我是妹妹啦。只有使我痛苦的時候才來說我是你的妹妹，我可不願領情啊。」

被血紅著眼睛的月里這麼一說，男子猛跳起來了，可是他被人們阻擋住，也察覺到沒有人願聽他的話，所以鐵青著臉很快地就離去了。有了這樣的阿兄，便有這樣的小妹，人們這麼批評。祭禮一連繼續了三天，不過月里可沒再在遊行隊伍上出現，甚至也沒有到過戲棚前。沒有人知道她在受了那樣的侮辱之後如何打發了時間，如何地想忘卻心口的創傷。人們只知道，有人看到她的老公阿勇來過幾次市場，買了些食物回去。想必她是一直躲在房間裡，直到祭禮告終，足不出戶。幾天後，村人們又傳告了種種其他的消息。傳言說，拜拜期間，月里家進了偷香賊，有人說月里把他攆了，有人說不。不過這一點只是市井間的傳聞，究竟如何，不必多所查究。阿勇出來購物，這一點倒確實是可令人猜到月里的煩惱是深切的。因為阿勇不是單獨一個人能夠去買東西的人。雖然比月里年長兩歲，已經二十五了，可是他的靈魂被一個叫做打擊的妖魔抽去了腦髓，連如廁，被命做點什麼，都只能機械性地行動。他差不多已經是個派不上的人。他好像被趕著般地在村子裡的街道上走了幾十公尺，凝滯著眼光急步趕，碰上電柱就突地停住，彷彿一隻達到旋轉力顛峰的陀螺，定定地站在那裡。使人覺得力氣盡了以後會仆倒，但他卻保持著顫危危的均衡。接著從嘴邊淌下了口涎，拖著長長的絲掛在胸口上，眼光也隨著低垂下來，以為人要癱瘓了，卻又向前仆倒般地邁開了步子。這就是阿勇最有朝氣時的樣子。沒有朝氣時，他就坐在屋簷下的竹椅上淌口水。月里對這樣的阿勇，真是一點辦法也沒有。如果害上了熱病什麼的，她便可以充滿體貼地來看護他的，然而他簡直就像是在影子裡溶化掉了，她每天每天都好比抱著一塊影子，自然是沒法可施了。就是拿藥給他吃，他也像是一棵根部腐爛的青菜，再怎麼澆水，葉子也不會青綠起來，叫人焦灼無奈。看著他那坐在簷下的竹椅上，凝望著陽光的側臉，有時會悲從中來，眼眶刺熱。阿勇也是人子哩。如果他的雙親還在，能不能看著這樣子呢？只有這樣的當兒，月里的心才靜如湖水，覺得這一生可以看開了。原本是一個眉清目秀，頎長個子的青年的，月里想起當初嫁過來時的新婚生活，彷彿做夢也似的。失去了靈魂以後的阿勇，依然殘存著當日的神色，只不過是臉頰瘦削了，下巴也尖了些而已。

然而，為了使月里的思緒在湖水上靜流，她未免太健康了。如果不是鼻子微微地低了一丁點，她確是胖瘦適度型的美女。由於不化妝，頭髮也草草地束住，因此除了那活潑的健康美特別吸引住人們眼光以外，裝束都是不起眼的。當做新嫁娘的回憶使她陶醉，手腳發麻，橫躺下來時，她會像麥芽糖般地在夢裡溶化。看來，她的眼裡是那樣地湛著傷感。丈夫病前和病後，雙親都來玩過，堂姊夫也一塊來。堂姊夫還把手錶取下來放在桌上神壇邊，稱讚她做姑娘時怎麼好。大家回去後，那隻錶不見了。強烈的陽光照在曝曬的棉被上。那是客人用過的被，不知從哪兒來的蜂嗡嗡地響著，在屋裡也聽得一清二楚。月里慌忙地把棉被收進來，寂寞感忽地襲上來，心都碎成片片了。想起來，不幸好像就是從那個日子開始的。因為在那以後的種種場面，如今都想不起來了。阿勇依然在屋簷下的竹椅坐著，不動一動。

二

阿勇家原本在市場邊的鬧街上，自從父親鄭三桂把藥店讓給林清漂以後，家道中落，不得不把家搬到較偏僻的目前這個家。這房子以前是租給在市場賣菜的一個姓葉的農夫的，三桂原就小器，加上家運衰落，人就更加地暴躁起來，把那個農人房客趕走了。農人為了臨時另租房子，吃了好大的苦頭，並且他還埋怨說，因為是被趕出來的，所以租金方面也被逼付了較往常高的數目。這位葉姓農人還說了一段妙話：

「藥店的三桂老闆終於不得不搬到我住過的那種屋子住了，看他那神氣活現的樣子，真是因果報應啦，好過癮哩。房租嗎，貴一點又有啥關係，就當做是懲治壞蛋的費用吧，爽快得很哪。」

可是屋主聽到了這話，便去找葉理論了。我可沒跟你多要租金啦，不高興退租算啦。這房東來到葉家門口大吼一通，又成為村人傳告的話題。總之，鄭三桂就因瑣事給整個村子散播了新的話題。只因那是因為他的先人有了先見之明，才使他成為那麼驕傲的人，過著任性的生活。只要提起本村的福全藥房，幾乎是無人不識的。村子裡除了福全藥房之外，尚有一家曾經當過庄長的黃姓人氏所開設的藥店。由於這黃家，代代都是大地主，所以藥房的經營也由傭人一手經管，人們都說，這傭人比少爺還神氣。相反地，福全藥房一般認為比較容易進去。另外也有西藥的回春醫院，不過貴得村人們非有急症，便多半靠中藥來醫治。再呢，三桂的先人不但叫人在招牌上寫了「福全藥房」四個大字，還在卸下了窗板的窗邊擱了一隻木雕閹雞。不曉得這是為了讓不認字的人認出「有柴閹雞的店」呢，或者是為了避免與黃家的店子夾纏不清，不過不管怎樣，做為裝飾物來看，這家藥店的宣傳手法倒是十分成功的。村人們通常都不說福全藥房，光叫「柴閹雞」。在村人們眼中，想來這隻用木頭雕刻的閹雞必是第一次見識的。還有，村人們與其讀字，遠不如看雕刻，印象來得更深刻，當做標記也是很方便的。然而，如果福全藥房的老闆未能察覺到這閹雞的命運，那他用了它應該是瞎打誤撞的吧。後來，村子裡的一些有識階級——例如一位算命先生便曾經就這隻閹雞做了一場評斷說：如果這項宣傳造成了這一份家當，那麼他也應該想到閹雞的命運才是。這是因為當鄭三桂把這家店子讓給林清漂的時候，不知是為了追思先人，或者是為了孝行，也可能是為了紀念店子的全盛時期吧，只把這隻柴閹雞留下來，到如今仍然擱在阿勇家的牀底下。想像中，偶像崇拜也就是經過類似的方式進化而成的吧。偶然地，這閹雞的招牌不但風靡了全村，還傳遍了鄰近幾個村子，而這家藥店所出售的藥的功效，造成了簡直近乎迷信的情況。也就是這爿店子，使得這一家買了田園，納了妾，還蓋了房子。於是村子裡的有識人士便又替他的兒子下了個斷語：本來，閹雞是不會傳種的，因此偌大的財產也不會有繼承人，這一點為什麼沒有想到呢？那隻閹雞，應該連同店子讓給林家才對的。再不然，拿閹雞來當神祭祭也行。這一班有識之士便用這種論調，將這一家的子孫與閹雞拉在一起，展開了他們的話題。當然啦，這只是村人們之中的有識的哲學之士的說法而已，如果村子裡出現新的所謂「知識階級」的學者，那就會運用另外的論調來分析閹雞的精神上的缺陷，與村人們形成對立的吧。他們也許會說：閹雞造成虛榮，虛榮亦即無基礎，但這是有識的哲學之士的解釋，與故事無關，所以大可不必多研究他們的議論。總之，這隻木雕閹雞是這一家發達的根源，它使福全藥房躋身於本村富家之列。裝在方形厚木板上的藥剪，不住地在切藥材，鐵製的半月形研臼，也不停地在研製藥粉。兒子三桂像隻病胡瓜，不是結結實實的漢子，但倒夠狡猾，絕不會是傾家蕩產的人物。媳婦勤快，妻子也賢慧。一臉皺紋的老母，人人都說是幸福的老太太，每當村子裡有婚禮時，為了討吉利，必定請她牽新娘下轎。因為她年紀已近九十，所以總是被其他的幾位幸福的太太攙扶著，走向花轎。牙齒已全部掉了，一開口說話，整個臉上的皺紋便全動起來，嗓音顫抖，所以幾乎有點滑稽。不過這也是幸福的象徵，所以人們便以滿心的敬畏，務使自己不致聽漏了一個字。當新娘跨過門檻時，她會唸吉利的四句，於是這老婆婆的扁扁的顫音，人們聽來卻恰似古典音樂。老婆婆笑時，由於皺紋的牽動，整個臉兒平坦了，使人擔心是不是像橡膠那樣收縮掉，因而孩子們便禁不住地笑起來。當孩子們看到佈滿皺紋的臉上，裂開了一隻紅紅的嘴巴笑起來，便口口聲聲地叫著阿婆，纏住她。大人們發現到老婆婆的雙腿站不穩，便連忙大聲叱罵小孩們。請老婆婆牽新娘，照例有紅包，多半是兩圓，偷偷地塞進老太太的口袋裡。這時，她必定推辭如儀。

「免啦免啦。喔喔，這裡的人，力氣好大啦，我老婆婆真受不了。」

「不！阿婆！」

老太太耳朵聾了，所以鄰房也可以聽到這種和藹的一問一答。

「這是要祝福阿婆長命百歲啦。」

「是嗎？喔喔，阿婆貪財啦，又要吃，又要拿。」

兒子也開玩笑地說過，媽媽都快九十了，自己的零用還自己賺，這話使孫子、媳婦也都笑了。這位老太太八十八歲時過世，村子裡破天荒地辦了一場熱鬧的喪事。老婆婆死後，村人們與這個家庭的紐帶便由鄭三桂的母親來取代。這樣過了四五年，其後鄭三桂的雙親也隔了兩年相繼過世。這些，當然對鄭三桂本人的財產毫無影響，不過卻也因此，鄭家與村人們之間的連結，便算是斷絕了。不管形式上的也好，精神上的也好，鄭家的一切便落到三桂手上，當然啦，三桂也沒有想到這些瑣碎的事，對一家人的運勢會發生影響。不過似乎也可說，三桂這個人是德薄能寡，到了連這麼名譽的事都察覺不到的程度。他有兩個兒子。一個名春成，另一個叫春勇。妻子背微駝，出身好家庭，不過據云不曉得從什麼時候起，差不多沒有跟娘家來往。有人說，每次娘家有人來玩，夜裡就會偷走一些藥材，這個謠言真是匪夷所思，因而娘家那邊也受不了，漸漸地就落入斷絕來往的狀態裡。三桂這個名字，據先人的說法，是三桂與三貴同音，意思也可看做是雷同的。可是「貴」字未免太明顯地給人「貴」的感覺，所以為了掩飾，改用桂字，其實所要表達的也正是一個「貴」的意思。先人所想的三貴，也就是財、子、壽。福、祿、壽，也是三貴，先人就是希望兒子身上會有這三件寶，所以才取了這麼個名字。由於三桂身材瘦小，有個諢名叫「猴桂」，意思是瘦得和猴子一模一樣。如果他的腦筋夠明晳，那麼再加上生就的狡猾，說不定可以成為長於謀略或者富於奸計的人。可惜他太沒有學問了。三桂的青年時代，村子裡也開設了四年制的公學校，但他唸不到一個月就不唸了。後來，也進了漢書房，還是很快地就輟學，在家學習先人的鄉下火脈先生手法。連這一點，也沒有能夠完全學會老爸的衣缽。如今有兩個兒子，長子公學校六年級，次子四年級。老大阿成很有希望，像校長先生就鼓勵他與其進師範學校，更不如進中學。阿勇雖非伶俐的孩子，卻也並不笨。與雙親的狡猾一點不像，都是善良的孩子。然而，也不曉得正如村子裡的有識之士所說的，是因為閹雞的招牌作祟了或者什麼，最有希望的大兒子竟在快從公學校畢業出來時死掉了。村人們背地裡說，福全藥房走霉運的徵兆來了。

「藥房嘛，都是大秤子進小秤子出，所以稍稍樂善好施一下也是大應大該的，可是他們那麼小家子氣啊，偏偏要向窮苦人家說：恕不賒欠！」

這是說，藥店都是貪求暴利的，所以為了贖罪，對窮人施捨施捨才對。村人從來也沒看過三桂無精打采的樣子，由於他是個利己主義者，所以固執而倔強，絕不輕易地在人前退縮。

「三桂兄，藥錢等我竹筍出來才付。」

「這可不行哪。你的對手只有我一個人，可是我的對手可是幾十幾百個人哩。如果大家都學你的樣子，我還能做生意嗎？」

這就是三桂的日常生活的一部分。只因他是這樣的一個人，因此福全藥房的夥計們也都待不久，往常都是等阿成放學回來，才照藥方單抓藥，用紙包得整整齊齊交給顧客。也就是因為這緣故，所以上一代人死後才不過十幾年光景，傭人都沒了，如今只有一個小夥計和三桂夫婦倆看著店門，廚房裡的工作全交給一個洗衣的女人。於是三桂便想：自己年紀也四十出頭了，與其讓阿勇進中學，倒不如上師範學校，來得快些。師範出來，回到村子裡的公學校，逢到節慶的日子，帽沿加了金邊，肩上更佩金肩飾，腰間還吊著一把劍，神氣死了。到了有恩俸可拿，那時就可以把藥店讓給他了。還有比這更合理的安排嗎？他那輕浮的鄉下女人老婆也認為這是妙著，表示贊成。不料，阿勇從公學校畢業出來，卻進不了師範學校，只好讓他上R市第一公學校的高等科。R市與SS庄相距四公里，阿勇便在R市寄宿。R市與SS庄之間還有個TR庄，本來也可以讓他在TR莊的林清漂家住下寄讀，可是反正寄宿費差不了多少，為了不願擔這份人情，三桂決定讓阿勇在R市住。清漂的二兒子福來也在R市第一公學校高等科就讀，憑這一層關係，兩家便較前親近了些。

「還是不要常到清漂家去打擾人家吧。那個人好自私，小心以後惹麻煩。」

三桂向兒子阿勇這樣告誡。

「讓兩個兒子都上學校，怎麼月里就不給讀書呢?」

三桂很中意清漂的女兒。乖，而且動人。三桂是這麼想，可是如果換了他，他也不會讓女兒上學校吧。女人的命運就像菜種，看你怎麼播怎麼種，便不一樣。儘管質好，如果後面的過程不好，也是枉然。清漂就說過：所以嘛，女孩受教育，過分地去照顧，也不見得有好結果。對這一番話，三桂還著著實實稱許過一番哩。

三

大正四年春間，TR庄與SS庄之間，鋪設了製糖會社的鐵路，SS庄的產業因而大為發達起來。但是，ＳＳ庄的會社鐵路車站在村子的緩坡下四五百公尺的地方，從村子到那兒，一些貨物還得靠臺車或牛車來搬運，尤其夏天，滿路泥濘，頗不方便。入冬以後，傳聞裡說車站會延長到村尾來，三桂對這一點也深感興趣。他想到如果在車站前有十間左右的房產，那就不必每天坐在藥店店口，像釣魚般地等待顧客上門，舒舒服服地躺著也可以過下去。假使火車開到村子裡的街路上，那麼除了那個地點以外就再也沒有設立車站的地方了。三桂發現到那個地點與自己所有土地還隔得好遠，覺得好遺憾。那附近，大部分還是屬於清漂哩。清漂原本也是ＳＳ庄的人，後來因為開設貨運行，搬到ＴＲ庄去的。他是三桂的母親娘家的親戚，母親在世時經常有來往。三桂於是有了野心，逢到ＴＲ庄有拜拜什麼的時候，便特地跑到清漂家，打聽打聽房地產及山產的貨運等行情。然而在清漂這邊倒也另有野心。他唸完四年的公學校，為了準備考臺北的醫學校，希望能夠離開故鄉，可是雙親偏偏不許，如今每次看到醫生全部變成富翁，便懊悔不迭，怨恨雙親。好久以來，他看到三桂的藥店開始走下坡了，便有意弄到手。他覺得他會「國語」，也懂得漢醫，實在大可不必幹這撈什子的貨運行當。

「三桂兄。」

清漂總是這麼稱呼比他大三歲的三桂。

「你也不必老是守著藥店，該擴張擴張事業啦。」

「你想借資金給我嗎？」

「開玩笑！我自己才不夠啊。有不少事，明明知道可以賺，還是出不了手。」

「是指鐵路吧。」

「也有。」

「那只是傳聞吧。」

三桂聽著遠遠傳來的拜拜的銅鑼聲這麼說。

「也不一定哩。時勢不一樣了，真的，沒有像SS庄這麼遠的車站啦。」

「這跟你的貨運行有關係嗎？」

「有啊。」

清漂好像不太樂意似地這麼回答著，岔開了話題。他倒是以同情的口吻，巧妙地談到近來西藥房增加了不少家，所以漢藥店必定受到威脅吧。他故意地說起漢藥店的前途不可靠，想讓三桂感到灰心。這時，阿勇雖然已經從高等科畢業出來，但因考不取上級學校，只好在家幫忙藥店的事。在清漂這裏，二兒子也是沒有能考進上級學校的，目前在「庄役場」工作。然而，到R市的學校學來的，只不過是愛趕時髦，藥店的生意依然沒有起色。因此，清漂認為福全藥房再不會有前途了。藥店生意也要靠走紅，一旦開始走下坡，通常都會滾落到底的。清漂看準了頂讓這爿藥店，正是時候了，不過碰到三桂那冷峻而精明的眼光，便決定還是等人家坦白地提出來吧。三桂這邊深知彼此都在窺伺對方的縫隙才是人生，即令是親戚，也未便輕易地就啟口。如果藥店幹不下去了，改改行也是順理成章的事，但在確定下一個目標以前，放棄藥店等於就是放棄死抱住的木椿，讓波浪把你捲走。當然啦，三桂其實也未嘗沒有想到，如今這爿藥店就只有讓清漂來接手才對。清漂那一身白痲紗圓領的瘦長個子，的確有著漢醫派頭的。並且，清漂在那方面有一手，這也是村子裡人人知道的事。就這樣子，三桂儘管特意跑到TR庄來，也總是談不出一個結果，大家都不肯把肚子裡的話說出來，當然沒法談攏啦——三桂向老妻這麼埋怨。不久，冬去春來，三桂又幹了件無聊事，使他的藥店受到了沉重的打擊。

在SS庄，一年當中最熱鬧的行事是舊曆三月三號。這一天是清明，同時也是S廟的拜拜日。這天晚上，三桂竟在路過時順手摸了一把剛搬到村子裡來的雜貨店老闆謝德的女兒的奶子，引發了村人們群情激憤。五色繽紛的村子裡的姑娘們聚集著看大戲的時候，他趁著黑暗伸出怪手的。自從那女孩搬來以後，村人們都傳告著說她是荔枝般漂亮的姑娘，而三桂竟然不顧自己一大把年紀，看中了她那要爆裂般的乳房。三桂大概是認定人家是搬來不久，不至於聲張的吧，不料那女孩驚叫了一聲，使得三桂遭了一頓毒打狠揍。三桂的老婆目瞪口呆，一句話也說不出來，默默地迎接了老公，不過她倒也逢人便訴說一定是哪兒弄錯了，那女孩本來就像隻蝴蝶般的，很可能就是被誣告了。可是誰也不肯聽她的。

清漂聽到了，馬上就趕來看三桂。當然是為了提防三桂自暴自棄起來，把藥店賣掉。在清漂來說，為了頂讓三桂的藥店，非等到三桂徹底地受到打擊，因此他並不覺得這件事是多麼不體面的事。阿勇這位沒有見過世面的年輕人，倒是耿耿於懷，看店子時也總是躲在櫃臺後面。

「三桂兄，你也不必太記掛著啦。」

清漂站在病榻旁安慰。

「是你運氣不好，一定是著魔了。所以不妨認為是碰上了夜叉，忘了算了。如果你這裡人手不夠，我可以來幫幫忙。」

三桂好像被打慘了，清漂從來也沒有看過他這麼軟弱的嗓音和眼光。

「哎哎，我反正活不了多久啦，只要阿勇的婚事定了，我就……」

三桂的眼裡第一次湧出了淚水，所以清漂也禁不住眼熱起來。

阿勇與月里的婚事被提出來，是在這次的拜拜後幾個月的事。要想把這爿藥店弄到手，等於就是投考醫學專門學校，所以村子裡的事業家們都對它垂涎著。為了這，清漂想到先把女兒許配給對方，討得了歡心再來進行。但是，當兩家婚事決定了之後，事情便往對清漂有利的方面展開了。三桂的身子恢復了一些，阿勇的婚事也順利進行，他這就有了活力，提議用清漂所有的可能成為車站近傍的土地來和藥店交換。這對沒有現款的清標來說，簡直就是一石雙鵰的事。

四

西北雨打翻了桶子般地落，屋簷水管水迸溢，鴨子在庭院裡泅泳，月里忙於枕頭布的刺繡和桌巾的編結，母親也為她從R市買來了絲線。關於聘金，沒有向媒人提出過分要求，這使月里感到輕鬆。她一面刺繡一面想起的阿勇，的確是個很乖的青年。圓聘後，兩個哥哥對她特別好，這也是令人懷念的事。下雨了，把上衣穿上吧，母親的這話聽來特別沁入心中。在ＴＲ庄的林清漂家，店子與住居之中有一塊正四方的庭院，下雨時，從住居出到店子，都得打雨傘。不過通風特別好，夜裡涼爽。庭院上種著旃檀、桂花等。阿勇小時候，和母親一起來看拜拜，住在這裡。從居門看進去，庭院上花朵盛開，在住家門口做女紅的月里，顯得好漂亮。她坐在一把籐椅上，翹起二郎腿專心地做刺繡。三桂巴不得早一天把這個媳婦娶過門，每次來到ＴＲ庄，也不經過媒人就直接向清漂說：「我家人手不足，得早些讓孩子結婚才行呢。」

在清漂這邊，反正女兒已許給了人家，幾時娶過去都是一樣的，不過一旦到了商議日期時，總又消極了，說還沒準備，根本就無意早嫁。土地與店子的事，清漂不免也貪心起來，希望能有比時價高出一倍的價格。ＳＳ庄上那塊地，當時每甲二千五百圓應該是最好的價錢了。可是清漂主張想到將來，應該有五千圓。再者，他還以為如果沒有五千圓，那麼為了那爿店子，得負一大筆債。但是，三桂這邊也強硬地說，加上店子裡的存貨，非有一萬圓以上便不想放手。這麼一來，阿勇的婚期就沒法決定了。一天，當媒人阿金婆來到清漂家商量時，三桂湊巧地也來到了。老婆婆看到三桂的臉色，覺察形勢不利。儘管是親戚，不過事關婚嫁的問題，應當全權交給媒人才是，家長雙方直接談判，實在不成道理。如果雙方不互相客氣些，必定會傷了感情，這麼重大的事情，要是傷了感情，一定對將來有不良影響的。俗語也說：先小人後君子，起初還是應當透過媒人，把想提的全提出來，以後便應該親親密密，這也就是這句自古以來的格言所規定的。而這兩個人早已把媒人撇在一旁接觸過了，教媒人失去了立場。老婆婆有些不愉快起來了。但是，兩人談著談著，老婆婆總算諒解了，原來他們之間已弄到非有她出面，便很可能使這樁婚事泡湯的關頭，因此老婆婆禁不住地積極起來了。她把咬碎的檳榔吐掉，拈了另一隻塞進嘴裡，坐直了身子說：

「清漂和三桂兄啊，男人在談房子土地的事，女人好像不太應該插嘴，可是我總算也是負起了把兩家連結在一塊的任務的人，你們就忍耐著讓我也說一句話吧。」

爾虞我詐的兩人爭執到了頂點時，愛插嘴的老婆婆這麼一番說詞，總算讓兩人衝到喉嚨的話給抑止住。

「這樣不就好了嗎？」

老婆婆比三桂還少一歲，所以她往常都是把三桂當做兄長的，於是她的話有勁起來了。

「將來你的女婿家貧窮了，你的女兒也不會太好受的，還有你這邊，媳婦的娘家沒有錢了，頂讓過來的藥店生意好不起來，最後又得轉讓給別人，這也不是你願意的事吧。」

兩人因為老婆婆的話刺中他們的矜持，便緘默下來了，而且面孔也和平了許多，於是她探出了上身。

「我沒說錯吧，大家都是自己人哪。」

「不錯啊。」

清漂表示了同意，於是老婆婆忽然有了自信。

「所以嘛，看在我的臉上，就減三千圓吧。」

「哎呀，這可太過分了，阿金。」

三桂驚詫地叫了一聲。清漂縮住了脖子等待阿金的話。

「買賣啊，三桂兄，靠眼前的討價還價賺的是女人生意，靠將來的希望，這才是男人的生意哩。背城借一，知道吧，這是男人的話啊。」

兩個大男人瞠目結舌了。在SS庄，頂頂出名的就是阿金婆的一張嘴。碰上這張嘴，整個村子裡的人都會成為親戚的。

「怎麼樣?差不多可以成交了吧。」

這，這算什麼話啊，三桂在內心裡嘀咕。

「阿金，妳到底知不知道那一帶土地的時價呢？一甲地，時價不過是兩千五啊。」

「我當然知道。你的目的也不是要買一甲兩千五時價的土地吧。雙方都是投機，不是嗎？明天，如果那裡成了車站，清漂也不會願意一甲四千塊錢就賣掉吧。」

話是刺中了三桂的要害啦，所以他也不想再爭下去。看到兩人都不響，阿金就反覆地說就這麼決定了，一面在那支長煙管上換上了煙草，陶然起來。清漂的女人也出來，萬分羨慕地向阿金笑笑說：

「女人如果都像阿金婆那麼聰明，那就不用再擔心被男人欺負了。」

「這可不一定呢。喏，就這麼說定了。」

老婆婆又叮嚀了一句，指了指嘴邊的紅檳榔汁。

三桂與清漂交換了一個眼色，可是此刻三桂屈居下風，因此馬上便又岔開了視線。

「該請我喝杯茶了吧。」

阿金婆的話使清漂的女人醒過來似地，連忙拿起茶壺，一面說哎哎，聽著這麼好聽的話，都給忘了，失禮失禮，一面為阿金婆倒茶。庭院裡的旃檀被那隻給雄雞窮追不捨的母雞撞了一把，花瓣紛紛地掉在地面上。

清漂與三桂的這筆買賣，在料想不到的情形下成交了。但是回程三桂覺得牝雞司晨這個詞，一定就是指像阿金這種女人了，而他自己也不知道究竟滿意好呢，還是不滿意，心裡倒似乎有一抹不安。在阿金婆來說，只因婚事很可能觸礁，所以不得不挺身而出，聘金是少了，不過房子與土地的買賣也會有一筆中人禮，因此大為高興。這個紅包賺到手以後，可得好好地拜一下土地公才行呢。這是意料之外的賺頭，非得分出一些孝敬孝敬神明，否則下次便不會再有這種甜頭了，阿金這麼祈禱。

入秋後，阿勇迎娶的日子是看定了，可是林家忽然碰上了不幸，結果又給延到明春。在鄉下裡，向來的習俗是婚嫁前如果兩家有什麼變故，便認為這樁婚姻是不吉利的。這次林鄭兩家的婚姻，由於過程上有了這麼多波折，最後好不容易地才成定案，所以這一點倒是不成問題的，當媒人聽到清漂的長子夭折的消息時，著著實實地大吃了一驚。她從未做過這麼麻煩的媒人，而且像清漂這邊，正要幹起一番大事業的當口，家裡的臺柱忽然斷了一根，這好比是在幸福的背後發現到了魔鬼，自然叫人吃驚。阿金不由地想：佛教認為一隻貓的死，都對人生有所教誨，真是一點也沒錯啊。清漂流著淚歎息著，把藥店的店面改建。勤奮的大兒子，一直都當做是一家依靠的，這一來跟三桂的遭遇毫無兩樣了。清漂為此有些不安起來。憨子才會送親終，這真是無情的箴言啊。

長子死後，清漂完全變了人，話也說得很少了。這倒使他看來更像個漢醫。名醫總是沒法放手為自己的骨肉開藥方的，村人們都這麼說。不過在月里看來，父親雖然夠可憐，但卻也因了哥哥之死，父女的情份彷彿變淡了。聽著改建工事敲敲打打的聲音，月里終究開始希望能早一天離開這個家了。這也許就是一個女人成長的過程吧。

清漂的藥店決定正月中旬開張，店名仍沿用原來的福全藥房，不過店面則取消了木板窗，全部改用玻璃，以便求個面目一新。阿勇的結婚也定在正月末尾。SS庄與TR庄之間，巴士開通的消息傳開了，車站店舖的傳言也隨之傳遍全村，村子裡忽然高漲起繁榮的氣氛。三桂為了重振中落的家運，在可能成為車站的土地上開始了營建連三棟的二樓房屋，每天都有牛車載著建材駛過。乾坤一擲，成敗在此一舉，三桂因為蓋樓房與娶媳婦，成了村人們談論的對象。那可是村子裡第二棟的二樓建築哩。他會飛黃騰達呢？或者身敗名裂呢？人們議論紛紛。也是趁著這一分氣勢，阿勇得了恩師的幫忙，在役場獲得了一個職位。這麼一來，阿勇就要有個美貌媳婦，並且也可以躋身村子裡的準紳士階級。他就這樣，馬上要踏出春風得意的人生第一步了。

在清漂這邊，他的TR庄福全藥房與SS庄福全藥房不同，為了讓它多少有一點文化味，嵌上玻璃，改善店內的光線，使人有完全不同的感覺。這就是說，福全的店號是頂過來了，但闡雞的招牌，他是興趣缺缺的。他對女兒的出嫁並沒有記掛多少，倒是藥店開幕的事占滿了他的整個腦海。有時，偶而也會向女兒告誡一些一個家庭婦女所應遵守的婦德。

女人的命運與菜種一樣。一切都是天命。下雨或不下雨也都如此，清漂好像想起了大兒子般地濕潤著眼睛，對月里叮嚀。

「嫁雞隨雞，嫁狗隨狗，這是大家常常說的話。妳也知道吧。女人的血緣雖然是在娘家這邊，但這一點與女人的命運完全無關。女人的命運是跟婆家相同的。而這一點，完全看一個人的如何努力而定。」

父親的嗓音沁入月里的耳朵裡，明明知道那是當然的，可是淚水還是止不住地滾落。女人只是為男人製造後代的機器嗎?月里在這可喜的現實當中，卻茫然地感到悲哀與不安的。她雖然絲毫也沒想到將來在婆家沒得吃也還有娘家可以指望的想法，但總覺得被什麼趕著。

「不用哭了，人生的前途，每個人都會感到不安的。而且阿勇還是個善良的青年哩。」

母親也拭著眼淚挨過來安慰她。

「最要緊的是阿勇，只要他堅強，以後就是苦一點也……」

不過月里倒沒有像母親那樣擔心著婆婆與家庭的複雜。

「阿母。」

月里希望在哥哥的服喪期間過了以後才嫁，但卻沒法向母親開口。她總覺得，大兄在時才是她最幸福的時候。

五

由於三桂擁有三棟二樓樓房以及一大塊可能成為車站用地的土地，所以村人傳告說也許他會乘著村子的繁榮之波浪，飛黃騰達起來。也因此，阿勇婚禮的時候，村子裡的紳士們之中送祝儀來的意外地多，使三桂深感有面子。農人們最糟糕了。他們遲鈍，根本不懂人家了不起——紳士們都這麼說。然而農人們倒反過來嘲笑那些紳士們太無節操。也有人聽到農人們說：三桂被毆打時，沒有一個人肯出面幫助他，如今卻大家都跑到他家去喝喜酒去了。君子近有利而遠不利，話是如此，不過三桂倒也不會那麼容易地就被喜悅沖昏了頭。

到ＴＲ庄去迎娶的嗩吶和爆竹聲，打破晨靄響起來。

「是去娶阿勇的新娘哩。」

園裡的農人們都回過頭來看這一隊三十幾個人的迎親隊伍，有挑禮物的，有嗩吶班，也有媒人乘坐的轎與六人花轎。三桂家前庭搭起了帳篷，準備了二十張喜宴桌子，只等新娘駕到。親戚的小孩們所放的鞭炮，在街路的這個角落煽起了拜拜的氣氛，連一些大人們都笑逐顏開，興高采烈的樣子。

花轎傍晚時分才到，三桂家一下子沸騰起來了。擠過來看新娘的，準備宴席的，還有就是穿上體面衣服的賀客們，都聚集過來了。

街路邊每家的門口擁擠著想看新郎通過的婦人們的面孔。村子裡的青年們之中，婚禮時穿過西裝的沒有多少位，所以人人都在注意看他穿著的情形。黑呢西裝，紅皮鞋咻咻地響著。該穿黑皮鞋才是啊：領帶針上的珍珠是真的還是假的呢？不管怎樣，三桂家的小子有這種排場，真不容易啊；不，高等科畢業，又在役場工作，應該的吧等等……。照村子裡的習俗，新郎必須由親戚或年長的好友陪同，左手提菜籃，到應該邀請的每家去分發香煙或檳榔才算盡到禮數。新郎紅著臉，陪同的人在一旁慇懃致意。真感謝您的照顧了，今天晚上，準備了一些粗酒粗菜，請您一定賞光——這麼說著向男人敬煙，女人則敬檳榔。阿勇穿上那雙還沒穿慣的鞋子，腳跟磨痛了，踩著八字腳到許多人家去敬禮。大體上說，阿勇的禮貌不算失敗的，可是那雙鞋子不是訂製的，這一點人人都看出來了。村人們看到阿勇這位生硬模樣的新郎，便想起了庄長的兒子結婚時的事，反覆地當做永不厭膩的笑料來談了。那位新郎穿著大禮服，戴上大禮帽，一出現就以那種異樣的姿態驚倒了村人們。那有尾巴的上衣與水桶般的帽子使村人們個個瞪圓了眼睛。不是瘋了吧？村人們啞然，被敬了香煙也說不出話來。這已經不是可笑不可笑的問題啦，村子裡的女人們趕快躲進房間裡笑得前仰後合，有些急性子的人還為新娘擔心起來。還好有識之士又出來了，告訴大家那是西洋的禮服。禮服還可以忍受，可是那有邊的桶子，實在叫人沒辦法領教。連走路的樣子也不對勁。因此，庄長的一位親戚告訴庄長，他們成了笑料啦，以後不許再放縱兒子啦。阿勇的婚禮總算完成，廚房門口偶而會有桃紅色衣裳的新娘出入，三桂一家真地是大地回春了。這位新娘子，勤快地幹起她的活來了。

一個月過去，兩個月也過了。阿勇的新娘子被遺忘了，月里也開始雜在村子裡的女人們之中到溪邊去洗衣服。阿勇從役場下班回來就一步也不離開家，招來了同事們的揶揄，不過新夫婦倆倒是幸福的。

「有時也得到爸爸的新居去幫幫忙啊。」

二十歲的新郎與十八歲的新娘，開始意識到世人耳目。中元快到，雨水多起來，傳聞裡的巴士通行的事也大體確定了，因而阿勇家也忙起來。R市的開南客運公司派人來勘查SS庄與TR庄之間的道路情況，村子裡的街路上每天都有汽車的喇叭聲響起，小孩們麕集在車旁看。有關巴士的傳聞成為具體的事實，但火車站延長的事卻一點也不見動靜，使得三桂焦急起來了。以目前的家計來說實在無法透視幾十年以後的事而投資。為了站前的房子，他背了一筆債，生活已經是捉襟見肘了。三桂原以為看準了無法預想的社會進化搶了個先手，然而這著棋能不能依循社會進步的路線前進，大成疑問。以村子來說，不能讓車站老是那麼遠，這是常識，但世上的事有些是不能靠常識來判斷的，三桂禁不住地感受到，這次他是真正跳進社會的波濤之中而四顧茫然了。三棟樓房的落成近了。而三桂卻相對地越發不安起來。那一次拜拜之夜被揍後，身體一直不好，肋膜常常發痛，於是他一有空閒便跑到TR庄的藥店，靠自我判斷開個藥方抓藥來吃。看到清漂的店子生意興隆，心痛之餘，有時禁不住地坐在那店裡，享受回憶自己的藥店的樂趣。由於三桂來得勤，有人便說這家藥店可能是與三桂共同經營的吧，因此清漂看到三桂來，總是沒有好顏色。三桂開始咯血。他猜疑心重，只要身體情形好些，便親自到TR庄的福全藥店去抓藥。有時看到主人托詞不在，店員便老實不客氣地在藥包上寫明藥費數目才交給三桂。三桂氣憤不過，便默默地付了錢，然後用力地合上錢包，匆匆地趕回SS庄。他開始詛咒清漂，甚至也拿媳婦出氣。嫁過來後一個多月的時候回了一趟娘家，以後月里就從來也沒有回去過。那一次是正式的歸寧，她希望這一次只是玩的，順便也打算請父親免去公公的藥費。阿勇也高興地表示贊同，並吩咐說，萬一不行，可以偷偷地記下賬，他會去付清。

然而，月里回到娘家一看，情形完全不同了。父親專心於他的新事業，連碰面的時間都沒有，好不容易地才在吃飯時，流著淚向父親請求。她說明做一個媳婦的立場，而公公這一生是從未花過藥費的，為了安慰病人，希望不要收費。父親默默地在吃他的飯，一言不發。比起沒有電燈的SS庄，TR庄的家看來明亮而富裕。

「月里，藥費不是問題啊。我們不願意的是因肺病而衰弱的他會在這裡倒下去。妳的爸爸是想在我們家死的，這種心意才叫人受不了。」

二哥用了「妳的爸爸」這個字眼，使月里覺得格外難過。看到他那激憤的面孔，她再也不想說話了。福來一方面是因為店號剛好跟他的名字有緣，另一面生意確實太好了，因此如今月里的公公憑過去的一段淵源就要來糾纏，故而深感不快。同時他還覺得，最近他與一位名望家的千金談起了婚事，能夠與月里的婆家斷絕來往，這家藥店才算真正成了他們林家的東西，而摒絕了像三桂這種人的頻繁的出入，便可保持面子。這就是牌局裡的「清一色」了。

「阿兄，那你是不管我啦？」

「妳一開口就管啦，不管啦，其實如今在妳來說，婆家的繁榮比娘家更重要啊。所以嘛，家裡也有家裡的做法——」

「福來！」

父親好像聽不下去了，斥了二哥一聲，不過還是不發一言。

「阿爸……」

「嗯，你們兩個都沒錯。不過，現在必須考慮的是不能兩家都垮了。還有就是福全藥房是剛在TR庄創業，再跟三桂有瓜葛，對藥房是不是有利呢？我倒是想，再過一段期間，藥房基礎穩固了，那時便可以幫助他們了。目前，我以為還要多考慮考慮才好。」

「明白了。」

這話的意思就是說，月里的公公是被討厭的人，而且正在走霉運，應該避免被連累。為了月里，還是先與三桂斷絕，到了某一個階段再來給她幫助，換句話說，就是等三桂死後，鄭家落到阿勇手裡，那時再來為鄭家的復興而相助。綜合母親的話，父親的意思大概就是這樣。這等於是說：等成了富翁再來行善。月里無心在娘家住下來了，決定傍晚時分回去。母親流著淚挽留她，但這只是感傷而已，月里踩著夕陽的影子，匆匆趕回SS庄。這條路曾經坐在轎上走過的，月里瀏覽著山丘上的草木想：回去後如何向公公交代呢？一路上想了三個小時，她決定撒一個謊。

爸爸老是吃自己藥房的藥，所以才好不起來。算命先生說，五十五歲是不吉的年份，非大損便可能折壽。月里的苦肉之計，倒也使三桂的心平下來。雖然是荒唐的事，不過想起來卻也是合乎道理的。

林鄭兩家從此疏遠了。阿勇看到父親受苦，打算親自到TR庄去抓藥，可是被妻子阻止住。三桂總算也聽了一家人的勸告，第一次接受西醫的診療。然而，他的病況不佳，加上滿心憂憤，終於在三棟新樓房未落成時就一命嗚呼了。

六

三桂死得好可憐，連親戚們都很冷淡，甚至背後也有人數說他死得正是時候，車站的前景已經不可想望了，所以善後都沒來得及做就逃一般地死掉。然而，只有三桂的妻子深諳丈夫的癖性，因而心疼不已。信了算命仙的話，願意接受西醫的醫治，都顯示了他的趨於軟弱。還好像預感到死似的。出殯時，弔喪客還不到阿勇婚禮時賀客的三分之一。不過這倒一點也不算奇怪。這村子裡有一位當了十三年區長的陳先生，晚年連一個壯丁團都沒有去看他，這是人人都知道的故事。進茅屋去弔唁死人，沒有人認為是一件體面的事。一旦家門沒落，一切公職都失去，從庄長到派出所的巡查一個個換了人，終於再也沒有人想起他的過去的功績了，這時陳先生便只是個貧窮農人而已。三桂的店子垮了，又沒趕上時代的潮流，那麼比陳先生更壞的現象在等著他，是自然不過的事。如果車站沒有能延長到預想中的地點，那麼三棟樓房的房租收入，連付債款的利息都不夠。充其量只能把樓下充做商店的山產物庫房，樓上租給人住罷了。一切都顯現出料想之外的事實，最後三桂一家人只得搬到趕出房客要回來的這幢在村東後街曾經充做養豬養雞的房屋。阿勇的母親讓媳婦幫著，小心翼翼地飼養那隻像是三桂的遺物般的母豬。這是說，如今他們一家人必須靠豬仔來過活了。並不是人人都看透了阿勇，有著要討債就趁現在的想法，然而家裡的財產已經少得不是母子倆所能應付生計的地步，這使他們深感意外。阿勇好像看破了似地，聽任東西被查封。最後剩下的唯一的財物，就是這一幢農屋了。人一旦開始在斜坡上滾落，再也沒法止住。倒下又爬起來，這是人生之常。阿勇使出了所有在學校學來的學問來解釋，但還是敵不過母親的淚水。一家的首腦以淚洗面，這個家必趨於暗淡。於是阿勇的家運，落到恰如風一吹便會消失的一縷煙。

月里沒有生下小孩，每天每天都勤奮地幫著婆婆養豬。養母豬讓牠生小豬，成了他們唯一的生產手段。在這種情形下，阿勇到役場去上班，也不得不凡事萎縮，幾乎成了群鶴中的一隻雞。而且這隻雞還是羽毛脫落了的慘兮兮的雞。日常的衣著不用說，連村子裡的有閒階級常常來的那種大夥分攤費用買東西吃的活動也沒法參加。這麼一來，他就落到準紳士階級的水準以下，即令請來了恩師也沒法可施了。從役場下班回來，他便得和妻子一塊到田園裡去採給豬吃的蕃薯藤。面頰瘦削了，變黑了，也憔悴了。到了四月份，天氣激變，一會熱起來，一會又得慌忙地拿出夾衣來穿，阿勇的母親開始受不了這種天氣。某日，終於中風倒下來了。母親衰弱的身體，受到了病魔的侵襲。一樣一樣地換藥，還是沒有能治好母親的病。奇異的是在SS庄與TR庄之間巴士通行的一天，阿勇的母親過世了。在阿勇來說，那是悲苦的一天。阿勇在這寂寞的鄭家葬禮上，首次體會到了落魄的悲哀，人從此一變。他失去了青年人的熱情，連到役場上班都感到心怯了。在僅剩下夫婦倆的閒散的家裡，他連翻開雜誌的意趣都沒有了。母豬生下了小豬，月里一個人沒法料理，他便決心辭職，與其在那裡像繼子般地萎縮著，倒不如在家幫老婆的忙。不過關於這點，他倒是對妻子抱愧的。他下定決心拚命地幹活。因為一個鄉下女人，有穿洋服的丈夫是夠體面的事。一般都認為只有那一類人，才配在村子裡的街路上痛快地挺起胸膛走路。然而，即使阿勇不辭去役場的職務，昂首闊步的權利早已失去了，因此月里也就不想阻止他。儘管這樣，阿勇遞上了辭呈後，回到家還是躲在寢室裡號啕而哭。

「好傻，真不像個男子漢大丈夫。早知道這樣，為什麼要辭掉呢。真沒出息。一個男人，二十一歲了，如果是個有作為的人，早當上學校的訓導啦。」

妻子這番話好像針一般地刺向阿勇，使他頭都抬不起來。他想起自己沒有能進師範學校，又失去了一切財產，憂煩極了。為什麼我不能像別的農家子弟那樣和平過日子呢？每次嗅到妻的雙手有豬食味，心胸便起一陣絞痛。豬們開始在豬圈裡催午食般地響著鼻子，月里便從房間出去了。聽到妻的腳步聲漸漸地從廚房遠去，阿勇便從牀裡爬起來，這裡那裡地收拾起屋裡來了。不知不覺間，村人們把鄭家一家人遺忘了。阿勇淪落為一個平平常常的貧窮青年。也許人都是易於習慣於境遇的吧，月里也增添了農家女的堅強。尤其女人一旦看開了，似乎都會強起來的，孱弱的阿勇，給人們的印象是四時都跟在月里身後走著。

每個村莊都會有一些喜歡惡作劇的青年，SS庄也不例外。這些年輕人們每有空閒便背地裡蜚長流短地說阿勇的老婆一定會跑掉的。

「真是牛屎上插了一朵鮮花。看來阿勇會做一隻烏龜，幫老婆看門的。」

這樣的話終於也傳進阿勇的耳朵裡。真可恨，真想把他們殺了，可是這些話並不是一個人說的，是幾個人聚在一塊冷嘲熱罵的，因此阿勇儘管憤怒，也拿他們沒辦法。那種欺負弱者的心理確實叫人憤恨，可是阿勇倒是信得過妻子的。懷恨在心卻又沒有抗爭的方法與力氣，沒有比這種情形更叫人難受的了。於是村子裡的這一類諷言冷語成了阿勇精神上的另一個負擔。

「月里，我們把這房子賣了，到TR庄或R市去吧。」

阿勇被逼得受不了，這麼說。

「TR庄比這裡還討厭呢。而且爸爸和哥哥都不可靠，TR庄根本就沒有一件可依靠的啊。R市也一樣，沒有指望，只有比在這裡更糟。」

月里有時也想過出去都市比在鄉下好些，但萬一找不到生活的方法，那就更可怕了。

「你在意那些小流氓的話嗎？」

「不是的，我總覺得這個村子，叫人討厭。」

兩人都緘默下來了。阿勇好像累了。月里看得出丈夫的身子瘦薄了許多。阿勇不適合在強烈的陽光下工作，這幾個月來太過勞累了。得了瘧疾後，他聽月里的勸告看了醫生。發高熱的時候，阿勇也不住地埋怨這村子叫人討厭。他已衰弱得從園裡回來必須躺下來休息，否則飯也吃不下去。一連又發了熱，醫生說是慢性瘧疾。媽的，竟害上了要多花錢的病——他顫抖著手拿藥吃，一面這麼咒罵。

「誰叫你上園裡不帶傘或簑衣。」

妻這麼說。急性瘧疾雖然激烈，但好得也快。慢性的要好受些，但每三天或五天便來一次，臉色也很快就變黃。阿勇因這場病，身子更不行了。另一點是好些了馬上就得上園裡，便不免常淋驟雨，病也就拖下來了。阿勇的面孔黃得像色紙。大熱天裡還要蓋上棉被，抱著火籠抖個不停。熱來了，便喊阿爸阿母喊個沒完。

七

自從阿勇得了瘧疾以後，多半在家裡無所事事地過日子。當人手不足的時候，看到他在村子裡的街道上懶洋洋地走著，那是很叫人焦灼的事。月里由於沒法光靠養豬過活，只好到金銀紙製造廠去做工。這種情形使得阿勇不好意思再開口向月里要零用錢，便勉強驅策著疲困的身子到田園，回程順路砍了些月桃，以一枝一錢的代價賣給魚販、肉販，或村子裡的商店，以充做綁東西的繩子。背二十枝月桃，就叫阿勇吃力得什麼似的。他的身體一天天地衰弱了。淪落為採月桃的阿勇，走在街上，看來那麼苦哈哈的，惹得村子裡的婦女們大為同情月里。到了盛產水果的五月某日，阿勇到俗稱山仔脫的地方割給豬吃的野竽藤，割好後，一如往常地穿過香蕉園，來到雜木林找月桃，不料碰上了在園裡做工的阿漫，受到一場冷嘲熱諷。阿漫也是血氣正旺的單身漢，每次碰上總會開開玩笑，可是這一天，阿勇覺得阿漫的話不是玩笑的，因而感到侮辱。

「阿勇，你不必自己一個人這麼辛辛苦苦地養老婆啊。咱們兩個來養，你就舒服多了。反正你的身子……」

這種淫穢的話，使得阿勇忽地火冒三丈，背過手就從腰後的刀架抽出了刀，猛地砍向阿漫。阿漫閃過了這一擊，四寸粗的香蕉樹被一刀兩段了。阿漫沒命地逃開。阿勇渾身的血都倒流了，身子顫抖，一時天旋地轉起來，就在那裡栽倒下去。他好像以為自己殺了人，當他聽到香蕉葉在風裡拍拍地響著，這才發現到自己坐在地上，滿頭大汗。被砍倒的香蕉樹滲出了樹液，太陽在頭上猛烤著，大地搖晃的感覺那麼強烈，他再次橫倒了。不知不覺間便在香蕉蔭下睡著了，一陣冰涼掠過了背脊，他猛地又醒過來。雨點在打著香蕉葉，這使他著慌了。是驟雨！瘧疾最怕的就是雨啊。阿勇爬一般地在田野間的小徑上趕回去。熱烘烘的身子淋了雨是很涼快的，可是腳步踉蹌著，自己的生命彷彿從腳邊溶化著，他一次又一次地顛躓，肩上的豬食也紛紛掉落。回到家時，月里還沒有從工廠回來。阿勇像一個從水裡爬上來的投水者，渾身透濕，嘴唇發紫，顫抖不已。阿勇不知道月里是什麼時候回來的。她在燈影下縫補阿勇的衣服，好像哭著。他只模糊記得她餵了他幾次茶。一團漆黑裡，兩腳好像還在濺著水花。

「幾點啦？月里，怎麼還不睡呢？」

如果是十二點，那麼阿勇是昏迷了差不多十個小時了。

這一天起阿勇就臥牀不起，村子裡的人們也有段日子沒有人看到阿勇。連在工廠一塊工作的婦女們也問月里是不是死掉了吧。秋收開始，人手又不足了，村人這才來到阿勇家，希望能請他幫幫忙。他們發現到阿勇悄然坐在屋簷下的竹椅上，淌下的口涎在胸口牽著絲，楞楞地看著院子。

「阿勇！」

他只是微微地側過一下臉，不發一言，仍凝盯著什麼。

「想請你幫幫忙的，病還沒好嗎？」

月里到工廠去了，來訪的人看不慣在桌上跳的雞，鼓著手掌趕開了。阿勇就這樣再沒人管，整日裡都那樣坐著。

「阿勇死了，月里才會幸福的。」村人又開始說話。有人說：話是不錯，可是娘家那邊，如今恐怕也不好意思把已經成了鄭家唯一支撐的月里要回去吧。也有些愛管閒事的人憂慮地表示：一開始就不順遂的，所以一切都不行啦，而且月里也埋怨著娘家，聽說阿勇剛得病的時候，月里就回娘家求助，卻被二哥拒絕了。也有一次，有人說阿勇的病是可以治好的，那是有某種邪魔作祟，月里便到處去要了藥來給阿勇吃。阿勇雖然稍稍恢復了元氣，但人就像是一隻陀螺，凝滯著眼光跑步般地步了幾十公尺，碰上了電柱，恰像陀螺到達了旋轉力的巔峰，定定地站住。以為他會倒下去，卻又忽然拔腿跑起來。

這就是阿勇恢復元氣時的情形。月里還是跟阿勇住在一塊。這種影子般的男人，有時也會使月里不知如何是好，但當她看開的時候，卻又覺得這也是對雙親的報復，不免有些快樂起來。看，這就是ＴＲ庄福全藥房的千金，雙親為了想成為名望家，把女兒給犧牲了。有一次，月里還想跟阿勇來個合照，將照片寄給父母看看。人們不管這些，一股勁地傳言說月里的雙親是要等阿勇死後，才把女兒接回去。月里對這樣的說法嗤之以鼻。

「我就是死了也不離開鄭家啦。孤兒成為幸福的方法，是知道自己的本分哩。」

女兒的這種言辭當然不會不傳聞到父母那兒。也因此月里已斷絕了與娘家的一切連繫。可是過了一年，阿勇還是老樣子，情形好時便會出到市場，照月里的吩咐買些青菜回來。這樣子，與其說是夫婦，倒毋寧更像拖著一個有血緣的影子一般的男人走路，使得自己的身子都彷彿輕得經不起一陣風吹來了。阿勇成了一隻被雨水打光了羽毛的慘兮兮的雞，而月里似乎下意識地恐懼著被人們討厭。也因為如此，她較前更注意服飾。有時看著鏡子，會忽然好想化妝起來。我不是女人嗎？為什麼不可以化妝呢？從來沒有人說過不行的啊，月里在心中自問自答。她還是沒有能衝破村子裡的習俗。影子般的阿勇坐在屋簷下，從不管月里。兩人就像一對母子，是有連繫但想法則是南轅北轍。月里是容易使喚的女工，也是相當美貌的女人，有時顯得稍輕率，但也不會被蜚長流短。阿勇幾乎砍死阿漫的事，不知如何傳揚開的，阿漫成了村子裡被討厭的人物。蚯蚓也有三分心志，人們這麼讚揚阿勇。也有人認為阿勇雖然坐著不動一動，但那是惡犬般地守護著月里呢。事實上，阿勇是不會有這種力氣的。而村子裡的風習仍是正派的，以後再沒有人敢學阿漫的樣子。也因為這樣，月里就像個男人那樣，隨便哪裡都去做工。很快地，她說話的口氣也像男人了。這一來，男人也就大膽起來，跟她開開玩笑。正如畫家不應該和模特兒說話那樣，月里也必須有工作的女人的尊嚴與矜持。被金銀紙工廠的年輕人們慫恿著，答應扮演車鼓旦，也是由於她不再把男人放在眼裡，內心也有點放肆起來的緣故。另一層就是希望讓自己的美姿展現在眾目之前的心情，使她大膽起來的。什麼是送秋波呢？她希望能把它具體化。

也就是因為如此，她從那天晚上以後個性一變，並且社會上人們對她的觀感也不同了。保持男性與女性之間的尊嚴與矜持的幔幕給撕破了，她開始有了個外號叫村子裡的夜鶯。村子裡家家戶戶的父母們都嚴格地吩咐女兒們避免去接觸她，月里也屢次地成為人們的家庭糾紛的原因。某個月夜，月里被一位太太的娘家的人抓進派出所裡，她已經自暴自棄，生活放肆了，化妝與胭脂成了她的命根，不管人們討厭不討厭，她隨時都不忘點上一抹紅唇。然而，月里也第一次發現到村子裡的青年們是一點勇氣也沒有的，他們的自私自利使她深感憤然。月里成為村子裡婦女們眾矢之的。儘管如此，逢到收割期，月里偶而也會被請去幫工。她能雜在男人們之間幹活，工資卻又便宜，有些農家倒是覺得很划算。例如李懷家便是。在月里來說，既然到處充滿白眼，能有個李家可以做工，也是很高興的。李家沒有女兒，也沒有未婚青年。三個兒子都已娶了媳婦。其中兩個哥哥是笨頭笨腦的農人，每天上田園裡做活，老三瘸了兩腿，去春才與名叫「大頭仔」的女人結婚，已有個男孩，受著一家人寵愛。雖然雙親都畸形，生下的嬰孩卻白白胖胖，可愛極了。這大頭仔頭部特大，手腳又小，連每天梳頭髮都要婆婆幫忙。瘸腳仔阿凜討厭大頭仔，但父親李懷總是吼他。

「阿凜！你總說阿珠討厭，如果阿珠也說你討厭，那你又該怎樣？」

「阿爸，我原不必結婚的。」

「娘的！還不知足呢。」

於是阿珠和阿凜才結婚的。奇怪的是過了一年，孫子也生下來了。不但李懷喜出望外，阿珠娘家的父母親也送來了比往常多的賀禮。不過阿凜還是對妻子不滿。我至少是公學校畢業的，腳雖不好，但成績是優等的。尤其畫畫，村子裡人人稱讚他。就因此有強烈的自尊心。反觀阿珠，名字好美，外觀卻是大頭仔，人人都這麼叫她。阿凜是沒有人叫他瘸腳仔的。阿凜會寫信，每到過年的時候，街坊鄰居便要來請他寫對聯，因此有什麼事，人們便會送雞或者什麼的，「有了好鳳梨啦」這麼說著送水果來的也有。阿凜會用木炭畫肖像，附近老人也有來請他畫肖像的。阿凜人挺好，大家都喜歡他。雖然人人喜歡他，但就是沒有人為他介紹一房正常人的媳婦，因此阿凜懷恨世間的無情。阿凜的刺繡也棒極了，附近的女孩們便由母親陪同，來請教他。不過每當阿凜拿出鉛筆要寫生時，這些姑娘們便笑著走開。瘸腳仔的畫好像還是不受歡迎。也因此，阿凜更渴望著能畫美麗的女孩，便常畫些楊貴妃啦、王昭君啦。自然，這不能使他滿足。他好想能畫畫現代的女性美。這個家庭就是由於這個樣子，沒有一個人擔心月里。這使月里非常高興，每次被請來李家，便勤奮地做工，使李懷夫婦倆大為滿意。月里對李懷太太總是嬸嬸長嬸嬸短地叫得怪親熱的。李懷太太便也常常安慰她，認為人們對她實在太苛酷了些。

八

早稻開始收割了。月里仍覺得來李懷家幫工較有意思。田裡，割稻師傅手忙腳亂地幹著活，熱鬧極了，烏秋也飛到牛背上來嬉戲。月里從曬穀到廚房裡的活兒，無一不做，且做得好起勁。

「月里，妳好勤快啊。」

連阿凜的房間，她也收拾了，因此阿凜好感謝。他正在客房兼書齋的房間中心的牀前的桌子寫著什麼。

「人家都說我懶呢。只有你稱讚我。」

月里也朗朗地回答。牆上滿滿地貼著阿凜畫的畫。月里一幅幅地看著，心想不是有天才，絕對畫不出這麼美的畫。她欽佩得五體投地。

「能畫得這麼好，一定很安慰吧。真叫人羨慕。」

「才沒有安慰哩。好像跟老頭對看著，沒意思。」

說來也是的，畫裡的人不是老頭便是古代女人。阿凜還只有二十八歲，可是額角上已刻著好幾道深深的皺紋。

「咦，為什麼？」

月里那清脆的嗓音，使得阿凜的心有些怦然起來，便說出畫這些東西是多麼無聊，不能到別的地方去學畫又是多麼遺憾，還表示一張張地畫著，等於就在等死。這話使月里大吃一驚。這樣的人，居然有這麼大的志氣，那種智能令她吃驚。她以為阿凜的煩惱只是生來殘廢，沒想到他有對人生的不可思議的慰藉，月里不禁覺得深得吾意。月里想了這些就出到庭院裡，大頭仔正在那兒趕偷吃穀子的雞。不知怎地，阿凜的一席話好像在腦子裡隱現著，竟覺得希望多聽一些。他內心的吐露等於也是觸到自己的內心。想起來，自己豈不也是殘廢的嗎？阿凜的煩惱，正好也等於是自己的煩惱。阿凜的話使她奇異地感動起來，似乎自己也變成了一個殘廢的人啦。並且認為自己也是殘廢，那就更能用阿凜的話來表達自己的心情，心緒也就奇異舒泰起來。對啦，我也是個殘廢。月里茫然地這麼認定。然而，儘管她這麼認定，可是一旦看到大頭仔，便起了一種反抗心，感到一股嫌厭之情。她覺得大頭仔整個人都是畸形殘廢的，而她與阿凜則是人變形而成的另一種人，儘管是殘廢，卻擁有了不起的東西。好比說，大頭仔是投錯了胎的，而她們則恰如變形的竹筍根，有著藝術味與深刻味。在強烈的陽光下，穀子就像黃金一般，一粒粒地閃著光。看著看著，月里覺得自己真地是殘廢，心平氣和了。殘廢的阿凜有了不起的技能，而另一個殘廢的我，有著完好的手腳與整齊的五官。聽著阿凜的傾訴，月里彷彿覺得自己的人生受到了啟蒙，也覺得阿凜就是她所遇見的男人之中最了不起的一個。在大白天裡，她一面拉起嗓門趕雞一面這麼想。這就成了兩人幽會的動機了。穀倉後或庫房裡，兩人盡情地交談著殘廢與人生。

「我也和你一樣的。」她說。

「為啥？」

「我想你應該是最了解的。阿凜兄，你畫我吧。我希望看到在你的眼裡所看到的我。」

「好，我畫，我畫。」

月里成了阿凜的模特兒。看了這情形，大頭仔雖然說不出，但心裡燃起了苦苦的嫉妒。不過父親倒是認為這可以壓抑阿凜的向學心，反倒對月里的親切感謝。阿凜的畫不再是木炭的，而是用水彩，當清淨的月里在畫面上出現時，月里高興得幾乎流淚，禁不住握住了阿凜的手。

「阿凜兄，像嗎？這就是我的臉嗎？」

「像，只是我沒有能畫得更好。我不知妳怎樣看妳自己，不過我看到的妳比這畫更美。」

「這看起來像殘廢嗎？」

「不，妳不是殘廢。」

「為什麼？為什麼呢？」

月里的臉上罩上了一朵暗雲。為什麼不是殘廢呢？說是殘廢，才更使我舒服啦。她說：

「不行。我覺得看起來像個殘廢，才能表達出我的心情。」

「勉強說，這眼裡的光就是殘廢。想從環境跳出來的這種眼光，也許在旁人看來是殘廢的吧。」

阿凜綻開了臉，看了看月里。

「同志！」

阿凜叫了一聲。月里一驚，回頭看了一眼。穀埕上，阿凜的母親與大頭仔還在曬穀。

「我也跟你一樣哩。」

月里細聲地笑了笑，把畫拿起來看了看。到了入秋以後，人們這才知道了月里與阿凜相愛。那也是因為阿凜偶而會雙手撐著木屐樣的東西，拖著不聽指使的腳爬一般地前往月里的家，人們這才發現到的。自從畫了月里的肖像以後，阿凜人變得不落實起來了，大頭仔有一次偷偷地跟蹤他，終於明白了事實的原委。起初，加上阿勇三個人一起吃東西，後來便只有阿凜和月里兩人了。大頭仔看到後，急忙回來，想在房間裡上吊，卻被婆婆看到了。大頭仔邊哭著向婆婆說出一切。這事很快地就傳遍了整個村子，有一天大頭仔娘家的父母與兄弟們來包圍月里的家，差一點沒把月里拖出來。

「妳這臭婊子，月里，出來吧。把妳這夜鶯的肉撕開，才能當做給別人的教訓。」

然而，月里那決意的蒼白的臉，使他們畏縮了。

「臭婊子，妳另外還有男人吧，幹嗎還要搶人家的丈夫？」

「搶？」

月里頭髮鬆亂了，牙齒咬得緊緊地說：

「沒下卵的，那麼看不過去，那就把我殺了吧。難道連一個女人也殺不了嗎？」

看熱鬧的圍過來了。大頭仔的家人被有識人士阻止住，雙方只互相叫罵了一陣便散了。只有看熱鬧的，意猶未足似地疏疏落落地走開。月里和阿凜沒法再相會了，可是兩個人的熱情反而更被煽動起來。

「我願意永遠背著你走。」

大頭仔跟蹤阿凜，所聽到的月里對怨歎腳不好的阿凜所說的安慰話由大頭仔公佈出來，而這話到了秋深之際被付諸實行。兩人在村西不遠處的碧潭雙雙投身而死。李懷咒罵了月里。看到月里的屍首還背著阿凜，更是怒不可遏，去找阿勇賠，可是阿勇楞楞地，什麼也不懂。結果葬禮費用都由李懷負擔，月里的靈位請一個乞丐婆送去給阿勇家。阿勇一點也沒有悲傷的樣子，左翻右尋地在空蕩蕩的屋裡找了半天，好不容易地才看到的是牀裡的那隻木雕閹雞。阿勇好像也知道了今天起只有這隻雞陪伴他似地，抱著它傻傻地想著什麼，並一任口涎淌下。村人們傳告說，鄭家躲著一個活的影子和亡靈，他們走過阿勇家前面時，沒有人再敢往屋內窺望一眼，有些迷信的人還要喃喃地唸佛呢。

本篇作於一九四二年六月十七日

原載《臺灣文學》第二卷第三號，一九四二年七月出版

集評

一、處於窒息抑鬱的網羅裡，張文環〈閹雞〉塑造了一位追求真愛而殉情的女子月里。她的一生令讀者心驚魄動，欷歔不已，但就傳統社會道德來看她，她難逃「紅杏出牆」不貞之罪名，然而如此譴責她，對她似亦不公平。白癡般的丈夫，寡婦般的生活，她沒有逃避、沒有怨言，「隨便那裡都去做工」，當她與已婚瘸腳的阿凜相逢，就如同茫茫天際的兩顆流星，終於落實交會，在長久抑鬱的日子裡，她不禁呼喚：「我不能被一個男子愛，並且愛他嗎？」為了愛，她願意背他走，然而在無情的現實人生中，她這種不能遏止的愛情，使她像一株曝曬於烈日下的細柔

海棠，終於灼燒而萎死。在愛的驅策與需求下，他們無怨無尤付出了生命的代價。在人類生存情境裡，感情實在是一項難堪的問題，它幾乎是無法以一種理性的姿態出現。月里的突破禮法、追尋愛情，在今天婚姻外遇頻繁的社會中，仍無奈的上演著，……從這些男女殉情的事件中，不免讓人反省到舊式撮合婚姻所產生的問題真是難以一二數。（許俊雅《日據時期臺灣小說研究》，文史哲出版社）

二、父權社會的女性與殖民地的臺灣人民，既同樣是弱勢者、被壓迫者，在強權的宰制下，他們面對的是同樣無法主宰前途的命運。因此，可以說，通過女性問題的探討，張文環看到了女性與反殖民這兩個議題的共通性，因而也找到了，在戰時體制中，呈現臺灣問題、表達反殖民立場，又不會得罪當局的表現管道。因為兩個議題被結合起來，張文環在反殖民運動的參與中，對反殖民支配、自由民主的追求、臺灣主體性的回復……等等課題的理性認知，對臺灣命運的深情關懷，因而開始滲透到〈閹雞〉，激化也深化了這篇小說的感情與內涵。〈閹雞〉以月里這個人物為中心，透過月里女性主體性失去、自覺與復得過程，形象地對臺灣命運做了一己的詮釋。（游勝冠〈臺灣命運的深情凝視——論張文環的小說及其藝術〉，《臺灣文學研討會》論文，淡水工商管理學院主辦）

三、〈閹雞〉以細緻、微妙的筆法呈現了潛藏在社會底層的女性情感。張文環以節慶的活潑氣氛，來對照封建婚姻的死寂狀態。讀者可以強烈感受到，在寧靜、安詳的農村，壓抑了多少情慾翻騰的女性肉體。小說藉著廟會的到來，讓女主角月里有機會參與車鼓陣的演出，來表達她幾近迸裂的火舌慾望。車鼓陣是農村民藝活動中的一種挑情舞蹈，通常舞中的車鼓旦都由男性來假扮。月里答應演出車鼓旦，一方面是為了對虛偽的婚姻抗議，一方面則是對傳統習俗中的道德規律挑戰。張文環以生動的文字，描繪月里預演車鼓陣時的媚姿，極為傳神，……。她最後離開了近乎癡呆的丈夫阿勇，而與擅長繪畫的殘障者阿凜結合，並且選擇自殺表達她的愛情意志，都凸顯了她的自主性格。小說中閹雞的意象，既暗示了她丈夫的去勢，同時也象徵大多數臺灣男性的去勢。（陳秀明《臺灣新文學：第八章殖民地傷痕及其終結》，《聯合文學》第一九一期，二〇〇〇年九月）

【相關評述引得】

一、葉石濤，〈論張文環的「在地上爬的人」〉，《臺灣鄉土作家論集》，臺北：遠景，一九七九年三月

二、葉石濤，〈張文環文學的特質〉，《臺灣鄉土作家論集》，臺北：遠景，一九七九年三月

三、池田敏雄，〈張文環「臺灣文學の誕生」後記〉，臺灣近現代史研究會編《臺灣近現代史研究》第二號，一九七九年八月三十日。後由葉石濤翻譯，譯文〈關於張文環的《臺灣文學》的誕生〉，收於同氏著《小說筆記》，臺北：前衛，一九八三年九月

四、莊永明，〈民族話劇——「閹雞」〉，《臺灣文藝》六十九期，一九八〇年十月

五、張恆豪，〈張文環的思想與精神〉，《臺灣文藝》八十一期，一九八三年三月

六、野間信幸〈張文環の「地に這う者」淺析〉，《臺灣文學研究會會報》十期，一九八五年七月。

七、陳萬益，〈張文環的小說藝術〉，《國文天地》七卷五號，一九九一年十月。後收入《于無聲處聽驚雷——臺灣文學論集》，《南臺灣文學(二)——臺南市作家作品集》，臺南市立文化中心，一九九六年五月

八、野間信幸著、涂翠花譯，〈張文環的文學活動及其特色〉，《臺灣文藝》一三〇期，一九九二年五月。又收於黃英哲編、涂翠花譯《臺灣文學研究在日本》，臺北：前衛出版社，一九九四年十二月。原作發表於《關西大學中國文學會紀要》十三號，一九九二年三月

九、津留信代著，陳千武譯，〈張文環作品裡的女性觀——日本舊植民地下的臺灣〉，《文學臺灣》十三、十四號，一九九五年一月、四月。原發表於《中國文學評論》復刊第一號，北九州：中國文學評論社，一九九三年四月

十、津留信代，〈張文環の作品「夜猴子」の意味〉，《中國文學評論》復刊第五號，北九州：中國文學評論社，一九九五年十月。中譯文，陳千武譯〈張文環作品「夜猴子」的意味〉，《文學臺灣》十八期，一九九六年四月

十一、柳書琴，〈謎一樣的張文環：日治末期張文環小說中的民俗風〉，「第二屆臺灣本土文化國際學術研討會」論文，臺北：臺灣師大國文系、人文教育研究中心，四月二十、二十一日，論文集於一九九七年五月出版

十二、柳書琴，〈驚鴻一瞥：論張文環父親的要求〉，「呂赫若作品學術研討會」宣讀論文，北京中國社會科學院文學研究所主辦，一九九八年一月十五—十八日

十三、許惠玟，〈張文環小說中的女性形象〉，《臺灣文藝》一六六期，一九九九年二月

十四、徐照華，〈鄉土的樂章——論張文環的〈夜猿〉與〈閹雞〉〉，第二屆通俗文學與雅正文學全國學術研討會，二〇〇〇年三月

十五、江寶釵，〈張文環閹雞中的民俗與性別意識〉，《中國學術年刊》二十一期，二〇〇〇年五月

十六、游勝冠，《殖民、進步與日據時代臺灣文學的文化抗爭》，清華大學中國文學系博士論文，二〇〇〇年六月

奔流

❖王昶雄 作
❖鍾肇政 譯

作者登場

王昶雄（一九一五～二〇〇〇），本名王榮生，一九一五年生，臺北淡水鎮九坎街（今之永吉里重建街）人。一九二三年就學淡水公學校（今淡水國小）。後負笈日本求學，一九二九年畢業於郁文館中學，復進入日本大學文學系攻讀文學，一九三六年轉讀日本大學齒學系，一九四一年畢業。旅日時期，王氏曾於同人雜誌、報紙發表詩文，而以詩篇為主。一九四二年返臺，參與張文環《臺灣文學》編務。其作品散見於《臺灣文學》、《文藝臺灣》、《臺灣日日新報》，所撰小說〈淡

王昶雄　像

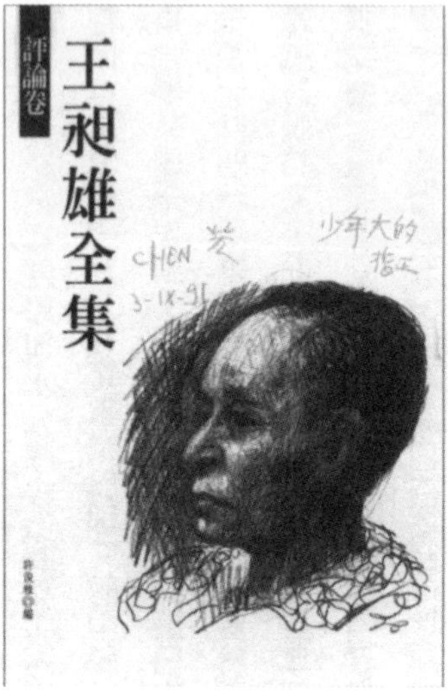

《王昶雄全集》書影

水河的漣漪〉、〈奔流〉等為其代表作。

〈奔流〉嘗選入一九四三年《臺灣小說選》（選集中並刊錄龍瑛宗〈不為人知的幸福〉、楊逵〈泥娃娃〉、呂赫若〈風水〉、張文環〈迷兒〉、〈媳婦〉等作）。此時期作品以日文寫作，主題在反殖民反強權，追求人類自由平等，小說〈奔流〉揭露了戰前殖民地知識分子反皇民化的曲折歷程。戰後王氏雖暫停文學活動，然其興趣不減，以暇時熟讀現代文學作品，並潛心研究文學理論，且出其餘緒，撰為新詩、隨筆、臺語歌詞。嘗謂：「文學的真正任務是體現人生，啓發人生，使人從文學的境界中獲致一個正確的觀念，這才是文學的最高準則。」可見其文學素養之深。一九八○年王氏以散文〈人生是一幅七色的畫〉，震驚文壇，文筆流暢，情思並茂。臺灣名曲〈阮若打開心內的門窗〉，即由他作詞、呂泉生譜曲，優美抒情，悅耳感人，風行全島，歷久不衰。王氏天性爽朗豁達，談笑風生，雅好杯中物，人稱「少年大」仔。二○○二年《王昶雄全集》出版（台北縣立文化局印行）。

本文開始

一

我離開住慣了十年那麼久的東京，是三年前的春天的事。到如今把眼睛閉上，那天晚上的情景，還可以清清楚楚地浮上腦際。九點正，像巨蟒一般的開往下關的夜車離開了東京站。當車子經過有樂町、新橋、品川、大森，串串街燈次第從視野消失時，我怎麼也止不住熱熱的東西湧上心頭。與其說離情的淒苦，倒毋寧是想到自己一旦回到鄉里，何時才能再踏上這帝都土地呢？這樣的思緒使我感到難忍的寂寞。這也不僅僅是年輕人的感傷而已。我在S醫大讀完了課程，在附屬醫院從事臨牀的工作，另一方面還以解剖學教室研究生的身分留下來。但是，這也是極短暫的事情。才不過一年工夫吧，在故鄉開設內科醫院的父親突然逝世，不得不立即束裝返鄉。想研究到有個名堂出來的心情，還有對日本內地生活的摯愛，終究在現實之前，那麼輕易地就瓦解了。繼承父親的衣缽，一生埋沒於鄉間醫生的境遇，對我來說委實是難以忍受的。

睽違多年的故鄉風物，使我打從心底裡感到優美，心情總算開朗了些。但這也沒有能維持多久。當一個平凡的鄉下醫生，工作並不算煩瑣，可就沒有辦法全心投入，只是茫然的過日子。沒法子逃避的無聊，使我拿它一點辦法也沒有，簡直想把身心都豁出去。追憶著在內地時的那種氣魄，想到在如此單調的生活中，今後如何求得刺激，這種不著邊際的思想，經常像燻炙似地在胸口翻湧、盪漾，把頹喪的心，帶向無限的遠方。雖然有故舊，也不是能誠心安慰，或剖心相告的人，吊在半空中的慵懶，經常弄得心情憂鬱難解。很想乾脆拋棄一切，再一次到東京去，想到孤單的老母親，也就下不了決心。

就在那時候，結識了伊東春生這個人。說得詳細些，當我正沉溺於恍似客愁般的狂暴的感傷當中的時候，給了我的飢渴一副清涼劑的，正是伊東春生其人。這就是我和伊東接近的動機，也是加速地使意氣投合的程度加深的因素。經過情形是這樣的——

十月將近尾聲的時候，殘暑仍然相當逼人，可是到了晚上，氣溫簡直不可相信似地驟降，變得涼氣逼人。因此，感冒流行起來，使我無分晝夜都手忙腳亂。一天傍晚，我一個個依序看著病人的時候，突然有一個人，喊了一聲：「拜託！」很有氣勢地走進來。注意一看，是三十四、五歲的，體格健壯的人。眼睛紅紅的，面孔因發燒而泛紅。雖然很隨便地披著單衣，總覺得有著迫人的凜然。這人就是伊東春生。我立刻把聽診器貼上胸部，看看喉嚨，不用說是嚴重的感冒了。體溫有三十八度五。

「因為太好強了。逞強，好像還是抗不過病喲。」伊東笑著說。

面孔雖然看來很大方，笑裡卻隱伏著複雜的陰影和線條。彷彿無言地訴說著他意志的堅強和主張個性尊嚴的剛烈似的。問他職業，說是城郊大東中學的國文教師。我不覺把視線傾注於伊東的臉。借職業上的方便，好像觀察似的，瞪著眼凝視他。像是內地人的這個伊東，從說話的腔調雖然沒有辦法識別，但那臉的輪廓、骨骼、眼睛、鼻子，在我看來，很像是本島人。也許是出生於殖民地的神經過敏式的敏銳靈感所使然，我在內地的時候，內地人當然不用說，是半島人（指朝鮮人）還是中國人，看一眼，就能毫無例外地辨認出來。除非我這敏銳的靈感痲痺了，這時，我的雙眼所見，應當不會有誤。這已夠誘發我異常的好奇心了。我希望及早查出伊東的真正身分，也興起了跟這個人盡情地交談的衝動。而如果伊東正如我所預感是本島人，那就更能誘發我的興趣，我的期望也因此會更為廣大。但是，乍一見面就不客氣地再多問下去，未免失禮，並且後面又還有很多病人在等著，給了兩天份的藥，告訴他希望再來，就分手了。

跟他錯身進來的，是這裡的中學五年級的林柏年。柏年看到了伊東，就行了舉手禮。我很高興柏年來得正是時候。他今年十八歲，劍道鍛鍊出來的身子，雖然很結實，仍有小孩子的感覺。原來愛好運動的他，劍道以外，也從事其他各種各樣的運動，由於過劇地酷使身體，傷了肋膜，繼續來我的醫院看了兩個半月的病。我在胸部輕輕敲打，問過了最近的狀況之後，才問他：

「我想問你一個怪怪的問題。那個伊東先生，是什麼地方的人？」

「那個老師嗎？」柏年好像所等待的機會終於到來似地說「他是本島人。太太是內地人。」

「果然沒錯。」我露出了會心的微笑。並不是對自己的靈感未衰的慶幸，而是這個人的存在，彷彿與我有緣似的，是詭異但又似乎在追求開朗的思念似的莫名的歡喜。教授國文，以及和內地人毫無分別的沒有半點土氣，有這樣的本島人在鄉里，使我覺得深獲我心，由衷地湧起了歡喜。

「是好老師嗎？」在次一瞬間，我竟無意識地問了這樣愚笨的問題。

「這個……我也不曉得該怎麼說。」

不知為什麼，柏年好像逞意氣似的，脫口而出。這個人，與體格不相稱地，感覺很細膩，有很不好應付的地方。眼睛大概是心理的關係，有所疑惑似地細瞇著。這種「倔」的地方，不是我所喜歡的，但那種青年人的正義感比人強過一倍的地方，卻使我很同情。我不再多盤問伊東的事，從此之後，就急切地等待伊東再到醫院來。

可是，過了三天、五天，伊東都沒有出現。感冒完全好過來了吧。他不來，就去找他聊吧，又提不起勁兒，我只好等待機會了。

這時候，感冒的流行，漸漸到尾聲了，代之而來的，是這個城特有的雨，是不成粒的，像霧一般的雨。一天晚上，病人都走了之後，想藉讀書來排遣鬱悶的心情，在時鐘敲響九下，高興地想關門的時候，有個人說聲「晚安」就走進來了。那是伊東。對他出乎意料的來訪，不用說我是打心底裡頭歡迎的。他來是為上次的事道了謝就想走，我卻極力留住他，引他到書房。

「藏書真不少，是個學者啊！」伊東說著，瀏覽著兩架大書架。「哈哈！你的文學的書，比醫學的書還多嘛！」

「哈哈，哈哈哈哈！」我笑著推過坐墊給他。「過世的父親的書也在裡面。不敢相瞞，我曾經是很熱烈的文學青年，想做個作家，不過這已經是從前的夢了。」

「是嗎？不過，人是需要夢的。因為人類的成長進化，是受那夢的鼓舞，推進的。我們學校是專收本島人子弟的，他們並沒有懷抱太大的夢，直截了當地說，殖民地的劣根性經常低迷不散，很傷腦筋。」

「對的，他們並沒有魄力。」

「他們的視野很窄。因為無法離開自我的世界去想東西，所以凡事總是怯怯的，人都變小了。氣節、氣概，全都沒有，譬如說……」

這時，母親端著放著茶和糖果的托盤進來了。「歡迎！」這是用國語（指日語）招呼的。然後說：

「討厭的雨季又來臨了，真傷腦筋。」這是用本島語說的。

「是母親。國語只懂一點點。」我這樣介紹，伊東便禮貌地說：

「啊！是高堂。請多指教。我是伊東春生。毫不客氣地在這裡打擾。」

這是用國語說的。我感到很意外，伊東在這種場合，也不肯說本島語。在這一瞬間，我感到伊東所持的人生觀異常地徹底。我不得已，只好把他的禮貌的話向母親翻譯。

「父母親都健在嗎？」母親離去後，我這樣問他。

「嗯，老人家他們總有辦法的……」

伊東這樣說了之後，像要岔開話題似地說：

「你在內地住了很久，尤其對精神文明方面有興趣，大概也曉得，俗話說的日本精神，如果不通過古典來看，多半沒有意思，譬如《古事記》。我們所以會被它吸引，是因為心和詞，絲毫沒有歪曲地，而且很率直的關係。有個偉大的學者說，像幼兒依偎在祖父母的膝下，亮著好奇的眼睛，傾耳於那古老的故事那樣，有一種愉快。離開了日本的古典，就沒有日本精神了。」

伊東在說話時，眼角放出紅光，看來臉上的皮膚都發放著光輝似的。我在心中暗暗地想：這是比我所想的，更為傑出的人物。想著他的人生觀的不凡，我吞了一口口水。想想看吧，現在，在這裡，一個本島人，娶了一個日本人為妻，言語、舉動，根本上，完全變成日本人了。而他站在中學校的教壇，堂堂地教授國文。過去的人，不敢祈望的，接觸到真正的某種東西的、深遠的知性的芬芳，變成了挖掘對方心臟一般的熱情的話，在感受性最強的時代的本島人中學生們心中，植下崇高的精神，喚起對正確學問憧憬的心，描繪能誘發對氣節無法遏止的思慕之念，扮演重大任務的姿態時，我的眼角，不知不覺就會熱起來。那是既不是喜悅，也不是什麼的，只是不可思議地搖撼靈魂的感情。是稱為感動的東西。

兩個人雖然今天才開始聊起來，卻簡直像十年的知己一般，談了很多。伊東離去時，是在敲過十二響以後，從內地回來那時候的，徒具形式而沒有靈魂的那種空虛的寂寞，彷彿已像霧的散失，不知飛到那兒去了。

二

小城雖小，父親留下的地盤卻意外地穩固，病患經常門庭若市。一個半月過去了，每天每天，都面對人生痛苦的一種象徵——病痛的人，我反覆著喘不過氣來的，緊張繁忙的生活。從伊東上一次的來訪開始，兩個人心心相融的交往便開始了，但是，我由於開業醫生的悲哀，一步也不能出外，多半是伊東來訪我。

不知不覺一年已到尾聲，就要迎接新年了。

向來懶惰成性的我，忽然想到神社參拜，很早就起來。在薄暗的凌晨的冷氣中，周遭靜悄悄的，什麼聲音都沒有。神社在市郊二町（一町約為一〇九米）左右的小崗上，對面隱約可見的山，看來比白天更遠，呈現著蒼黑的影子。天空是山邊仍有隱隱約約的白色星星閃著冷光的晴朗的藍黃色。久雨已停了，美麗的闇夜，幾乎使人茫然若失。參拜完後，我就像從日常的煩瑣中解放出來的人似的，毫無顧忌地在附近漫步。每當感到冷氣透身的時候，我就懷念地憶起內地的冬天。就是這時節吧，關東平原的冬晴的美，是無可比擬的。冬陽和枯草，不可思議地暖和，冬天的空氣洗滌了五體，連心都會有被洗濯的感覺。這在臺灣是無法想像的。想到灼人的季節很長的臺灣，就禁不住憂鬱。簡直要懷疑，自己的頭腦，逐漸地變傻了。不知走了多久，東方的天空逐漸發白了，我只得回家去。

因有來客，所以我第一次拜訪伊東的家，是在午後四時左右。

「歡迎歡迎！」

穿著和式禮服的伊東，發出驚叫似的聲音迎接我。「新年好！」我誇大地做禮貌的招呼，伊東就魯莽地說：「那樣太舊了，我們用新體制吧。」「唉唉，」我搔起頭來，兩個人便互望著臉哈、哈哈哈地笑了。我被引入八張榻榻米的客廳。林柏年非常無聊似地盤著腿，先我坐在那裏。看到我，趕忙坐正，雙手按在榻榻米上說：「新年好！」我模仿伊東說：「那樣太舊了，我們用新體制吧。」大家又愉快地笑了。但是，柏年不知為什麼，稍稍微笑一下，立刻又恢復本來的不愉快的表情，微笑已無蹤影可尋。（真是奇怪的人），我在心中這麼想著，原來這個青年，氣質並不開朗，經常沉默著，怪寂寞的。

「我媽馬上會出來。」

伊東一邊把坐墊推給我一邊說。我真想看看有這樣了不起的兒子的母親是什麼樣子。可能是遵照古風教養出來的女性吧。在心中想像著，望了望天空，彷彿有一點陰暗下來了。可是，像早晨那種冷氣，已一點也沒有了，反而漸漸地明亮，溫暖的空氣在漂動著似的。

不久，紙門拉開了，太太和母親進來了。我端正地坐好。突然，我的眼睛瞪大了。應是伊東的母親的那個女人，穿的是標準的和服裝。年紀大概老早已過了六十了。是個——與其說斑白，不如說白的較多，又稍稍不順的頭髮，眼睛瞇瞇的，肩膀廣闊的老婆婆。

「久仰久仰！今後也請多多關照。」

母親雙手按在榻榻米上，恭敬地招呼。因牙齒脫落的關係，說話有一點漏風。太太向我們敬茶。我在腦子裡感到疑惑，但立刻直覺地感到是太太的母親。這又是怎麼回事呢？伊東又不是沒有生身的父母。也許是來臺灣觀光，暫時來叨擾女婿的吧。交談了二三句話，母親就匆匆退到裡面去了。隨和的太太，陪我們談東說西的。這期間，柏年始終靜默著，是一副懊悔不該來的表情。我忽然發現，壁龕的右側有一盆插花。大概是太太插的吧。花盆是千德的薄端，那有鮮紅可愛的果實的南天燭的明朗，正合新年的客廳是穩重的風格。旁邊放著一本謠曲的書，尺八就擱在上面。太太雖不能說是美人，但是眉毛和額頭帶，漂盪著無可比擬的清純。那直直的鼻樑，令人想到不會高傲的品德。穿著穩重的有楚楚動人花紋的衣服，披著暗紫色的短外褂，使我彷彿回到了久違的內地似的。

我在內地所過的十年的生活，決不是全都愉快的回憶，但我發現了真正的日本美，觸到了像稻草包著一般的溫暖的人情味，體驗到把我那接觸到比憧憬更高更高的理想的精神，從根抵搖撼的事情，就是在這期間。自己不能甘於出生於南方的一個日本人，而非成為純粹的日本人，心便不能安。並不是自動地努力於內地化，而是在無意識中，內地人的血，移注於自己的血管內，在不知不覺間，已靜靜地在流動般的那樣的心情。

關於這一點，東京某良家的一個女性的存在，我是不能忘懷的。我能了解插花、茶道、能喜愛日本服裝，高聳的女人髮型，能陶醉於「能」(一種日本的古典樂劇)，歌舞伎，完全是靠這個人培養起來的。圓圓的眼珠經常閃動著聰明的光芒，端整的臉龐，雖然有點好強和冷漠，奇怪的是，卻讓我感覺到溫暖的心情。又多又密又黑的頭髮，盤成柔美的結，她那動作的柔和，都對出生於南方的我，投來純粹日本式的魅力。其後好像做了插花的師匠。她透過插花，不斷地追求人生更深更深的某種東西，那種死心塌地的人生方法，引發我激烈的懷念。換句話說，是把感性的觸指，不停地伸向內心，把勃發不已的生命力，傾注於高尚的藝道。可能經常搖撼著她心絃的求道心，經幾次荊棘的揉磨，一定會有發出光輝的日子來臨吧。予我的心靈無限啟發的她，是我的老師、朋友，也是心中的戀人。每碰上她的視線偶然向著自己時，我就感覺無法形容的熱熱的血潮在體內奔流，同時羞恥於自己的不成熟，彷彿感覺得到真摯的鼓舞：要成就一個人，須更多更多的鍛鍊。

我要歸鄉的一星期前，她為表示餞別，送我一張詩箋。上面寫著「天下第一等人物」。這大概是大儒佐藤一齋的「若要立志就要做第一等人物」的意思。我想不要見面好，就寫一封信道謝，結果回信卻很快就到了，其中有一段這樣寫著：

請不要說詩箋是傑作吧。地面上有洞的話，真想鑽進去呢！當我要寫下那些字時，曾反省過：自己是不是有資格寫下那句話送你。心中感到十分慚愧。猶豫了好幾次，還是不能不寫。這種心情，終於使我寫了那詩箋——是我的真心——這種過份不遜的行為，相信神一定會寬恕吧，當然，你也……

我靜靜地抑制著熱熱的東西湧上來。即使彼此心中，都在描繪著某種事物，這時也該是分別的時候。做為一個人，我究竟具有跟她結婚的資格嗎？加上獨生子的我，非把她帶回到臺灣偏僻的地方不可，到那時候，從各種角度看來，能否保持以前的幸福感呢？簡直像走鋼索的心情一樣。為自己的窩囊，我哭了。

和我相比，伊藤真是明星演員。他的事情我雖然還未完全明白，他不是毫不猶豫地做了，而且不是做得很好嗎？內地的那種優閒的心情和生活，伊東原原本本帶回到鄉里來。常常想：他是了不起的。

鐘敲了五點時，柏年說要回去。我雖然很想再坐一會兒，也認為是該結束的時候，也就告辭了。可是，伊東紅著臉，硬把我拉住。

「過年時節，您和柏年怎麼這樣客氣呢？今天就好好地多玩玩嘛！」

柏年搔著頭，「啊，啊」地猶豫著。於是太太也勸起來了：

「這個時節，雖然沒什麼東西，還是請吃個晚飯吧。」

兩人便下定決心打擾一餐了。

餐席上有五個人，蠻熱鬧的。不期然地把目光注視太太端出來的菜餚，我幾乎茫然若失，把筷子伸向雜煮（日式火鍋）時，我打量著桌上許多的好東西，感到受了一次難得的款待。大大的鯛魚、鯡魚卵、雞湯、油炸的蝦，我已好幾個月不曾參加這樣的盛宴了。可是，柏年卻全不夾肉，只是默默地吃著雜煮。

大門響起悄悄推開的聲音。太太放下筷子，走過去了。

「啊！是臺北的媽媽。請進來吧。」門口傳來這樣的話。

「不用啦。我馬上就要回去。大家都好嗎？」

說話的人，彷彿是相當上了年紀的女人，從那笨拙的國語，立刻就可曉得，是本島人。不知為什麼，伊東有點慌張地到大門口去了。

「有什麼事嗎？」

過了一會兒，才傳來那老婆婆的聲音。

「並沒有什麼要緊的事，很久沒看到你們了，想來看看。春生啊，你爸爸最近忽然身體衰弱下來，經常口頭禪似地叫說，寂寞得沒辦法過下去。偶而也去見見你的爸爸吧。」

這是用本島語說的。末尾的地方，變成了抽泣聲，不能聽得很清楚。

「放心好了，我會去看就是了。」

伊東厭煩地說了這話，就回到客廳來了。呼呼吐著氣，好像有一點亢奮著。看來整個臉上都在忍受著微寒而脫落的感情似的。究竟是什麼事，我把握不到明白的焦點。只是，在我腦海中一閃而過的，是那本島人的女人是伊東的生母。若是，伊東為什麼這樣鄙夷自己的母親，而敬而遠之呢？一定有很深的事情潛藏著。我憑純真的心情，這樣想著。一直沒感覺到，這時的柏年放下筷子，低著頭咬著嘴唇。眼角看來有點蒼白。不多久，太太也回來了。本島人的女人大概回去了。「很對不起！」太太說。但是，已經陷入空虛的沉默的房間，彷彿只有呼吸的聲音在交錯著。其實，我的喉頭，也感到熱熱的阻塞，聲音都吐不出來了。大概覺得不妙吧。伊東忽然熱烈地說：

「快活起來吧！快活起來！讓我唱一首最得意的伊那節（歌名）吧。」

於是，他就唱起來了：

無情啊
木曾路之旅
樹葉兒會

可是，伊東唱到要完未完時，柏年像無法再忍受下去了似的說：

「肚子疼得厲害，我先失禮了，謝謝豐盛的晚餐。」

柏年說著，忽然站起來，跳到大門去了。那氣勢，如果有人笨拙地想阻止的話，彷彿會被摜倒似的。柏年那魯莽的表現，使我茫然。但是，柏年對伊東，在意識之一角，始終棲息著的反抗心，我今天才體會出來。我不能不這樣勸阻：

「柏年！這樣對老師不是不禮貌嗎？」

但是，伊東一邊用手勢制止我，一邊說：「別管他，別管他。」

「長久的教育生活中，這樣的場面，也不可不事先想像到。不知是誰說的，陶冶學生，不僅僅是磚塊的堆積，每天每天的經營，多半需有耐性。尤其是本島人學生常有的扭曲的心情，非從根柢重新改造不可。」

他把柏年的事，放在教育的名義下來辯解。我倒很想探觸剛才在大門口交談的真相。但是，不知為什麼，我還不敢有追究的心情。日常對伊東的信賴心和類似尊敬的心理，我不願在此讓它脆弱地崩潰。

「真是奇怪的孩子。」

一直沉默著的、穿著和服的母親，閉著嘴咀嚼著。太太一直望著窗外，那好像專心在想什麼的表情，流動著一抹像是悲哀，又似淒涼的難於捉摸的東西。

我告別是在一個小時以後。外面相當黑暗。一月的夜風吹在身上相當寒冷，我有一點禁不住發抖。無數的星星，在頭上繼續著清瑩的閃爍。我想消除剛才的情景，不知為什麼，它卻不斷地在腦中明滅著。

我要橫過草地時，忽然被「先生」的叫聲叫住了腳步，搜尋似地注意一看，說話的人，站在榕樹下，彷彿靜靜地凝望著我。我起初愣了一下，後來才知道，那是柏年。

「不是柏年嗎?為什麼現在還在——」

「先生!」他不知什麼時候已站在我身旁，在夜的黑暗中，帶著震顫的，低沉而激烈的聲音迸出來了，激動得很厲害。

「伊東春生，不，朱春生，他把自己生身的父母踩在腳下……」

「鎮靜一點。」我勸慰說。「對老師，不要亂說。慎重一點好。」

「先生可能不知道，那時候，在大門口的老女人，是伊東親生的母親。他是拋棄自己年老的父母，過著那樣的生活。只認為自己過得快樂就好。……」

「不要說了。」我幾乎無法忍受了。

「請讓我說!我不說心裡不會開朗。伊東的生母，是我，我的姨母，我最知道姨母的苦惱。

請想想在天地間只有一個兒子，而被兒子拋棄的人的心情吧。先生！這樣您還要袒護他嗎？難道這樣，你還要——」

柏年聳動著肩膀，終於哭出來了。平時潛藏於心中深處的激烈的感情，找到了機會似的，向我發洩出來。沉默寡言，和體格不相稱的膽怯的柏年，在那裡會有這樣熱情的地方，簡直令人不可思議。柏年的激動固然不尋常，我的失望也相當大。一種不知名的東西，湧上胸口，站著的腰部有點不爭氣似的。

「我知道了。你的氣憤，大體是正確的。不過，還是再冷靜地想想的好。伊東先生有伊東先生偉大的人生觀，也許憑你那樣單純的正義感，我想不一定適合做這樣的批判吧。今晚很冷，又很遲了，現在就回去睡吧。」

我這樣安慰過他之後，就讓柏年回去。

我一整個晚上不能入睡，彷彿柏年的激憤感染了我，眼睛更雪亮，神經異常的亢奮。平日伊東對柏年的態度，以及每次問起伊東父母的事，都像要逃避的那種作風，也好像得到了解了。在那一瞬間，伊東的亢奮，究竟表示什麼意思呢？可以解釋為：由於不體面的本島人母親的出現，一向攏統的很大的幸福，好像忽然碰上了現實，以致惶惑起來似的。伊東是否如柏年所說，犧牲自己的至親，來求取自我的安樂呢？我忍不住地禱告，他有一次向我講述的夢，但願不是指這樣的安逸。

胸中迷濛的東西，還未淡薄、開朗的有一天，一種苛烈的現實，卻從根本上，使我的心變暗了。

三

伊東的生父朱良安終於死了。由於長時以來的糖尿病，身體一天比一天衰弱，更壞的是，半月前患上雙球菌性急性肺炎，成了致死的原因。後來聽柏年說，伊東去探病的次數只有一次。也許那是雙球菌性肺炎的症狀，病人在一再出現昏迷、噩魘中，經常喊叫著像詈罵、像詛咒的陰森囈語。好像為自己斷了後嗣的事而經常感到痛苦，而現在躺在牀上，猶如表示想死也死不下去的深刻苦悶一般，眼睛炯炯的放出異樣的光輝。

葬禮那一天，不知為什麼，伊東也沒通知我。我跟伊東的父母雖不曾見過面，我想不必等他的通知，這個葬禮是非參加不可的。當然是出於平日開懷傾談的朋友之誼，不過，想率直地接受柏年所說的事實，想注意當天身為孝男的伊東的一舉一動，這種好奇心的驅使，應是更有力的動機。這種對他不信至極的心情，如同用粗糙的手觸摸自己的神經，老實說，這種壞心眼兒，自己也對它無可奈何。

當天，特別用心地穿好了服裝，卻因急事，終於沒能趕上時間。於是打斷了前往臺北的告別式禮堂的念頭，急急趕到埋葬地的本鎮近郊的墓地去。我到達時，棺柩已經放在壙穴前，遺族們正圍著那棺柩在號哭。時間大概是五點多吧，薄暮的夕陽已向西傾落，只留下微弱的光明，天空已經暗淡了。因此周圍的事物，染得黑黑的，很不是味兒。墓在丘陵的中腰。途中任其成長的茂盛的雜草，和不知名的花草包圍著的墓，散在各處，赭色的泥土單調地延伸到無盡的遠方。我一邊往上爬，一邊感覺到某種熱熱的東西，在胸口洶湧著。

送葬的人很多。我躲在後面，把周圍迴望一遍。穿麻衣的遺族們所包圍著的棺柩右側，直著腿挺立的伊東的身影，立即吸引了我的眼睛。穿的是黑色西裝，佩著是黑色腕章。大概由於心情的關係，臉上的光彩消失了，顯得很蒼白。身傍的太太，穿著和式禮服，嚴肅地站著。雖然微俯著身子，眼角彷彿有一點紅著。女人們的號哭正在無止盡地延續著的時候，伊東簡直忍無可忍似地更歪起原已苦皺的臉，怒斥說：

「不要再學那種難看的做法啦！」

並且向一個法師催促，法事能不能快些進行。法師慌張而驚恐，指揮哭的人們離開棺柩，想進行下一個手續。但是有一個趴在棺柩上不肯離開的老婆婆。是個瘦小的女人。長久以來忍耐又忍耐過來的壓縮的感情，忽然找到爆發點似的，如同向死者控訴，也彷彿在詛咒一切事物般的自棄的哭聲，毫無節制地延續著。那是彷彿在哪裡聽過的聲音。幾乎同時，我直覺地感到，是伊東的母親。想像一個無人可依靠的悽慘的女人，好像胸口受到擠壓，我的心跌進了苦悶中。但是，次一瞬間，把這個可憐的老婦人，保護似地帶開去的，卻不是伊東，而是穿著簡單的麻衣的年輕人。他是柏年。哭得紅腫的眼睛，大大的淚珠在亮著。我幾乎忍不住要叫他一聲「柏年」的衝動。

幫助的人，揮起鋤頭，在棺木上掩土的時候，遺族們為了向死者做最後的訣別，在靈座前的草薦上，依序行跪拜禮。伊東夫婦只是站著，行了簡單的禮拜。法師打響的鈸的聲音，在風裡流動，糾合在一起，時遠時近，或傳到耳邊，彷彿要把蟄居在地下的鬼魂都喚起來一般，很是陰森恐怖。不多久，饅頭形的小丘做成了，接著臨時墓標也植立起來了。

這樣把埋葬的儀式做完時，究竟是幾點鐘了呢?太陽完全下去之後，天空的餘光下，還看得見的遙遠的海，對岸的山，只是映出一片蒼黑的影子而已。人們向剛剛埋葬完成的新墳，依戀地，頻頻回顧著走下山去。伊東的臉，在我看起來，好像是愈來愈悽慘。在行走中，伊東的夫人靠近走在前面的老婆婆說：

「媽，先到家去，然後再回去吧。」

可是，伊東說：

「不，臺北的家還要收拾，早一點回去比較好。反正我會去看的。」

說著，幾乎要拖著太太的手似地，很快地走下山去。我試著懷疑自己的眼睛和耳朵。但是，既不是夢，也不是別的什麼。當我感覺出那是世上深刻的現實時，我簡直想咬破嘴唇。因為我感到，有生以來不曾嘗到過的欲嘔的重壓。我連看到那可憐的老婆婆的身影，都會興起恐怖感。這時候，有個人打橫裡跳出來，尖叫著說：「姨母！跟我一道回去吧！」就去拉住老婆婆的手。那人便是柏年。他好像完全沒有發現到我。那聲音，顯然只是為了對伊東的做法的反抗。也許是因為反映出燃燒的憤怒，嘴唇激烈地痙攣著。它還傳到全身，振幅過大地顫抖著，在夕暮昏暗中，還是看得很清楚。對於易感的柏年，這無疑是相當大的衝擊。我拖著沉重的腳，走下山去。雖然想叫住柏年，但是，希望一個人悄悄地思考、反省各種事情的心情，充滿了心胸。

我想起了在內地的時候。被問到「府上是那兒啊」的時候，不知是什麼心理作用，大抵回答四國或九州。為什麼我有顧忌，不敢說是「臺灣」呢？因此我不得不經常頂著木村文六的假名做事情。到浴堂去，到飯食店去喝酒，都使用這名字。自以為是個頗為道地的內地人，得意地聳著肩膀高談闊論。有時胡亂賣弄一些江戶土腔，把對方唬得一愣一愣的。因此，跟臺灣土腔很重的友人在一道時，怕被認出是臺灣人，為之提心吊膽。當假面皮就要被揭開時，我就會像松鼠一般逃之夭夭。十年間，不間斷的，我的神經都在緊張狀態下。

（你真是個卑劣的傢伙。那顯然是鄙夷臺灣的佐證。臺灣人決不是中國人，也不是愛斯基摩人。不僅如此，和內地出生的人，沒有任何不同。要有榮譽感！要有同是日本臣民的榮譽感啊。）

當我日漸對自己個人的醜戲感到疲乏之時，必定這樣曉喻自己：

（慢著，我決不是變得卑鄙。我死勁地隱藏自己的本性，豈不是對那常賜給我溫牀的母鳥慈愛的翅膀的一種渴求嗎？那種心情，換句話說，並不是被強迫才這樣努力的，是一種憧憬的心，在不知不覺間，使我浸染於那種生活，精神的。我是在渴求，是對宏大的慈愛的迹近貪婪的渴求。）

另一個我也曾這樣抗言：伊東回到臺灣以後，還能堅持這樣的心情。憑我自己在內地生活過的體驗，應該比誰都更容易地，而且最能理解伊東的心情才對。但是，當真要把父母當踏腳臺嗎？伊東娶了內地人的女人為妻。因妻的關係，對內地人的岳母，極盡獻身的孝養，固為當然的事，然而難道就不能同時對本島人的父母克盡孝養的責任嗎？

我想著各種各樣的事情，在黑暗的道路上急切地邁步。我無法阻止淚水從眼睛滾落下來。我想我不知該怎樣才好。這種淒涼的心情，難道沒有讓它生存的世界嗎？我的思慮，碎成片片了。

四

其後，我和伊東、柏年都很少碰面。我好像被奪去了一切希望的人一樣，每天過著心裡空洞的日子。但是，不管目標的正確與否，原本以為最富於積極性，也深深地生活過來的伊東的生活方式，我發覺到實際上只不過是神經過敏的、無謂的淺薄的東西時，不知是幸還是不幸，總算給了我一個信條。那就是要通過醫業，堂堂地活下去。醫生這種人物，會不會只顧人的肉體，而忘掉人有精神的一面呢?我開始領悟：診察了人的肉體，而不能同時適切地判斷人的感情、心理的力量，沒有這個自信，是不成的。沒有比本島人對醫師的盲目的憧憬，更淺薄的了。

有一天午後，從出診回來時，從大觀中學校來了電話。是伊東打來的。學生中，有因腦貧血倒下去的，要我馬上去一下。我急急忙忙提著皮包就出門去。隨著伊東的引導，到醫務室，將躺著的患者，上身和頭部稍稍下傾，把下半身抬高，使胸部緩和，能自由呼吸之後，才打了一針強心劑。一會兒之後，才一點點地恢復了精神。這個學生是伊東所擔任的班上的學生。這期間，伊東的看護，堪稱是無微不致的。那時候他的眼睛充滿了真摰的光。那該怎麼說呢?就說是心的窗吧。在那清澄的眼中，無論如何點滴都尋不出，對那老婦人加以排拒的不光明行為的影子。我想馬上回去，可是伊東幾乎是強硬地邀請，說十天後有州內的劍道比賽，選手們每天午後都在猛練，要我去參觀一下。我與其說是好奇，不如說是愉快的心情產生在前。本校是專收本島人子弟的學校，想到那些本島人學生，現在堂堂地揮著竹刀站起來了，光這麼想像，胸口就會開朗起來。

道場是相當廣大的木板地，戴著面具和護胸的幾組選手，把這裡當做決戰場似地，使出渾身的力量在交戰著。時而傳來教練的粗大的叫聲：

「不要把劍舉得高高的，採取威壓敵人的姿勢。那不是笨拙，而是不懂劍術正法的人……向著敵人，從自己身體的中心向左右斜斜地變化刀法，手會反扭，身體就會出現空隙……士氣不夠！還不夠！還要再大膽地奮力突擊。」

伊東認真地凝望著。一會兒，他才開始向我說明：

「去年大賽的時候，很是可惜。只差一點點，而失掉了優勝的機會。所以，今年，非拿到不可——。不過，想起來，問題本不在比賽的勝負，要緊的是，要讓日本人的血液在體內萌生出來，使它不斷生長。」

我沒有從訓練的場面移開眼睛，只是對伊東的話一一點著頭。

「可是，林柏年這個孩子……」

伊東又接下說。這時候，我才轉向伊東。

「曾傷過肋膜，這樣劇烈的訓練，對他恐怕太勉強了。依您的診斷認為怎樣？」

我這才想起了柏年的事。

「啊！對了。我知道他最近不常到醫院來的原因了。如果可以的話，儘量讓他休息是比較好些。」

「啊！就是那個。」

伊東指著正在比武的一組說，面向那邊的就是柏年。的確是以全副精神在練著。氣力充溢全身，那種用正擊法用力打下去時的兇猛，該說是獅子的撲擊吧，又像奔放不羈，彷彿使出全力揮動長久受壓抑的四肢似的。那氣勢，連看的人都要滲出汗水來。但是，平常缺乏敏快動作的柏年，在那兒潛藏著這一種氣力呢？我忽然想起有一天晚上，對著我詰責伊東的那種可怕的熱情。我甚至想，在這種氣勢下，病魔立刻就會被吹跑的。

我們不眨眼地凝望著的時候，後方有人發出很尖的聲音叫起來了：

「啊！啊！是牧羊堂醫院的先生吧？這太稀奇了！」

回頭一看，是因感冒，曾到過我那裡兩三次的教務主任、擔任史地科的田尻先生。他是頭髮半白的中老年人，微彎的背脊，大概是長久忍受複雜生活的緣故吧。但是那轉動不停的，令人不快的眼神，卻不能予人和藹的感覺。我禮貌地向他行了禮。

「教務主任你好。我正在打擾你們。都精神蓬勃的。今年優勝的可能性如何？」

我略帶恭維地問了一聲，他便回望著伊東，裝模作樣地大笑著說：

「哈哈！哈哈哈哈！究竟怎樣呢？看見狗都會害怕得想逃的呢。古語說：人必自侮而後人侮之。被那種畜生侮辱，還不知用什麼辦法來對付，優勝恐怕沒什麼希望吧？伊東君，你認為呢？」

伊東十分慎重地說：

「完全同感。我平常也對那一點感到很可惜。」

我比較地看了看兩個人的臉，再去注視練習的情形。不久，田尻教務主任說：「請慢慢觀戰。」就匆忙地離開了道場。選手們根本沒注意我們的談話，彷彿要打斷手腕，彷彿要喊啞聲音似地，揮劈著竹刀。我的眼角熱起來了。（本島人青年啊！）我在心中叫喊著。

（我們現在非隨著歷史的成長，來學習自身的成長，並得到成長的結果不可。讓我們向山實實在在地一步步攀登吧。有時說不定會從山路退下來，也要忍耐下去。對於我們茫茫然的前途，一步的怠惰、頹廢都不許可。始終要以不屈的精神，把一切加以新的創造。）

不久，教練忽然下了命令：「停！休息十五分鐘。」選手們立刻停止練習，互相恭敬地行禮之後，才解開綁面具的繩子透透氣。柏年看見了我，忽然奔跑過來，可是，跑了一半，就轉向出口，跑去了。我便向柏年追過去。

「柏年君！」

聽到我的叫聲，柏年停住了腳步，微笑著，靠過來了。大概由於緊張的關係，笑起來的面頰，怪不自然的。

「身體狀況好嗎?不要太勉強比較好。」我說。

「先生請放心吧。托您的福，有了這樣的身體。手腕癢癢的，一點辦法都沒有。我要贏得勝利給你看！」

柏年撫著手腕，很愉快地笑著。他那淺黑的肌膚滲出了汗水，我卻從那裡感覺到某種剛強生命的昂揚。

「請盡力而為。柏年啊！歷史的腳步，不論喜歡不喜歡，都一天一天地向激流奔過去，本島人要成為堂堂的日本人，躍上真正的舞臺的時期，就要來臨了。所以，這一回，你們的優勝，是有很深的意義的。」

我終於說出這樣艱深的話勉勵他。他對這話彷彿馬上領會了似的。

「是的，無論怎樣艱辛我都會努力下去。本島人也是堂堂的日本人。每天像三頓飯一般地被罵成怯懦蟲，真是受不了。還有，在打垮那些身為本島人，卻又鄙夷本島人的傢伙的意義上，我也要拼命。」

他所說的本島人，大概是指伊東吧。上次事件的餘憤，會描繪出這樣無限的波紋，是很可怕的。感受性很強的心，如同糾纏住的線，拉錯了一條線頭，就不曉得會擴展到什麼地方去。

「好了。」我慌張地舉手先制止他，才說：「那種精神，我很欽佩。不過，最好不要把事情想歪了。在身體不會過度的範圍內好好努力吧。」

「先生！不會過度的範圍，是不徹底的。」

他反抗似地忽然跑開去了。但是，臉上那出乎意料之外的兩條淚痕，我並沒有看漏。我第一次接觸到他不服輸的、不顧一切的奮鬥的一面，反而感到可憫。

又過了十天。對我來說，那是一連串緊張的日子。本島人的選手們，雖然決心要奮鬥，可是由於過去不曾在比賽中得過優勝的缺乏自信，以及對未曾接受考驗的技巧的不安，交織在一起，彷彿是自己的事似地，使我的心情非常不安。但是，蓋子終於掀開了。獲得優勝。我知道消息，是紀元節（二月十一，日本開國紀念日）那天，也就是比賽當天傍晚。

那並不是做夢。本島人終於把國技——劍道，變成自己的東西了。該是心和技一致了，即所謂能虛心坦懷地應戰的結果吧。或者激烈如噴火的鬥志，壓倒一切了呢？無論如何，是優勝了。州中的稱霸，也就是全島的稱霸。被狗畜生欺侮，而不知如何對付的事，現在已成古老的故事了。古來的武士道的花，是不是就要有意識地在本島人青年心中發芽了呢？現在就要吹滅卑屈的感情，本島的青春，正要開始飛躍了。我欣喜之餘，氣都喘不過來了。胸部無端地膨脹起來，感到無法抑制活活的血奔躍的疼痛感。我很想看田尻教務主任的臉。

然而，我忘了比我更歡喜的人了，那是伊東。比賽得了優勝的第二天，選手們的座談會上，由於伊東的好意，我得了出席的機會。在歸途中，我和當天的英雄，「中堅」的柏年並肩回家時，被伊東叫住了。

「柏年！到我家去一趟，先生也請一道去。」

是喜悅使得伊東不想讓柏年就這樣回去的吧。我的心胸也開朗起來了。我以為柏年今天大概會接受的。

「不！我要回家去。」

柏年咬緊嘴唇，和往常一樣，奇妙地表現出反抗的態度。我的神經有一點焦躁不安起來。但是，伊東仍然微笑著說：

「我是想為你祝賀。走，咱們一塊去。」

「那是多餘的事，我還是回家吧。」

柏年自顧向前走，我呆住了。

「柏年！等一下！」

伊東終於生氣了。追上去，抓住了衣襟，強有力的手掌，連續地向柏年的面頰飛過去。但是，柏年並沒有想抵抗，任他毆打。

「你真是個不識好歹的傢伙。那種又臭又硬的精神，能有什麼用！」

「老師才是那樣的。」柏年並不服輸。「拋棄親生父母的精神，還能從事教育嗎？」

「傻瓜！你怎會知道我的心情？不過，總有一天你會知道的。今天不講多餘的事。你那種歪曲的根性，丟給狗吃了吧！」

講給他聽過幾次的話，伊東又誠懇地說了。我不知該怎樣才好。而伊東把蓬亂的頭髮，用手往上梳著梳著，很快地往前走去了。

「柏年！」我這才開口。「你很倔強啊。伊東先生平時怎樣關心你，你大概不知道。我曾經說過，你的感情，大致是正確的，不過，伊東先生的人生觀，是大乘的，一般的常識是沒有辦法理解的。不過無論如何，他是你的老師，一齊去向他道歉如何？」

「我不要！」

彷彿對我的囉唆很不滿似的。可是他在努力不讓我看到眼淚，而當他把鼻涕往上吸時，大粒的淚珠反而滾下來了。接著掉了好幾顆，他也沒有加以理會。

這天我倒很想到伊東家去。我害怕，若不毫無忌憚地究明雙方的心理，掃除一片低迷的暗雲，彼此的悲劇，會以悲劇落幕。可是，到真正要付諸行動時，我又躊躇了。究竟是常常被伊東那很強勁的推動力推動而不滿，還是不願攪亂他好不容易才建立起來的那種幸福呢？我為此焦急、煩惱。這種焦苦的心理，可能意味著：如果我被安放到和伊東同樣的境遇，可能也會蹈其覆轍的心理弱點吧。我甚至還懷疑，說不定連我自己的心理都有點扭曲了。

五

歲月同時把悲傷的記憶與愉快的記憶一起裝載著流逝而去。林柏年他們要離開學校的日子終於來臨了。留下了那光輝的優勝——比什麼都值得紀念的禮物。有一天，我從費了半天的出診回來，藥局生告訴我，大約兩小時前，柏年提著皮箱來告別。我跺著腳深感可惜，卻已無可奈何了。我靜靜地閉上眼睛，眼前就會浮起柏年那細瞇而慵懶的清澄的眼睛，把理智的敏銳打消了幾分的矮鼻子，和彎成弓形的緊閉的嘴唇。雖然有著也許是環境使然的，那種扭曲了的氣質，但是，到了面對問題的時候，那剛強的氣概，在我腦海中留下了很深的印象。最初來到醫院時，臉色蒼白，從上方俯視他的脖子，還殘留著少年的純潔和孱弱。可是，到了做最後的劇烈的訓練時，簡直像成長了一年或兩年的人一樣，給了我剛強的感覺。想起來，我們兩人，不過是醫師和患者的關係而已，一直不曾有過好好談天的機會，但是卻覺得，他彷彿最信賴我似的。如果時間許可的話，很想聽聽他的希望，以及今後的方向，還有，對他表兄伊東家庭的事情，也很想尋根究底地探詢一番。

很不可思議的，想見這個年輕人的一念，以後更為熊熊地燃燒起來。我也想過到他的鄉里南投去看看。然而，由於絡繹不絕地來醫院的病患，找不到空閒的時間，一直到了三個星期之後的一個星期天早晨，才毅然決然離家出發。

柏年的家是在南投的鎮郊不遠的地方。從屋子的外觀和室內的家具，大體可以知道，並不是富有的家庭。迎接我的是將近六十歲的瘦瘦的女人。是柏年的母親。和伊東的母親很相像。我向她表明，是在×鎮開業的內科醫生，和伊東春生先生及令郎都非常友好，同時報告了今天的來意。老婦人就很惶恐似地，彎低著腰，一遍又一遍地行禮。並且從眼睛裡，簌簌地滾出淚珠，微微顫動著聲音說：

「很不巧，柏年在兩天前，到內地去了。家，如你所見，柏年的父親和唯一的哥哥，在同一家公司服務，是薪水很低的職員，完全沒有供那孩子到內地去的財力。可是，先生，那個孩子，從小就喜歡讀書，說再苦也要靠工讀完成學業，苦苦的哀求。父親示以白眼，加以鞭打，也不在乎，一點辦法都沒有。如果能像先生一樣，做個醫生的話，有時我們也會想，借債也要供他學費。」

觸及這個老婆婆衝口而出的樸訥的本島語背後流露的親情，我的眼眶禁不住刺熱起來。柏年的內地之行，是完全不曾預期的，一旦知道他離去了，心口禁不住湧起與做父母親的人有所不同的寂寞感。為什麼不來跟我商量呢？雖然有些抱怨，不過我不免又想，不論對於怎樣未知的世界，他都有辦法使自己沉浸到裡面去，這樣的人絕不會是凡庸之輩。從他所做過的事情，所見到的堅忍的功夫，我禁不住要為他喝彩的。我雖然錯過了向他問將來的希望的機會，對於：如果能做醫生的話，父母親這種安逸的想法，背脊上忽生一陣寒慄。讓潛藏在一個年輕人身中的可能，充分地成長，這種沒有偏見的熱忱，不才是現代的父母親所應有的嗎？醫學萬能，絕不是對本島可喜的語辭。但是觸及柏年的母親注視我的那種含著強勁的羨慕之意的眼神，我的精神就完全消沉下來了。

「你們能答應他，也真不容易了。」

我不得已這樣問問。

「先生，大概是那孩子畢業典禮的兩天前，伊東先生特別來訪。說柏年一定會要求到內地去，不論要進哪個學校，都請讓他去吧。學費的問題，雖然他力量有限，他也會想辦法。說起來真慚愧，我們這才有讓他去的意思，只是叮嚀要立志做醫生。呵呵！呵呵呵呵。」

老婆婆做出表情的時候，眼尾的小皺紋就像刻痕一般的很是顯眼，這是她勞苦的象徵。因為說到了伊東，我不由得把膝蓋往前挪，落入感慨似地，側起耳朵來。伊東這一回的做法，一瞬間，給了我青天霹靂似的衝擊，恢復鎮定之後，彷彿知道了伊東的心底似的。當他的決意，深刻地激動著我的時候，我感到呼吸似乎就要窒息了。如果柏年知道伊東的這種做為，多半會咬著牙根，毫不客氣地加以拒絕的。

「原來如此。伊東先生真是個熱血的漢子。是難得的一番好意，想想柏年君的將來，我想還是接受下來好。」

我以這話做前題，想透過這個女人，探詢出伊東的事情。

「我和伊東先生交往並不很久，他們家庭的事情，似乎很複雜，關於這一點，我聽到了一些風評。」

老婆婆的臉，突然陰沉下來，但馬上又恢復了平靜說：

「那是沒有辦法的事情。一切都看成命運才成。」

這樣一打開話匣子，她的話就一直說個不停。我終究還是觸到了不該觸及的問題，會不會更加傷害做為親戚之一的她的心胸呢？我為此稍稍感到了畏懼，不過，看到她非常豁達的樣子，心情也就寬鬆了。

話是從伊東的童年開始的。稍不注意，她的話就會重複，或糾纏在一起，不容易理出條理，所以這裡還是讓我來改編一下，用我個人獨特的見解，加以整理，就成了以下的樣子。

朱良安，也就是伊東的父親，是個商人。但倒不是道地的商人。良安的父親是清朝的貢生，無疑是堂堂的書香世家。所以，良安自小就被灌輸四書五經，純然是社會的事完全與我無關的所謂讀書人的氣質，但是，時勢變了之後，就不許甘於做個讀書人，如果不轉向，連生活都要受到威脅。轉向為商人，如所預料，成績並不怎麼好。心理焦躁不安的時候，又碰上了妻子的嘮叨，於是雙方的衝突就頻頻發生。每天都是風波很高的日子。小孩只有伊東一個。因此，伊東雖然被疼愛著，到十三歲畢業公學校止，他所受到的刺激，是很複雜的。雙親頻繁衝突的漩渦，絕沒有閃開過這個孩子。此後母親的歇斯底里愈來愈厲害。彼此互向著捲起龍捲風一般的感情風暴，一個旋轉之後，變了方向，多半會像雪崩地落到這個孩子身上。伊東這個孩子的心靈，雖然感受著父母的愛心，對家庭中不間斷的重壓，大概已無法忍受了吧，公學校一畢業，馬上要求到內地去讀上級學校。起初，父母對這怪異的要求並不當真，由於這個膽怯的孩子意料之外的剛強的態度，以及帝都有遠親住在那裡，再加上事業上成績雖不理想，又不是沒有讓兒子讀完上級學校的學費，就勉為其難地把這個孩子送到內地去了。但是，條件是：要入醫學校。

伊東很認真地求學。如同從籠子裡放出來的鳥一樣，展開幾乎要懷疑自己曾經擁有的大翼，向著宏大的天空飛去。

中學校的成績，一直都在五名以內。五年間，只回過家一次。已經變成叫人認不出來的，體格健壯的青年了。怯懦的地方，一點也看不到痕迹了。更令人驚奇的是，表現的態度，所使用的國語的腔調，跟內地人一點都沒有分別。對只能講很不流利的國語的父母，或者對完全不會講國語的人，也很少說本島語。父母親對兒子了不起的成長，在心中互相歡喜，再度送到內地去，而出乎意外的，卻發生了一件糾紛。

期待著他進醫學校的，他卻背叛了父親的要求，考上了B大的國文系。父親發脾氣，更有過之的母親的歇斯底里的吵鬧，都是慘不忍睹。這時候，他們以不轉系，學費的供應就立刻中止來做威脅，但伊東的決心仍絲毫不動搖。之後，直到畢業B大，父親的匯款不論有無，他都完全不在意，一任青年的血氣，設法工讀一直苦學過來。對只顧眼前的老父母的反抗心，以及洋溢的年輕氣概，驅使著他，通過苦學的實踐，把他鍛鍊成剛愎的人物。

「失去了唯一的兒子的姊姊的感傷，可不是尋常的。我都沒有辦法安慰她，很傷了腦筋。但是，一切都可以說是天命。柏年要到內地去固然好，如果反而造成了反效果，就沒有意義了。」

老婆婆的話，到此結束了，眼睛裡卻閃著淚光。一會兒，卻又變成了像邊哭邊笑，又不怎麼像的表情，露出茫然的眼神。我在胸前交疊著雙手一直靜靜地聽著，忽然發覺自己的全身無端地熱起來，而且有一點疼痛。事情的真相，這樣就大體明白了，可是，對伊東的心理，該如何解剖，我就拿不出主意了。現在可還沒有這餘裕，只有對老婆婆說這樣的話：

「伊東先生所做的事，雖然不值得讚賞，不過，他的動機是非常正確的。很可惜，對柏年君，當然現在已沒什麼可說的了，也是不用擔心的。依我看，那個孩子頭腦好，又是意志堅強的人，相信他的知性不會往偏頗的方向發展的。一定會培養成結結實實的教養回來的。」

最後，我並沒有忘記說這樣的話：

「歐巴桑！本島人的前途，並不限於醫業，今後的本島人，既可做榮譽的軍人，也可做官吏，開拓藝術之道也可以。所以，如果抹殺了個人所具有的天賦能力，是非常可惜的。」

老婆婆像了解又像不了解似地，露出了曖昧的微笑。我想到此事情已了，她雖然表示主人和兒子也快回來了，堅決要我留下來，但我還是婉拒了，為了趕上夜車，向車站進發。

我接到柏年的信，是半個月後的事。

拜啟　先生　我終於進了武道專門學校。違背了親人們的期待。——經常在揮動著竹刀。迸裂一般地充滿活力。據說這個學校，本島人學生我是第一個。用盡力量，踩著大地，揮舞竹刀時，無我般的愉快，會把我一向鬱屈的心，一下子解放開來。請想像我這種暢快的心情吧。事實上，我生活裡的氣氛，有一種引起胸口莫名激動的奇異力量。最近，還未萌發新芽的樹梢，也會使人感覺到漲滿柔軟的力量。老練的方法，囉囉嗦嗦的理論，我們都沒有。這單純的年輕，不就是我們唯一的武器嗎？我感悟到，要和宏大的大和魂相連繫，非默默地用我們的血潮去描繪不可。這，比什麼都重要的是決心。我們過去所缺少的，就是這決心。

但是，我愈是堂堂的日本人，就愈非是個堂堂的臺灣人不可。不必為了出生在南方，就鄙夷自己。沁入這裡的生活，並不一定要鄙夷故鄉的鄉間土臭。不論母親是怎樣不體面的土著人民，對我仍然有著無限的依戀。即使母親以那難看的外表到這裡來，我也不會有絲毫的畏縮。只要被母親擁在懷裡，是喜是悲，就像幼兒一般，一切任其自然。

日昨父親來信說，學費會儘量想辦法。但是我不想勞煩父母親。我要儘可能靠自己奮鬥。想寫的事還很多，下次再談了。敬請也給我信。在鄉時，受了您很多照顧，衷心感激。

林柏年　敬上

謹致

洪先生

我讀完了之後，久久不忍釋手。我在腦中描繪出，兩頰泛出異樣的紅潮，皮膚稍稍冒汗似地光潤著，烏黑的眼睛雖然小些，卻烱烱有神的柏年的英姿。也想像把洋溢的熱血，集於那手臂上的筋肉隆起的怒脹。但是，老實說，比這些更使我愉快的，是柏年的一顆心。

渡過海去後，雖然日子尚淺，居然一點也沒有卑屈感。他對伊東要負責匯寄學費的事，好像一點也不知道。這使我放下了胸中的一塊石頭。這封信上一個字也沒提到伊東的事，但是伊東的心理，柏年一定會逐漸得到了解。但是，排拒有土臭味的母親的態度，這個青年始終堅持著痛責的架勢。因為和伊東相比柏年實在太純真了。

一個星期天的午後，我想要伊東看看這封信，去中學校的宿舍訪問他。不巧得很，伊東不在家。沒辦法，把信紙放在口袋裡，信步走著。走在長長的石板路上，上完了古老的石階，就出現了青草地優美的高崗，從這裡，可以把港口一覽無遺。白雲在清澄的天空飄游著。是四月的中旬，由於陽光朗朗，稍稍走動，汗就冒出來。

我坐在青草地上，眺望港口。我幾乎覺得自己現在所在的位置，和前方、背後的山都是同樣的高度。周圍是名副其實的下界。馮虛御風知其所止——古人在文中寫得太好了。山巒、河流、對岸的每個林子，眼下市街上的每一幢的屋子，一切都在陽光下，籠罩在輕霧中，這樣反而叫人想到這廢港的風情之美。可以望見遙遠而荒涼地展開著的臺灣海峽。海的藍，溶入了天空的藍，連吐出的氣息都會染上顏色似的。曾以臺灣長期間文化的發祥地、貿易港，獨享盛名的這所廢港，這一刻如此靜靜地睡眠在充滿一片晚春色彩的大自然上的情景，奇異地使我感覺到，我的心靈被連繫上某種悠久的東西，以及人智不可及的偉大事物。接觸經常聳立著的山川草木，以及幾乎目眩的藍空的光輝，清清楚楚地感覺到有生命的強勁力量。只因內地冬晴的驚人美妙烙印在心裡，這才恍然大悟，原來我竟然忘掉了故鄉常夏的好。使我痛感對鄉土的愛心不夠。我不是從伊東和柏年，學習了純真與世俗兩種東西了嗎？今後，我非用這個腳跟穩重地踏著這塊土地不可。邦家所體驗的陣痛，個人所嘗到的苦惱，全看做是最後的東西，好幾次，但願是最後的，現在應該再來忍耐一次吧。

不知過了多久，感覺山崗下的路上，有人走了過去。當我知道那正是伊東時，我愣了一下，但馬上想叫住他。可是次一瞬間，我又想裝做沒有看到，放他過去。真是奇妙的心理狀態。大概是上一次在墓地上的他的態度，還在我心中某處冒著煙的關係吧。不，或許是由於在他超人的剛愎之前，要把這信中的文辭讓他過目的勇氣，忽然煙消雲散了的緣故吧？

一直不曾覺得，從岡上俯瞰下去，伊東的頭髮，一根根彷彿數得出來似地映在眼中。我的心情彷彿看到了不該看的東西那樣，做了無法挽回的事情似的。三十才過了三四歲的伊東的頭髮，白髮不是佔了三分之二以上了嗎？我頓時禁不住想到伊東不為人知的憂勞。線條看來異常粗的，其實不是相當細嗎？在伊東來說，認為成為一個道地的內地人，也就是要把鄉土的土臭完全去掉之意。為了這個，連親生的親人也非踩越過去不可——也就是「大義滅親」之意。在學校，或者在社會，接受純日本化教育的年輕人，回到家門一步，往往就會被放到完全不同的環境裡。這正是本島青年雙重生活的深刻苦惱。所以，要克服這種苦惱，向著單一方向，從正面去挑戰，並且非把它踏得粉碎不可。還有，在這個時代，我們為了求得從牢固的既成陋習獲得解放，而不顧死活地去戰勝了它，下一個世代的我們的子女，應該可以一生下來就擁有它。也許伊東是為了贖所犯的、拋棄俗臭沖天的父母的罪，才會為了培育感覺上格外激烈，對不成熟的生活方式感到戰慄的一個本島青年，而在拼命省吃儉用也說不定。對柏年所表示的好意，我不能夠光把它當做好意。無論如何，伊東的白髮豈不就是這不顧一切的戰鬥的一種表現嗎？這樣就好，這樣就好——我一遍又一遍地說著，不知為什麼，墓地上的情景，仍不斷地在我腦海裡明明滅滅。想痛哭一場的心情，充塞著我的心胸。

我忍無可忍，連呼著去你的！去你的！拔起腿從岡上往山下疾跑起來。像小孩子般地奔跑。跌了再爬起來跑，滑了再穩住地跑，撞上了風的稜角，就更用力地跑。

原載《臺灣文學》第三卷第二號，一九四三年七月三十一日出版

集評

一、〈奔流〉一作，王昶雄以自然主義的風格、心理寫實的基調，通篇瀰漫著冷靜凝肅的氣氛，真確地反映出「皇民化運動」下臺灣人的心理衝突和精神煎熬，作者並透過朱春生受到「皇民化」之迫害後那種苦難憔悴、白髮逆立的形象，間接批判了「皇民化運動」的泯滅人性和罔顧人道，其沉痛的心聲，實已呼之欲出。……。

至於小說為什麼取名為「奔流」呢？作者王昶雄的解釋為「主要是含有在時代的奔流沖激

下，但願臺胞的體魄能夠變得更堅強之意。」此外，我以為至少還可增加一種看法。……事實上，「皇民化運動」本身就像是一道無情的奔流，汪洋浩蕩，急瀉直下，大多數人不免都望水披靡，隨波逐流；而只有少數能「江流石不轉」，他們不盲從、不變節，歷史上記載的是這些人，也肯定了這些人。本篇寫的是皇民化，而骨子裡卻是反皇民化，所以〈奔流〉可說是一朵逆流而立的、反殖民的浪花。（張恆豪〈反殖民的浪花——王昶雄及其代表作「奔流」〉，《暖流》第二卷第二期）

二、〈奔流〉亦是決戰時期中，一篇走在懸空鋼索上的作品。透過三個知識分子的對比、衝突，處理了皇民化運動中臺灣人精神層面拉扯、撕裂的痛苦。……更具象徵意義的，還得從作者未著墨的一面來思考，〈奔流〉中，缺乏對伊東夫婦愛情的描寫，而且未有子女，也隱約暗示著伊東的皇民生活是孤單的、落寞的、沒有希望的。王昶雄沒有寫出的留白，反而留下了令人省思的最大空間。（林瑞明〈騷動的靈魂——決戰時期的臺灣作家與皇民文學〉，《臺灣文學的歷史考察》，允晨文化股份有限公司出版）

三、他（洪醫生）面對的是東京留學十年，浸淫在日語和日本文化之中，產生論者所謂的從封建社會到現代社會的臺灣人的質變的苦悶和焦慮，〈奔流〉的頭兩段，正是此種焦慮的具體而微的呈現，而貫穿全篇的則是四○年代臺灣知識分子徬徨求索，尋找出路的心靈的掙扎的記錄。

正因為〈奔流〉是「我」（洪醫生）徬徨求索的記錄，他的心靈依違於日本——臺灣、東京

——故鄉的兩端，小說的場景是臺灣故鄉的風物與人事，而心靈背景則是日本東京的揮之不去，籠罩全局的記憶。……從〈奔流〉兩段具有關鍵性的寫景文字，來看「我」還鄉以後夢境與現實對比的心靈安頓的問題。……「我」所要回歸、擁抱、落實的就是這樣的鄉土，以及在這塊土地上，即使心靈被扭曲，仍然努力奮進的人民。（陳萬益〈夢境與現實——重探「奔流」〉，《于無聲處聽驚雷——臺灣文學論集》，臺南市立文化中心印行）

四、〈奔流〉一作，一般評論有著分歧的看法，有的認為它是日據末期的皇民化作品，有的則以為是站在臺灣人立場，表現皇民化運動下的苦悶心理。這截然不同的詮釋，除了證明這篇作品具有豐富的藝術內涵，更突顯了這篇問題小說所揭示出來的巨大的歷史問題。

如果把小說中的問題歷史地放到它的發生條件上來考慮，也就是日據時代，在殖民主義不自然的經濟／社會發展條件下，以啟蒙思想為根柢的臺灣知識分子，對於先進的、理想的「人」的觀念和渴求，當不難發現這篇小說中呈現著的，正是負荷這一精神要求的知識分子，在那以一切美麗辭彙妝點起來的「皇民」的蠱惑下，所發生的個人人格的解體和民族認同的危機。更不難發現，作者曲折地鉤畫出來的所謂「皇民」精神，它的本質上的法西斯的人種崇拜和社會達爾文主義的傲慢冷酷。在這樣的思考下，我們或許能夠較真切地掌握這篇以小說敘述者的狂奔為終結的問題小說，意欲奔赴和逃離的是怎樣一個巨大的、悲劇的歷史問題。（施淑〈王昶雄〉，《日據時代臺灣小說選》，前衛出版社）

五、小說〈奔流〉是他（王昶雄）日治時代文學的代表作。……有人把〈奔流〉歸為皇民文學，可能是因為「醫生」沒有站出來譴責皇民化運動，但伊東春生的行為，也不曾得到一點肯定或肯定的暗示，同樣也找不到一絲皇民文學的證據，或許說它是偽裝的皇民化文學較為中肯。……不可否認的，小說中的三個青年，同樣都是皇民運動下，充滿徬徨、困惑、苦悶的一代，雖然各自有不同的求生手法，卻同處在一個黑暗、沒有光的時代，作者只是試著呈現他們的內心樣貌，描寫他們心的奔向和流動，仍然牢牢守著臺灣人的立場。（彭瑞金〈王昶雄——為黑暗時代點燈的詩人〉，《臺灣文學步道》，高雄縣立文化中心編印）

【相關評述引得】

一、呂興昌，〈評王昶雄〈奔流〉的校定本〉，《國文天地》第七卷第五期，一九九一年十月
二、張恆豪，〈〈奔流〉與〈道〉的比較〉，《文學臺灣》第四期，一九九二年九月
三、垂水千惠，〈多文化主義的萌芽——王昶雄的例子〉，《臺灣的日本語文學》，臺北：前衛，一九九八年
四、許明珠，〈近代與傳統的權衡——我讀王昶雄的〈奔流〉〉，《臺灣文學》第一七一期，二〇〇〇年八月
五、林鎮山，〈土地、「國民」、尊嚴——論〈奔流〉與《偶然生為亞裔人》的身份建構與認

同〉，「世華文學專題討論會」世華文學研究中心，美國加州大學聖塔芭芭拉校區，二〇〇〇年八月。收入氏著：《臺灣小說與敘述學》，前衛出版社，二〇〇二年九月

六、彭瑞金，〈從小說〈奔流〉看戰爭時期臺灣作家的邊緣戰鬥〉，《王昶雄文學會議資料彙集》，真理大學臺灣文學系彙編，二〇〇〇年十一月

七、陳明姿，〈王昶雄的〈奔流〉——「殖民地知識份子的迷思」〉，「後殖民主義——臺灣與日本」研討會，二〇〇二年四月

八、姚蔓嬪，《王昶雄小說研究》，臺灣師範大學國文研究所碩士論文，二〇〇二年六月

附錄

一、翁鬧小說作品賞析

❖許俊雅 作

一、〈音樂鐘〉

〈音樂鐘〉發表於一九三五年。當時翁鬧二十八歲，是目前所知翁鬧最早的小說。作者採用第一身主角自知觀點「我」來敘述故事。「我」偶然聽到清脆的金屬性音樂，一曲似曾相識的音樂鐘的旋律，這使得潛藏於音樂鐘的少年故事，一一浮現我腦海。少年的我迷上祖母家的音樂鐘，每次到祖母家，就走進悄無一人的客廳，讓那座鐘唱歌，為了做這件事，到祖母家成了「我」最快樂的事。

中學一年級暑假時，我悄然喜歡上來祖母家做客的漂亮女孩，當叔叔安排「我」和那女孩在廂房一塊兒睡時，「我」害羞得頰顏發燙，內心突然萌發了想伸手去碰一碰女孩身體的念頭。在欲念肆意伸展的暗夜，雖然整夜都在想那麼做，但「我的手始終不曾搆到女孩」。不久白天來臨，預設的時鐘開始唱歌。小說的時間線索相當清晳，從現在到過去，然後又回到現在，首尾相呼應，前後連貫，尤其落筆於音樂鐘，結束亦於音樂鐘，令人倍覺音樂鐘的旋律輕輕流瀉於整篇作品中，而少男情欲初動，愛慕女性之春思，亦恰如音樂鐘單一而反覆之樂音，歷歷分明，聲聲動人心弦，生動摹寫了少男曾有過的一段單純、強烈而原始的欲想。

在優美、清純的氣息中，伴隨了作者淡淡的愁懷，令人嘆息青春的易逝，那個女孩嫁到那裡去了呢？

> 那是遙遙遠遠的故鄉，老早老早的過去的故事。
> 那座音樂鐘，如今是否還放在祖母的客廳的桌子上呢？
> 想都沒想到，如今竟會在這個城市聽到那座音樂鐘相同的歌。

情欲真率的表白，素為翁鬧予人的深刻印象，他猶如莽莽撞撞的小鹿，渴求愛情卻得不到滿足，常常弄得遍體鱗傷。在看似狂放不馴的舉措下，我們從他作品卻感受到一顆懷舊而多情的心思。在異鄉東京寫下這篇小說，他的心情多少有無根漂泊、孤獨寂寞，想望家鄉卻歸不得的苦悶吧！

這篇小說的謀篇布局，與音樂鐘的輕盈流轉有相當密切的關係，將少男之欲念與音樂結合，在日據時期的小說裡，這是唯一的一篇，由此，可看出翁鬧敏銳細膩而善感的心思。主人公是中學一年級的青春期小男生——欲想激情的時期，通常對音樂神奇力量有著格外的興趣。事實上，人類一開始就把對音樂的感受同他所不了解的大自然崇拜聯繫在一起，那是一種下意識的自發力量，是人類擺脫理性和道德和諧的方法。黑格爾認為音樂是體現意識的浪漫主義衝動的形式之一，是從美感的高度戰勝肉體和肉欲，它創造了物質的情感性和心靈性，以自己內在的音調、節奏和旋律形式表現一切「特別」的感情。托爾斯泰在《克萊樂奏鳴曲》中也指出，音樂會使人發現從未體驗過的新感情，具有可怕的魔力，人們應當規避它的巨大的誘惑力，儘管純潔的音樂可以使靈魂超凡脫俗。

愉快的音樂使人的心田充滿人性的激情，賦予愛情追求的內在共鳴，應是無庸置疑的。因此，〈音樂鐘〉單純而優美的旋律，必然也使欲念導向於意境美妙、清純的愛慕情懷。

二、〈殘雪〉

〈殘雪〉敘述主角林春生與臺灣、日本女子之間微妙的感情與複雜矛盾的心情。小說裡那個被形容為「蒼白青年」的男主角，認識了舉家從臺南遷居他家附近的少女陳玉枝，兩人很快陷入熱戀，但雙方家長各有所利益打算。林春生屈從了父親的安排到東京留學，但他「揚棄權威與榮耀象徵的高級文官，投身動人心靈的演劇」。一次偶然的機會認識了從北海道到東京謀生的日本姑娘喜美子，正當兩人逐漸產生微妙情感時，林春生接到臺灣家鄉女友陳玉枝的來信，勾起了三年前的回憶。當初他到東京後，曾寫了封信給玉枝，但沒有回音，他那激越的感情也隨著三年漫長時間緩緩消失。收到玉枝的信函，才知她為了反抗養父強迫她與一富家子訂婚，遂離家出走到臺北喫茶店工作。

林春生舞臺演出日益成功，喜美子也常來鼓勵，林對她亦萌愛意，但一直未表達。後來又遇到他中學時低一班的許北山，得悉玉枝已被家人尋覓，即將被迫成婚。林決定請假返臺，正籌思搭船日期時，意外接到喜美子的信，說明自己已被父親尋著，強被帶回北海道，林又想去北海道，男子氣地向她表明自己的心，就在這時：

他突然想起了一個奇妙的念頭：北海道和臺灣，究竟哪個地方遠？他記得在地圖上北海道比較近，但他發覺在內心這兩個地方都同樣遠。

後來他既不回臺灣，也不到北海道。結尾時，他想，打開窗戶望著外頭。

昨晚下的雪，可能也是今年最後一次下的雪，從頭上的屋頂滑落到眼前的地面，接著又慢慢疊合在一起。

小說運用了雙條線索交叉發展的方式進行，情節跌宕起伏，但繁而不亂，最後透過景物襯托出主角的心境，饒有意味。它不僅只是男女情愛的層次，也是介於臺灣人、日本人之間，身分認同的困擾。玉枝是臺灣的化身，喜美子是日本的化身，就情義上來說，他應回歸臺灣的玉枝，但內心裡，他捨不得幸福輕輕溜掉，他又想去擁抱日本的喜美子。然而，內心深處總覺兩者都跟自己遙遙相隔。這樣的矛盾，無論是男女之情或身分認同的兩難，或許正可看出翁鬧當時內心的苦悶。

楊逸舟在〈憶夭折的俊才翁鬧〉一文中，曾說：「翁鬧的缺點是看不起臺灣女性，而對於日本女性卻是盲目的崇拜。」小說男主角雖無明顯輕視臺灣女子之傾向，然對日本女性之愛戀，的確缺乏說服力。對臺灣女性看不起，是因自卑引起的自狂，而對日本女子盲目的愛戀，則做為一段未能實現的民族情緒中的緬懷思戀，所以翁鬧對日本女子的癡戀，應該還包括對自己身分認同的想像和幻戀，然而他似乎也很清楚知道「純得像雪一般」的日本女子，或許終究會融化、殘餘，以至於消失不見。

在這篇頗濃厚抒情色彩的小說裡，可以看出翁鬧己身情感的迷惘和困惑，這樣的情況，事實上必然摧殘他的生活應有的情趣，蝕空了仍在進行的生命。就心裡層次而言，那也是一種精神分裂，是與人接觸極易衝突的潛藏因子。究竟，依戀的是那一邊的祖國？

三、〈天亮前的戀愛故事〉

〈天亮前的戀愛故事〉亦同〈音樂鐘〉，採取第一人稱自知敘述觀點「我」展開故事，訴說「我」追求異性幻滅的心態過程。小說以「我」展開一連串的談話（其實只是他一人的獨白），傾訴對象應是一位柔情善良的女性，「你」是隱設的讀者（女性），讀此篇小說猶如面對作者呢喃的絮語。小說從想談戀愛寫起，到午夜，再到黎明天亮前「我」離開為止，時間只是一個晚上。雖然時間很短，但錯綜夾雜不少記憶的追溯，從十歲、中學十五歲、十七歲、十八歲到目前的三十歲，時間綿亙約一、二十年。主角自小到大的心思感受、心理起伏，有著細膩的刻畫。而作者亦曲曲描繪自然界生物交歡的情景，並以外在事物的交互迭現，襯托人物意識的流動，暗示了主角強烈的愛欲，尤其敘述蝴蝶一段，生動美麗而殘忍。

由雞、鵝、蝴蝶的各自交歡情景以下，便延伸到主角想談戀愛的欲望，想「戀愛」才能夠完成自己肉體與精神合一，「我」只想把自己唯一喜歡的女孩，緊緊摟抱在懷裡，把那女孩用胳膊盡力抱住，貼緊那甜蜜的櫻唇……。小說情懷，時而歡欣愉悅，時而悲傷感歎，意識流動極其靈活，呈顯了翁鬧某種人生觀和戀愛觀，對愛情的熾熱渴望，對異性的強烈思慕，在小說裡皆表露無遺。而終日尋愛不獲，黯然神傷的景況，正是作者翁鬧一再受挫於異性的寫照。在感情的認識上，翁鬧似乎是沉迷於自我封閉的虛幻世界裡。作者寫完該篇不久，似乎也精神恍惚了。同為日據作家的夢華有篇小說〈美人像活了〉，不就敘述了一位壓抑自己情感的男子，終致發瘋的故事嗎？情之為物，其令人狂酲的力量不可謂不大。美國伊爾文．史東（Irving Stone）的《梵谷傳》在書中曾藉嘉舍大夫的話說：「沒有一個精妙的靈魂，沒有瘋狂的成分。」對於翁鬧一生而言，亦正是如此。

除前述三篇以對愛情渴望、思慕異性，展現男女複雜感情心理之作外，翁鬧小說創作重要內容之一，便是以臺灣農村社會、農民生活為描繪重點。據心理學家之研究，一個人在青少年成長時期，所接觸的諸般環境、人生體驗，往往會成為他個人一生創作中取之不竭的泉源，而且是其作品中較為深刻生動之所在。從翁鬧這一組以臺灣農村生活為題材的〈戇伯仔〉、〈羅漢腳〉、〈可憐的阿蕊婆〉三篇小說來看，吾人固多少可按圖索驥去摳搜作家本身的殘影，或作家的童年經驗。不過，翁鬧選擇了農村卑微人物，做為小說主題，敘說其生命歷程，自然有他動人的企圖，無論是為引起日本文壇的注意（尤其有關民俗之描繪），或是做為一位作家，其藝術個性形成之必然途徑（思考、觀察社會的支點），這一組小說，就某種意義上而言，可謂是作家架構他個人觀察世界、況味人生的獨特經驗，這些人物成為翁鬧作品中的標幟，也是該一時空中臺灣農村的眾生相。

四、〈戇伯仔〉

發表於一九三五年《臺灣文藝》二卷七號的〈戇伯仔〉，是翁鬧的代表作，在該誌〈編輯後記〉曾說明：「〈戇伯仔〉為《文藝》之選外佳作。本號所刊登者乃經過作者精心修改後之作。」（《文藝》為日本改造社另發行之刊物。）這篇小說與〈可憐的阿蕊婆〉，寫的都是臺灣老人晚年之事，亦可說是「可憐的戇伯仔」。二作皆深刻而準確反映了日治下臺灣人悲苦的一面。這或許是翁鬧長在窮苦農村，目睹親歷的感慨。

由於貧瘠、匱乏的關係，村里人「都習慣於用萎縮、扭曲的面孔來看東西」，「想裝出笑臉，那是不可能的事，人人都只有擺著冷冷的面孔，說起話來無精打采。」戇伯仔的弟媳阿足仔「即使不工作的時候，也絕不笑。」就像〈羅漢腳〉中的母親形象，也經常不露笑臉的。貧窮的經濟壓力，逼得人民失去臉上的笑容。甚至過年對他們來說，也「只是胡亂地加上一歲又一歲，胡亂地死去」，在這樣的地方（玉山腳下清水街附近的某一村落），貧窮之困，並非自己不打拚，主要的應是時代環境、社會變遷，他們缺少了條件、機會與掌握自己生活方式的能力吧！「村子裡，人人都牛馬般地幹著活。他們之中沒有一個人懶惰的，也沒有一個人在想著生活以外的事，或策畫什麼陰謀。然而，那種晴朗的笑卻從他們臉上消失了。」日子一天比一天更暗鬱。戇伯仔幾十年來不分白天黑夜，什麼都做，但還是窮得年過六十仍娶不起老婆，他種出來的香蕉曾得一等賞，可是面臨不景氣，香蕉價格滑落，試種南洋種鳳梨，不僅苗大半被雞糟蹋，到了收穫季，鳳梨價格仍然跌落。他只好幫人送米、劈柴、搬貨、量魚乾……。翁鬧賦予了戇伯仔一種毫無緣由，一而再，再而三複製自己歲月，終究無法超越生活的困境。然而這樣貧窮的臺灣小農民，始終有生生不息、頑強的生命力，在戇伯仔悲苦命運的同時，我們便可以看到他倔強不屈的性格。儘管活得卑陋可憐，活得悲苦艱辛，他仍使盡力氣和現實搏鬥，在夢境中，「活下去」的信念，使戇伯仔不停地掙扎、反抗。在小說最末一段，我們仍可看到戇伯仔依舊為生活而工作、而存在。

> 第二天早上天還沒亮，老伯仔又挑起了籠子，走過闃無人聲的村落，並用路邊的石頭擦著因露水和泥巴而重起來的草鞋，爬往那座已經沒有了屍首，祇剩下扁擔的有牛墓的故鄉的山。

〈戇伯仔〉其實也側寫了臺灣殖民統治背後，種種的辛酸，及臺灣農村流逝歲月的諸多變貌。如面臨經濟不景氣，首當其衝的是純良無爭的農民；過去的白牆褪去、磚房傾圮、嬉笑活潑的人們不見了；農村演戲愈來愈少；清水街的天主教堂、美國神父的傳教……種種描繪。

農村、房舍、人物在翁鬧筆下，呈現的是一片灰暗，小說起始即寫道戇伯仔腦頂上滴落的煤煙，黑黑的，有時菜飯也被弄得面目全非，房子裡一片煙濛濛，此處的描寫，就如龍瑛宗後來的〈植有木瓜樹的小鎮〉之情景：「屋頂被煤煙薰得黑漆漆，蜘蛛像樹鬚一般垂下來。」煤煙塗染屋頂，也塗炭屋裡人的健康，這正是典型貧困農家的生活環境。在小說裡，我們隨處可看到這樣的句子描繪：「屋子裡一片黑暗，同樣地，大家臉上也一片昏暗。」「屋子裡暗暗的。牆上多半剝落了，到處有洞洞，冬天的冷風從那兒吹進來。」「屋子裡連白天也暗暗的，尤其是睡房裡，一年到頭都看不到天日。霉與濕土的臭味，飄浮在空氣之中。」「好陰鬱的房子。好比就是一隻破爛不堪的袋子」。這樣的居家環境，自不可能悠閒生活其中，他們只有不斷重複過日子，儼如生活於黑暗的洞窟，有時吹來一陣寒風，都不免令人顫慄，即使走出室內到郊外，日頭也不是友善的，大日頭猛炙猛照，綠葉、綠草很快就變色、變硬而易於折斷。日頭威力是否象徵了日本的威權，我們不得而知，但從小說卻隱約感受到臺灣人想擺脫卑屈陰濕的身分，獲得統治者的暖陽，似乎不是很容易的。「不管怎樣掙扎，都是沒法從陰暗濡濕的地方逃開的好長好長的過去。」這樣的空間意識、色彩塗抹，明顯地象徵了日據下臺灣陰鬱暗淡鄉村面貌。

五、〈羅漢腳〉

〈羅漢腳〉透過農村小孩天真的眼光，反映了臺灣農村的凋蔽，貧農生活的悲苦。五歲的羅漢腳在六個兄弟中排行第五，他對於外在事物充滿新奇、憧憬（有關員林、河水的描述等），其後弟弟誤食煤油，不久，弟弟又被陌生阿姨帶走，他自己的腳也被輕便車撞傷，與其說整篇小說呈現的是悲喜交加的成長經驗，不如說是荒謬的人生情境。結尾時羅漢腳因被輕便車撞倒，必須送到員林治療，而使他在心底湧起莫大的喜悅，此一「因禍得福，帶著肉體的創痛，始能初嘗走出封閉家園的喜悅，其心酸低迴處，又不免令人聯想到黃春明〈蘋果的滋味〉。」

作者此處描寫，首尾相呼應，可謂工於結構，以浪漫式結局的喜劇處理羅漢腳的悲劇。羅漢腳並不明白到員林的目的是為了治療受撞傷的雙腳，與先前心中對員林好奇幻想之情是不同的；貧窮的家庭並因不鬻賣了親身子（小弟），而得以改善經濟，而羅漢腳遭遇的車禍，果真能因「禍」得福？顯然，貧窮的家庭欲與病禍完全撇清並不易。

事實上，以受傷的腳，換來汽車玩具、笛子和到員林的夢想，不傷悲反而喜悅的心理狀態來看，這麼一點點補償，可說是相當微不足道的。小說中當人物面臨新事物、文明的入侵時，最終結果只是受傷害。煤油可以用來照明，但也可因誤食而導致不幸；輕便車可以運輸載人，但微弱身軀禁不起其衝撞。周遭的不幸，似亦逐漸入侵此一貧苦的家庭。該作同時對農村生活民俗有相當細膩的描寫，如膜拜大樹、領墓粿、吃口水、收驚、玩水禁忌、以韮菜、豆芽消解被誤食的煤油，以及村人取名的原委。其中寫羅漢腳六歲那年，始知自己名字不太好聽——「無家」、「無賴」的意思，此一情節令人聯想到翁氏本身不甚喜歡他的名字「鬧」，他覺得鬧字太俗氣了。可能有時他也故意順其名行事，在別人靜肅自修時，以攪亂別人安靜讀書，宣洩其心中的苦悶與寂寞。

鄉土、草根性十足的名字符號，隱喻了臺灣農村社會的小人物階層。村子裡的人大都取名粗俗、怪裡怪氣，主要的原因是：「他們對人世從未懷抱任何希望，所以也不想替孩子們取個堂堂皇皇的名字。」翁鬧這一組小說中的人物情境，幾乎都是如此，不能超越生活的困境，對自己生活現狀，只有認命。深刻而準確反映了日治下臺灣農民與社會，羅漢腳的母親，面色晦暗，經常沒有笑容，只因終日不停忙碌仍貧窮的緣故，也因貧窮迫人不得不賣掉親生子，種種荒謬可笑的現狀，使一般人相信並無多大的能力可以完全掌握自己的現在和未來，對人世未抱任何期待，說明的正是多數普遍的農民被歲月和苦難生活磨折得信心盡失、認命的狀態。認命，並不意味消靡頹唐，他們感謝神明的庇佑，也仍努力的生活下去。那是一個變動不大，個人很難有大轉變的時代。

六、〈可憐的阿蕊婆〉

在日據下臺灣小說中以阿婆為描述對象，而令人印象深刻的，除了張文環〈辣薤罐〉那位精明幹練，機趣詼諧，生命極具耐力與韌性的阿粉婆外，便是翁鬧的〈可憐的阿蕊婆〉。阿粉婆居於偏僻的小山村，阿蕊婆則是住在城鎮的老人，兩人形象截然不同。在阿粉婆身上不斷散發出生生不息的生命力；阿蕊婆則有如空心花蕊，最後終於凋謝。翁鬧另一篇以山下農民「戇伯仔」為主角的小說，其身姿亦相當清晰，與其說阿蕊婆可憐，不如說是戇伯仔可憐。戇伯仔之所以令我們悲憐浩歎，是因為他毫不懈怠，努力工作，生活卻仍酸楚困苦。而阿蕊婆如果可憐，應是做為曾因養育兒女與狂風暴雨——艱苦重重日子奮鬥到底的人，如今「孩子們走了，靜靜想著他們」，而熱情已然燃盡，心如死灰，再也揚不起任何的火焰，呈現出生命的荒涼與悲辛。

翁鬧藉由阿蕊婆晚年的孤寂，勾勒出日據時代臺灣城鎮與鄉村的變遷，以及因城鄉變化而影響家族興衰的圖像。同時作者也仔細鋪排了臺灣喪葬習俗的細節，一如在〈戇伯仔〉一作中藉由貫世娶妻情節，以敘及婚嫁習俗。此一手法之運用，可說是作者相當熱衷的技巧，此或與其小說寫作理念有關。翁鬧素秉持「形式上與日本文學相通，內容以臺灣為主」；「文字則在日本語與臺灣話之間求折衷」，並兼顧臺灣風土特色。

在〈可憐的阿蕊婆〉一作裡，阿蕊婆的住處是污穢、晦暗、陰暗蒼老，猶如洞窟那樣，她住在隔間的中央，周圍盡是一片漆黑。翁鬧寫戇伯仔、羅漢腳的居家也是陰鬱無光、殘破的景象，而眾人的臉上則呈顯低沉、不開朗的表情。這幾篇作品都完成於異鄉日本，在翁鬧內心深處總是有那麼一個極黑暗的洞窟在蔓延，陰鬱、卑濕、雜亂的故鄉臺灣，不斷縈繞在他的記憶裡。而閱讀其小說的經驗，似乎「黑暗」不單只是視覺或是一種空間，好像它也是觸覺、味覺的，我們用心、用力嗅聞黑色的味道，觸摸黑暗的感覺，而這樣的感覺，無論心裡的或視覺的，多半破碎不易連貫，它始終無法如一大片白日銀光那樣流暢。小說裡臺灣庶民的人生一如黑暗的色調。

在阿蕊婆這篇小說，我們看到了作者翁鬧濃厚的鄉愁（他的新詩〈在異鄉〉亦可見），「人的靈魂卻奇怪地具有所屬性，儘管如何骯髒的土地或醜陋的地方，以自己長久居住的地方為故鄉，縈繞在他的回憶裡。有時會成為嚴重的鄉愁，儘管住在如何美麗的地方，也會驅策人焦躁忍受不住哩。」飄泊異鄉的翁鬧，雖居於較為美好的東京郊外，但對為陰暗、髒骯的故鄉，在內心底處，他亦斷絕不了緬懷思念之情。在〈可憐的阿蕊婆〉這篇小說裡，如果細心推敲，有不少描述，和盤托出翁鬧當時的心境。「嘗盡了所有寂寞」「臉上既無感覺，也沒有表情，……假如阿蕊婆夜裡沒有回去，蹲在那裡睡覺的話，人們都不會覺得詫異吧。甚至阿蕊婆就這樣停止呼吸，不再動了，任誰也都不會覺得奇怪吧。」「無論是何人，無疑的都想在地上黑暗的角落尋求靈的休息處。」諸如此類，翁鬧已將其心境不知不覺投射到小說裡，甚至可說他早已寫出了其人生結局。

附錄

二、〈重荷〉賞析

❖許俊雅 作

一、本文

母親說：反正是掛國旗的假日，不去算了。但是健認為掛國旗的日子去學校才是最快樂的一件事，說什麼也要去。

「要去的話你就替我挑這個，可以嗎？」

健望望那看起來不輕的香蕉擔子，想了一下，才朝著母親點個頭，「嗯」了一聲，身子一屈，挑起滿滿的兩米袋的香蕉就邁開大步先走了。

「在市場旁邊等我，知道嗎？小心，跑那麼快多危險啊。」

健嘔氣似地，嘴裡答：「好。」腳下卻故意跑得咚咚作響。母親也急急拿起背帶套在才剛兩歲的弟弟腋下，用力往肩上一帶，但是因為肩上還要擔扁擔，所以孩子就像一只布袋似地鬆懸在背上。背帶纏了幾圈，然而牢牢在胸前打了一個結。隨後拿起扁擔，彎腰挑起裝在二只甘藷籃裡的香蕉。估量大概有六十來斤重吧？加上健所挑的那些，合起來少說也有八十斤左右。母親挑著重擔，步履艱難地走著。晨曦才剛爬上蕃薯田，停在紫色蕃薯花上的蜜蜂彷彿還在睡夢中。花葉上的露珠提醒了母親，教她後悔不迭。

「早知道該把汗衫給脫了。」扁擔沉沉地壓在阿春嫂肩上，她縮縮脖子，想換個肩膀。也趁這時候把額上的汗擦了擦。心裡盤算著上了坡就要把汗衫脫掉，可是抬頭瞥見坡上一夥男人在那裡歇息，只好打消了這個念頭。但不知健跑到那兒去了？健爬上坡以前並不知道自己背部已經完全汗濕。他一面走，一面胡思亂想著母親從來就只知道要他幫忙做事，卻不曾買過一件漂亮的衣服給他。她會不會是後母呀？要不然怎麼……

「什麼東西都只給源仔！」有時他也會跟弟弟吃飛醋，為自己打抱不平。母親有一次就故意逗他：

「是呀，源仔是我兒子，你又不是我親生的，是收養來的喔。是由石頭裡蹦出來的。」

偶爾回想起這件事，他心裡就有疙瘩。或者是真有其事呢！典禮會場已經佈置妥當了吧？主要的工作大都昨天就做完了，今天所要做的，不過是在花瓶裡插插花而已。要站在那些美麗、可愛的女孩身邊，如果沒有體面的穿著，那該有多窘、多不相襯啊。唉，說不定還是不到學校去的好。想到這裡，他忍不住要抱怨自己為什麼不生長在城裡富貴人家家裡，而要做窮鄉下人的兒子。健一路上一路想，幾乎把後頭的母親給忘了。上了坡，得卸下擔子休息一下才行。卸下擔子，朝山腳下望了望，原想要是看到母親跟上來的話，就要繼續向前趕路的，可是母親居然還不見蹤影。這麼說，她是還沒有過橋囉？看樣子是可以好好喘口氣了。他解開上衣的釦子，敞開胸膛，一陣涼颼颼的冷風吹來，背上好像黏了一塊濕答答的布在上頭，怪難受的。或許還是繼續向前走吧？這時，他卻一眼瞥見被香蕉擔子壓駝了背的母親從山坡下喫力地走上來。健的腦子立刻陷入混亂，走吧，可是母親究竟爬不爬得上這個坡呢？看母親喫力費勁的樣子，健突然心疼起母親來，覺得母親好可憐。

「好哇，健。如果你真那麼討厭娘的話，我就死了算了。死了你就知道了。現在你不聽我的話，我死了，你或許就會懂事一點。」

健想起有一回在田裡跟母親頂嘴的時候，母親這麼說過。

「媽媽！媽媽！走得動嗎？」健忍不住朝著山坡下的母親大喊，眼淚差一點就流了下來。搞不好母親就真的在這半坡上喘不過氣來咯血死了。健想著，迫不急待地便往山腳下疾奔過去。

「健，你好不容易才爬上坡，又跑下來幹什麼？」母親氣喘呼呼地說，健看母親開了口，這才鬆了一口氣。

母子倆一步一趨地上了坡，找一塊平坦的地方休息。幾個莊稼漢打從他們身邊走過。

「母子倆一塊幹活呀？辛苦囉。」

「女人跟小孩子，沒辦法，簡直要命哩。」

莊稼人跟母親寒暄了幾句便走了。直到完全聽不到腳步聲，也確定沒有人再走近，母親才再開口：

「健，你在這裡替我把風，娘很熱，要脫掉一件衣服。小心，要牽著源仔，別讓他跌跤了。如果看到有人來了，你就咳嗽知道嗎？」

母親撥開草叢，走進裡面。健正在替弟弟擦鼻涕，母親就挾著父親的一件針織襯衫走出來了。

「好了，繼續趕路吧。衣服脫了，小心著涼喔。」

母親彷彿是自言自語，說給自己聽似地。她急急忙忙背起弟弟，擔子上肩便再往山坡下走。這回健再也不肯撇下母親一個人獨自走了。太陽已經昇越右側山峰，照得四面原野一片耀眼的金光。下了這個坡還得攀越另外一個山坡才能走出平坦的道路。健的家跟R鎮相去有一里半的路程，因為路途遙遠，所以健一直等到九歲才開始唸一年級。如今他已經是三年級的學生了，這條路雖然來回走了幾年，只因為今天肩上擔了東西，所以格外覺得長路迢迢，沒個盡頭。走過合歡的林蔭道，再穿過相思步道，路就平緩了。剛才所想的事情已經一股腦兒拋在腦後。因為公學校就在這附近，林蔭深處隱隱傳來孩子們喧騰的鬧聲。一下了坡來，兩隻膝蓋已經僵硬得不聽使喚。彷彿就在原地踏步似地，也跟上、下坡時一樣，身體好像根本未向前進。因此踩在地面的聲音也就特別響。事實上，下坡時也像在跑步，身體往前傾。只是挑著擔子的人本身感覺不像旁觀者那麼明顯罷了。走到學校前面，健不時要脫帽子向路過的老師行禮。老師的金質杓形肩章在陽光下閃閃發光。連腰際的佩刀也燦然生輝。跟平日所見的老師、跟教他讀書的老師似乎不一樣。就像老師有一次指著身上的佩刀，說：

「你們看這個，肯用功的人就可以獲得這份榮耀。」

健始終把這句話牢記在心裡，可能的話，他也想去讀師範學校。可是想想那樣出人頭地、衣錦還鄉的日子畢竟離自己太遠，內心又不免有些遺憾。啊，那金質肩章、那金色的紋理，健摒住呼吸，竭力避免扁擔下滑，脫帽向陳老師行最敬禮。那樣畢恭畢敬就宛如自己是偉大人物的僕人。——那把佩刀不知道夠不夠快，那天試拿來削削竹筍就知道了——他想起這個笑話，心下不覺快活起來。啊，還得再來一個最敬禮。這麼麻煩，乾脆帽子不要戴算了。——雖然警察先生也配掛肩章，可是那花紋卻有點像拉麵，而且老師的肩章看起來要閃亮、神氣多了。所以當然是老師的比較好，對老師自然也就更尊敬些。但是警察很可怕，老師卻一點也不，究竟以後自己要當什麼好呢？健愈想愈複雜，愈想愈遠。母親看到他頻頻彎腰敬禮不迭，似乎自己也覺得不好意思，便提醒兒子：

「小心走啊，別摔跤囉。」

健幾乎忘了肩上的重擔，全神都貫注在那金質肩章的事情上。大體這樣的日子裡自己都得這樣挑著擔子。不敬禮應該也沒有什麼關係。因為敬禮時失去平衡，可能就會重心不穩踉蹌跌倒，要做出完美的鞠躬姿勢是不可能的。或者，老師應當也會留意到他肩上的擔子，體諒著他一點，不會責怪他才是。可是想到自己的操行，就不知道老師還會不會再給他一個甲。三年來，自己一向是規規矩矩地鞠躬、行禮，但是關於禮節，似乎還是很難做到盡善盡美、合度得體，或許該學習的地方還多著呢。是不是因為自己是鄉下人的孩子，就連骨氣也沒有了，才會這樣膽怯、畏縮；見不得人似的？就連有時候進辦公室，也總是顯得侷促不安，連手腳都不曉得往那兒擺才好。或者這跟自己不曾當過級長也有密切的關係？以後還得更用心學習才好。唉呀，現在大概已經九點過了吧？健一路想著，腳下已經跟母親來到了市場邊。母親卸下肩上的擔子，來自城中的商販便一起擁到面前，跟母親討價還價起來。

「這位大嫂，今天到處的行情都是百斤六十錢。怎麼樣？這個價錢我就買下來了。」

「沒多少東西，再多算五錢罷？」

「我多給妳五錢，妳或許又會要求再多五錢，給再多，妳也還嫌不夠。」

「六十錢實在太便宜了，這位大叔。」

「妳說便宜？我還嫌貴呢！」

這些商販一副要就來、不要拉倒的盛氣，談不妥，掉頭就走了。健看到一連來了幾個商販都是這樣。

「媽，我可以去學校了嗎？已經遲到了。」

「再等一下吧，你沒看到媽媽在跟人談價錢，一個人應付不來？」

商販又來了，這已經是第五回了。說的還是同樣的話。健悄悄地扯了扯母親的衣角。

「好吧，就六十錢吧。」

健跟母親把香蕉挑到市場稅務所前去過磅。

「八十二斤半，扣除籃子正好是八十斤。」

市場秤量索費三錢，這是由商販負擔的費用。然後稅務員開給母親一張稅單，要她支付十錢稅金。

「一百斤才十錢吧，所以請高抬貴手，就算五十斤的數吧，香蕉價錢實在太賤了。」

「那不關我的事，這位大嫂，五十斤五錢，超重一斤也要以一百斤繳稅，這是規定，所以一定要收十錢。」

「這不講道理嘛，只賣了四十錢就要繳十錢的稅。」

「不繳嗎？簡直是生番嘛。」

「我沒有說不繳，只是說香蕉還不到一百斤。」

「妳這個人煩不煩？難怪人家說山裡人野蠻，像生番！」

「什麼生番？說得這麼難聽，喏，拿去吧！」

母親一把搶過稅單，把一個五錢硬幣硬塞過去。母親也是要拿、不拿隨你的神氣，轉身就要離去。

「開什麼玩笑？」那稅務員一把揪住母親的背部，暴喝道。母親猛回頭，健發現她額上青筋暴起，可以看出這回她是真的被激怒了。

「你想怎麼樣？」

「妳還不明白嗎？到派出所去呀！到那裡我看妳是講不講理。」

「這位大嬸，」旁邊賣豆腐的小販插了嘴：「不要自找麻煩，還是乖乖付了罷，這也是上頭規定的。」

健已經忍無可忍，他又拉了拉母親的衣袖，母親這才發覺事情果然麻煩，但也可能是她認為豆腐攤老闆講得有理，最後還是付了十錢。

「健，我們回去吧！」母親用力地拖著健的肩膀，邁開大步。

「多拿我的錢，小心吐血拿去買藥喫。」母親雖是自言自語，但故意說得很大聲，讓大家都能夠聽得見。那稅務員取過十錢，似乎有些尷尬、下不了臺似地，一溜煙就混在人潮中溜走了。也不曉得有沒有聽到母親的話；即使聽到，恐怕也只能裝聾作啞吧？健認為母親是白費口舌，可是那稅務員剛才的態度、說那種話，實在也教人一口氣嚥不下。

「健，回家囉！」母親再次抓住健的肩膀拖著他走。並沒有注意到弟弟不知什麼時候居然哭了起來。走到學校的時候，國歌的合唱已經像寧靜的湖水般漾了開來。——到了這個時候，健連說要上學的力氣都沒有了。

「走快一點，家裡的豬一定在叫了。」母親急急趕路，健想起那一天早上的父親，腳步不得不也跟著加快。彷彿後頭有人在追趕著他們似的。將來，母親是不是也會跟父親一樣被奪走呢？健默默地一言不語。

「健啊，上學還來得及嗎？現在去還行嗎？」母親心疼地望著兒子，可是，可是她又能怎麼樣呢？

「健，你要去就去吧？」

可是健臉抬也不抬，只是一個勁兒搖頭。

「好吧，那我們就回家吧。回去煮隻雞蛋給你。」

母親的眼前鋪展開來的平坦路面像籠上一層霧的夢景，霎時間模糊起來。山谷間傳出牟——牟的牛叫聲。

她悄悄拉起衣袖拭淚。前方是一個陡坡，母子倆很快又氣喘呼呼起來

本篇作於一九三五年十一月廿九日

原載《臺灣新文學》第一卷第一號，一九三五年十二月二十八出版

二、〈重荷〉賞析

在文學藝術的天地裡，不乏以兒童的觀點，或以少年為主角，來看成人世界的生存百態及價值觀念。兒童或少年的敘事觀點，雖無社會化的世故成熟，卻有純真心靈的自然反映，而不摻雜世俗的虛偽和利害。

〈重荷〉這一篇小說，即運用「孩子眼睛」的描述手法，來揭露日本帝國主義殖民統治下的臺灣人命運。全篇以小學生健為敘事觀點，在掛國旗的日子，健本來滿懷期待想到學校參加慶典，但母親要他幫忙挑香蕉到批發市場出售，健不得已，只好答應了。小說即描寫母子二人擔著香蕉從山村到達市場出售的過程。就情節發展脈絡來看，小說可分三部分：

第一部分描寫健母子二人擔著香蕉途經陡峭的山坡、健所就讀的公學校，然後到達市場。這一部分穿插描寫健的所思所想。小說一開始，健想去學校參加慶典，卻被母親要求先幫忙挑香蕉去市場售賣，身為長子的他，口頭上雖說好，但心裡仍不太甘願，想到母親什麼東西都給弟弟，又想到為什麼不生長在城市富貴人家家裡，而要做窮鄉下人的孩子，心中不免有些許抱怨，此處頗能貼切傳達小孩子爭寵，及窮苦人家小孩的心態。但是等他爬到山坡上，一眼瞥見被香蕉擔子壓駝背，從山下吃力走上來的母親時，不禁憐憫起母親，隨即往山腳下疾奔到母親身邊。

後來健與母親繼續趕路，走到校門口，健望著老師文官服上金質肩章在陽光下閃閃發亮，連腰際的配刀也燦然生輝。這些描寫，呈顯了窮人家小孩渴望出人頭地，健所能理解的人生目標，就是通過文官考試的榮耀。這份榮耀甚至比警察還高，因為警察肩章像拉麵。而這種對殖民教育的認同，促使健經過校門口，遇到老師，縱然肩挑著香蕉，也要努力做好立正鞠躬禮的動作。這一大段的描述，說明了接受日文教育的臺灣孩童，不知不覺認同了日本教育所帶來的價值觀，涉世不深的健，顯然不清楚殖民政權所恩賜的「榮耀」，背後竟有支配臺灣人的企圖。

第二部分描寫健的母親到了市場，遭遇到商販和被稅務員辱罵的經過。當健的母親卸下肩上的香蕉擔子，來自城中的商販便一起蜂擁到面前，跟母親討價還價起來。這裡的描寫深刻呈現了中盤商的無情剝削。本來蕉農出賣香蕉，應是依市場機能，由產品好壞、供需情況來決定價格高低，但香蕉的價格，卻受到中盤商的聯合壟斷，使蕉農屈居劣勢，明知不合理、不公平，卻無可奈何，只好賤價出售。健的母親便在這樣的情形下，八十斤的香蕉僅賣得四十錢。然而在經歷中盤商販的剝削之後，緊接著又是第二層的剝削。

健跟母親把香蕉挑到市場稅務所前過磅後，稅務員要她支付十錢稅金。不甘損失的母親，以庶民素樸的想法，與稅務員爭辯，自行打折，丟個五錢給稅務員，不堪權威受挑戰的稅務員，勃然而怒罵健的母親「山裡來的生番」，威嚇要將母親帶到派出所。在周遭眾人勸說之下，母親意識到事情麻煩，只好乖乖繳了稅金。但她還是呈現臺灣婦女遇到不公義之事時的憤怒：「多拿我的錢，小心吐血拿去買藥吃。」面對不合理，不利人民的稅法，她所能做的，也只是如此罷了。

第三部分描寫返家過程。由於賣香蕉的經過，不是那麼順利。健趕不及學校的慶典，母親雖催促他去學校，健卻因目睹母親與稅務員爭執的驚嚇，深怕母親像父親一樣又被奪走，而緊隨母親身旁，不願再去學校。母親為獎賞他的幫忙，以回家煮個雞蛋做獎勵。結尾說「前方是一個陡坡，母子倆很快又氣喘呼呼起來。」來時路的艱辛，似乎又一一呈現眼前。全篇讀來令人有些不忍的心酸。

〈重荷〉一篇，其實可以更深入一層來解讀，其寄旨頗為深遠。張恆豪曾說此作「呈顯出一個被馴化的殖民地少年的醒悟，他因殖民教育所帶來的天真幻想亦隨之崩潰，歸途上少年一掃早先的快樂開朗，卻變得沉默無言，此一無言之境最是耐人尋思。」（見陳映真等著《呂赫若作品研究》，聯合文學出版社）

〈重荷〉全篇在字裡行間處有許多地方值得深入推敲。作為一個殖民地少年，健認為「掛國旗的日子去學校才是最快樂的一件事，說什麼也要去。」代表了一種對殖民者的認同，是一種心悅誠服的認同。身為公學校三年級生的健（九歲才開始念一年級），對學校的態度是欣然嚮往的，想出人頭地，想去讀師範學校，他一見到老師就忙不迭地脫帽行禮，「畢恭畢敬就宛如自己是偉大人物的僕人。」雖然心中存疑：「以後自己要當什麼好呢？」警察或教師？兩相比較之下，答案自然不言可喻。在權衡何者較好的過程裡，健對警察流露出「很可怕」的敬畏感，或可視為執法者嚴峻形象的伏筆。

健遇到老師時，他心中蕩漾起一波又一波的心事。他想到：「關於禮節，似乎還是很難做到盡善盡美、合度得體，或許該學習的地方還多著呢。是不是因為自己是鄉下人的孩子，就連骨氣也沒有了，才會這樣膽怯、畏縮；見不得人似的？」一個殖民地少年對殖民者的模仿，對本身的自卑畢現於斯。他深恐學得不好不像，他選擇「以後還得更用心去學習才好。」唯有去盡一身土味、鄉下氣，他或許才能夠比較不自卑。但健卻沒能想到，這種身分是永遠無法改變的，就是學得再像，他仍是臺灣的子民，仍做不成道道地地的日本人。在價值觀逐漸被異化的同時，健可說毫無知覺，他崇敬膜拜的信條正異化了他的靈魂。殖民地少年的悲哀，由此可見。

透過對健的所思所想，一方面反映了日本殖民統治對臺灣孩童的影響，另方面也反映了當時新的價值觀就是循著教育體制努力，通過文官考試，脫離貧窮，以及勞動人的卑賤地位。

相對於健，母親的所作所為則無此認同。她以為：「反正是掛國旗的假日，不去算了。」她的生活重心無他，扶養小孩，求一家溫飽而已。正因如此，當小說一開頭就出現了緊張與對立時，母親並未因而改變關愛子女的立場。健賭氣跑得咚咚作響，母親表現其關心：「小心，跑那麼快多危險啊！」當健往山腳下疾奔，想要與母親同步，母親又關心對他說：「你好不容易才爬上坡，又跑下來幹什麼？」賣了香蕉之後，母親關注的仍是苦難的現實生活，為了養豬，她必須趕快回去，雖然問了健來不來得及上學，但也只能無能為力地心疼著默默不語的孩子，並承諾煮顆雞蛋給他。

若以親情小說來看待重荷，似乎也未嘗不可，藉由母子間親情的呈現，或者更能反映殖民者的無情剝削。本篇小說基本上即充滿這兩種觀點：一是洋溢著理想希望的健對日本殖民體制的幻滅、醒悟過程；一是健母子面對殖民統治的生存壓力，表現出的濡沫相依的感人親情。全篇即透過健對日本教育體制的欣悅，及殖民經濟體制下的困境，反襯出「榮耀」在健內心的破滅。

作者並沒有安排健明白表達對殖民政權的不滿，而是循著在山坡上害怕失去母親的感情，通過健在感受殖民統治的壓力之後，讓此一害怕失去母親的恐懼大過對榮耀的期待，以健不願離開母親到學校，分享殖民政權所賜予的歡樂，批判了殖民政權的不義。

其實，在日治的臺灣小說中，多的是無父的孤兒，與苦難的女性。而「母親」的意象，又時有「受異族（日本人）侵略的臺灣」之象徵。健最後投向母親的懷抱。而放棄了去學校的作為，有其轉折的過程，這一過程，或許也是作者深意所在。開始時：

「健一路走一路想，幾乎把後頭的母親給忘了。」

健一路想起的事物之中，不僅對殘忍的現實發出嗟怨，更對美好的生活方式有所憧憬。想得出神，遂忘記了仍在後頭荷著重擔的母親。如果將母親的意象解讀為臺灣，那麼，健的「遺忘」並無異是一種背棄的行為，想逃脫被殖民的身分，卻又不能的窘境。幸而這樣「不經意的遺忘」並未持續太久。在自己汗溼衣衫之際，健的腦海中出現母親艱辛趕路的樣子，繼而擔心母親能否負重上坡。

「健突然心疼起母親來，覺得母親好可憐。」

若母親果為受難土地——臺灣的象徵，則健的心疼悲憫大可以視作臺灣子民對土地的深厚情感。在這一路上健的心情轉換過程中，自有其特殊意義。所以一再揣想「母親」可能遭逢的困境之後，健馬上往山腳下疾奔過去。從此母子倆「一步一趨地上了坡」，化解了先前的緊張對立氣氛。到達市場之後，母親忙著出售香蕉，健仍然念念不忘要到學校去的事，直到「稅務員事件」的影響，健彷彿從其身上察覺了殖民者的共相，當他與母親趕回程的路，他「想起那一天早上的父親，腳步不得不也跟著加快。彷彿後頭有人在追趕著他們似的。將來，母親是不是也會跟父親一樣被奪走呢？」「那天早上」究竟發生了什麼事？父親又是怎麼被奪走的？作者雖未說明，但似乎可以將此處與稅務員事件稍作聯想。因為怕母親重蹈父親的命運，所以最後他心灰意冷「連說要上學的力氣都沒有了。」

小說結尾處的母子趕路返家的情形，頗不同於起初的期待——健期待可以趕快把香蕉挑到市場出售，然後好去學校；母親則期待香蕉賣得好價錢。但顯然的，回程的路途是充滿屈辱、挫折的酸楚況味。健在心靈尋求認同、價值的過程，與母親在現實中胼胝打拚的歷程，同時受到了挫折。他們雖然目標各異，但此時同樣只能氣喘吁吁面對殘酷無奈的現實。導致這樣的結局，不能不歸因於其身分——山裡人，尤其是山裡的窮人。更慘的是，他們是被殖民的「山裡的窮人」，特別是無可依恃的孤兒寡母。

全文寫來如河流一般，蜿蜒曲折有致，順時間之流而下，人物心境的變化也都能清晰呈現，且合乎孩子心理，是篇蘊義相當豐富，值得再三品賞的佳作。

后記

本書原於一九九八年十一月初次刊行，倏忽近五年光陰。其間臺灣文學研究之深化與廣化，迭有進境，若干新論點實有補充發明之功，緣此遂有重編之構思。此中，刪去鷗〈可怕的沉默〉、吳濁流〈先生媽〉，並抽換蔡秋桐〈奪錦標〉，以〈興兄〉代之。另增相關圖片及「相關評述引得」。需說明的是，「集評」已羅列各家重要評述，並已註明論文出處，「引得」乃針對未及載錄者予以補充篇目，進一步供研究者及讀者循線查閱參考。

是書既多用諸課堂選授之教本，本應對重要生難詞語加以解釋及設計問題與討論，然考慮篇幅難以負荷，及個人時間上的緊迫，不得不捨棄。回想九八年心思，記憶猶鮮明，其時原擬是書編輯完成後復編「戰後臺灣小說選讀」，俾完整呈現臺灣文學的內涵及精神風貌，然數年來俗務纏身，遲遲無進展。重編梓行之際，以此自勉之。

許俊雅

二〇〇三年五月十四日於蘆洲

文學類 I064

日治時期臺灣小說選讀

編　　者　許俊雅
責任編輯　吳家嘉

發 行 人　陳滿銘
總 經 理　梁錦興
總 編 輯　陳滿銘
副總編輯　張晏瑞
編 輯 所　萬卷樓圖書股份有限公司
排　　版　浩瀚電腦排版股份有限公司
印　　刷　百通科技股份有限公司
封面設計　斐類設計工作室

發　　行　萬卷樓圖書股份有限公司
臺北市羅斯福路二段 41 號 6 樓之 3
電話 (02)23216565
傳真 (02)23218698
電郵 SERVICE@WANJUAN.COM.TW
大陸經銷　廈門外圖臺灣書店有限公司
電郵 JKB188@188.COM

ISBN 957-739-427-2
2014 年 8 月初版五刷
2003 年 8 月初版
定價：新臺幣 480 元

如何購買本書：
1. 劃撥購書，請透過以下郵政劃撥帳號：
帳號：15624015
戶名：萬卷樓圖書股份有限公司
2. 轉帳購書，請透過以下帳戶
合作金庫銀行　古亭分行
戶名：萬卷樓圖書股份有限公司
帳號：0877717092596
3. 網路購書，請透過萬卷樓網站
網址 WWW.WANJUAN.COM.TW
大量購書，請直接聯繫我們，將有專人為您服務。客服：(02)23216565 分機 10

國家圖書館出版品預行編目資料

日治時期臺灣小說選讀 / 許俊雅編.
-- 初版. -- 臺北市 : 萬卷樓, 民 92
面 ;　公分

ISBN 957-739-427-2 (平裝)

857.61　　91024513